Les vrais paradis sont les paradis qu'on a perdus.
Les années heureuses sont les années perdues, on attend une souffrance pour travailler.

MARCEL PROUST

À LA RECHERCHE DU TEMPS PERDU

Le Temps retrouvé

追忆
似水年华

第七卷　重现的时光

［法国］马塞尔·普鲁斯特 著
徐和瑾 周国强 译

译林出版社

LE TEMPS RETROUVÉ

目 录

我这次在贡布雷附近逗留，也许是我一生中最少想到贡布雷的时候，如果这次逗留没有首先证实——至少是暂时证实——我对盖尔芒特那边的一些看法，以及我对梅塞格利丝那边的另一些看法，我就不会来谈论这次逗留。每天晚上，我从另一个方向来重温我们在贡布雷时每天下午在梅塞格利丝那边所做的散步。现在当松维尔人吃晚饭的时候，过去在贡布雷的人们早已上床睡觉。由于当时正值夏天，又因为希尔贝特每天下午在城堡的小教堂里画画，所以在晚饭前两小时左右才去散步。过去，散步归来时看到紫红色的天空映衬着耶稣受难像或是沐浴在维福纳河之中是一种乐趣，现在，在夜幕降临之时出去散步，在村里只看到形状如移动着的不规则三角形的淡蓝色的牧归羊群，也感到十分愉快。在一半田地上，夕阳的余晖已经消失，而在另一半田地上，则已升起了月亮，月亮很快普照整个田地。有时希尔贝特让我一个人去散步，我往前走着，尾随着自己的影子，犹如一条小船，在迷人的河流上航行；但她经常陪我一起散步。我们这样散步，往往同我过去在童年时散步一样，然而，我对盖尔芒特那边的感觉为何并不比过去那种无法描述的感觉更为强烈？此外，当我发现自己对贡布雷兴致索然，我就感到我的想象和敏感已经衰退。我感到扫兴的是，我很少回忆起过去的岁月。我感到纤道边上的维福纳河既狭窄又难看。这并不是因为我看出这条河与我回忆中的河流有很多具体的差别，而是因为我已离开我在过一种不同的生活时所经过的地方，所以在这些地方和我之间，已经不存在那种能在不知不觉中使人欣喜的回忆在片刻之中发生的类同。我不大清楚它的性质是什么，但我伤心地想，我的感觉和想象的能力想必已经减弱，所以我不能在这些散步中感到更多的乐趣。希尔贝特对我的理解还不如我自己，她同我一样惊讶，这更增添了我的伤心。她对我说："怎么，您走这条过去常走的斜坡小路，竟然毫无感受？"她本人的变化也很大，我不再觉得她美，她一点也不美。在我们散步的时候，我发现这个地方变了，先要爬上一些山坡，然后才是下坡路。我们交谈着，我感到和希尔贝特谈话十分愉快，但是也并非轻而易举。人有各种层次，这些层次各不相同，她有她父亲的性格，有她母亲的性格；人们穿过一个层次，然后穿过另一个层次。但到第二天，迭复的次序颠倒过来。最后，人们不知道谁将会区分出各个部分，在评论它们时可以相信谁。希尔贝特就像这些地方一样，人们不敢和它们结成亲家。因为这些地方易主的次数过于频繁。但实际上这种看法是错误的。对连续出现的次数最多的人的记忆，使他的心中建立起一种同一性，并使他不愿意违背自己记得的那些诺言，即使他并没有对此签字画押。说到聪明，希尔贝特是很聪明的，不过具有她母亲的某些荒唐。但是，这与它固有的价值无关。我记得我们在散步时进行的那些谈话中，有好几次她使我感到十分惊讶。有一次，也是第一次，她对我说：“要是您不是很饿，时间不是这么晚，我们走左边这条路，然后往右拐，不到一刻钟就能走到盖尔芒特。”这犹如她在对我说：“您往左走，然后右手拐弯，您就会触及无法触及的东西，您就可以到达无法到达的地方，在地球上人们只知道这些地方的方向——我过去认为我能够对盖尔芒特了解的东西只有这点，也许从某种意义上说我当时并没有错——就是这条‘路’。”我还感到惊讶的地方之一，就是看到了“维福纳河的源头”，我过去认为它像地狱的入口那样，是地球之外的某种东西，而实际上它只是像一个涌出水泡的方形洗衣槽。第三次是希尔贝特对我说：“如果您愿意的话，我们可以在一天下午出来，我们就可以经过梅塞格利丝来到盖尔芒特，这是最好的走法。”这句话打乱了我童年时代的一切想法，使我认识到这两条路并不像我过去认为的那样无法调和。然而，最使我感到惊讶的是，在这次逗留期间我很少回忆起过去的岁月，不大想重游贡布雷，觉得维福纳河即狭窄又难看。但是，她为我证实我过去对梅塞格利丝那边的一些想法，则是在一次散步的时候，这些散步虽说是在晚饭前进行的，却总是夜晚的散步，原因是她很晚才吃晚饭！当我们走进一个月光覆盖的美妙深谷，处于神秘的环境之中，我们就停留片刻，犹如两只昆虫，即将钻进青色的花萼之中。希尔贝特也许只是出于女主人的恩惠，对你即将动身感到惋惜，见你好像欣赏这个地方，就觉得应该尽地主之谊，她这位社交界的女士，善于在表达感情时使用沉默、爽直和朴实无华的方法，这时说出一番话来，巧妙地使你相信，你在她的生活中占有一种任何人都无法占有的地位。我突然向她倾吐我因吸入芬芳的空气和微风而充满的柔情，对她说：“您有一天曾谈起斜坡小路。我那时多爱您！”她回答道：“您那时为什么不对我说呢？我一点也没有觉察到。那时我也爱您。我甚至讨好过您两次。”“是在什么时候？”“第一次在当松维尔，您当时和家里的人一起散步，我是在回家的途中，我那时还从未看到过像您这样漂亮的男孩。”这时她显出茫然而又腼腆的神色，补充道：“我当时有个习惯，就是和一些男孩一起在鲁森维尔城堡主塔的废墟里玩耍。您一定会对我说我当时缺乏教养，因为在那里有各种各样的女孩和男孩，他们趁着黑暗玩乐。贡布雷教堂的侍童戴奥多尔，应该说他很温柔（他真好！），但后来变得非常难看（他现在是梅塞格利丝的药剂师），他当时和附近所有的农村小姑娘在那儿玩乐。由于家里允许我单独外出，所以我一有机会溜出来就跑到那儿去。我无法对您说，我当时是多么希望看到您去那儿；我现在还记得很清楚，我当时只有一分钟的时间来使您明白我所希望的是什么，就冒着被您的父母和我的父母看到的危险，用十分露骨的方式向您指了指那个地方，我现在想起来还感到害羞。但是，您凶狠地瞪了我一眼，使我明白您不愿意这样做。”

突然间，我心里想，真正的希尔贝特，真正的阿尔贝蒂娜，也许是在初次见面时用眼神来委身于人的女子，一个是在玫瑰花篱之前，另一个则是在海滩上。而我却没能理解这点，只是到后来才回忆起来，也就是在相隔一段时间之后，在这段时间里通过我的谈话，一种不是极端的想法使她不敢像第一次那样坦率，所以说是我因自己的笨拙而把事情全弄糟了。我完全“放过了”她们——虽然说实在的，在她们面前的相对失败并没有那样荒谬——原因和圣卢、拉谢尔相同。

希尔贝特接着说：“第二次，那是在好几年之后，我在您家门口遇到您，就是我在舅妈奥丽阿娜家里见到您那天的前一天；那时我没有立刻认出您，或者确切地说我认出了您但自己却并不知道，因为我当时的愿望和在当松维尔时相同。”“在这段时间里，我们在香榭丽舍大街上也见过面。”“是的，不过在那时，您对我的爱太过分了，我感到您在调查我所做的一切。”我不想问她，在我去看她的那天，和她一起沿着香榭丽舍大街走的小伙子是谁。那天我也许可以和她重归于好，因为当时还来得及，如果我没有看到这两个身影在黄昏中肩并肩地朝前走，那天可能会改变我的整个生活。我要是问了她，她也许会对我说出真相，就像阿尔贝蒂娜那样，如果阿尔贝蒂娜死而复生的话。确实，你在几年后再遇到你不再喜爱的女人，在她们和你之间相隔的难道不就是死亡，犹如她们已不在人世一般，因为我们的爱情不再存在这一事实，使当时的她们或当时的我们变成了死人。也许她没有回想起来，或者是她在说谎。不管怎样，我对此已毫无兴趣，我不想去了解它，因为我的心发生的变化，比希尔贝特的脸发生的变化还要大。她的脸已不再为我喜爱，但主要是我已不再感到不幸，我要是再回想起这件事，就无法想象我见到希尔贝特在一个小伙子身边慢慢地走着会感到如此不幸，心里会想：“这事到此为止，我不愿再见到她。”在这遥远的年代，这种思想状态对我来说曾是一种长久的折磨，现在却已荡然无存。因为在这个一切都会耗尽、消失的世界里，同美相比，有一样东西会倒塌，毁坏得更加彻底，同时又留下更少的痕迹，那就是悲伤。

然而，如果说我对自己没有问她当时和谁一起沿着香榭丽舍大街往前走感到惊讶——这种因时过境迁而不爱追根究底的例子我已经见得太多了，那么，我对自己没有把那天我遇到希尔贝特之前卖掉一个中国古瓷花瓶以便给她买花这件事告诉她感到有点惊讶。[1] 这确实是在随之而来的十分悲伤的年代里，我当时唯一的安慰，那就是想有朝一日我会毫不担心地把这种温情脉脉的意愿向她诉说。一年之后，如果我看到一辆汽车将要撞到我的汽车，我不想死的唯一心愿，是希望可以把这件事告诉希尔贝特。我当时安慰自己，心里想道："咱们别着急，我还有整个一生来做这件事。"由于这件事，我希望自己不要失去生命。现在，我感到把这件事说出来并不是愉快的，几乎是可笑的，也不是"诱人的"。希尔贝特继续说道："另外，即使是我在您家门口遇到您的那天，您还是像在贡布雷时一模一样，您要是知道，您的变化多小啊！"我又回忆起往日的希尔贝特。我简直可以画出太阳照在山楂花下的四边形光线，小姑娘拿在手里的铲子，以及在远处盯着我看的目光。只是伴随着这目光的粗野手势，使我以为这是一种蔑视的目光，因为在我看来，我所希望的事是那些姑娘不知道的某种事情，这种事情只有在我的想象中她们才会去做，就是在我单独一人向

[1] 我后来问了她。那是女扮男装的莱娅。她知道莱娅认识阿尔贝蒂娜，但详细情况就说不上了。由此可见，我们总会和某些人在生活中重逢，以便为我们的欢乐和痛苦做准备。——作者注

往的时候。我更不能相信的是，这些小姑娘中的一个，竟敢在我祖父的眼皮底下，轻而易举、十分迅速地想出这种事来。

我没有问她，在我卖掉花瓶的那天晚上，她跟谁一起在香榭丽舍大街上散步。在当时的表象下发生的真实情况，对我来说已变得完全无关紧要。然而，有多少日日夜夜我在痛苦地想那人是谁，我做出了巨大的努力，以便克制我心脏的剧烈跳动，也许要比过去在这同一个贡布雷不去对妈妈说声晚安而做出的努力更大。人们说，我们的神经系统在衰老，这正是某些神经方面的情感逐渐衰退的原因。不过对我们永久的自我来说并非如此，因为永久的自我会在我们整个一生中持续下去，但对我们所有连续的自我来说确实如此，连续的自我都是永久的自我的组成部分。

因此，在相隔这么多年之后，我必须对我脑海中清晰可见的一个形象进行修改，这件事使我感到相当高兴，因为它向我表明，我过去认为在我和某种金发小姑娘之间所存在的不可逾越的鸿沟，同帕斯卡的鸿沟一样是想象出来的，我还认为这件事富有诗意，因为完成它需要漫长的岁月。我想到鲁森维尔的地道，不禁因欲望和遗憾而惊跳起来。然而，我高兴地想，我当时全力以赴却又无法如愿以偿的这种幸福，也许存在于别处，而不是在我的思想之中，实际上它又离我这么近，在这个我经常谈起的鲁森维尔，我可以从散发鸢尾香味的书房里看到它。可我却一无所知！总之，她概括了我在散步中向往的一切，直至我迟迟不想回去的原因，我那时却以为自己看到树林微微裂开，活了起来。我过去热切地希望得到的东西，要是我能够理解和找到，她当时就能使我从少年时代起尝到它的滋味。在那个时候，希尔贝特确实是完全属于梅塞格利丝那边的，而我过去却并不这样想。

虽说她不是奥什维尔的小姐，就是罗贝在妓院里认识的那位小姐（真有意思，我要求对此做出解释的人恰恰是她未来的丈夫！），即使是我在家门口见到她的那天，我也没有完全弄错她目光的含义，没有弄错她是哪一种女人，她现在已向我承认她过去是这种女人。她对我说："这一切都已十分遥远，我自从和罗贝订婚以来，心里只想着他。您看，我对自己责备得最多的，甚至不是小时候的这些心血来潮……"

整整一天，我都待在这个乡村味有点过浓的住宅里，住宅的外表像散步中休息或避雨的午睡处。在这种住宅里，每个客厅犹如花园中的凉棚，而在房间的墙布上，来找你做伴的是园中的玫瑰或树上的小鸟，它们与世隔绝——因为墙布太旧，上面的每朵玫瑰之间都相距甚远，要是真的就可以采摘下来，每只小鸟则可关进笼子驯养。墙上丝毫没有今天那些房间里的豪华装饰，就是在银色的背景上，诺曼底地区的苹果树都以日本的风格表现出来，使你在床上度过的几个小时中浮想联翩——整整一天，我在自己的房间里度过，从房间里可以看到花园的青葱可爱和园门口的丁香，以及梅塞格利丝的森林，河边大树的绿叶在阳光下闪闪发光。我望着这一派景色感到愉快，只是因为我心里在想："我房间的窗口一片青翠，真美。"直到在广阔的绿色画面上，我看到了贡布雷教堂的钟楼，这钟楼漆成深蓝色，和画面的颜色不同，只是因为它距离较远的缘故。这不是这座钟楼的一种形象表现，而是这座钟楼本身，它把地点的距离和年代的间隔展示在我的眼前，并在闪闪发光的青翠之中，以一种完全不同的色调，呈现在我的正方形窗框之中，那色调非常深暗，仿佛是画在上面一般。我要是走出房间片刻，就会在走廊的尽头看到一个小客厅的墙布，因为走廊的走向不同，犹如一条鲜红的带子，墙布只是一块平纹细布，但颜色是红的，一道阳光射在上面，仿佛立刻会燃烧起来。

在这些散步中，希尔贝特和我谈起了罗贝，听起来好像他要离开她，以便到其他女人的身边去。确实，他生活中有许多碍手碍脚的东西，就像某些男子的友情对于那些喜爱女人的男人一样，还有那种无益的防范、徒劳地强占位置的性格，犹如大多数家庭中那些毫无用处的物件所占据的位置。

我在当松维尔时，他好几次去过那儿。他和我过去认识的他已大不相同。他的生活并没有使他的身材变粗、行动迟缓，就像德·夏吕斯先生那样，而是恰恰相反，在他身上发生相反的变化，使他具有一位骑兵军官的潇洒外表——虽然他已在结婚时辞去军职，这种外表是他从未有过的。德·夏吕斯先生的体重逐渐增加，罗贝（也许他要年轻无数倍，但人们感到，随着年龄的增加，他只会和这个理想越来越接近）却犹如某些妇女一样，为了身材而坚决牺牲自己的容貌，从某一时刻起无法离开玛里亚温泉（既然无法同时保持好几种青春的特点，还是选择青春的身材为好，因为它最能代表其他各种青春的特点），他的身材变得更为修长，动作更为敏捷，这是同一种恶习所产生的相反结果。另外，这种敏捷还有各种心理上的原因，如害怕被人看见，不想显出这种害怕的愿望，以及对自己不满和无聊所产生的焦躁不安。他常去某些烟花巷鬼混，由于不愿被人看到自己进出这些场所，他就一头钻到人群之中，使自己的身体以尽可能少的表面呈现在设想中的过路人不怀好意的目光之下，犹如士兵在冲锋时一样。他那一阵风似的行走速度依然如故。这种行走速度可能也概括了一个人显而易见的勇敢，这个人想显示自己无所畏惧，不愿花时间进行考虑。为了使他的形象完整无缺，还须提到一点，那就是他年纪越老，就越想显得年轻。他还有那些一直感到无聊、厌倦的男人的急躁，这些人过于聪明，不能过他们所过的无所事事的生活，他们的才能也无法在这种生活中得到施展。也许这些人无所事事的本身可以表现为无精打采。但是，自从体育运动受到青睐之后，无所事事就具有一种体育运动的形式，即使在进行体育运动的时间之外也是如此，无所事事就不再表现为无精打采，而是表现为生气勃勃，使得无聊的情绪没有蔓延的时间和地点。[1]

---

[1] 我的记忆，即无意识记忆本身，已经忘记了对阿尔贝蒂娜的爱情。但是，看来还存在着一种四肢的无意识记忆，这种记忆是对另一种记忆的大为逊色、毫无结果的模仿，但它的寿命更长，犹如某些无智慧的动物或植物的寿命比人更长一样。双腿和双臂充满了麻木的回忆。

有一次，我相当早就和希尔贝特分手，半夜里在当松维尔的房间里醒来，睡眼惺忪地叫“阿尔贝蒂娜”。这不是因为我在想念她，不是因为我梦见了她，也不是因为我把她当作希尔贝特；这是因为我手臂里产生的模糊回忆让我去找我背后的铃，就像在我巴黎的房间里一样。我没有找到铃，就叫“阿尔贝蒂娜”，以为我已故的女友睡在我身旁，就像过去那样，她晚上常常睡在我这儿，我们一起睡着，醒来时就计算弗朗索瓦丝走到我的房间所需要的时间，以便让阿尔贝蒂娜可以从容不迫地摇响我无法找到的铃。——作者注他变得消瘦多了——至少在这令人烦恼的时期是如此，对自己的朋友们，例如对我，他几乎不再表现出任何同情心。相反，他对希尔贝特装出多愁善感的样子，像是在故作滑稽，却惹人讨厌。这并不是因为希尔贝特对他来说真的是无足轻重。不，罗贝爱她。但是，他总是对她说谎；他那双重的思想，即使不是他谎言的本质，却总是被人发觉；于是，他觉得要获得成功，就只能把他使希尔贝特感到难过的真正悲伤夸大到可笑的地步。他说，他这次来到当松维尔，但必须在第二天上午离开，因为他要跟当地的一位先生谈一件事，据说这位先生在巴黎等候他，但正巧有人在贡布雷附近的晚会上遇到这位先生，这位先生说他来此休息一个月，在此期间他不回巴黎，这个谎话也就不拆自穿，因为罗贝在编造谎言时没有和这位先生通过气。罗贝脸红了，他看到希尔贝特忧郁而狡黠的微笑，就把传话人骂了一通之后离开，在妻子以前回家，并托人给她捎个绝望的信，说他撒这个谎是为了不使她难过，她看到他又要走了，走的原因又不能告诉她，所以他就撒个谎，这样她就不会认为他不爱她（所有这些，虽说他把它写成谎言，却是千真万确的），然后派人去问，他是否能去她的房间，这下可是一半是真的悲伤，一半是对这种生活感到难以忍受，还有一天比一天大胆的装疯卖傻，他抽抽噎噎地哭泣，泪流满面，说他将要死去，有时突然倒在地板上，就像身体不舒服一样。希尔贝特不知道应该对他相信到何种程度，认为他每件事都在说谎，但她知道，总的来说他是爱她的，所以对这种将要死去的预感表示担心，认为他也许身患一种她不知道的疾病，因此不敢惹他生气，不敢要求他放弃旅行。另外，我尤其不能理解的，是他为什么要这样做，就是在巴黎和当松维尔，在圣卢家族居住的所有地方，使莫雷尔和贝戈特一样，受到这个家族子女一般的接待。

弗朗索瓦丝早已发现德·夏吕斯先生为絮比安所做的一切，以及罗贝·德·圣卢为莫雷尔所做的一切，但她没有从中得出结论，认为这是盖尔芒特家族几代人中相传的一个特点，她这个人很讲道德，又是满脑子的偏见，却最终认为——就像勒格朗丹大力帮助戴奥多尔一样——这是她所拥有的各种知识认为值得尊重的一种习惯。她谈起莫雷尔或戴奥多尔，总是说这是个年轻人："他找到了一位先生，这位先生一直关心他，帮了他很多忙。"在这种情况下，保护者总是那些爱恋、痛苦和宽恕的人，在这些人和被他们引入歧途的未成年人之间，弗朗索瓦丝毫不犹豫地把美的角色赋予前者，认为他们"心肠好"。她毫不犹豫地指责戴奥多尔对勒格朗丹要了许多花招，然而她仿佛对他们之间的关系的性质不存在任何疑问，因为她补充道："这时，小伙子懂了，觉得应该出点力，就说：'您把我带去吧，我会喜欢您的，我会好好的奉承您。'真的，那位先生心肠真好，戴奥多尔在他身边得到的东西，可能会比他应该得到的要多得多，一定会这样，因为他头脑发热，可那位先生真好，我常常对霞内特（戴奥多尔的未婚妻）说：'孩子，您什么时候要是有困难，就去找那位先生。他会自己睡到地上，把床让给您睡。他太喜欢那小子（戴奥多尔）了，不会把他赶出去的。当然，他永远不会抛弃

他的。’” [1]

同样，她对圣卢的评价高于莫雷尔，她认为，尽管小伙子（莫雷尔）耍了所有这些花招，侯爵却绝不会让他生活在困苦之中，因为侯爵本人遭到了很大的挫折。

他坚持要我留在当松维尔，有一次甚至脱口而出，说我来这儿对他的妻子来说是一种快乐，就是她现在所有的那种快乐，他这样说显然不是为了使我高兴，他说这是她在一天晚上亲口对他说的，那天晚上她一直欣喜若狂，可开始时她感到十分伤心，我不期而至，使她奇迹般地从绝望中摆脱出来。“也许是从最坏的情况之中摆脱出来。”他补充道。他请我想方设法使她相信他爱她，并对我说，他还爱着一个女人，但他爱这个女人不如爱自己的妻子，很快就要和她一刀两断。他这时自鸣得意，需要吐露隐情，我有时甚至觉得夏利这个名字会在罗贝嘴里脱口而出，就像一次开奖的号码一样。他补充道：“然而，我可以引以为豪。这个女人无数次向我证实了她的爱情，可我却将为希尔贝特而牺牲她，她从未注意过一个男人，她也认为自己是不会爱上男人的。我是第一个这样的男人。我知道，她对所有的男人都严词拒绝，所以当我收到她的情书，看到她在信中对我说，她只有和我在一起时才感到幸福，我就不能再离开她了。显然，要不是想到这可怜的小希尔贝特痛哭流涕我就心软，我真会感到得意忘形呢。你不觉

[1] 戴奥多尔现在住在法国南方，出于礼貌，我问他姐姐他姓什么。当知道他姓萨尼隆时，我就大声说道：“那时因为我给《费加罗报》写的文章，他给我写了信！”——作者注

得她有点像拉谢尔？”他对我说。确实，我感到惊讶的是，要是不仔细看，她们之间确实有一种模糊的相似。也许这与脸部某些轮廓真正相像有关（例如与希伯来人的血统相关的轮廓，这种血统在希尔贝特身上却极不明显），由于这种相像，当罗贝的家里要他结婚时，他在门当户对的条件下感到自己更倾向于希尔贝特。这还和下面的情况有关：希尔贝特一次偶然看到她不知姓名的拉谢尔的一些照片，她为了讨好罗贝，就竭力模仿这位女演员喜欢的某些习惯，例如头发上总是戴红蝴蝶结，手臂上扎一条黑丝绒带，并把头发染成棕色。后来，她觉得他因内心抑郁而脸色难看，就试图妙手回春。但她有时做得实在过分。有一天，罗贝要来当松维尔逗留二十四个小时，我感到惊讶的是，我看到她在入席时已十分奇怪地判若两人，她不仅和过去不同，而且和平时也不相同，我惊讶得愣住了，仿佛我的面前坐着一位女演员，一位狄奥多拉[1]。我感到我不由自主地盯着她看，好奇地想知道她什么地方变了。这种好奇心很快得到了满足，就是在她擤鼻涕的时候，尽管她异常小心，手帕上还是留下各种颜色，犹如一块色彩丰富的调色板，我由此看出她脸上涂满了脂粉。正因为如此，她的嘴唇才变得血红，还竭力使嘴上露出笑容，以为这样才会使他满意，而这时，火车到站的时刻即将来临，希尔贝特却不知道她的丈夫是否真的会来，或者是否会发来一份电报，这种电报的模式，就

[1] 狄奥多拉（约500—548）：拜占庭皇后，查士丁尼一世皇帝（527—565年在位）之妻。她从小就当演员，查士丁尼爱其美貌聪明，纳为情妇。

像德·盖尔芒特先生曾风趣地确定过的那样："不能来，就撒谎。"这就使她双颊苍白，眼圈发黑，面颊上流着带紫色眼膏的汗水。

他脸上装出温柔的样子，这和他过去自然的温柔形成鲜明的对照。说话的声音像酒鬼，但又有演员的抑扬顿挫。他对我说："啊！你看，只要希尔贝特幸福，我什么都可以牺牲。她为我做了这么多的事。这点你是无法知道的。"这其中最令人生气的，仍然是自尊心，因为他对自己被希尔贝特所爱而得意扬扬，但又不敢说他爱的是夏利，就对自以为小提琴手对他所具有的爱情，加上各种各样的细节，虽说这些细节并非纯属虚构，却也被善于夸大其词的圣卢添枝加叶，而夏利向他要的钱一天多似一天。他把希尔贝特托付给我之后就回到巴黎。此外，我曾有机会（我把以后的事提前叙说，因为我当时还在当松维尔）在巴黎的社交界见到他一次，是在远处见到的，在那里，他的话虽说生动、迷人，却使我想起了过去；我感到惊讶，他的变化真大。他越来越像他的母亲；母亲的高傲、轻盈的风度，在她自己身上是十全十美的，但传到了他的身上，由于他受过完美无缺的教育，这种风度就变得夸大、僵硬；盖尔芒特家族特有的深邃目光，使他仿佛在仔细察看他经过的所有地方，不过这几乎是以一种无意识的方式进行的，是出于一种习惯和动物的特性。他那个性突出的外表是盖尔芒特家族所有成员都没有的，他即使在不动的时候，也如同凝固的黄金那样，是阳光灿烂的白昼，这样他就仿佛披上一身奇特的羽毛，变成一个稀有的品种，使鸟类收藏家们都想占为己有；但是，当这种化作鸟的阳光开始运动、行动之时，譬如当我看到罗

贝 · 德 · 圣卢进入我所在的一个晚会之时，他昂起了头，头发如羽冠一般显得喜悦而又自豪，金色的冠毛有点脱落，脖子转动时的灵活、自豪和卖弄风情是人类所没有的，他使你产生的好奇和赞赏，一半与社交界有关，一半与动物学有关，你不禁会想自己是在圣日耳曼区还是在植物园，你是在端详穿过大厅的一位大贵族还是在观赏笼子里跳跃的一只小鸟。只要稍加想象，这个图像中不但会出现羽毛，还会出现树枝。他开始说出一席话来，他认为这些话具有伟大的世纪[1]的风格，并以此来模仿盖尔芒特的风度。但是，有一种微不足道却又令人无法捉摸的东西，使这种风度变成了德 · 夏吕斯先生的风度。

在那次晚会上，德 · 马桑特夫人离我们较远，他就对我说：“我离开你一会儿。我去奉承一下我的母亲。”至于他不断和我谈起的爱情，并不是对夏利的那种爱情，虽说他重视的只有那种爱情。一个男人不管怀有何种爱情，人们总是会弄错同他发生关系的人的数目，因为人们错误地把友谊当作恋情，这是一种加法的错误，而且还因为人们认为一个已被证实的恋情会排除另一个恋情，这就又产生另一种类型的错误。两个人可以说：“X 的情妇，我认识。”并说出两个不同的名字，但这两个人都没有弄错。爱一个女人往往不能满足我们的全部需要，我们就结交一个我们并不喜欢的女人来欺骗她。至于德 · 夏吕斯先生传给圣卢的那种爱情，一个丈夫有了那种爱情一般会使妻子幸福。这是一条普遍规

[1] 指 17 世纪。

律，但盖尔芒特一家却找到使这条规律产生例外的方法，因为有这种癖好的男人们希望别人相信，他们喜欢的是女人。他们和某个女人一起招摇过市，使他们自己的女人悲痛欲绝。这种手法，古弗瓦西埃一家用得更为巧妙。年轻的德·古弗瓦西埃子爵认为自己举世无双，自创世以来就受到某个男性的诱惑。他认为他的这个癖好来自魔鬼，就同它进行了斗争，娶了一个非常漂亮的女人，让她生了几个孩子。后来，他的一个堂兄弟告诉他，这种癖好相当普遍，还亲自把他带到那些能满足他这种癖好的场所去。德·古弗瓦西埃先生从此只喜欢自己的妻子，以加倍的热情来生儿育女，她和他被列为巴黎的最佳夫妇。人们对圣卢夫妇的评价就并非如此，因为罗贝不但性欲倒错，而且还使妻子嫉妒得要死，原因是他毫无乐趣地供养着几个情妇。

可能是因为莫雷尔长得极黑，符合圣卢的需要，就像阳光需要阴影一样。在这个如此古老的家庭里，一位头发金黄、聪明的大贵族具有一切魅力，心底里却埋藏着一种无人知晓的对黑人的秘密癖好，这是十分容易想象的。

另外，罗贝从不让人在谈话中涉及他那类爱情。要是我说上一句，他就会回答道：“啊！我不知道。”神情冷漠得让自己的单片眼镜掉落下来。“我并不怀疑有这种事情。如果你想了解这方面的情况，*我亲爱的*，我建议你到别处去问。我是一个士兵，就是这样。我对这些事毫无兴趣，对巴尔干战争却兴趣盎然。过去，战役的词源学曾使你感兴趣。我当时对你说，即使是在完全不同的情况下，人们也会看到典型的战役，例如侧翼包围的伟大尝试，乌尔姆战役。嗳！不管这些巴尔干战争如何特殊，鲁莱-布加斯仍然是乌尔姆，侧翼包围。这就是你可以和我谈论的话题。至于你所暗示的那种事，我是一窍不通，就像对梵语一样。”

罗贝不屑一谈的那些话题，希尔贝特在他走后却很乐意和我谈起。当然不是谈她的丈夫，因为她对此一无所知，或是装作一无所知，但是，她大谈特谈这些事涉及的是别人，这也许是因为她从中看到一种对罗贝的间接辩白，也许是因为罗贝同舅舅一样，既对这些话题讳莫如深，又有一种倾听和恶语中伤的需要，使她了解到许多情况。在所有的人中，德·夏吕斯先生并没有得到她的宽容，这也许是因为罗贝虽然没有和希尔贝特谈起夏利，却禁不住要以某种方式对她反复叙说小提琴手告诉他的事情：他一直憎恨过去的恩人。希尔贝特很喜欢这种谈话，这样我就可以问她，阿尔贝蒂娜趣味相同，是否也有这类癖好，因为阿尔贝蒂娜的名字我第一次是从她那儿听到的，那时她们是同学。希尔贝特无法向我提供这方面的情况。另外，我也早已对此不感兴趣。但是，我继续机械地打听这方面的情况，犹如一个记忆力衰退的老人，不时打听他失去的儿子的消息。

奇怪的是，以及我无法加以发挥的是，阿尔贝蒂娜喜欢的所有女人，就是所有那些可能让她做她们所希望的那种事的女人，在那时由于得不到我的友谊，在何种程度上要求、恳求——我不敢说乞求——和我发生某种关系。如果遇到邦当夫人，不需要给她钱，她就会把阿尔贝蒂娜给我送回来。这种起死回生在毫无用处之时发生，使我感到十分伤心，这并不是因为阿尔贝蒂娜，要是她不是从土兰，而是从另一个世界返回我的身边，我就会毫无乐趣地接待她，而是因为一个我所喜爱却又无法去看望的年轻妇女。我心里想，如果她死了，或者我不再爱她了，所有那些可能使我和她接近的人，就会在我的脚下消失。而现在，我徒劳地试图去影响他们，原因是我的心病没有被经历治愈，这种经历本应使我明白——它过去曾使我明白某些事，爱是一种坏运，就像童话里的那些人一样，只要魔法没有解除，别人就无能为力。

她对我说："我手里的这本书，就是谈论这些事的。这是巴尔扎克的一本老书，名叫《金眼女郎》，我仔细阅读这本书，是为了能了解我的那些叔叔。但是，这是荒唐而难以置信的，是个美丽的噩梦。另外，一个女人也许会这样受到另一个女人的监视，但绝不会被一个男人监视。""您错了，我过去认识一个女人，一个喜欢她的男人简直是把她监禁起来；她不能去看望任何人，外出时只能由忠实的男仆跟随着。""啊！这一定会使您这样的善良的人感到厌恶。是啊，我们曾经和罗贝谈起过，您应该结婚。您的妻子会使您恢复健康，您则会使她幸福。""不，我的脾气太坏。""这是什么想法！""我可以向您担保。另外，我订过婚，但我不能……"

我回到楼上的卧室时忧虑地想，我一次也没有去看过贡布雷的教堂，这座教堂仿佛是在淡紫色窗子里的绿树丛中等待着我。我心里想道："算了，改年再去吧，要是我没死的话。"除了我的死亡，我没有看到其他的障碍，也没有想到教堂的死亡，我感到教堂应该在我死后长期存在下去，就像它在我出生之前曾长期存在一样。

但在有一天，我对希尔贝特谈起阿尔贝蒂娜，我问她阿尔贝蒂娜是否爱女人。“哦！一点不爱。”“但是您过去说过，她有不良的嗜好。”“我说过这种话？您一定听错了。不管怎样，即使我说过，您也弄错了，我是说她和一些小伙子谈情说爱过。另外，在这样的年纪，恐怕也不会在这方面走得很远。”阿尔贝蒂娜曾对我说过，希尔贝特也喜欢女人，曾向阿尔贝蒂娜求过爱，现在希尔贝特这样说，是否为了对我隐瞒这个情况？或者是（因为其他人对我们生活的了解往往比我们认为的要多）她知道我过去喜爱、妒忌阿尔贝蒂娜（其他人对我们的实际情况的了解，可能比我们认为的要多，但由于过多的猜想，他们也会进行不着边际的发挥并产生错误，而我们则由于不进行任何猜想，希望他们产生错误），并认为我现在还是这样，就出于好心用布蒙住我的眼睛，这种布，人们时刻为妒忌的男人准备着。不管怎样，希尔贝特的话从过去的“不良嗜好”到今天她为正派生活和社会风气做的表率，同阿尔贝蒂娜说的恰恰相反，因为阿尔贝蒂娜到最后几乎承认她和希尔贝特保持同性恋的关系。在这点上，阿尔贝蒂娜曾使我感到惊讶，就像我对安德烈告诉我的事感到惊讶一样，因为对于这一小帮子姑娘，我在认识她们之前先是认为她们反常，后来认识到自己的猜想是错误的，就像往往会发生的那种事一样，人们发现一位正派的姑娘，她对爱情的现实几乎是一无所知，但所处的环境却是人们错误地认为伤风败俗的环境。后来，我又走了回头路，认为自己最初的猜想是正确的。但是，阿尔贝蒂娜把这件事告诉我，也许是为了显示她的经验要比她看上去更为丰富，为了用反常的魅力在巴黎迷住我，犹如初次相识时她用贞洁的魅力在巴尔贝克迷住我一样；当我跟她谈起喜欢女人的女人时，只是为了不显出不知道这是怎么一回事的样子，就像在一次谈话中，如果谈到傅立叶或托博尔斯克[1]，人们虽说对此一无所知，却会装出在行的样子。她也许曾经生活在凡德伊小姐的或安德烈的女友隔壁，和她们隔开一道厚实的隔墙，但她们认为她“并非如此”，她后来获悉了这些情况——就像嫁给作家的女人竭力想提高自己的文化水平一样，但只是为了讨好我，为了能回答我的问题，直至有一天她才明白，她们这样做是出于妒忌，于是她就开了倒车。除非是希尔贝特对我撒谎。我这时想到，罗贝在一次以他感兴趣的方式进行的调情中，得知希尔贝特不讨厌其他女人，就娶了她，希望得到他想必没有在家里得到过的乐趣，因为他在别处得到这种乐趣。这些假设中的任何一种都不是荒谬的，因为像奥黛特的女儿那样的妇女或是那一小帮子姑娘，兴趣十分多样，各种兴趣即使不是同时存在，也会交替出现，她们会轻易地从对一个女人的爱恋转到对一个男人的热恋，因此要确定她们真正的主要兴趣仍然是困难的。[2]

---

[1] 托博尔斯克是位于俄罗斯秋明州的一座城市，建于1587年，是俄国早期西伯利亚殖民开发的重要中心。

[2] 为了使我决定娶她（而她本人也拒绝了这件事，原因是我的性格优柔寡断、令人厌烦），确实，我就是以这种过于简单的形式来评论我和阿尔贝蒂娜的艳史，因为现在我只是从外部来观察这段艳史。——作者注

既然希尔贝特在读《金眼女郎》，我就不想向她借阅这本书。但是，在这最后一个晚上，当我去她那儿时，她借给我一本书，让我在睡觉前阅读，这本书使我产生的印象相当强烈而又混杂，不过并不持久。这就是龚古尔兄弟此前未曾发表的日记。

我在熄掉蜡烛之前读了抄录如下的那一段。我对文学缺乏才能，过去在盖尔芒特那边已经预感到，在这次逗留期间又得到了证实——那天晚上是这次逗留的最后一个晚上，在动身前夕挑灯夜读的那个晚上，由于习惯即将废除，麻木随之消失，就试图对自己做出评价——这时却使我感到这并不是值得如此惋惜的事，仿佛文学不能揭示深刻的真理；同时，使我感到伤心的是，文学不像我过去所认为的那样。另一方面，如果书中所说的那些美好的事物并不比我看到过的东西更为美好，那么我就感到会使我住进疗养院的多病身体也不值得如此惋惜。但是，现在这本书谈到了这些事物，有一种奇怪的矛盾使我想要看到它们。下面就是我在因疲劳而闭上眼睛之前所读的那几页：

> 前天，维尔迪兰为了带我去他家吃晚饭，突然来到这里，他是《杂志》[1]过去的评论员，是惠斯勒论著的作者，在这部论著中，这个独特的美国人的风格和艺术色彩，常常由酷爱被描写的事物的各种精细和妩媚的维尔迪兰十分细腻地表达出来。我在跟他走之前更衣的时候，他讲起了故事，有时像

[1] 即《两个世界评论》。

受惊时在做忏悔，一个字一个字地说出来，说他在和弗罗芒丹的“玛德莱娜”结婚之后立刻放弃写作，放弃写作的原因是有服用吗啡的习惯，据维尔迪兰说，这样做的结果是，他妻子的沙龙里的大多数常客都不知道女主人的丈夫曾经进行写作，所以在谈论夏尔·布朗、圣维克多、圣伯夫和比蒂时，认为这些人肯定比他高明。“哦，龚古尔，您啊，您十分清楚，戈蒂耶以前也知道，我的《沙龙》和那本蹩脚的《昔日的大师》[1]不可同日而语，但在我妻子的娘家，那本书却被捧为杰作。”然后，在一个傍晚，在特罗卡德罗宫的那些塔楼附近，仿佛有一个微光在最后一次发亮，使塔楼变得像过去糕点铺里涂上醋栗冻的塔形蛋糕。那天傍晚，谈话在马车里继续进行，马车将把我们送到孔蒂滨河街，即他们公馆的所在地，主人认为这座公馆就是威尼斯大使过去的公馆，里面据说有一个吸烟室，维尔迪兰对我说，吸烟室是按照《一千零一夜》的方式，从一座我忘了名字的著名palazzo[2]里原封不动地搬来的，这座宫殿里有一个石井栏，表示圣母马利亚的花冠，维尔迪兰确信这必定是桑索维诺[3]最美的作品，据说是给他们的客人们弹烟灰用的。确实，当我们到达的时候，漫射的月光呈海蓝色，真像是威尼斯传统中墙粉的颜色，在这

[1] 《昔日的大师》（1876）是欧仁·弗罗芒丹的著作，对荷兰的绘画大师进行评述。

[2] 意大利语，意为宫殿。

[3] 桑索维诺（1486—1570）：意大利雕刻家、建筑师。他把文艺复兴盛期的风格引进威尼斯。

种底色之上，法兰西研究院圆屋顶的轮廓，使我想起瓜尔第的绘画中的保健女神像，此情此景，不由得使我产生一点幻觉，仿佛自己是在大运河之畔。这种幻觉得以保存下来，是因为这座从二楼看不到滨河街的公馆的结构，也是因为公馆主人那番能唤起回忆的话，他肯定地说，渡轮街的街名——见鬼，我从未想到过这点——来自过去的修女乘坐的渡轮，米拉米翁修会[1]的那些修女是去做圣母弥撒的。我在姑妈古蒙夫人居住的街区闲散地度过了童年时代，现在又看到几乎与维尔迪兰公馆毗连的“小敦刻尔克”的招牌，开始重新喜爱[2]这个街区，“小敦刻尔克”是幸存的少数几家店铺之一，这些店铺用加布里埃尔·德·圣奥班[3]的铅笔画和水彩画作为装饰，这些十八世纪的珍品把当时的无所事事固定下来，画中人们为之讨价还价的是法国和外国的漂亮物品，以及“艺术创造的一切最新的东西”，就像这家“小敦刻尔克”的一张发票上所写的那样，依我看，唯有维尔迪兰和我拥有这种可称为散页装饰纸杰作的发票，发票上有一个象征路易十五统治的人在记账，笺头上印有载着几条大船的波涛汹涌的海洋，犹如包税人版本中《牡蛎和诉讼者》[4]的插图。公馆的女主人

[1] 米拉米翁修会于1665年由米拉米翁夫人（1626—1696）创立，主要从事教育工作，救济病人和穷人。

[2] 原文为raimer，系作者自创的新词。

[3] 加布里埃尔·德·圣奥班（1724—1780）：法国画家、雕刻家。

[4] 《牡蛎和诉讼者》是拉封丹的寓言诗。

请我坐在她的身边，她亲切地对我说，她装饰自己的桌子只用日本菊花，但插菊花的花瓶是罕见的珍品，其中一只用青铜制成，花瓶上淡红色的铜花瓣仿佛刚从花上摘下来。在那里做客的有戈达尔大夫及妻子、波兰雕刻家维拉多贝茨基、收藏家斯万、一位俄国贵妇人和一位我只记得姓名中有 of 的王妃。戈达尔在我耳边悄悄地说，他这个人会用枪口顶着古奥地利大公罗道尔夫射击，又说在他看来，我会在加利西亚[1]和波兰的整个北部处于极为有利的地位，因为一个姑娘如果不知道自己的未婚夫是不是《拉福斯坦》[2]的欣赏者，就绝不会同意嫁给他。“你们这些西欧人是不会理解这点的。”王妃最后说，她给我的印象是具有十分高超的才智，“即一位作家对女人内心的洞察力。”有一个男人下巴和嘴唇下的胡子剃得精光，但蓄着厨师长般的颊髯，他讲话滔滔不绝，以一种屈尊俯就的语调开着玩笑，就像在圣查理节[3]和班里的优秀生一起谈笑风生的二年级[4]教师，此人就是大学教师布里肖。他虽然听到维尔迪兰说出我的名字，但他说的话中没有一句表明他知道我们写的书，这使我产生一种带有愤怒的失望，其起因是巴黎大学策划这种反对我们的阴谋，它用故意的沉默，

---

[1] 加利西亚是东欧的一个地区，原属波兰。第二次世界大战初期，苏联将东加利西亚并入乌克兰共和国，西加利西亚则归波兰。

[2] 《拉福斯坦》（1882）是法国作家埃德蒙·德·龚古尔的小说，描写一位女演员为情人而牺牲自己的职业。

[3] 圣查理节是法国过去中小学的节日，每年 1 月 28 日庆祝，内容为表彰优秀生。

[4] 相当于我国高中一年级。

把矛盾和敌意一直带到这所我受到款待的可爱住宅。我们入席就餐，于是，盘子就不同凡响地来往不绝，这些盘子确实是瓷器艺术的杰作，在品尝精美菜肴的过程中，一位艺术品收藏家感到舒服时的注意力，会极其乐意地用来倾听这种艺术高超的喋喋不休；盘子中有雍正时代的瓷盘，盘的边缘呈金黄色，盘体为青色，盘边如鼓起的花瓣，像黄蝴蝶花，盘底为装饰画，画的是翠鸟和鹤在晨曦中飞翔，那晨曦的色彩，和我每天早晨醒来时在蒙莫朗西大街上隐约看到的完全一样；有萨克森瓷盘，风格优雅但比较娇弱，盘上变成紫色的玫瑰呈沉睡状态，毫无生气，有缺口的边缘为郁金香般的紫红色，犹如石竹或勿忘我那样的洛可可风格；还有塞夫勒瓷盘，盘的边缘是精美的格状饰纹，凹槽为白色，凸齿为金色，或者在奶油色的底色上优雅地系上一条凸出的金带；最后是一套银餐具，上面散布着卢夫西恩[1]的香桃木，迪巴里夫人[2]一眼就可以辨认出来。而同样罕见的，也许还有盘中佳肴的质量，这是一顿精心烹调的饭菜，做得十分讲究，可以毫无愧色地说，巴黎人在最盛大的晚宴中也从未品尝过这种菜肴，这使我想起让·德·厄尔城堡的某些手艺高超的女厨师。甚至连肥鹅肝也同平时称为鹅肝被端上饭桌的那种淡而无味的鹅肝酱判若二物。据我所知，简单的土豆冷盘做得这样好的地方

[1] 卢夫西恩位于伊夫林省，迪巴里夫人于 1793 年被捕时在此地居住。

[2] 迪巴里夫人（1743—1793）：路易十五的最后一个情妇。

不多，土豆像日本的象牙纽扣那样结实，像中国渔妇用来在刚捕到的鱼上浇水的小象牙勺那样油光。在我面前的威尼斯玻璃杯中，红葡萄酒的珠光宝气，是蒙达利维先生那儿买来的一种出色的莱奥维尔酒[1]所赋予的；平时端到最豪华的餐桌上的菱鲆并不新鲜，鱼背上的骨头因长途运输而凸起，现在看到端上一条与此毫无相像之处的菱鲆，这对于眼睛的想象来说是一种乐趣，我敢说，对于过去称为嘴巴的想象来说也是一种乐趣；这种菱鲆不是像名门望族的许多厨师长那样用称为白沙司的淀粉糊来烧的，而是用五法郎一斤的黄油制成的真正的白沙司烧的；这条菱鲆盛在一只成化时代的美妙盘子里，盘子中间有一条条紫红色的横线穿过，犹如海上日落时有一群龙虾滑稽可笑地游过，龙虾的硬壳凹凸不平，画得极为出色，仿佛龙虾长在活的甲壳之中，盘子的边口上画着一个中国小孩钓上一条鱼，银灰色的鱼肚使珠色变得神奇迷人。我对维尔迪兰说，用这套餐具吃这种精美的菜肴，对他来说想必是一种高尚的乐趣，因为现在任何亲王的餐具橱里都没有这种餐具。女主人听到后忧郁地对我说："看来您对他并不了解。"于是她对我谈起自己的丈夫，说他是个怪人，对所有这些美好的事物都无动于衷，"一个怪人，"她重复道，"是的，正是如此，这个怪人宁愿去喝一个诺曼底农庄新酿制的一瓶大众化的苹果酒。"这个可爱的女人所说的话，表明她

[1] 莱奥维尔酒是波尔多产的一种名葡萄酒。

对一个地区的特色确实喜爱，她以无限的深情和我们谈论他们曾经居住过的诺曼底，说诺曼底将成为英国式的大花园，有劳伦斯[1]式的高大树木的芳香，有草如柳杉叶、像天鹅绒般柔软的天然草坪，草坪的四周是玫瑰红的绣球花，犹如瓷器的边缘，还有揉皱的黄玫瑰花，玫瑰花散落在农民的门口，门前两棵梨树的枝叶互相缠绕，镶嵌在门上，如同一块装饰华丽的招牌，那落花使人想起古基埃尔的青铜镶饰上一个花枝的自由掉落。她还说诺曼底将使去度假的巴黎人感到十分意外，它受到每个园地的栅栏保护，维尔迪兰夫妇对我说，他们可以进入所有的栅栏。在一天结束时，所有的色彩都在睡意中消失，唯一的亮光来自几乎是凝结的大海，带有脱脂牛奶的蓝色（“不，同您所知道的大海毫无相同之处。”我邻座的夫人激烈反对道，以作为对我的回答，我当时说，福楼拜曾把我们兄弟俩带到特鲁维尔，“毫无相同之处，应该和我一起去，否则您就永远不会知道。”），这时他们才回家去，穿过像玫瑰红绢花一般的杜鹃花的真正树林，完全被罐装沙丁鱼加工厂的气味所陶醉，这种气味会使丈夫的哮喘发作得十分厉害。“是的，”她强调说，“就是这样，真正的哮喘发作。”接着，到第二年的夏天，他们又回来了，把一大群艺术家安顿在一幢美妙的中世纪住宅里，那住宅过去是隐修院，是他们租来的，价钱十分便宜。这个女人在如此真正高雅的环境

[1] 劳伦斯（1769—1830）：英国肖像画家，作品笔触流利，色彩绚丽。

中生活过，说话时却保存着一点平民妇女说话的粗俗，这种话能用您在想象中看到的色彩来展现事物。说真的，听到这个女人说话，听到她向我叙述她在那里过的生活，我简直垂涎三尺。在那里，每个人在自己的修士小室里工作，午饭前，所有的人都到宽敞的装有两个壁炉的客厅里来进行十分高超的谈话，谈话中夹杂着智力游戏，这使我想起狄德罗在其名著《致伏朗小姐的书简》中所提到的谈话。然后，在午饭后，大家都来到户外，即使暴雨、烈日也是如此，那阵雨的亮光，即它过滤的亮光，在一排壮丽的百年山毛榉的结节上划出道道直线，它们把十八世纪钟爱的漂亮的植物置于栅栏之前，还有那些小灌木，雨水悬挂在灌木的枝杈上，犹如花蕾。人们止步倾听一只喜欢凉快的灰雀轻柔的扑水声，灰雀在一朵白玫瑰的花冠中沐浴，犹如在尼姆芬堡府邸[1]娇小可爱的浴缸里洗澡。我对维尔迪兰夫人说，埃尔斯蒂尔曾将那里的景色和花卉细腻地表现在彩色粉画上，她听了气愤地抬起头来说："所有这一切，是我使他知道的，一切，您要听清楚，是一切，有趣的地方，粉画的所有主题，当他离开我们时，我就是当面对他这样说的，是不是，奥古斯特？他画的粉画的所有主题。这些东西，他过去也知道，对此说话要公正，应该承认这点，但是那些花卉，他从未见到过，他不

[1] 尼姆芬堡府邸是原巴伐利亚统治家族——维特尔斯巴赫家族的夏季别墅，位于慕尼黑城外，为后期巴洛克式建筑。

能把蜀葵和一丈红[1]区分开来。是我教会他辨认，您一定不相信我的话，辨认茉莉花的。”这就是说，被今天的艺术爱好者们视作首屈一指，甚至超过方丹-拉图尔[2]的花卉画家，如果没有眼前的这位夫人，也许就永远无法画出茉莉花。应该承认，这种想法有点奇特。“是的，我发誓，是茉莉花；他画所有的玫瑰，是在我的家里，或者是我把那些玫瑰带给他的。在我们家里，人们称他为比施先生；请您问戈达尔、布里肖和所有其他的人，在这儿人们是否把他当作大人物看待。他本人也会对此感到好笑的。我当时教他插花；开始时，他插不好。他老是不能把花束好。他没有天赋的鉴赏力，不能做出选择，我必须对他说：‘不，别画那个，那个不值得画，要画这个。’啊！要是他在安排生活时也像在安排花卉时那样听我们的话，要是他不结这个讨厌的婚，那就好了！”突然，她因全神贯注地思念过去而两眼激动，手指节和短上衣袖子的缨子也狂热地伸长，显出神经质的不安，她那痛苦姿势的轮廓，在我看来犹如一幅从未有过的美妙的画，从中可以看出被压抑的全部愤慨，在这个轮廓中，包含着女人的情感和羞耻心上受到侮辱的一位女友的全部狂怒。接着，她对我们谈起埃尔斯蒂尔为她所作的一幅美妙的肖像画，即戈达尔家的肖像画，她和画家闹翻后把这幅画送给了德·卢森堡公爵，

---

[1] 一丈红（passe-rose）是蜀葵（althaea）的俗称。

[2] 方丹-拉图尔（1836—1904）：法国油画家、版画家、插图家，以画静物、花卉和法国知名文艺家肖像而著名。

她说，是她使画家决定让男的穿上礼服，使衣服上显出波涛般的美丽皱纹，又给女的选择了天鹅绒的裙子，裙子成为画中央的支点，使地毯上像蝴蝶般飘动的片片薄云、花卉、水果以及女孩们穿的像舞蹈女演员短裙一般的薄纱裙显得四平八稳。据说，使画家产生把女人画成在梳头的想法也是出自她，但随后又把这个想法归功于画家，简单地说，这种想法在于不把女人画成摆好架子的样子，而是画她在日常生活中不为人知的一个姿势。“我对他说：‘女人在梳头、擦脸、暖脚时，如果认为自己没有被别人看到，就会有许多有趣的动作，这些动作完全是达·芬奇画中的优雅！’”但在这时，维尔迪兰用一个示意动作指出，这种愤怒的重新产生对他妻子这样神经过敏的女人来说是有害于健康的，斯万见了就让我去欣赏女主人佩戴的黑珍珠项链，那珍珠项链是德·拉法耶特夫人的一个后裔卖掉的，据说是英格兰的亨利埃特送给德·拉法耶特夫人的，在她买下的时候珍珠是雪白的，后来因一场火灾而烧黑了，火灾烧毁了维尔迪兰一家居住的部分房屋，当时他们住在一条街上，街名我已经想不起来了，在那场火灾后找到了放置这些珍珠的首饰匣，但珍珠已变得乌黑。“我见过德·拉法耶特夫人佩戴这些珍珠的肖像，是的，确实是它们的肖像，”斯万强调地说，他面前的宾客们惊讶得叫出声来，“它们真正的肖像，是德·盖尔芒特公爵收藏的。”据斯万宣称，这是举世无双的藏品，我应该去看看，这个藏品是著名的公爵从他姑母德·博泽让夫人那里继承的遗产，因为公爵是德·博泽让夫人最喜欢的侄子，德·博泽让夫人则是从德·维尔巴里西斯侯爵夫人和汉诺威亲王夫人的妹妹德·阿丝费尔德夫人那里得到这件藏品的，过去我弟弟和我在德·阿丝费尔德夫人家里很喜欢名叫巴赞的可爱孩子的面庞，而巴赞正是公爵的名字。这时，戈达尔大夫机灵地重谈珍珠的故事，这种机灵表明他是高雅之士，他告诉我们，这种灾祸会使人脑变质，同人们在无生命物质中看到的变质完全相同，并以一种比许多医生更富有哲理的方式，举了维尔迪兰夫人的随身男仆的例子，男仆在这场可怕的火灾中险些丧生，火灾后他判若两人，连笔迹也完全变了，他写信给当时在诺曼底的主人，向他们禀报这件事，主人收到他写的第一封信，还以为是爱开玩笑的人设下的圈套。不仅是笔迹完全变了，据戈达尔说，男仆过去很少喝酒，现在却喝得烂醉，令人厌恶，所以维尔迪兰夫人只得把他辞退。在女主人优雅的示意下，这种有启发性的论述从餐厅转入威尼斯式的吸烟室，在吸烟室里，戈达尔对我们说，他曾经亲眼看到真正的双重人格，并给我们举了他的一个病人的例子，他友好地表示愿把这个病人带到我的家里，并说他只要触及病人的太阳穴，就可以唤起病人的第二种生活，病人在第二种生活中记不起第一种生活中的任何事情，他在第二种生活中是一个十分正派的人，在第一种生活中却多次因偷窃而被捕，完全是一个令人厌恶的坏蛋。这时，维尔迪兰夫人敏锐地指出，医学可以为戏剧提供更为真实的题材，戏剧中复杂情节的滑稽可笑，可以建立在病理学方面误解的基础上，这样谈来谈去，就引出了戈达尔夫人的话，她说，有一个完全相同的题材，曾被一个故事员所利用，这个故事员是她的孩子们在夜晚最喜欢的人，就是苏格兰人斯蒂文森，这个姓使斯万的嘴里做出不容置辩的肯定："斯蒂文森可是个十足的大作家，我敢向您担保，德·龚古尔先生，一位十分伟大的作家，可以和那些最伟大的作家相提并论。"在我们抽烟的大厅里，我对来自贝尔尼尼[1]建造的老宫殿的用盾形纹章装饰的藻井平顶赞叹不已，但同时又对有一个浅口盆被我们的哈瓦那雪茄烟烟灰逐渐熏黑感到遗憾，斯万听后说，那些曾属于拿破仑一世的书籍上也有类似的污迹，虽说公爵持反波拿巴主义的观点。这时，戈达尔显示出他对任何事物都有真知灼见，他说，这些污迹完全不是来自这个——"这个，完全不是，"他权威般地强调道——而是来自他手里总是拿着甘草片的习惯，即使在战场上也是如此，他吃甘草片是为了止住肝痛。"因为他有肝病，他就是因肝病而去世的。"医生总结道。

我就读到这里，因为我第二天就要起程，另外，这时已是另一个主人召唤我的时刻，我们每天都用一半的时间来为这个主人效劳。他强加于我们的任务，我们是闭着眼睛去完成的。每天早

[1] 贝尔尼尼（1598—1680）：17 世纪意大利雕刻家、建筑设计家、画家，创立巴洛克雕刻艺术风格并加以充分发挥。

晨，他把我们交还给我们的另一个主人，因为他知道，不这样做我们就不会很好地完成他的任务。当我们的灵魂重新睁开眼睛的时候，极想知道我们在主人那儿干了些什么，但主人先让自己的奴隶们躺下，然后吩咐他们迅速干活，那些最机灵的奴隶刚干完活，就想要偷偷摸摸地观看。但是，睡意赶在他们的前头，使他们想要看到的东西痕迹全无。这么多世纪以来，我们对此还知之甚少。

因此，我就把龚古尔兄弟日记合上。文学的魅力！我真想再次见到戈达尔夫妇，向他们询问关于埃尔斯蒂尔的许多细节，去观看小敦刻尔克商店，如果这家商店还在的话，请求获准参观我曾进过晚餐的维尔迪兰公馆。但是，我模糊地感到心烦意乱。当然，我从未对自己隐瞒这点，就是我不善于倾听，也不善于在别人在场的情况下观察。一位老妇人没有把任何珍珠项链展现在我的眼前，别人谈论项链的话也没有钻进我的双耳。然而，这些人是我在日常生活中认识的，我经常同他们一起共进晚餐，这些人就是维尔迪兰夫妇、德·盖尔芒特公爵、戈达尔夫妇，他们中的每个人都使我感到平庸，就像这个巴赞使我外婆感到平庸一样，她并不知道巴赞是德·博泽让夫人最喜欢的侄子，是令人快乐的青年英雄，他们中的每个人都使我觉得乏味；我不觉回忆起他们每个人都充满无数的俗气……

但愿这一切变成夜空中的一个星宿！

我在离开当松维尔前夕所读的那几页龚古尔兄弟日记，使我对文学产生了异议，但我决定把这些异议暂时搁在一边。这个回忆录作者作为个人所显示的天真迹象是明显的，即使把这一迹象搁置不顾，从各种观点来看我也可以感到心安理得。首先，从我个人这方面来说，上面引述的日记使我十分痛苦地看到我对观察和倾听的无能，但这种无能并非整体性的。在我身上存在着一个比较善于观察的人物，但这是个间歇性的人物，只有当好几种物共有的某种普遍本质表现出来时，这个人物才恢复生命，因为这种本质是他的食粮和快乐。于是，这个人物就观察和倾听，但只是在一定的深度上，因此就观察不到任何东西。几何学家抽去了事物中可感知的性质，就只看到它们的线性基质，同样，人们叙述的事被我遗忘，因为使我感兴趣的不是他们想说的事，而是他们叙述这些事的方式，因为它能显示他们的性格或他们的可笑之处，或者确切地说，它是一种客体，是我一直寻求的主要目标，因为一个人和另一个人的共同点，赋予我一种特有的乐趣。只有当我看到它时，我的灵魂——在此以前，灵魂在沉睡，即使是处于我谈话的表面活动之下也是如此，而生气勃勃的谈话使其他人无法看到精神的完全麻木——突然开始进行愉快的追逐，但是，它追逐的东西，例如维尔迪兰沙龙在各个地点和时间中的同一性，位于深度一半的地方，即在超越表层的地方，在一个稍许凹进去一点的地带。因此，人们表面的、可以模仿的魅力被我遗忘，是因为我无权注意它，犹如一个外科医生，会在妇女光滑的腹部下面，看到正在体内折磨她的病痛。我到城里去赴晚宴是枉费工夫，我看不见那些宾客，因为当我自以为看到他们的时候，我就给他们拍X光片。由此可见，当我把我在一次晚宴中能提出的对宾客们的看法汇集起来的时候，我用线条画出的图表现了一组心理学的规律，而宾客说话时所引起的兴趣，在这些规律中几乎不占任何地位。但是，既然我不认为那些肖像是这样的，这是否会使我的肖像失去任何价值？如果一幅肖像在绘画方面显示出某些与体积、光线、运动有关的真相，这是否会使它必然比另一幅肖像逊色？这幅肖像画的是同一个人，但和第一幅肖像毫无相同之处，在第一幅肖像里省略的无数细节，在第二幅肖像里细致入微地表现了出来，看了这幅肖像人们会得出结论，说模特儿是迷人的，而人们却会认为第一幅肖像的模特儿是丑陋的，这点可能具有文献上的乃至历史上的重要性，却不一定是艺术真谛。另外，一旦我不再独自一人时，我因轻浮而产生取悦别人的愿望，希望在闲谈时逗乐别人，而不是在倾听别人谈话时学到东西，除非我去社交界是为了询问某个艺术问题或是曾在我脑中萦绕的某个因嫉妒而生的猜疑。但是，我无法看到某种阅读未在我身上唤起对其欲望的东西，无法看到我事先没有画出其草图，事后又想使其与实物进行对照的东西。有多少次，我清楚地知道这点，即使龚古尔的那段日记没有把这点告诉我，我仍然无法把注意力集中到事物或人们身上，而在事后，一位艺术家在我独自一人时一旦把事物或人们的形象呈现在我的眼前，我就会不远千里，冒着生命危险把这些事物或人们找回！于是，我的想象出发了，并且开始描绘。在前一年我看到后会打哈欠的东西，我现在却事先欣赏，希望得到它，并焦虑地想道："将来是否真的不能看到它？为此我愿付出任何代价！"当读到描写人们的文章时，即使这些人是社交界人士，被看作是“一个不再存在任何见证的社会的最后代表”，读者也一定会大声说道：“真想不到会对一个如此微不足道的人，谈得这么多，还如此颂扬！如果我只看报纸杂志，如果我没有看到他本人，我也会对没有经历此事而感到遗憾！”但是我在报上读到这样的文章时只是在心里想：“真倒霉，我当时关心的只是找到希尔贝特或阿尔贝蒂娜，所以没有对这位先生多加注意！我把他看作是一个在社交界惹人厌烦的人，一个普通的配角，可他却是一个人物！”我读的那几页龚古尔兄弟日记，使我对这种倾向感到遗憾。因为我或许能从这几页日记中得出结论，认为生活教导我们要降低阅读的价值，认为生活向我们表明，作家对我们吹嘘的东西没有很大的价值；但是，我也可以从中得出结论，认为与此相反，阅读教导我们要提高生活的价值，这种价值我们过去未能予以重视，现在只是通过书籍才知道它有很大的价值。在必要时，我们就不会对自己不大喜欢一个凡德伊、一个贝戈特的社交圈子而感到难过。凡德伊过于腼腆的布尔乔亚主义，贝戈特无法忍受的缺点，乃至初期的埃尔斯蒂尔自命不凡的庸俗，[1] 都不能做出任何证明来否定他们，因为他们的天才是由他们的作品来显示的。当他们把魅力赋予自己的社交圈子，即我们不喜欢的社交圈子时，对他们

[1] 因为龚古尔兄弟日记使我发现，他就是那位曾在维尔迪兰夫妇家中对斯万说出令人如此生气的话的“比施先生”。但是，哪一个有天才的人，在具有高雅的情趣之前（就像埃尔斯蒂尔过去经历的那样，但这种事现在十分罕见），没有采用过他那帮艺术家惹人生气的说话方式呢？例如，在巴尔扎克的书信里，不是充满了那种斯万情愿死去一千遍也不愿使用的粗俗词语？然而，像斯万那样的高雅之士，没有任何令人讨厌的笑柄，却可能写不出《贝姨》和《都尔的本堂神甫》。——作者注

来说，是回忆录弄错还是我们弄错，都是一个无关紧要的问题，因为即使是回忆录的作者弄错了，也不能做出任何证明来否定产生这种天才的生活的价值。

这些稀奇古怪的趣闻，是龚古尔兄弟日记取之不尽的素材，也是读者独自一人度过夜晚的消遣；我看到的这些趣闻是龚古尔的宾客们讲给他听的，作为另一种完全不同的体验，我们真想透过日记的书页去和他们结识，但对我来说，他们并没有给我留下一点有趣的回忆，这并非完全无法解释。龚古尔因这些趣闻引人注意而得出结论，认为趣闻的叙述者可能十分高雅，这种看法未免幼稚，因为平庸的人们也可能在生活中看到或听到别人叙述有趣的事情，然后由他们来讲述。龚古尔善于倾听，就像他善于观察一样，而我却不善于这样做。另外，所有这些也需要一个一个地加以鉴定。德·盖尔芒特先生当然没有给我留下青春优雅的典范这样的印象。就是我外婆生前非常想看到的典范，她当时向我推荐这种典范，并说德·博泽让夫人在回忆录中认为这是无法仿效的典范。但是，必须看到，巴赞当时才七岁，回忆录的作者又是他的姑妈，而那些将在几个月后离婚的丈夫，也会在你的面前对自己的妻子大为夸奖。圣伯夫最美的诗篇之一，是描写一座喷泉前出现了才华横溢、婀娜多姿的小姑娘德·尚普拉特勒小姐，她当时还不满十岁。[1] 尽管天才的诗人德·诺阿耶伯爵夫人对娘家

[1] 德·尚普拉特勒小姐于 1897 年当上安娜·德·诺阿耶的婆婆。她曾启示圣伯夫写过一首诗，题为《布瓦洛的喷泉，致德·莫莱伯爵夫人的书信》，载《八月思想录》。

姓尚普拉特勒的婆婆德·诺阿耶公爵夫人怀有温柔的崇敬，但如果要她来描写公爵夫人，她的描写可能会同五十年前圣伯夫的描写形成十分鲜明的对照。

更令人不安的，也许是介于这两者之间的部分，就是那么一些人，对他们的传说同对一则趣闻的记忆相比，含义更为丰富，另外人们也不会像对凡德伊、贝戈特这类人一样，用他们的作品来评论他们，因为他们没有写过作品：他们只是——使我们这些以为他们碌碌无为的人们非常惊讶的是——给了作品以启示。博物馆里的大厅能因文艺复兴时期的伟大绘画而使人对优美留下极为深刻的印象，现在这个大厅变成了滑稽可笑的小资产阶级的客厅，是可以被人接受的，我要是不了解小资产阶级，也许还会在绘画前对它进行想象，因为这样我就可以接近现实，并指望从它那儿了解到画家的艺术中最珍贵的奥秘，这点他的画没有告诉我，但他笔下华丽而且长得拖在地上的丝绒和花边，是可以和提香最美的画媲美的绘画局部。如果我过去就意识到他不是才华横溢、知识渊博、交际广泛的人，而是善于像镜子那样来反映自己那种即使是平庸的生活的人，是成为贝戈特那样的人（即使同时代的人们认为贝戈特的才智不如斯万，博学不如布雷奥代），人们就更可以对艺术家的那些模特儿做出同样的评价。能描绘一切的艺术家在展示美的时候，模特儿是由一些比他稍为富裕的人们充当的，而画家的才能尚被埋没，他的画以五十法郎一张的价格出售，他在这些人家里所看到的是他在自己画室里看不到的东西：一个用家具陈设的客厅，家具上盖有古老的丝织品，客厅里装有许多灯，还有漂亮的花卉、漂亮的水果、漂亮的裙子——这些人比较低微，或者说在真正高贵的人们看来显得低微（高贵的人们甚至不知道他们的存在），但是正因为如此，这些人比那些贵族更能了解默默无闻的艺术家，赏识他，邀请他，购买他的画，而贵族们则让那些学院派画家来为他们画像，例如教皇和国家元首们就是这样。对于后世来说，我们时代的一个优美的家庭和优美的服饰的诗意，与其说是在贝戈特为德·萨冈亲王夫人或夏普兰为德·拉罗什富科伯爵夫人画的肖像之中，不如说是在雷诺阿所画的出版商夏邦基埃的客厅之中，向我们展示了优美的伟大图像的艺术家们，在一些人那儿收集到素材，这些人往往不是他们时代中最为风雅的人，而最为风雅的人也往往不请一个陌生的画家来画肖像，原因是他们无法在他的画上看出他展示的美，这种美被掩盖起来是由于一种具有过时的优美的公式化作品插在中间，这种作品在公众眼中浮动，犹如病人以为眼前确实存在的那种主观幻觉。但是，我过去认识的这些平庸的模特儿还对某些使我喜出望外的布局有过启示，提过建议，他们之中的一个在画中存在，不光是一个模特儿的存在，而且是人们愿意使他在自己画中出现的一个朋友的存在，这就使我们自忖，我们是否对没能结识所有这些人而感到遗憾，因为巴尔扎克在书中描绘了他们，或因欣赏他们而把自己的书题献给他们，而圣伯夫或波德莱尔则用最美的诗来歌颂他们，特别是所有这些雷加米埃、蓬帕杜尔在我看来都不是微不足道的人物，这或者是因为我天生有病，我于是对自己有病而不能再去看望所有这些我过去不大重视的人而感到狂怒，或者是因为她们只是依靠文学的虚幻魔法才享有盛誉，这就迫使人们在阅读时更换词典，并使我不再感到痛苦，我由于病情加重，不得不随时断绝与社会的联系，取消旅行和参观博物馆，以便去疗养院进行治疗。

这些想法有的会减少有的则增加我对自己没有文学才能的惋惜，但是在漫长的岁月中，它们从未在我的脑中出现，在那些年里，我完全放弃了写作的计划，一心在远离巴黎的一所疗养院里治疗，直至一九一六年初这所疗养院无法找到医务人员为止。我于是回到巴黎，这时的巴黎和我第一次回来时的巴黎相比已大不一样，这点读者马上就会看到，那是在一九一四年八月，我来巴黎是为了检查病情，然后返回疗养院。

一九一六年我重返巴黎后头几天的一个晚上，我想听别人谈论唯一使我感兴趣的事——战争，就在晚饭后出去看望维尔迪兰夫人，因为她和邦当夫人一样，是战争时期巴黎的王后之一，这战争时期令人想起督政府时期。就像接种了少量酵母后在表面上自然发生那样，一些年轻的妇女整天戴着高高的圆柱形的头巾，就像和达利安夫人[1]同时代的女人那样，她们出于公民的爱国心身穿十分短的裙子，外罩埃及人穿的、十分“战争”的深色直筒长袍；她们脚穿用皮带系的靴子，使人想起达尔马所

[1] 达利安夫人（1773—1835）：督政府时期巴黎最著名的妇女之一，曾提倡复古的时装。

说的古希腊、古罗马的悲剧演员穿的厚底靴，或是高高的护腿套，使人想起我们亲爱的战士们的护腿套；她们说，这是因为她们没有忘记自己应该使这些战士一饱眼福，她们不但穿着宽松的衣裙，而且戴着首饰，用它们的装饰题材使人想起军队，虽说它们的材料不是来自军队，也并非在军队里加工；使人想起的不是出征埃及的埃及装饰品，而是用炮弹碎片或七五炮的炮弹导带制成的戒指或手镯，用两个英国铜板制成的打火机，一个军人待在防空壕里使铜板上生了漂亮的铜绿，上面的维多利亚女王侧面像仿佛是皮萨内罗雕刻的；她们说，因为她们不断想到这些，当一个军人倒下了，她们就为他戴轻孝，说他"带有豪气"，这样她们就戴上白色的英国纱帽（白纱帽给人留下极为优雅的印象，使人产生各种各样的希望，对最后胜利具有不可动摇的信念），用缎子和平纹丝绸来代替过去的开司米，甚至保留她们的珍珠项链，"同时保持无须提请法国妇女注意的分寸和端庄"。

卢浮宫和所有的博物馆都已关闭，所以当人们看到报上一篇文章的标题是"一个引起轰动的展览会"时，人们就可以确信这不是一个绘画展览会，而是一个裙装展览会，而且展览的裙子是为了满足"那些高尚的艺术情趣，即巴黎妇女过早失去的艺术情趣"。这样，优雅和情趣得以复兴，优雅没有艺术，就竭力为自己辩护，如同一七九三年的艺术那样，在那一年，在革命沙龙参展的艺术家们宣布，"当同盟国的欧洲包围自由的国土时，我们却在搞艺术，一些严肃的共和主义者"将会错误地感到"奇怪"。

一九一六年的妇女时装店老板就是这样做的，他们还以自豪的艺术家的良心承认，“寻找新鲜的东西，排斥平庸的东西，显示一种个性，为胜利做好准备，根据战争的要求为世世代代指出一种美的新格式，这就是使他们感到苦恼的雄心壮志，这就是他们梦寐以求的理想，当人们前来参观他们美妙地设立在……街头的沙龙时，人们就会看到这点，用鲜艳的色彩来消除当时沉闷的忧郁，看来是那些沙龙的口号，不过带有当时的形势所强加的审慎”。确实，“如果我们没有这么多令人思索的勇敢和耐劳的高尚榜样，当时的忧郁就可能战胜妇女的毅力。我们的战士在战壕里希望留在家里的心上人更加舒适、更加妩媚，因此，当我们想到这些战士时，我们不就是在设计符合当时要求的裙子这项工作中不断进行越来越多的探求”？可以理解，“时髦的式样主要由英国的商店创造，即协约国的商店创造，人们在今年酷爱酒桶裙，裙子自然、漂亮，使我们妇女都具有罕见优雅的有趣的小小特点。这场可悲的战争最令人满意的后果之一，迷人的专栏作者补充道（人们以为他会说：是夺回失去的省份，民族感情的觉醒），这场可悲的战争最令人满意的后果之一，将是在时装方面取得可喜的成果，这种时装上不乱加质次的装饰物，显得十分简洁，就是用极少的东西创造出妩媚的风采。人们现在所喜欢的，不是大服装店制作成一式几件的那种裙子，而是自己在家里制作的裙子，因为这些裙子能显示每个人的个人思想、嗜好和倾向”。至于说到慈善，当她们想到因入侵而产生的一切苦难，想到这么多的残废者时，慈善自然会变得“更加灵活”，这使她们不得不坐在桥牌桌旁，在“茶会”里度过黄昏的时光，一面评论“前线”的新闻，在大门口则停着她们的汽车，汽车的座位上坐着一个漂亮的军人，在和贵族的跟班以及戴高头巾的女士们闲聊。另外，新鲜的不光是用古怪的圆柱形使脸部变长的头巾，而且还有脸部本身。戴新帽子的女士是一些不知从哪里来的青年妇女，她们成为优雅的花朵，有的已有半年，有的已有两年，有的已有四年。这些差别对于她们的重要性，如同我初入社交界时，盖尔芒特和拉罗什富科这两个家族对证实家族的历史有三个世纪或四个世纪的重要性一样。从一九一四年起就结识盖尔芒特家族的女士，把一九一六年被介绍给这个家庭的女士看作暴发户，向她问好时活像一个享有亡夫遗产的寡妇，用单柄眼镜盯着她看，并噘嘴表示，人们甚至还不能确切地知道这位女士是否已经结婚。“这一切都相当令人恶心。”一九一四年结识盖尔芒特家族的女士总结道，她真希望盖尔芒特家族结识新友的周期在她之后告一段落。这些新友在年轻人看来已十分陈旧，而对某些不仅仅出入上流社会的老人来说，这些人似曾相识，并非新友；这些人不仅为社交界提供在知己之间进行政治方面和音乐方面的谈话这种社交界所允许的消遣，而且还必须由这些人来提供这种消遣，因为如果这些人是旧友——即使是新友也一样，要使事物显得新奇，就必须要有新的名称，在艺术上是如此，在医学上、社交上也是如此。（另外，在某些事物上名称确实是新的。例如，维尔迪兰夫人在战争时期去了威尼斯，但是，犹如那些想对忧愁和感情避而不谈的人一样，当她说这好极了的时候，她赞赏的既不是威尼斯、圣马可教堂，也不是那些宫殿，那些曾使我十分喜欢的一切，她都不屑一顾，她赞赏的是探照灯在空中产生的效果，她对这些探照灯提供了以数字为依据的情况，这样一代一代下去，在对至今仍被欣赏的艺术做出反对的反应时，重新产生了一种现实主义。）圣德费尔特的沙龙是一个变得陈旧的标签，使用这个标签，即使有最伟大的艺术家和最有势力的部长在场，也不会吸引任何人。相反，人们为了倾听这些艺术家的秘书或这些部长的办公室副主任说一句话，却会跑到戴头巾的新女士们的家里，她们叽叽喳喳，蜂拥般飞到巴黎。第一督政府的那些女士中有一位年轻、美貌的王后，名叫达利安夫人。第二督政府的那些女士中有两位年老、丑陋的王后，名叫维尔迪兰夫人和邦当夫人。邦当夫人的丈夫在德雷福斯案件中起了被《巴黎回声报》激烈批评的作用，谁还会对她毫不宽容呢？由于整个议会在一个时期中都主张修改宪法，主张维护社会秩序、容许宗教活动和进行军事准备的党派，就必定要在过去主张修改宪法的人们和过去的社会党人中间发展自己的成员。要是在过去，人们会憎恨邦当先生，因为在那时，不爱国的名字叫作德雷福斯派。但是，这个名字很快被人遗忘，并被“三年服役法[1]的反对派”这个名字所取代。相反，邦当先生却是这个法案的制定者之一，因此他是个爱国者。在社交界（这个社会现象也只是对一个更为普遍的心理法案的实施），新鲜事物不管是否应受谴责，只有在未被理解、不具有令人放心的成分时才会引起恐惧，德雷福斯主义是

[1] 三年服役法由普安卡雷内阁提出，于 1913 年 4 月 7 日获得通过。

如此，圣卢和奥黛特的女儿的婚姻也是如此，这个婚姻在起初曾使人们发出惊叫。现在，人们在圣卢夫妇的家里可以见到“人们认识的”所有人，希尔贝特即使有奥黛特那样的生活作风，人们也会到那儿“去”，并赞成她像老太太那样来指责未被理解的新道德。德雷福斯主义现在已被纳入一系列体面而又习惯的事物。至于它本身的价值，是没有人会去考虑的，现在赞成它时是这样，过去指责它时也是这样。它已不再 shocking[1]。这就是必须做的一切。人们几乎想不起自己曾经是这样的人，就像过了一段时间之后，人们不再记得一个姑娘的父亲是否当过小偷。在必要时，人们可以说：“不，您说的是连襟，或者是一个名字相同的人。但是，对他这个人，别人从未说过任何坏话。”同样，过去一定有两种不同的德雷福斯主义，去德·蒙莫朗西公爵夫人家做客并使三年服役法获得通过的人也不可能是坏人。不管怎样，对任何罪孽都要宽恕，既然对德雷福斯主义已经忘却，对德雷福斯派就更有理由忘却。另外，政治已荡然无存，因为人们想要站在政府一边，一时间都成了德雷福斯派，即使是那些曾反对过德雷福斯主义这种令人反感的新事物的人也是如此，他们当时（那时圣卢走上歧途）认为德雷福斯主义代表的是不爱国、不信教、无政府主义等等。因此，邦当先生的德雷福斯主义隐蔽而又合法，就像所有政治家的德雷福斯主义一样，犹如皮下的骨头隐而不见。任何人都不会记得他曾是德雷福斯派，因为社交界人士漫不经心、十分健

[1] 英语，意为令人震惊的。

忘，还因为现在离此事已有相当长的时间，这些人还假装把这段时间看得比实际上更长，认为把战前和战争时期相隔的时间说成一段同地质时期一样深、一样长的时期，是最为时髦的想法之一，因此布里肖这个民族主义者每当影射德雷福斯案件时就说："在这些史前时期。"（说实在的，战争引起的这种深刻变化，是同触及的思想的价值成反比的，至少从某种程度起是如此。在下层，那些十足的傻瓜，那些只想寻欢作乐的人们对战争并不关心。但在上层，内心十分丰富的人们也很少考虑那些事件的重要性。对他们来说，深刻改变思想次序的，正是某种本身仿佛毫不重要的东西，这种东西使他们生活在另一个时代之中，从而颠倒了他们的时间次序。人们可以从受到它启示的优美篇章中切实理解这点：蒙布瓦西埃公园中的鸟鸣，或是带有木樨草气味的微风，显然没有法国大革命和法兰西第一帝国时期的重大事件影响大，但它们却启示了夏多布里昂，使他在《墓畔回忆录》中写下价值要大无数倍的篇章。）同样一些人说，德雷福斯派和反德雷福斯派这两个词已不再具有意义，但如果有人对他们说，在几个世纪之后，也许在更短的时间里，德国佬这个词可能会像无套裤汉、朱安党人或蓝制服[1]这些词一样，只有使人感到好奇的价值，他们就会感到惊讶和愤慨。

邦当先生希望看到德国四分五裂，就像中世纪时霍亨索伦王

[1] 蓝制服是第一次世界大战时法国士兵所穿的制服。

朝[1]宣布绝嗣后那样，也希望看到威廉[2]被军法处决身中十二颗子弹，在此之前，他不愿听到别人谈论和平。总之，他被布里肖称为“打到底主义者”，他可以获得公民责任感的最佳证书。在前三天，邦当夫人在那些曾要求维尔迪兰夫人把她介绍给他们的人中间也许有点不自在，她对维尔迪兰夫人说：“这正是您刚才给我介绍的德·奥松维尔公爵。”维尔迪兰夫人则用有点刺耳的语调回答道：“是伯爵，亲爱的。”这也许是因为她对奥松维尔这个姓和某个爵位之间的组合一无所知，也许恰恰相反，是因为她精于此道，善于和“公爵党”[3]进行观念联想，有人曾对她说德·奥松维尔先生在法兰西学院里是这个党的成员之一。从第四天起，她开始在圣日耳曼区牢牢地扎下根。有时，人们可以在她周围看到社交界的一些陌生人，人们不认识这些人，也不对他们感到惊讶，就像看到小鸡周围的蛋壳碎片一样，因为人们知道邦当夫人是从哪个蛋里孵出来的。但是，从第十五天起，她使他们感到震惊，在第一个月的月底之前，当她说“我要到莱维家去”时，大家就明白了，她不必明确指出她说的是莱维·米尔普瓦，每一位公爵夫人临睡前都要从邦当夫人或维尔迪兰夫人那儿获悉，至少是从电话里获悉，晚上的战报有什么内容，省略了什么消息，和希腊的战

[1] 霍亨索伦王朝是欧洲历史上著名的王朝，为勃兰登堡-普鲁士及德意志帝国的主要统治家族。王朝的始祖是布尔夏德一世，他的后裔自第三、第四代开始形成两个家系，一为索伦-霍亨贝格，于1486年前后绝嗣。

[2] 即威廉二世（1859—1941）：发动第一次世界大战的德国皇帝。

[3] 公爵党当时包括法兰西血统的贵族院士，以斯达尔夫人的曾孙德·奥松维尔伯爵的沙龙为中心。

况如何，在准备发动什么进攻，总之，是公众将在第二天或第二天之后才知道的新闻，这样，她仿佛是在进行彩排前的最后一次排演。在谈话中，维尔迪兰夫人为了传播新闻，在谈到法国时称“我们”。“事情是这样的：我们要求希腊国王撤出伯罗奔尼撒，等等，我们向他发出，等等。”在她的所有叙述中总是要提到总司令部（“我曾打电话给总司令部”），她说这个缩写词[1]的乐趣，就像过去那些并不认识德·阿格里让特亲王的妇女那样，她们听到别人说起亲王时，为了表明她们对亲王并不陌生，就微笑地问道：“是格里格里？”在比较太平的时期，这种乐趣只有社交界人士才有，而在现在这种大动乱的时期，连老百姓也有这种乐趣。例如，当人们谈论希腊国王时，我们的管家由于经常看报，会用威廉二世的口吻说：“是丁诺[2]？”而在此以前，他和国王们亲热得更为随便，这种亲热是他臆造的，当他谈到西班牙国王时，他说：“方方斯[3]。”另外，人们可以发现，随着主动接近维尔迪兰夫人的杰出人物的数目增加，她称之为“令人厌倦的”人们的数目就减少。通过一种魔法，前来拜访她或要求得到她邀请的所有“令人厌倦的人”，突然变成某种令人愉快的聪明人。总之，一年之后，令人厌倦的人们的数目大大减少，以至于过去在谈话中占有极重要的位置并在维尔迪兰夫人的生活中起过极大作用的“对感到厌倦的害怕和无能为力”，几乎消失得无影无踪。到了晚年，这种对感

[1] 即总司令部的缩写词 G. Q. G.。

[2] 即希腊国王康斯坦丁一世（1868—1923）。

[3] 即西班牙国王阿方索十三世（1886—1941）。

到厌倦的无能为力（她过去曾肯定地说，她在少年时代未曾有过这种感觉），使她受到的痛苦减少，就像某些偏头痛、某些神经性哮喘那样，在人们年老时就不再发作。如果维尔迪兰夫人没有从过去的信徒中抽出少数人来取代不再令人厌倦的人们，在无人可厌倦的情况下，对感到厌倦的害怕也许已完全和维尔迪兰夫人无缘。

此外，我们再来谈谈那些现在常去维尔迪兰夫人家做客的公爵夫人，她们在不知不觉中到那里去寻求的东西，正是德雷福斯派过去寻求的东西，即社交界的一种乐趣，这种乐趣的形成方式是，对它的品尝可以满足政治上的好奇心，可以满足在她们之间评论从报上读到的各种事件的需要。维尔迪兰夫人说："请你们到五点钟来谈论战争。"就像过去说"谈论德雷福斯案件"一样，同时还说："请你们来听听莫雷尔谈话。"

然而，莫雷尔是不应该在这里的，原因是他还没有退役。只是他没有返回部队，开了小差，但无人知道此事。

这个沙龙的明星之一是"落泊者"，他虽说爱好体育，却设法退了役。对于我来说，他已经成为一部我经常思念的美妙作品的作者，所以当我在两组回忆之间建立一种横向联系时，我在偶然间想到他就是使阿尔贝蒂娜离开我家出走的那个人。在这些涉及阿尔贝蒂娜的珍贵回忆方面，这种横向联系引向一条道路，道路通到好几年之后，在一片荒野中绝迹，因为我从此不再想念她了。这是我从此不再走的一条回忆的道路，一条路线。然而，"落泊者"的那些作品是最近问世的，我的思想也一直在走，一直在使用这条回忆的路线。

我应该说，认识安德烈的丈夫并非十分容易，也并非十分愉快，人们对他怀有友情，但得到的却是许多失望。在这时，他确实已病得很重，所以不想使自己劳累。除非是那些在他看来也许能给他带来乐趣的劳累，然而，他认为只有和他不认识的人们见面才会给他带来乐趣，他那热情奔放的想象也许使他把这种见面看作一次机会，认为这些陌生人会和其他人不同。但是，对于他已经认识的人们，他极为清楚地知道他们现在是怎样的人，将来会是怎样的人，他觉得不值得为他们做一次对他来说是危险的，也许是致命的劳累。总之，他是一位很坏的朋友。他对新朋友的偏爱，也许再现了他过去某种狂热的大胆，在巴尔贝克时，他对体育运动、赌博和无节制的饮食就是如此。

至于维尔迪兰夫人，她每次都想让我和安德烈认识，因为她对我已认识安德烈这件事感到无法接受。不过，安德烈也很少和她丈夫一起来。她对我来说是一位令人赞赏的挚友，她忠于自己那位批评俄国芭蕾舞的丈夫的审美观，在谈到德·波利尼亚克侯爵时说："他的房子是由巴克斯特[1]装饰的，这种房子怎么能睡呢！我更喜欢迪比夫[2]。"此外，由于唯美主义的必然进步，维尔迪兰夫妇最终改变了自己的看法，他们说无法忍受现代风格（再说这是慕尼黑的风格）和白色的套间，只喜欢法国的老式家具配

[1] 巴克斯特（1866—1924）：俄国艺术家，主要从事舞台布景和戏装的设计。

[2] 迪比夫祖孙三代均从事绘画，祖父名叫克洛德（1790—1864），父亲是爱德华（1820—1883），孙子为纪尧姆（1853—1909）。这里是指室内装饰家纪尧姆·迪比夫。

上深色的室内环境。[1] 在这个时期，维尔迪兰夫人可以把自己想请的客人请到自己家里，所以人们看到她用间接的方式去主动接近一个她早已完全不放在眼里的人——奥黛特——时，感到十分惊讶。人们认为，此人不会给这个过去只有一小群人，现在变得耀眼夺目的社交界增添任何光彩。但是，长期的分离会平息宿怨，有时也会同时唤起友情。另外，这种现象不但会使垂死的人嘴里只说过去熟悉的名字，而且会使老人耽于童年回忆，这种现象在社会上也有其相同的东西。为了使奥黛特重新来她家做客这件事获得成功，维尔迪兰夫人当然没有使用“极端保皇派”，而是使用忠实程度较差的常客，这些人仍到其他沙龙去做客。她对他们说：“我不知道为什么在这里再也看不到她了。她也许在怄气，我可没有；总之，我哪点得罪了她？她是在我的家里认识她的两个丈夫的。如果她愿意再来玩，就请告诉她，我的大门对她是敞开的。”这些话如果不是女主人的想象力让她说出来的，一定会使骄傲的女主人难以启口。这些话给传了过去，但没有成功。维尔迪兰夫人等待着奥黛特，但没有看到她来。直至后面将要谈到的一些事

---

[1] 在这段时期我经常见到安德烈。我们都不知道该说些什么。有一次我想到絮利安这个名字，是在对阿尔贝蒂娜的遥远回忆中想到的，犹如一朵神秘的花。在当时是神秘的，但现在却不能再激发起任何东西，我谈论许多无关紧要的话题。但对这个话题却默无一言，这不是因为它比另一个话题更加无关紧要，而是因为过去对这些事物考虑过多，所以现在产生一种厌倦的感觉。我过去一个时期把这件事看得非常神秘，这个时期也许是真正有意思的时期。但是，由于这些时期不会永远持续下去，我们就不应该牺牲自己的健康和财富，去探索有朝一日将不会再使我们感兴趣的秘密。——作者注

件发生，这些事件出于完全不同的原因，导致无情无义的人们组成的热情使团无法完成的事得以实现。轻而易举的成功固然少，完完全全的失败也不多见。

发生的事情一模一样，人们自然会想起过去的一句话：“不是思想正统，就是思想不正统。”但当事情显得并不相同时，由于过去的巴黎公社社员曾经反对修正德雷福斯案件，所以最坚决的德雷福斯派希望把所有的人统统枪毙，并且得到将军们的支持，就像将军们在德雷福斯案件审理期间反对加利费[1]那样。在这些聚会中，维尔迪兰夫人邀请了几位认识不久的女士，这些女士因其作品而出名，她们在前几次来的时候打扮得光彩夺目，戴着豪华的珍珠项链，奥黛特也有一条漂亮的珍珠项链，她以前曾过分炫耀这条项链，现在她模仿圣日耳曼区的那些女士，穿上了“战争服”，就对时髦的服饰持严厉态度。但是，女士们善于适应环境。三四次之后她们就看到，她们认为时髦的服饰，正是那些时髦的人所废弃的，她们就把绣金的衣裙搁置一边，心甘情愿地穿上朴实的服装。

维尔迪兰先生说：“真扫兴，我要给邦当打电话，让邦当为明天做必要的准备，人们还‘删去’了诺布瓦文章的全部结尾部分，只是因为他在文中暗示贝森‘被免职’了。”因为司空见惯的

[1] 加利费（1830—1909）：法国将军，曾残酷镇压巴黎公社起义，1899 年出任陆军部长，由于极不适合搞政治，不到一年便被迫辞职。

愚昧使每个人通过使用常用的表达法来炫耀自己，并自以为可以表明现在时兴这种说法，犹如一个资产阶级的妇女在听到别人谈起德·布雷奥代先生、德·阿格里让特先生或德·夏吕斯先生时说：“谁？布雷奥代家的巴巴尔、格里格里、夏吕斯家的麦麦？”不过，公爵夫人们也照此办理，她们在说“免职”时有同样的乐趣，因为对于公爵夫人们来说——对于有点诗意的平民来说也是如此——显示区别的是名称，但她们按照自己所属的思想等级来表达思想，在这个等级里也有许多资产者。思想上的阶级划分不考虑出身。

维尔迪兰夫人的所有这些电话也并非没有弊病。我们忘了提及，维尔迪兰“沙龙”如果说在思想上和现实中继续存在的话，已经暂时搬到巴黎最大的公馆之一，原因是威尼斯使节们过去的住宅十分潮湿，加上缺煤和缺电，使维尔迪兰夫妇在那里会客更为困难。另外，新客厅也不是没有可爱之处。正如在威尼斯因水多而面积有限的广场规定了各个宫殿的外形，正如巴黎城内的一个小花园比外省的一座公园更能使人心旷神怡，维尔迪兰夫人在这座公馆里的狭窄餐室，构成一个四壁白得发亮的菱形，犹如一个银幕，每逢星期三，几乎是每天，这个银幕上就会出现巴黎各种各样最引人注目的男人和最时髦的女人，他们都乐意分享维尔迪兰夫妇的豪华，因为在这个时期，最富裕的人们由于无法得到收入而紧缩开支，可是维尔迪兰夫妇的豪华却因他们的财产而与日俱增。招待客人的形式有了改变，但布里肖仍然感到十分快乐，随着维尔迪兰夫妇的交往不断扩大，他也从中找到在一个小小的空间里积累起来的新乐趣，犹如圣诞节时在一只鞋中发现意想不到的礼物。有几天，来赴晚宴的客人特别多，使这个私人住宅的餐室显得过于狭窄，于是就在楼下的大餐厅里设下晚宴，那些常客虚伪地装出在楼上时的那种亲密无间，而在心里却暗暗高兴——他们几个人离开众人待在一边，就像过去乘小火车时一样，希望自己成为邻座观看和羡慕的对象。在平常的和平时期，悄悄地寄给《费加罗报》或《高卢人报》的一则社交消息，会使没能去雄伟旅馆的餐厅赴宴的人们获悉，布里肖曾和德·迪拉斯公爵夫人共进晚餐。但是，自从战争爆发以来，社交新闻的专栏记者取消了这类消息（他们用刊登葬礼、嘉奖和法美宴会的消息来进行弥补），要做广告就只能用一种影响有限的幼稚的办法，这种办法出现于古腾堡[1]的发明之前，只适用于史前时代，这就是在维尔迪兰夫人的餐桌旁露面。晚饭后，客人们来到楼上女主人的客厅，接着就开始打电话。然而，在这个时期，许多大公馆的客人里都混杂着间谍，他们记下了邦当在电话里传达的秘密消息，可喜的是他的消息并不确切，总是被事态所否定，因此他的泄密才没有造成损失。

在下午的茶会结束之前，即在日暮之时，天空还很亮，人们可以看到远处的棕色小斑点，要是在蓝色的夜空中，人们会以为是小飞虫或小鸟。就像人们看到远处的一座山时，会以为是一朵云。但是，人们内心激动，因为知道这朵云很大，是固体，而且

[1] 古腾堡（约 1400—1468）：德国工匠和发明家。

很结实。因此，我内心也十分激动，因为天上的棕色斑点既不是小飞虫，也不是鸟，而是一架飞机，这架飞机由几个在对巴黎进行监视的人驾驶（我和阿尔贝蒂娜在凡尔赛附近做最后一次散步时，曾见到过这种飞机，但这个回忆与我现在的激动毫无关系，因为对这次散步的回忆在我看来已无关紧要）。

吃晚饭的时候，饭店全部客满；如果我在街上行走，看到一个可怜的休假军人在灯光照亮的橱窗前把目光停留片刻，我就会感到难过，因为他只是在六天中逃脱随时会死亡的危险，并准备重返战壕，这种难过我过去在巴尔贝克旅社也曾有过，就是在渔夫们看着我们吃饭的时候，但我现在更加难过，因为我知道，相比之下，士兵的不幸要比穷人的不幸来得大，而且更加感人，因为这种不幸更加顺从、更加高尚，他在准备重返前线时看到后方工作的军人们在预订餐桌时挤来挤去，只是达观地、毫不厌恶地摇了一下头说："这儿看不出是在打仗。"然后，到九点半，还没有一个人吃完晚饭，但根据警察局的命令，所有的灯一下子都熄灭了，九点三十五分，后方工作的军人们又开始挤来挤去，从饭店的服务员手里夺过他们的大衣，我曾在圣卢休假的一个晚上和他一起在这家饭店里吃晚饭，这时饭店里半明半暗，显得神秘莫测，就像放映幻灯的暗室，又像电影院里放映电影的大厅，那些吃完晚饭的男男女女急忙赶到电影院去。

但在这个时间之后，对于那些在我所说的那天晚上像我那样在家里吃完晚饭，然后去看望朋友的人来说，巴黎的夜晚要比我童年时代的贡布雷更为黑暗，至少在某些街区是如此；人们进行的互访，犹如乡下邻居间的互访。啊！要是阿尔贝蒂娜还活着，我晚上到城里去吃晚饭时约她在拱廊下幽会，将会多么甜蜜！开始时，我什么也不会看到，我会内心激动，以为她未能赴约，但突然间，我会看到黑墙上显现出她喜欢的一条灰色裙子，以及她那双已经看到我的微笑的眼睛，于是我们就可以搂在一起散步，而不会被别人发现，我们走了一会儿，然后就回家。唉，我现在却是孤身一人，我仿佛是在拜访乡下的邻居，就像过去斯万在晚饭后来拜访我们一样，他在当松维尔的黑夜中不会再遇到行人，走的是拉纤的小道，一直走到圣灵街，我现在从圣克洛蒂尔德走到波拿巴街，走在那些已变成弯弯曲曲的乡村道路的街上，也没有遇到行人。另外，由于现在这个时间使我游历的这些景色片段，不再受一个变得无法看到的环境的制约，在那些刮风后冰冷的暴雨随即停止的夜晚，我感到自己仿佛是在过去曾朝思暮想的骇浪滔天的海边，而没有以前在巴尔贝克时的感觉；其他一些巴黎过去并不存在的自然环境，甚至会使我感到我刚下火车，来到乡村度假，例如晚上月光下在身旁的地上的明暗对比就是如此。月光所产生的现象，是城里看不到的，即使在隆冬也是如此；奥斯曼大街上的积雪已无人会去扫除，月光洒在大街的雪上，就像洒在阿尔卑斯山的一条冰川之上。树木的侧影映照在这个有点发蓝的金色雪地上，显得清晰、洁净，同时又十分柔和，犹如某些日本画中或拉斐尔某些画的背景中的树木侧影；这些侧影展现在树木根部的地面上，在大自然中太阳落山时往往可以看到这种景色，这时，太阳沐浴着草原，把草原照得如镜子一般反光，草原上的树木一棵棵距离相等。但是，美妙的柔和达到登峰造极的程度时，展现这些轻如灵魂的树影的草地，犹如天堂里的草地一般，那颜色不是绿的，而是被洒在玉石般雪上的月光照成晶莹的白色，草地仿佛全都由梨花的花瓣织成。在广场上，公共水池的那些神祇，手持冰柱，仿佛是用双重材料制成的雕像，为了制作这些雕像，艺术家特意把青铜和晶体融合在一起。在这些特殊的日子里，所有的屋子都是漆黑一片。但到了春天却与此相反，有时会有违反警察局规定的现象，一座公馆，或者只是公馆的一层楼，或者一层楼中只有一个房间，由于没有关上百叶窗，看上去有如在投射光线，有如忽隐忽现的幻影，独自浮现在伸手不见五指的黑暗之上。人们高高地抬起头在这半明半暗的金光中见到的女人，在这个人们消失其中、她也仿佛与世隔绝的黑夜之中，呈现出东方景色神秘而含蓄的魅力。然后我走了过去，在黑暗中只听到有益于健康而又单调的粗俗脚步声。

我心里在想，我已经好久没有看到书中所提到的那些人，而且一个也没有看到。只有在一九一四年，我在巴黎度过的两个月中，我见到过德·夏吕斯先生以及布洛克和圣卢，而圣卢我只见到过两次。第二次见到他时，一定是他表现最出色的时候；他已经消除了他在当松维尔逗留期间给我留下的所有令人不快的不真挚的印象，这种印象我已在上文中说过，我在他身上又发现他过去的一切美德。我第一次见到他是在宣战之后，即宣战后的那个星期之初，当时布洛克表达了对沙文主义十足的感情，圣卢等布洛克离开我们以后，立刻责备自己没有再次入伍，我对他语气的粗暴几乎觉得反感。[1]“不,”他愉快而有力地大声说道，“所有那些不去打仗的人，不管提出什么理由，都是因为他们不愿被人杀死，都是出于害怕。”他用同样肯定的手势，但比强调指出其他人的害怕时的手势更为有力，补充道：“而我，如果说我没有再次入伍，老实说就是因为害怕！”我已经在各种各样的人身上发现，装出值得称赞的感情并不是坏人们的唯一掩护，而且还发现，一种更新的掩护是这些坏人炫耀自己，以便使别人至少不显出避开他们的样子。另外，在圣卢的身上，这种倾向因他的习惯而得到加强，就是当他泄露了秘密，干了一件蠢事，别人可能会来责备他时，他就把这种事公开披露出来，并说是故意干的。我觉得，他的这种习惯想必来自军校的某个教师，他过去和这个教师过从甚密，并公开表示对此人十分欣赏。因此，我毫不困难地把这种心血来潮解释为对一种感情的口头认可，由于这种感情支配了圣卢的行为，使他对刚爆发的战争持不介入的态度，所以他更喜欢表露这种感情。他在离开我时问我：“你是否听说我的舅妈奥丽阿娜要离婚？就我个人而言，我对此一无所知。这件事不时有人说起，

[1] 圣卢是从巴尔贝克回来的。我后来才间接地获悉，他曾徒劳地勾引旅社经理。旅社经理有现在的地位，是因为继承了纳西姆·贝尔纳先生的遗产。实际上，他就是布洛克的伯父过去“保护”的那个青年侍者。但是，富裕给他带来了美德。因此，圣卢勾引他是白费力气。这样，当那些有道德的青年到了一定的年龄会沉湎于他们终于意识到的情感，作为补偿，轻浮的少年变成了有道德的男人，夏吕斯那样的人因相信过去的故事而来找他们，但已为时过晚，只会自讨没趣，碰一鼻子的灰。一切都取决于时间。——作者注

我经常听到别人说，就信以为真。我补充一点，这件事将是十分容易理解的；我的舅舅和蔼可亲，不仅在社交界是如此，而且对他的朋友、对他的父母也是如此。从某个方面来看，他的心肠甚至要比我舅妈好得多，我舅妈是个圣人，但她使他可怕地感觉到这点。不过他是个可怕的丈夫，一直欺骗自己的妻子，侮辱她，粗暴地对待她，不给她钱。她要离开他将是十分自然的事情，是此事不假的一个原因，但也是此事不真的一个原因，所以人们会想到并说出这件事。另外，她已经对他容忍了这么久！现在我清楚地知道，有许多事情人们说错了又否定，但后来却弄假成真。”听到这里，我就想到问他，过去传说他要娶德·盖尔芒特小姐，是否有这么回事。他听了大吃一惊，对我肯定地说没有这么回事，说这只是社交界流传的一个谣言，这种谣言不时产生，也不知是怎么产生的，然后就不攻自破，但谣言的不可靠不会使那些相信过谣言的人变得更加谨慎，一旦产生一个结婚、离婚的谣言或一个政治谣言，他们就会立刻信以为真，并且广为传播。

四十八个小时还没有过去，我了解到的某些事实就已向我证明，我完全错误地理解了罗贝的话：“这些人不上前线，都是因为他们害怕。”圣卢说这句话是为了在谈话中出风头，是为了显示他心里想的与众不同，因为他完全不能肯定他的立场会被别人接受。但是，他在这段时间里千方百计地使自己的立场被别人接受，他这样做倒没有与众不同，就是从他觉得应该赋予这个词的意义来看没有与众不同，但从本质上看更加接近圣安德烈教堂的法国人，更加符合当时圣安德烈教堂的法国人的一切优良品质，这些法国人是领主、自由民和农奴，农奴对领主或是毕恭毕敬，或是起来造反反对领主，这两类都是法国的，它们同属一个科，分为弗朗索瓦丝亚门和莫雷尔亚门，然后两个箭头又合二为一，指向同一个方面，即边境。布洛克曾十分高兴地听到一个民族主义者（其实此人的民族主义十分罕见）吐露自己的怯懦，而当圣卢问他是否将亲赴前线时，他就显出大祭司的神色回答道："我眼睛近视。"但是几天之后，布洛克完全改变了对战争的看法，他来看我时十分慌乱。他虽然"眼睛近视，但被认为可以入伍"。我送他回家时遇到了圣卢，圣卢为托人把自己引见给陆军部的一位上校，和一位过去的军官有约会，据他对我说是"德·康布尔梅先生"。"啊！不错，我对你说的是一位老相识，你和我一样熟悉康康。"我对他回答说，我确实认识此人，也认识此人的妻子，我对他们并不十分赞赏。但是，自从我第一次见到他们之后，我总是认为那个女的仍然值得注意，因为她对叔本华了如指掌，可以出入于她那粗俗的丈夫无法进入的知识界，所以我听到圣卢对我的回答立刻感到惊讶，圣卢说："他的妻子是傻瓜，我把她交给你了。但他是个出色的人物，有才能，又一直十分讨人喜欢。"圣卢说那女的是"傻瓜"，大概是指她经常出入上流社会的强烈欲望，对此上流社会持极为严厉的态度；至于说她丈夫的那些优点，这也许是他侄女认为他是家庭中最好的人时所看到的他那些优点中的某个部分。他至少不去关心那些公爵夫人，但是说实在的，这是一种"聪明"，这种聪明同思想家们特有的聪明的区别，就像公众认为某个富翁"善于发财"的聪明同思想家们的聪明的区别一样大。但是，圣卢的话并没有使我感到不快，因为他的话提请人们注意，奢望和愚蠢相差无几，而朴实的情趣虽说并不明显，却能讨人喜欢。不错，我不曾有机会欣赏德·康布尔梅先生的朴实。但是，正是这点才使一个人变成许多不同的人，原因是有许多人在评论他，此外在评论上也有各种各样的差别。对于德·康布尔梅先生的情况，我所了解的只是皮毛而已。他的风趣已由其他人向我证实，但我对此一无所知。布洛克在他家门口离开了我们，严厉地抨击了圣卢，并对他说，他们那些军装上带杠杠的“女婿”在参谋部里炫耀自己，又不必冒任何危险，他这个普通的二等兵也不想“为了威廉”让自己的“皮肉穿孔”。“看来威廉皇帝病得很重。”圣卢回答道。就像所有那些和交易所关系密切的人一样，布洛克特别容易接受耸人听闻的消息，他补充道：“许多传说甚至说他已经死了。”交易所里认为，任何有病的君主，不管是爱德华七世还是威廉二世，都已经死了，任何即将被包围的城市都已被攻占。“隐瞒这件事，”他补充道，“只是为了不使德国佬那儿的舆论沮丧。他是在昨天夜里死的。我父亲是从最可靠的来源得到这个消息的。”最可靠的消息来源是老布洛克先生重视的唯一消息来源。这也许是因为他依靠“上层的关系”，有幸和这些消息来源取得联系，并从中得到更加秘密的消息，说对外银行的股票即将上涨，或是比尔的股票即将下跌。另外，即使在某一个时候比尔的股票上涨或“抛出”对外银行的股票，即使前一种股票的市场“坚挺”“积极”，后一种股票的市场“犹豫”“疲软”，最可靠的消息来源仍然是最可靠的消息来源。正因为如此，布洛克在对我们宣布德国皇帝去世时，样子深奥莫测、神气活现，同时又怒气冲天。他特别气愤的是听到罗贝说“威廉皇帝”。我认为，即使在断头台的铡刀之下，圣卢和德·盖尔芒特先生也是会这样说的。社交界的两位先生如果单独生活在一个孤岛上，不需要向任何人显示高雅的举止，也会从这些教养的痕迹中看出对方的身份，就像两位拉丁语学者会正确地引述维吉尔的语录一样。圣卢即使被德国人严刑拷打，也只会说“威廉皇帝”。不管怎样，这种礼貌是思想上有很大约束的标志。不能抛弃这种约束的人仍然是社交界人士。另外，同布洛克那种怯懦而又自吹的庸俗相比，这种风雅的平庸是美妙的，特别是因其带有与此相连的一切隐蔽的宽厚和没有表露的英雄主义。布洛克对圣卢喊道：“你难道不能对威廉直呼其名？是的，你害怕了，你在这里已经对他卑躬屈膝！这样，我们的边境上就会出现勇敢的士兵，他们会去拍德国佬的马屁。你们的军装上有杠杠，你们只会在旋转木马上显威风。就是这样。”

当我们离开这位同伴后，圣卢微笑着对我说：“这个可怜的布洛克一定要我大显威风。”我清楚地感到，显威风完全不是罗贝所希望的，虽然我在当时并不像后来那样确切地知道他的意图，当时，骑兵部队仍然无所事事，他就获准当步兵军官，后任轻步兵，最后就是下文中将要谈到的结果。对于罗贝的爱国主义，布洛克并不了解，这只是因为罗贝没有用语言表达出来。布洛克只要被认为“适合入伍”，就会对我们发表恶毒攻击军国主义的政治言论，但当他以为自己会因眼睛近视而退役时，他也许会发表沙文主义十足的声明。但是，这种声明，圣卢却不会发表，这首先是由于精神的高尚，使他不能表达过于深邃但别人却认为十分自然的感情。过去，我母亲不仅会毫不犹豫地去为外婆而死，而且还会因别人阻止她这样做而痛苦万分。然而，我却无法想象她过去会从嘴里说出这样一句话："我会为母亲献出自己的生命。"罗贝对法国的爱也不是挂在嘴上的，这时，我觉得他非常像圣卢家的人（就像我回忆中的他的父亲），而不像盖尔芒特家的人。他不会表达这种感情，也是因为他的智慧具有某种道德品质。聪明的、真正可靠的劳动者，对那些把自己干的事说得十分漂亮并大加赞扬的人，有一种厌恶的感觉。当然，我们不是本能地偏爱戈达尔或布里肖那样的人，但我们毕竟对精通希腊语或医学的人们怀有某种敬意，这些人并不因此而允许自己招摇撞骗。我曾说过，即使妈妈过去的一切行动都建立在她愿为母亲献出自己生命这种感情的基础上，她也从未对自己说过这种感情，不管怎样，把这种感情说给别人听，她不仅会感到无益、可笑，而且会感到刺耳、羞愧。同样，我也无法想象圣卢会亲口对我谈论他的装备，他要走的行程，我们胜利的可能性，俄国军队无足轻重，英国将会采取的行动，我也无法想象他嘴里会说出最动听的话，就是最讨人喜欢的部长对站着的热情议员所说的话。这个消极的方面使他不能表达他所感受到的美好感情，然而我却不能说，在这一方面不存在"盖尔芒特家族的思想"的作用，就像人们曾在斯万身上看到这种作用的无数例子一样。因为即使我认为他更像圣卢家的人，他同时仍然像盖尔芒特家的人，正因为如此，在激励他勇敢的许多动机之中，有一些动机并不和他在东锡埃尔的那些朋友的动机一样，这些热爱自己职业的年轻人曾每天晚上和我一起吃晚饭，他们中的许多人带领自己的士兵在马恩河战役或其他地方战死沙场。

当我在东锡埃尔时，那里可能有年轻的社会党人，但我不认识他们，因为他们和圣卢生活的圈子没有经常的来往；这些社会党人已经看出，这个圈子的军官们并非是盛气凌人、声色犬马的“贵人”，即“平民”、行伍出身的军官和共济会会员对这种人起的绰号。同样，贵族出身的军官也在社会党人的身上充分地看到了这种爱国主义；我在东锡埃尔时，正值德雷福斯案件轰动全国，我曾听到有人指责社会党人，说他们“无祖国”。军人们的爱国主义是如此真诚，如此深厚，带有一种确定的形式，他们认为这种形式是不可改变的，并且看到其蒙受“耻辱”会感到气愤，而那些激进的社会党人，从某种程度上说是不自觉的、不受束缚的爱国者，没有确定的爱国信仰，他们无法理解，哪一种深刻的现实存在于他们所说的充满仇恨的格言之中。

圣卢也许像他们一样，已经习惯于把自身中进行的研究和设想看作他自身中最真实的部分，他研究和设想的是最好的用兵方法，以便在战略和战术上取得最大的成功，因此，对他来说如同对他们来说一样，他肉体的生命是某种相当不重要的东西，可以轻易地为这个内心的部分——他们身上真正的生命核——做出牺牲，因为在这个生命核的周围，个人的存在只是作为一种保护性的表面才有价值。在圣卢的勇敢中，有一些特征更加明显的成分，人们很容易从中看出在开始时曾是我们友谊的魅力的慷慨大方，也可看到其后在他身上表露出来的遗传恶习，这种恶习与他没有超越的某种智力水平相结合，使他不仅欣赏勇敢，而且把厌恶女人发展到陶醉于同男子进行接触的程度。他有一种也许是纯洁无瑕的看法，即把同随时准备牺牲自己生命的塞内加尔人一起露宿看作是一种精神上的快感，快感中包含着对那些“洒过麝香香水的矮小先生”的蔑视，这种快感同他在当松维尔时大量使用可卡因给他带来的快感相比，虽然使他感到南辕北辙，但两者的区别却并非如此之大，而勇敢——正如一种药可以作为另一种药的补充一样——使他克服了这种恶习。在他的勇敢中，首先存在着礼貌的双重习惯，这种习惯一方面使他过分赞扬别人，而自己做了好事却闭口不谈——这同布洛克完全不同，布洛克在遇到我们时对他说：“您自然会给椅子装上藤座的。”自己却什么事也不干——另一方面又使他把属于自己的财产、地位乃至生命看得微不足道，并奉献给别人。总之，这说明他本性确实高贵。

“我们会不会长期打下去？”我问圣卢道。“不会，我认为这是一场短暂的战争。”他对我回答道。但对这个问题，就像跟往常一样，他的论据是以本本为根据。“你在考虑毛奇的预言时，要重新读一下一九一三年十月二十八日颁布的关于指挥大部队的法令，”他对我说，仿佛我已经读过这个法令，“这样你就会看到，更换和平时期预备队的工作没有进行，甚至没有被考虑过，如果战争要长期打下去，这一工作是不会不做的。”我感到，不能把上述法令看作是战争打不长的证明，而应把战争打不长看作是缺乏先见之明，看作是制定法令的人们没有预料到战争的长短，这些人既没有考虑到一场持续的战争中各种物资的惊人消耗，也没有想到各个战区的牢不可破。

除了同性恋之外，在那些生来就最为反对同性恋的人之中，还存在着某种传统的阳刚理想，即使同性恋者并不是一个高超的人，这种理想也由他来支配，以便让他将其变性。这种理想——某些军人、某些外交官的理想——特别惹人生气。它以最低微的形式出现时，只是一颗善良的心所表现的粗鲁，它不想露出激动的样子，但在同一位也许即将会被杀死的朋友分离时，心里就有一种无人会发觉的哭泣的愿望，因为它在离别时掩盖这种愿望，使用的是一种越来越大的愤怒，并最终爆发出来："喂，天杀的！你这头蠢驴，来和我拥抱一下。这钱我用不着，你拿去吧，傻瓜。"外交官、军官、男人感到唯有民族的伟大事业重要，但他仍然曾经喜爱过这个在公使团工作或在军队里当兵，后来死于疟疾或枪弹的"小子"，他同样爱好阳刚之气，不过表现的形式更为灵活、更为巧妙，但其实也同样令人憎恶。他不愿哀悼这"小子"，他知道人们很快就会忘掉此人，就像心肠好的外科医生那样，在一个患传染病的小女孩去世那天晚上，心里也很悲伤，只是没有表现出来。外交官只要变为作家，并叙述她的去世，就绝不会说他曾悲伤过；不会说的，首先是因为"男子的羞耻心"，其次是因为艺术的机灵，这种机灵在掩盖激情的同时产生激情。他和自己的一位同事将会整夜守护垂死者。他们在任何时候也不会说自己心里悲伤。他们将会谈论公使团或军队里的公务，甚至谈得比平时还要确切。

“B 对我说：‘请您别忘记，明天将军来视察，您让手下的士兵尽量搞好军容。’他平时十分温和，这时说话的声音却比平时生硬，我发现他尽量不朝我看，我自己也感到烦躁。”读者可以理解，这生硬的声音，就是那些不愿显出悲伤样子的人的悲伤，这样做简直可笑，但也同样使人难受和讨厌，因为这是一些人悲伤的方式，这些人认为悲伤无足轻重，认为生活比离别更为重要，等等，所以他们使人对死亡产生一种虚幻、虚无的印象，就像在元旦时一位先生使人产生的印象，这位先生给您送来冰糖栗子时说：“我祝您新年快乐。”一面说一面冷笑，不过还是把这话说了出来。

我们来结束这个守夜的军官或外交官的故事，垂死者头上戴着帽子，因为人们曾在户外运送过这个伤员，到某一时刻，一切都完了：“我当时想：必须回去准备东西来擦武器；但是，我确实不知道，当大夫松开病人的脉时，站在床前的 B 和我为什么会不约而同地脱下我们的军帽，那时烈日当空，也许是我们热了。”读者会清楚地感到，这两个具有男子气概的人脱下帽子，并不是因为炎热和烈日，而是由于在死亡的威严面前感到激动，可他们从未说过温柔或悲伤这样的词。

像圣卢那样的同性恋者的阳刚理想并不相同，但却同样是约定的和虚假的。他们的虚假在于这样一个事实，即不愿了解肉体的欲望是感情的基础，他们认为感情起源于别的东西。过去，德·夏吕斯先生厌恶女子的阴柔。现在，圣卢欣赏小伙子的勇敢，骑兵部队冲锋时的陶醉，男人之间纯洁无瑕的友谊在智力上和道德上的崇高，有了这样的友谊，他们可以为朋友牺牲自己的生命。战争爆发后，那些首都里剩下的只有女人，这就使同性恋者感到绝望，但实际上却与此相反，这使同性恋者经历充满激情的奇遇，只要他们生性聪明，善于异想天开，而不是把这些事看得太穿，看出它们的根源，并对自己做出评价。因此，当某些青年只是本着在体育运动中仿效别人的精神而入伍，就像有一年大家都来玩“扯铃”那样，在圣卢看来，战争不只是他在想象中追求的理想，他追求理想的欲望要具体得多，但夹杂着意识形态，这种理想是和他喜欢的人们一起提出来的，是在一种纯男性的骑士会中，在远离妇女的地方，在那儿，他可以冒着生命的危险去救自己的勤务兵，可以用自己的死去唤起士兵们狂热的爱。这样，在他的勇敢中虽说还有许多其他的成分，他是大贵族这一事实却在其中显现出来，同时又以一种难以辨认、理想化的形式显示出德·夏吕斯先生的想法，即一个男人的本质是没有任何阴柔的女子气。此外，就像在哲学上或艺术上那样，两种类似的想法只会因其阐述的方式而显示自己的价值，并会因它们由色诺芬[1]或柏拉图提出而具有很大的差别；同样，我虽然知道圣卢和德·夏吕斯先生在做这件事时十分相似，但我极为欣赏的是要求到最危险的地方去的圣卢，而不是不愿系浅色领带的德·夏吕斯先生。

我和圣卢谈起我那位任巴尔贝克大旅社经理的朋友，据这

---

[1] 色诺芬（约公元前430—约前355或前354）：古希腊历史学家。由于对苏格拉底的崇拜和对诡辩哲学家的憎恶，他写了三部著作为苏格拉底申辩，他的看法与同时代人柏拉图迥然不同。

位朋友说，在战争初期，法国的某些团里有背叛行为，他称之为“缺陷”，他指责唆使背叛行为的人，称他为“普鲁士军国主义者”；他在某一时刻甚至认为日本人、德国人和哥萨克人会在里夫贝尔登陆，威胁巴尔贝克，并说只有“溜之大吉”。[1] 这个敌视德国的人在谈论自己兄弟时笑着说：“他在战壕里，在离德国鬼子二十五米的地方！”他说得那么起劲，别人要是知道他自己也是这样，准会把他送到集中营去。“说到巴尔贝克，你是否记得旅社里过去的电梯司机！”圣卢在和我分手时对我说，说话的声调好像不大知道说的人是谁，并指望我来弄清此人的情况。“他参了军，并写信给我，以便让他回到空军。”电梯司机也许不愿在禁锢别人的电梯井道中上升，大旅社楼梯的高度不再能使他感到满足。他将“晋升”，但和看门人不同，因为我们的命运并非总是像我们想象的那样。“我一定支持他的要求。”圣卢对我说。“今天上午我还对希尔贝特说过，我们永远不会有足够的飞机。知道了这点，我们就会看到对方在做什么准备。这将会使对方丧失一次进攻的最大优点，即出其不意的优点，最好的军队也许就是眼睛最好的军队。那么，可怜的弗朗索瓦丝，她让侄子复员的事是否办成了？”不过，弗朗索瓦丝早就竭尽全力使侄子复员，但当有人建议她通过盖尔芒特家族去找德·圣约瑟夫将军帮忙时，她以绝望的声音回答道：“哦！不，这不会有任何用处，找这位老先生不会有任何办

[1] 他认为当局迁往波尔多有点仓促，并说当局这样快“溜之大吉”是错误的。——作者注

法，最糟糕的只有一点，就是他爱国。”只要谈到战争，不管弗朗索瓦丝对此感到多么痛苦，她仍认为人们不应抛弃“可怜的俄国人”，因为大家都是“协约国”[1]。管家深信战争只会持续十天，并将以法国的辉煌胜利告终，但因害怕自己的看法会被发生的事件否定，就没有胆量，甚至没有足够的想象力去预言一场长期的、胜负难分的战争。但是，这种完全而又迅速的胜利，他至少竭力预先从中提取所有能使弗朗索瓦丝感到痛苦的成分。“事情可能会很糟，因为看来里面有很多人都不想走，那些十六岁的小伙子在哭。”他这样对她说，是为了用不愉快的事情使她“恼火”，他称之为“给她找麻烦，训她一顿，同她玩文字游戏”。“十六岁的，圣母马利亚！”弗朗索瓦丝说，过一会儿她又不大相信，“他们不是说过了二十岁才要吗？那些可还是孩子。”“当然喽，报纸都接到命令不准提这件事。另外，往前冲的都是年轻人，可回来的却不多。一方面，就会有好处，死了许多人，有时也有用，可以使生意兴隆。啊！天哪！要是有的孩子心太软，犹豫不决，就会立即被枪射中，身中十二颗子弹，乒！另一方面，也必须这样。另外，那些军官，这对他们又会怎样呢？他们拿他们的钱，他们要的也就是这个。”每次进行这样的谈话，弗朗索瓦丝就脸色发白，让人看了真担心管家会使她心脏病发作死去。

她并未因此而失去自己的缺点。当一位姑娘来看我时，这个年老的女用人不管腿多疼，在我有时走出自己的房间时，我就

---

[1] 原文为 alliance，是弗朗索瓦丝生造的词。

会在楼梯上看到她，只见她在挂衣服的小间里，据她说，是在寻找我的一件短大衣，看看上面是不是生了蛀虫，但实际上，她是在听我们谈话。虽然我老是批评她，她还是在提问题时使用自己狡诈的方法，她提问用间接的方式，从某个时间起开始使用“因为也许”这样的话。她不敢问我：“这位夫人是不是有个公馆？”就像一条好狗那样，腼腆地抬起眼睛，并对我说：“因为也许这位夫人有自己的公馆……”这样就避免了露骨的询问，不是为了彬彬有礼，而是为了不显得好奇，最后，由于我们最喜爱的用人们——特别是如果他们几乎不再为我们效劳，失去了使用价值——仍然是用人，当他们自以为深入到我们社会等级的核心时，他们却更为明显地划出了（我们想要消除的）他们社会等级的界限，所以弗朗索瓦丝常常对我说些（管家会说是“为了刺激我”）奇怪的话，这种话社交界人士是不会说的：怀着一种隐匿而又深沉的喜悦，犹如得了重病，我感到热，额头上——我可没注意到——沁出了汗珠。“您浑身是汗。”她惊讶地对我说，犹如看到一种奇怪的现象，还略带微笑，微笑中含有因某种有失体统的事而产生的蔑视（“您现在出去，但您忘了系上领带。”），但她说话的声音忧心忡忡，可以使别人对自己的身体感到担心。她这样说，仿佛世界上只有我一个人浑身是汗。总之，她说话不再像以前那样好。因为她谦卑，她对那些远不及她的人们怀有温情的赞赏，所以她采用了他们粗俗的言语。她的女儿在我面前埋怨她，并对我说（我不知道她是从谁那儿学到这种言语的）：“她总是有话要说，说我没有把门关好，唠唠叨叨，啰啰唆唆。”弗朗索瓦丝也许认为，她受到的教育不完整，使她至今仍不能正确使用语言。在她的嘴唇上，我过去曾看到最纯洁的法语如鲜花盛开，现在却一天要听到好几次这样的话："唠唠叨叨，啰啰唆唆。"此外，奇怪的是，在同一个人身上，不仅词语的变化很少，而且思想的变化也很少。管家养成了习惯，总是说普恩加来先生意图不良，不是为了钱，而是因为他一定要打仗，这话他一天要说上七八遍，总是对同样的听众说，这些听众又总是那样感兴趣。一个词也没有改变，一个手势、一个语调也没变。虽然只持续两分钟，但总是一成不变，就像演出一样。他的法语错误使弗朗索瓦丝的言语变质，她女儿的法语错误也是如此。他认为，德·朗比托先生有一天听到德·盖尔芒特公爵把一种建筑物称为"朗比托公共厕所"感到生气，这种建筑物应该叫作小便池[1]。也许他在童年时代没有听到过这个音，他就保持了这个习惯。因此，他对这个词的发音不正确，而且老是这样。弗朗索瓦丝开始时听了不舒服，后来也跟着这样说了，还抱怨说，女人不像男人，没有这种东西。但是，她的谦卑和她对管家的赞赏，使她从来不说 pissotières，而是对习惯做出微小的让步，说 pissetières。

她从此不睡也不吃，让管家给她念那些公报，她对那些公报一窍不通，管家也不比她高明多少，管家折磨弗朗索瓦丝的愿望，往往被一种爱国主义的喜悦所支配；他在谈论德国人时，带着讨

[1] 原文为 pistières。管家因不会发 o 这个音，把 pissotières（小便池）错念成 pistières。

人喜欢的笑容说："情况严重，我们的老霞飞在彗星上订计划——无法实现。"弗朗索瓦丝不知道他说的是什么彗星，但却更加感到这句话是一种讨人喜欢、别出心裁的荒唐话，一个有教养的人出于礼貌，应该心情愉快地加以回答，所以她就愉快地耸耸肩，似乎是在说："他老是那样。"她用微笑来抑制自己的眼泪。她至少感到高兴，肉店新来的那个小伙子，虽说干这一行，却相当胆小（他最初在屠宰场工作），现在还没有到去打仗的年龄。不然的话，她准会去找陆军部长，让那个小伙子复员。

管家绝不会想到，这些公报并不出色，我军并未接近柏林，因为他读道："我们击退了敌军，敌人损失惨重，等等。"他把这些行动当作新的胜利来庆贺。但是，我感到害怕的是，这些胜利的地点迅速接近巴黎，我甚至感到惊讶，管家在一份公报里看到有一次行动是在朗斯附近发生的，他在第二天的报纸上看到，这次行动的结果已在周围地区牢牢掌握在我军手里的鲁伊子爵市转为对我方有利，他并不感到不安。然而，管家对鲁伊子爵市这个地名十分熟悉，该市离贡布雷不是十分遥远。但是，人们阅读报纸就像在谈恋爱一样，眼睛上蒙着布条，对事情就看不清楚。人们不想去理解那些事实。人们倾听总编辑温柔的话语，就像倾听情妇的话语那样。人们吃了败仗却感到满意，因为人们认为自己不是吃了败仗，而是打了胜仗。

再说，我没有在巴黎久留，很快就回到了我的疗养院。虽说医生基本上采用隔离的方法进行治疗，那儿的人还是在两个不同的时候把希尔贝特的一封信和罗贝的一封信交给了我。希尔贝特给我写道（大约是在一九一四年九月），她本想留在巴黎，为的是更容易得到罗贝的消息，但鸽子号飞机总是空袭巴黎，使她感到十分恐惧，她的小女儿更是万分害怕，所以她就乘上开往贡布雷的最后一班火车逃离巴黎，火车甚至没有开到贡布雷，她只好乘上农民的大车，经过十个小时难以忍受的路程，才到达当松维尔！“在那儿，请您想一想，等待着您的老朋友的是什么。”希尔贝特最后对我写道，“我离开巴黎是为了逃避德国飞机，我想在当松维尔就可以免受任何袭击，安然无恙。两天来我却并非如此，您也绝不会想到这儿发生的事情：德国人在拉费尔附近击败我军之后，侵占了这一地区，一个德军参谋部，然后是一个团，驻扎在当松维尔的大门口，我就只好接待他们，又无法逃跑，因为再也没有一列火车，什么也没有。”德军参谋部是否真的表现良好，还是应该在希尔贝特的信中看到盖尔芒特家族精神感染的效力，这个家族起源于巴伐利亚，同德国最高级的贵族有亲缘关系，但希尔贝特不断叙说参谋部的人员受过完美的教育，甚至连士兵也是如此，他们只是请求她“准许采摘长在池塘边的勿忘我”，她把这种良好的教育，同法国逃兵无纪律的暴力行为进行对照，在德国将军们来到之前，这些逃兵经过花园住宅，就抢劫一空。不管怎样，如果说希尔贝特的信在某些方面充满了盖尔芒特家族的精神——有些人会说是犹太国际主义，这也许并不正确，就像人们将会看到的那样，那么我在好几个月之后收到的罗贝的来信，圣卢的味道要比盖尔芒特的味道重得多，另外也反映了他所具有的一切自由主义的教养，总之，这种教养完全能讨人喜欢。可惜他没有对我谈起战略问题，就像他在东锡埃尔的谈话那样，也没有对我说他认为战争在何种程度上证实了或否定了他当时对我叙述的那些原则。他最多只是对我说，自从一九一四年以来，实际上连续发生了好几次战争，每次战争的教训都影响到下一次战争的指挥。例如，突破的理论已被这种论点所充实，即在突破之前，必须用炮火轰遍敌人占领的阵地。但后来人们又看到，这种炮轰反过来又使步兵和炮兵无法前进，因为阵地上打出了几千个炮弹坑，构成了几千个障碍。他对我说："战争没有违反我们的老黑格尔的规律。它一直处于变化之中。"这同我希望知道的事相比，真是少得可怜。但是，更使我感到生气的，是他无权对我列举将军们的名字。另外，报纸告诉我的少量消息说明，这些并不是我在东锡埃尔时想到的将军，当时我非常想知道，他们中的哪些人将在一次战争中表现出最大的才能，哪些将军在指挥这场战争。谢斯兰·德·勃艮第、加利费和内格里埃已经去世。博离开现役几乎是在战争初期。霞飞、福煦、卡斯特尔诺和贝当，我们从未谈到过。"我亲爱的，"罗贝对我写道，"我承认，'他们绝不会通过'或者'他们会被打败'这样的话不会令人高兴；这些话曾长期使我感到牙痛，就像'长毛的兵'[1]和其他话那样，当然，使用比语法错误或风格错误更糟的词语来创作史诗会使人厌烦，这些词语就是自相矛盾、难以忍受的东西，是一种装模作样，一种我们极为厌恶的庸俗奢望，犹如那些认为把'可卡因'说成'可可'是

[1] 原文为 poilu，是第一次世界大战时法国兵的绰号。

风趣的表现的人们一样。但是，如果你看到所有这些人，特别是那些老百姓、工人、小商人，看到他们没有察觉自己身上蕴藏的英雄主义，他们将在自己床上死去却又没有想过这点，看到他们在枪林弹雨下奔跑，为的是抢救一个战友，为的是运走一个受伤的长官，当他们自己被子弹击中之后，他们在弥留之际露出了微笑，因为主任医生告诉他们，战壕已从德国人手里夺了回来，我可以向你保证，我亲爱的，这使人对法国人产生一种良好的看法，使人能理解我们在课堂上曾感到有点离奇的那些历史时期。史诗是那样美，你会和我一样，感到词语已无法表达。罗丹和马约尔[1]可以用一种人们无法辨认的丑陋材料创造出杰作。在接触这样伟大的东西时，‘长毛的兵’在我看来就变成某种东西，如果它首先能包含一种暗示或玩笑，我从它那儿得到的感觉，并不比我们在读到‘朱安党人’时来得多。但是，我感到‘长毛的兵’已经为大诗人做好准备，就像洪水、基督或蛮族这些词在被雨果、维尼或其他人使用之前已经充满了伟大。我说人民、工人是最好的人，但所有的人都很好。可怜的小福古贝，即大使的儿子，在被打死之前曾七次负伤，他每次打仗回来没有遭殃，就显出抱歉的样子，仿佛在说这不是他的过错。他十分可爱。我们交情很好，可怜的父母获准来参加葬礼，条件是不戴孝，又因轰炸只能待五分钟。他母亲是个身材高大的女人，你可能认识她，她想必非常悲伤，

[1] 马约尔（1861—1944）：法国雕塑家，20世纪最重要的雕刻家之一，其作品为现代抽象雕刻各流派的实验铺平了道路。

可别人什么也看不出来。但是，他父亲处于这样一种状况，我可以肯定地对你说，我最终变得完全无动于衷，原因是我对这种景象已习以为常，如看到正在和我说话的战友的脑袋突然被炸弹擦伤，甚至和躯干分家，但当我看到可怜的福古贝神情颓丧，看到他像瘫痪一般时，我无法控制自己的感情。将军对他说，这是为了法国，说他儿子表现得像个英雄，但这是白费力气，只能使可怜的父亲哭得更加厉害，他无法松开儿子的遗体。总之，正是为了这点，才必须习惯于'他们绝不会通过'这样的话，所有这些人，如我可怜的随身男仆，如福古贝，他们阻止了德国人通过。你也许认为，我们前进得不多，但这种事不应该用推理的方法来思考，一支军队感到自己胜利是通过一种内心的感受，犹如一个垂死的人感到自己无法医治一样。然而，我们知道，我们一定会取得胜利，我们想取得胜利是为了使大家接受一种公正的和平，我想说不仅对我们来说是公正的，而且是真正的公正，对法国人来说是公正的，对德国人来说也是公正的。"

当然，"灾祸"并未使圣卢的智慧提高到超越自身的地步。那些才智一般和平庸的英雄，在病后康复期间写诗，他们处于这样的地位来描写战争，不是从本身毫无意义的那些事件的高度来写，而是从平庸的美学的高度来写，他们在此以前一直遵循着这种美学原则，就像他们在十年前会说的那样来谈论"血红色的晨曦""胜利的颤动飞跃"等等；同样，圣卢要聪明得多，艺术鉴赏力要高得多，他现在仍然是聪明和有艺术鉴赏力的，当他停留在一个沼泽森林的边缘时，他饶有趣味地为我记下了一些景色，但仿佛是去打野鸭那样。为了使我理解明暗的某些对照，即“他的早晨的魅力”，他对我列举了我们过去都喜欢的某些画，也不怕暗示罗曼·罗兰作品的片段，甚至尼采作品的片段，他具有前方将士的那种无拘无束，他们不像后方的人们那样害怕说出一个德国人的名字，他甚至还有点卖弄风情，列举一个敌人的名字，例如迪巴蒂·德·克拉姆上校做置于左拉案件的证人室中的敌人，他在他并不认识的、最激烈的德雷福斯派诗人比埃尔·吉亚西面前走过时，朗诵他象征性的正剧《断手女郎》的诗句。圣卢对我谈起舒曼的一个旋律时，只是用德语说出它的标题。他丝毫也没有转弯抹角，而是直截了当地对我说，当他在黎明时分在这个森林的边缘首次听到鸟儿啁啾鸣叫，他感到非常兴奋，仿佛鸟儿在对他谈论这“雄伟壮丽的《西格弗里德》”，他真希望能在战后听到这部歌剧。

现在，当我第二次回到巴黎时，我在到达的第二天，又收到希尔贝特的一封信，她大概已经忘了我带回来的那封信，至少是对那封信已经没有印象，因为她对一九一四年年底离开巴黎这件事又在信中做了回顾，不过是以相当不同的方式进行的。“您也许不知道，我亲爱的朋友，”她对我说，“我到当松维尔快两年了。我是和德国人同时到达这儿的。当时大家都想阻止我离开。人们把我当作疯子。人们对我说：‘怎么，您在巴黎十分安全，可您却要到占领区去，而且正是在大家都想逃离这些地区的时候。’我并不否认这种推理有它正确的地方。但是，我有什么办法呢？我只有一个长处，我不胆怯，或者说我很忠诚，如果您更喜欢这样说的话，当我知道我亲爱的当松维尔受到威胁时，我不愿意让我们年老的财产代管人一个人待在那儿保护它。我感到我的位置在他的身边。另外，正是因为我做了这个决定，我才基本上拯救了城堡——当时附近的其他所有城堡都被它们慌乱的主人所抛弃，几乎全都被彻底摧毁，我拯救的不仅是城堡，而且还有我亲爱的爸爸十分珍惜的珍贵收藏品。”总之，希尔贝特现在确信，她去当松维尔，就像她在一九一四年时对我写的那样，不是为了躲避德国人，使自己处于安全的地方，而是恰恰相反，是为了遇到德国人，使自己的城堡不受德国人骚扰。另外，德国人并没有留在当松维尔，但她的家里不断有军人来往，这种来往大大超过在贡布雷的街上使弗朗索瓦丝流泪的那种来往，她像自己所说的那样，这次可是千真万确，过着前线的生活。因此，人们在报上竭力颂扬她那值得钦佩的表现，还谈到要给她授勋。她来信的结尾部分完全正确。“您对这场战争的情况没有概念，对一条公路、一座桥、一个高地在战争中的重要性也没有概念。有多少次我想到了您，想到了那些散步，散步由于您而变得美妙，当时我们一起在这个地方到处散步，可现在这地方已变成废墟，同时，大规模的战斗正在进行，为的是占领您过去喜爱的某条小道、某个小丘，我们曾多少次一起到那儿去！也许您和我一样，您也不能想象默默无闻的鲁森维尔和令人厌倦的梅塞格利丝将成为著名的地方。过去，人们曾从那儿把我们的信件带给我们，当您身体不舒服时，又曾派人去那儿请医生。嗳，我亲爱的朋友，它们从此载入荣誉之册，如同奥斯特利茨或瓦尔米一样。梅塞格利丝战役持续了八个多月，德军在那儿损失了六十多万人，他们摧毁了梅塞格利丝，但没能占领它。您过去十分喜欢的那条小道，就是我们称之为山楂花斜坡小路的这条，您在小道上说您在童年时代曾爱上了我，而我却对您肯定地说是我爱上了您，我无法对您说，这条小道是多么重要。广阔的麦田是小道的终点，也就是著名的三〇七高地，您想必在公报中经常看到它的名字。法国人炸掉了维福纳河上的小桥，您当时说，它并不像您原来希望的那样，使您回忆起自己的童年，德国人则建造了另一些桥；在一年半的时间里，他们占领了半个贡布雷，法国人则占领了另外半个。”

我收到这封信的第二天，就是在那天的前两天——在那天，我在黑暗中慢慢行走时，听到自己的脚步声，同时又在反复回想所有这些往事——圣卢从前线回来，即将回去，就来对我进行只有几秒钟的拜访，我一听到他来访的通报，就感到极其激动。弗朗索瓦丝想朝他奔过去，希望他能够让那个当屠夫的腼腆小伙子复员，一年以后，和他同年应征入伍的士兵将要去打仗。但是，她自己也感到这种尝试毫无用处，所以就没有这样做，因为这个腼腆的牲畜屠夫早已换了肉店。也许是我们的肉店担心失去我们的顾客，也许是它出于诚意，店里对弗朗索瓦丝说，不知道这个永远当不了好屠夫的小伙子被哪里雇用了，弗朗索瓦丝则到处进行仔细的寻找。但是，巴黎地方很大，肉店又很多，她徒劳无益地走进大量肉店，但没能找到那个身上带血迹的腼腆青年。

当圣卢进入我的房间时，我走到他的身旁，怀着腼腆的感情，带着超自然的感觉，其实所有休假的军人都会使人产生这种感觉，当你被带到一个得了致命的病却还能起身、穿衣和散步的人身边时，也会产生这种感觉。看来（特别在开始时是这样，因为对于一个像我这样没有在远离巴黎的地方生活过的人来说，习惯已经养成，这种习惯使我们看到过好几次的事物失去了给人以深刻印象并使人产生想法的根子，而这种根子能赋予它们以真正的意义），看来几乎是这样，即在给予战士们的这些休假中，存在着某种冷酷的东西。在首批休假时，人们心里在想："他们不愿再回去，他们要开小差。"确实，他们不仅仅来自那些使我们感到不现实的地方，因为我们只是从报上听到别人谈论这些地方，无法想象人们参加了这些异乎寻常的战斗之后，带回来的只有肩上的挫伤；这些地方是死亡之岸，他们即将回到那儿去，他们来到我们中间只有片刻的时间，难以为我们所理解，使我们充满了温柔、恐惧和一种神秘的感情，犹如我们追念的那些死者，在我们眼前显现的时间只有一秒钟，我们又不能去询问他们，另外他们最多只会对我们回答道："你们是无法想象的。"因为奇怪的是，在那些从前线死里逃生的休假军人身上，在那些被一个通灵者催眠或召回亡灵的生者或死者身上，同奥义进行接触的唯一结果，是在可能的情况下使话语更加微不足道。我这时接触到的罗贝就是如此，他在前线还得了个伤疤，对我来说，这个伤疤比一个巨人在地上留下的脚印更令人敬畏，更加神秘。我不敢对他提出问题，他也只对我说些一般的话。这些话同战前可能说的话区别极小，仿佛虽然发生了战争，人们还是同过去一样；谈话的语调仍然相同，不同的只有谈话的内容，说不定连这点不同也没有！

我觉得自己已经明白，他在军队里找到了一些办法，使他逐渐忘掉莫雷尔过去对他和他舅舅态度不好。可是，他对此人保持着一种深厚的友谊，并突然希望再次见到此人，不过他不断推迟见面的时间。我认为要体贴希尔贝特，就不能对罗贝说，他只要去维尔迪兰夫人家，就能找到莫雷尔。

我谦恭地对罗贝说，人们在巴黎不大感到是在打仗。他对我说，即使在巴黎，有时也"相当奇特"。他指的是前一天齐柏林飞艇进行的一次空袭，他问我当时是否看清楚了，不过就像他过去和我谈起某一次从美学角度来看十分精彩的演出一样。因此，在前线的人们知道，说"真妙，多好的玫瑰！还有这淡绿色！"是一种卖弄风情，因为在这个时候，人们随时会被打死，但这点在圣卢的身上并不存在，是他在巴黎谈论一次微不足道的空袭的时候，这次空袭可以从我们的阳台上看到，发生在一个宁静的夜晚，这个夜晚突然变成真正的节日，放射出有效的、起保护作用的火箭，吹响了集合的号角，这一切并非只是为了检阅，等等。我同他谈起夜空中升起的飞机的美。"也许降落的飞机更美。"他对我说。"我承认，飞机升起的时刻，即它们将要成为星斗的时刻，是非常美的，在这方面，它们遵循的规律同支配星体的规律一样准确，因为你感到精彩的场面，是空军中队的集合，指挥部对它们下达命令，它们去进行出击，等等。但是，在最终变得像星星一样之后，它们又分离开来，以便去进行出击，或是在军号吹响之后返回，这就是它们制造世界末日的时刻，连星星也不再保留自己的位置；相比之下，你是否不喜欢这样的时刻？还有那些警报声；瓦格纳的味道不是相当足吗？不过为了迎接德国人的光临，这是十分自然的事。威廉二世的皇太子和王妃们坐在皇家包厢里，Wacht am Rhein[1] 就成为国歌味十足的曲调；这就会使人思忖，那些升到天空的是否真是飞行员，而不是女武神瓦尔屈里。”他仿佛乐于把飞行员和瓦尔屈里相提并论，还用纯音乐的理由来做出解释：“当然喽，这是因为警报的音乐是一种骑行[2]！一定要德国人来了以后，才能在巴黎听到瓦格纳的乐曲。”用某些观点来看，这个比喻并没有错。城市仿佛是一个黑洞，突然走出深处和黑暗，来到光明和天空之中，在那里，飞行员在凄厉的警报声召唤下，一个接着一个地冲过去，不过速度比较缓慢，但更为狡诈，更令人不安，因为这种目光使人想起它正在寻找的目标，这目标还看不见，但也许已近在眼前，探照灯不断转动，探察着敌机，将它擒获。一个空军中队接着另一个空军中队，每个飞行员就这样从现在被搬到天上的城市中冲出去，犹如一位女武神。然后，地上的一些角落，在贴近房屋的地方被照亮了，我就对圣卢说，前一天他如果在家里，就能在欣赏天上的世界末日的同时，看到地上（如同在格列柯的《奥尔加斯伯爵的葬仪》[3] 中那样，画中两个景是平行的）有一出真正的滑稽舞剧，由一些穿着长睡衣的人物演出，

---

[1] 德语，意为守卫在莱茵河畔，指瓦格纳的歌剧《尼伯龙根的指环》中三女神守卫着莱茵河底的黄金。

[2] 指瓦格纳的歌剧中女武神们的骑行。

[3] 格列柯（约 1541—1614）：西班牙画家。他的代表作《奥尔加斯伯爵的葬仪》（1586—1588）明确分为天国和人间两部分，传说中的圣徒奥古斯丁和斯提反显灵出现在伯爵葬礼上，送死者入墓穴，作为他为建造教堂慷慨捐助的报答。

这些人因自己出了名，完全可以被派到这位费拉里的某个接班人那里去，费拉里写的那些关于社交生活的短文，曾经常使圣卢和我感到高兴，我们为了取乐，也来创作这样的短文。那天我们又在做这样的事，仿佛战争并不存在，虽说题材的“战争”味很浓，即对齐柏林飞艇的惧怕：“不容置辩，美妙的德·盖尔芒特公爵夫人穿着长睡衣，滑稽可笑的德·盖尔芒特公爵穿着粉红色的睡衣和浴衣，等等。”

他对我说：“我可以肯定，在所有的大旅馆里，人们应该看到那些穿衬衫的美国犹太女人，珍珠项链紧贴在她们衰老的胸脯上，使她们能嫁给一位破产的公爵。在这些夜晚，里茨饭店应该同自由贸易大厦相仿。”

我对他说：“你记得我们在东锡埃尔的那些谈话。”——“啊！那时可是大好时光。一条鸿沟把我们和那个时候分隔开来。这些美好的日子是否将会重现？

它们从我们无法探测的深渊中显现，
犹如天上升起的那些太阳恢复青春，
是在深深的海洋中洗涤以后。”

我对他说：“咱们去想那些谈话，只是为了回忆其中的甘甜。我过去想从中找到某种真理。现在的战争把一切都打乱了，特别是像你对我说的那样，打乱了我对战争的看法；你当时对我说的有关那些战役的话，譬如说有关拿破仑的那些战役，说它们会在将来的战争中被模仿，现在的战争是否已使这些话变得无效?”“一点也不!”他对我说，“拿破仑的战役总会再现，特别是因为在这次战争中，兴登堡充满了拿破仑的精神。他迅速调动部队，他声东击西，他或是在一支敌军之前只留下一小股部队，以便把所有其他部队集合起来攻击另一支敌军（一八一四年的拿破仑），或是完全钳制住敌人，迫使敌人将自己的部队驻扎在并非是主要的战线上（兴登堡在华沙城下就是这样声东击西的，受骗上当的俄国人在那里进行抵抗，并在马祖里湖吃了败仗），他的撤退同奥斯特利茨、阿尔科和埃克米尔战役开始时的撤退相同，他身上的一切都是拿破仑式的，可这些还不是全貌。我再补充一点，如果你在远离我的地方，陆陆续续地解释这次战争中的那些事件，不是单单相信兴登堡的这种特殊方式，以便从中找到他正在做的事情的意义，他即将做的事情的关键。一位将军就像一位作家，想写一部剧本、一本书，而这本书本身，由于在这里显示了出乎意料的力量，在那里展示了绝境，使作者大大偏离了预定的计划。譬如说，牵制攻击只应在一个本身相当重要的据点上进行，你可以设想一下，如果牵制攻击的成功超出了任何期望，而主要的战役却以失败告终。这时，牵制攻击就可能成为主要的战役。我预料兴登堡会采取拿破仑战役的一种类型，即把英国人和我们这两个敌人分而击之。”

然而，必须指出，如果说战争并没有提高圣卢的智力，那么这种智力受到一种遗传起很大作用的演变的支配，已具有一种我从未在他身上见到的光辉。过去是被时髦女人追求或希望被时髦女人追求的金发青年，现在是不断玩弄词句、喜欢高谈阔论的空谈家，这两者之间的差距有多大！他处于另一代之中，长在另一枝茎上，就像一位演员，重演过去由布雷桑或德洛内扮演的角色，犹如德·夏吕斯先生的一个接班人，脸色红润，头发金黄，而另一位的头发一半漆黑一半雪白。他徒然和自己的舅舅在战争上意见不合，站在把法国放在首位的那部分贵族一边，而德·夏吕斯先生实际上是失败主义者；他可以向那位没有看到“角色的第一个扮演者”的先生表明，人们如何能在争辩者这个角色中出类拔萃。“看来，兴登堡是一种启示。”我对他说。“一种旧启示，”他针锋相对地回答我，“或者是一种未来的革命。未来应该做的事不是宽容敌人，而是让芒香自由行动，是打败奥地利和德国，使土耳其欧洲化，而不是让法国门的内哥罗[1]化。”“但是，我们将得到美利坚合众国的帮助。”我对他说。“目前，我在这里只看到美利坚合众国的景象。为什么因害怕法国抛弃基督教信仰而不对意大利做出更大的让步？”“要是你舅舅夏吕斯听到你的话才好呢！”我对他说，“实际上，要是人们再触犯一点教皇，你是不会感到不高兴的，而他却绝望地想到人们可能会有损于弗兰茨·约瑟夫的帝位。另外，他在这方面的想法合乎塔列朗和维也纳会议的传统。”“维也纳会议的时代已经结束。”他对我回答道，“对于秘密外交，必须用具体外交来加以抗衡。我舅舅其实是个不知悔改的君主主义者，人们可以让他吞下鲤鱼，就像莫莱太太那样，或是

---

[1] 门的内哥罗为黑山的旧称，是南斯拉夫南部的联邦共和国。

吞下内壕墙，就像阿蒂尔·梅耶那样，只要鲤鱼和内壕墙是用尚博尔的方法烧的。我认为，他由于憎恨三色旗，宁愿站在红色无檐帽[1]的破布之下，并会诚心诚意地把它当作白旗。”当然，这不过是空口说白话，圣卢远没有他舅舅有时具有的独特的深邃。但是，他性格和蔼可亲，而他舅舅则疑神疑鬼。他仍然像在巴尔贝克时那样可爱、红润，还有一头金发。他舅舅无法超越他的，只有圣日耳曼区的精神状态，具有这种精神状态的人们认为自己同圣日耳曼区的关系最为疏远，而这种精神状态既赋予他们对天生并不聪明的人们的尊重（这种尊重确实只盛行于贵族之中，并使那些革命显得如此不公道），又在其中掺杂了一种毫无意义的自满。通过谦卑和骄傲的混杂，后天获得的思想好奇和天生的威严的混杂，德·夏吕斯先生和圣卢经历不同的道路，具有不同的观点，又相隔一代人的时间，却成为任何新思想都会使其感兴趣的知识分子，又都是那样健谈，任何人都不能使他们刹车。因此，一个有点平庸的人，会根据自己当时的情绪，认为他俩都十分迷人或都惹人讨厌。

我一面这样回忆圣卢的来访，一面走着，绕了个过于长的弯路，几乎走到残老军人院桥边。灯光（因哥达式轰炸机）相当稀少，点亮的时间也有点过早。因为“时间的改变”进行得有点过早，而当时天还黑得相当快，这种改变在整个气候宜人的季节都保持不变（犹如暖气设备从某个日期起开启和关闭一样）；在

[1] 红色无檐帽是法国大革命时期最激进分子的服饰。

夜晚灯光照亮的城市上空，在天空的整整一部分中——这个天空不知道有夏令时间和冬令时间的区别，也不愿知道八点半已经变成九点半，在这近于蓝色的天空的整整一部分中，还仍然有点亮光。在特罗卡德罗的那些塔楼俯视的那部分城区中，天空都呈现为青绿色的辽阔海洋，退潮的海水已经使黑色的岩礁露出一条淡淡的线条，也许只是渔夫撒下的张张渔网，排列成一条直线，实际上这些是小片云彩。此刻是青绿色的云海，在不知不觉中席卷了参加地上巨大革命的人们，人们在地上相当疯狂，继续进行着他们那些革命和他们那些徒劳无益的战争，就像目前这场使法国流血的战争。此外，天空觉得不值得改变自己的时间差，就在灯火点点的城市上空，以这些近于蓝色的色调，无精打采地延长着迟迟不走的白昼；不断望着死气沉沉和过于美的天空，就感到头晕目眩：这不再是广阔的海洋，而是在垂直的方向颜色由浓变淡的冰川。特罗卡德罗的那些塔楼，看起来同青绿色的台阶如此接近，实际上却极为遥远，犹如瑞士某些城市中的两座塔楼，人们以为是在远处，实际上就在山顶斜坡的近旁。

我半途折回，但刚离开残老军人院桥，天上就不再发亮，城里也几乎没有灯光，我的脚到处踢到那些垃圾箱，把一条小路错当成另一条小路，我机械地在阴暗的街道构成的迷宫里行走，不知不觉地来到了环城路。在那儿，我刚才产生的东方的感觉又重新出现，另一方面，在回忆了督政府时期的巴黎之后，又回忆起一八一五年的巴黎。就像在一八一五年那样，协约国部队的军装以极不协调的色彩鱼贯而行，其中有穿着红色短裙裤的非洲人，有头裹白缠巾的印度人，这些人足以使我把我漫步的巴黎当作一个想象中具有异国情调的东方城市，不但服饰和脸色同东方一模一样，而且连周围的环境也同随意想象出来的相仿，犹如卡帕契奥把自己生活的城市变为耶路撒冷或君士坦丁堡，方法是在其中加入一群人，这群人穿着奇妙的五颜六色的衣服，但颜色并不比现在这群人更为鲜艳。我走在两个朱阿夫兵[1]的后面，看到一个高大、肥胖的男人，两个兵好像并没有注意这个男人，只见他头戴软毡帽，身穿宽袖长外套，看到他淡紫色的脸，我感到犹豫，不知是否应该给他加上一个演员或一个画家的名字，这个演员或画家都因无数次鸡奸的丑闻而出名。不管怎样，我确信自己不认识这个散步者。因此，当他的目光和我的目光相遇之时，我十分惊讶地看到他神情尴尬，故意停住脚步，朝我走来，犹如一个男人想要表明，你绝不会发现他正在干一件他希望不要声张的事情。一瞬间我心里在想，是谁在向我问好：原来是德·夏吕斯先生。人们可以说，在他看来，他疾病的发展或他恶习的剧变处于极端的状态，在这一状态中，个人原先最基本的人格和他祖先的品质，完全被随之而来的一般缺陷或疾病所掩盖。德·夏吕斯先生来源于自我中尽可能远的地方，或者确切地说，他本人已被他目前变成的这种形象完全掩盖起来，这种形象不属于他一个人，而属于其他许多性欲倒错者，因此，当他在环城路上行走，

[1] 朱阿夫兵是法国轻步兵，原由阿尔及利亚人组成，1841 年起全部由法国人组成。

走在这些朱阿夫兵的后面时，我一开始把他当作朱阿夫兵中的一员，当作另一个朱阿夫兵，而不是看作德·夏吕斯先生，不是看作一位大贵族，不是看作一个想象力丰富、风趣幽默的人，此人和男爵的相像之处，只有这种众人共有的神态，现在，他身上的这种神态掩盖了一切，至少在全神贯注地对他进行观察之前是如此。

这样，我本想去维尔迪兰夫人家里，却遇上了德·夏吕斯先生。当然，我并非像过去那样在她家里遇到他；他们的不和越发加深，维尔迪兰夫人甚至利用目前发生的事件，使他更加威信扫地。她早就说过，她觉得他已经衰退、完蛋，认为他那些所谓的勇敢，比最为因袭守旧的作家还要陈腐，她现在对这种抨击进行概括，并厌恶他的一切想象，说他是“战前的”货色。在她的小圈子看来，战争用一条鸿沟把他和现在分割开来，使他退到死水一潭的过去之中。此外——这主要是对消息不太灵通的政界说的，她把他描述成“不伦不类”“旁门左道”，在社交界的地位是如此，在智力上的才能也是如此。“他不去看望任何人，任何人也不接待他。”她对邦当先生说，并轻而易举地使邦当先生相信她的话。不过，在这些话中也有真实的成分。德·夏吕斯先生的地位已经发生变化。他对社交界的关心越来越少，又因性格桀骜不驯，同作为社会精华的大部分人闹翻，并因意识到自己的社会地位，不愿同这些人重归于好，因此，他过着相当孤独的生活，这种孤独并不是因为贵族阶级的排斥，就像德·维尔巴里西斯夫人去世时的孤独，但在公众的眼中却显得更加糟糕，其原因有两个。德·夏吕斯先生的坏名声现已众所周知，这就使那些不明情况的人认为，大家是因此而不同他经常来往的，他也就自动拒绝和大家来往。因此，他易怒的性格所产生的印象，是他对人们发怒而蔑视他们。另外，德·维尔巴里西斯夫人有一道很大的屏障：家庭。而德·夏吕斯先生却在家庭和他之间增添了许多不和。再说，家庭好像并未使他产生兴趣，特别是在老区那边，即古弗瓦西埃那边。他与古弗瓦西埃家族相反，对艺术做过十分大胆的嘲讽，但他没有觉察，一位贝戈特最使他感兴趣的，是他同所有这个老区的亲戚关系，是向他描述他那些堂姐妹从椅子街到波旁宫广场和茜草田街所过的几乎像外省一般的生活。

此外，维尔迪兰夫人持有一种并非居高临下，即更讲求实际的观点，她假装认为他不是法国人。“他到底是什么国籍，他是不是奥地利人？”维尔迪兰夫人并无恶意地问道。“不，完全不是。”德·莫莱伯爵夫人回答道，她本能的反应服从于情理，而不是仇恨。“不，他是普鲁士人。”女主人说。“不过我只是对您说说，我知道这事，他对我们说过好几次，他曾是普鲁士上议院的世袭议员，被称为 Durchlaucht[1]。”“然而，那不勒斯王后曾对我说……”“您知道，她是个可怕的女间谍。”维尔迪兰夫人大声说道，她没有忘记这位退位的王后一天晚上在她家里所持的态度。“我知道这事，而且十分确切，她就是靠这个生活的。如果我们

---

[1] 德语，意为殿下。

方丹-拉图尔

《玫瑰与百合》

有一个强有力的政府，这些家伙都应该被关到一个集中营去。就得这样！不管怎样，您最好还是别去接待这群漂亮的人，因为我知道内政部长在监视他们，您的公馆会受到监视。任何事都不会使我消除这种想法，即夏吕斯在两年之中不断在我家进行间谍活动。”维尔迪兰夫人也许在想，人们可能会产生怀疑，极为详细地报告这个小圈子的组织，是否会引起德国政府的兴趣，但她知道，她如果不提高嗓门，她说话的价值只会显得更高，所以她带着温柔而敏锐的神色说：“我从第一天起就会对您说，我和丈夫说过：这个人被带到我家的方式，我不满意。这有点鬼鬼祟祟。我们在一个小海湾里面，在一个很高的地方，曾拥有一座花园住宅。德国人一定使那个地方变了样，在那里建造一个潜艇基地。有些事在当时曾使我感到惊讶，可现在我都明白了。开始时，他不愿同我的其他客人一起乘火车来。我很客气地请他住在城堡的一个房间里。可他不要，情愿住在东锡埃尔，那里有许多部队。所有这些都使人清楚地闻到间谍活动的味道。”

对于针对德·夏吕斯男爵的第一个指责，即指责他已经过时，社交界人士会轻而易举地认为维尔迪兰夫人说得对。其实，这些人是忘恩负义之徒，因为德·夏吕斯先生可以说是他们的诗人，曾从周围的社交活动中提取一种诗意，其中有历史、美、秀丽、诙谐和浅薄的优雅。但是，社交界人士无法理解这种诗意，所以在生活中也看不到任何诗意，就在别处寻找，并把那些比德·夏吕斯先生差无数倍的人，捧得比他高一千倍，那些人蔑视万物，却鼓吹社会学和政治经济学的一些理论。德·夏吕斯先生十分乐意讲述一些在无意中变成典型的词语，并描写德·蒙莫朗西公爵夫人优雅得十分巧妙的服饰，把她看成美妙的妇女，这就使社交界的一些妇女把他当作傻瓜，因为这些女人认为德·蒙莫朗西公爵夫人是个无人注意的蠢女人，认为那些裙子做出来可以穿，但别人一点不会显出注意它们的样子，她们认为自己更加聪明，会跑到巴黎大学去听课，或是到众议院去听德沙内尔[1]演讲。

总之，社交界的人们对德·夏吕斯先生感到厌烦，并非因为对他罕见的智力才能了解过深，而是因为从未对此进行了解。人们认为他是“战前的”货色，是过时货，因为这些最不善于评论长处的人，正是在给长处进行分类时最会采取时兴的等级的那些人；他们未曾骚扰，甚至没有触动过去一代人中有才能的人们，现在却要抨击所有这些人，因为这是新一代的标记，人们不会对这一代人有更多的了解。

至于第二个指责，即指责他日耳曼化，社交界人士的中庸思想会使他们拒绝这种指责，但这种指责找到了莫雷尔这位坚持不懈并特别残酷的代言人，莫雷尔善于在报界乃至社交界保持自己的地位，而这种地位却是德·夏吕斯先生两次费了同样大的力气才使他得到的，后来也没有使他失去这种地位，但莫雷尔一直憎恨男爵，不管他曾和男爵保持过何种关系，由于他知道男爵心地

[1] 德沙内尔（1855—1922）：法国政治家，曾两次出任众议院议长（1898—1902，1912—1920），1920 年当选共和国总统。

善良却又向许多人加以隐瞒，他的憎恨就更应受到谴责。德·夏吕斯先生对小提琴手非常慷慨，十分体贴，对他显示出从不食言的认真态度，所以夏利同他分手时对他的印象，并不是一个有恶习的人（他最多把男爵的恶习看作一种疾病），而是一个他从未见到过的高尚思想最多的人，一个极富有同情心的人，具有一种圣人的风度。莫雷尔对此很少否认，即使在同他闹翻之后，还由衷地对亲戚说："你们可以把自己的儿子托付给他，他只会对你们的儿子产生最好的影响。"因此，当他竭力用文章来折磨男爵时，他在思想上对男爵嘲讽的对象并不是恶习，而是美德。战前不久，报上的专栏短文对熟悉内情者来说是一目了然的，这些短文开始对德·夏吕斯先生进行最严厉的中伤。有篇短文的标题为：《名字以 us 结尾、享有亡夫遗产的寡妇的不幸遭遇，男爵夫人过去的时日》，维尔迪兰夫人买了五十份刊登这篇文章的报纸，以便把文章借给熟悉的人们看，而维尔迪兰先生则表示，连伏尔泰也没有写得这样好，并大声朗读这篇文章。自从战争爆发以来，调子发生了变化。抨击的并非只是男爵的性欲倒错，而且还有他所谓的德国国籍："Frau Bosch"，"Frau von den Bosch"[1]是德·夏吕斯先生通常的绰号。一篇具有诗意的文章从贝多芬的某些舞曲中借用了这个标题：《一个德国女人》。最后是两条消息：《美洲叔叔和法兰克福姑妈》和《后方男子汉》，其校样在小圈子内阅读时曾使布里肖本人感到高兴，他大声说道："但愿十分高超、权势很大的阿纳

[1] 德语，意为德国佬太太，冯·德国佬太太。

斯达齐女士别对我们的文章进行删节！[1]”

莫雷尔的法国血液在血管里沸腾，犹如贡布雷的葡萄汁发酵起泡一样，他身在报社的办公室，却认为战争时期待在办公室里没有出息，所以最终投笔从戎，虽然维尔迪兰夫人竭尽全力说服他留在巴黎。当然，她感到气愤的是，德·康布尔梅先生在他这样年纪仍留在参谋部里，她在谈到任何不去她家的人时说：“这个人是在什么地方想出办法躲起来的？”要是有人断言这个人从第一天起就在第一线，她会毫无顾忌地回答说撒谎，或者也许是她没有弄错的习惯：“完全不是，他没有离开过巴黎，他正在做一件事，这件事几乎和陪一位部长散步一样危险，这话是我对您说的，我对您打包票，我是通过一个看到他的人知道这件事的。”但是，对待那些常客却并非如此，她不愿让他们上前线，认为战争非常“使人烦恼”，会使他们疏远。因此，她进行一切活动使他们留下来，因为这样她将会得到双重的乐趣，一是同他们共进晚餐，二是当他们尚未到达或已经出发之时，使他们对无所事事感到沮丧。不过必须使她的常客同意这种圈套式的安排，她看到莫雷尔硬要

[1] 那些文章本身要比滑稽可笑的题目更加微妙。它们的风格来自贝戈特，但是以一种也许只有我一个人才感觉到的方式来写的，原因如下：贝戈特的作品根本没有对莫雷尔产生过影响。多产现象是以一种十分特殊而又罕见的方式产生的，正因为如此，我才在这里提及此事。我曾在恰当的时候提出，贝戈特说话时选择和说出词语的方式十分特别。莫雷尔曾长期在圣卢家里遇到他，对他进行了“模仿”，莫雷尔惟妙惟肖地模仿他的声音，使用他也会使用的词语。然而现在，莫雷尔为了写作，把贝戈特式的谈话记录下来，但并未对谈话进行修改，就像贝戈特会做的那样。同贝戈特谈过话的人不多，所以人们无法辨认谈话的调子，这种调子与风格不同。这种口头多产的现象十分罕见，所以我想在此指出这点。这种现象只会产生不结果实的花朵。——作者注

这样做感到遗憾，同他谈了很久，但白费力气：“不，您是在这个办公室里出力，而且比在前线用处更大。需要的是有用处，真正成为战争的一部分，并参加进去。有些人参加了进去，另一些人则是远离火线工作的军人。而您呢，您参加了进去，请您放心，大家都知道，没有人会谴责您。”她在不同的情况下就是这样，不过男人并非如此罕见，她也不必像现在那样以女客为主，如果有一个男人失去了母亲，她就会毫不犹豫地使他相信，他可以继续出席她的招待会而不会有任何不便。“悲伤要放在心里。您如果想去参加舞会（她是不举办舞会的），我会第一个劝您不要去，但在这里，在我星期三的小聚会中或者在一个楼下包厢里，无人会对此感到惊讶。人们十分清楚，您感到悲伤……”现在，男人更加罕见，丧事更加频繁，甚至无须阻止他们出入社交界，战争就足以说明问题。维尔迪兰夫人拼命拉住留下的那些男人。她想要使他们相信，他们留在巴黎对法国更有用处，就像过去她会对他们肯定地说，死者要是看到他们在娱乐会感到更加高兴。不管怎样，她的男客很少；也许她有时后悔自己同德·夏吕斯先生关系破裂，而且已无法同他重归于好。

但是，如果说德·夏吕斯先生和维尔迪兰夫人不再进行互访，维尔迪兰夫人却继续接待客人，而德·夏吕斯先生则继续寻欢作乐，仿佛一切都没有改变，只是有几个无关紧要的小小区别。例如，在维尔迪兰夫人家里，戈达尔现在参加招待会时身穿《梦幻岛》中的上校军装，相当像一位海地海军上将的军装，呢料上有一条天蓝色的宽绶带，使人想起“马利亚的子女们”的绶带；

德·夏吕斯先生过去喜爱成年男子，由于他现在所在的城市中成年男子都已销声匿迹，他就像某些法国人一样，那些人喜欢在法国的女人，并住在殖民地里：他迫不得已，先是养成了跟男孩玩的习惯，后来开始喜欢男孩。

不过，这些特点中的第一个特点相当迅速地消失了，因为据报上说，戈达尔不久便“面对敌人”而死，虽说他没有离开过巴黎，实际上是因年老过于劳累，不久以后维尔迪兰先生也随之而去，他的死只使一个人感到悲伤，据说此人就是埃尔斯蒂尔。我曾以一种可以说完美无缺的观点研究过他的作品。但是，随着年事渐高，他迷信地把自己的作品和曾经为他提供模特儿的社会联系起来；通过印象的炼金术，社会在他的笔下变成了艺术作品，为他提供了公众和观众。他越来越像唯物主义者那样相信，美的显著部分存在于事物之中，所以他先是把埃尔斯蒂尔太太看作他曾在自己的绘画中和一些挂毯中追求过、喜欢过的有点粗俗的美的典型，而维尔迪兰先生的去世，使他看到社会背景，即行将消失的背景——同作为该背景组成部分的时装式样的过时一样迅速——的最后一批残余中的一种随之消失，这种残余可以扶植一种艺术，证明其可靠性，犹如法国大革命在摧毁十八世纪的优雅时，可以使一位游乐图的画家感到难过，或是蒙马特高地和烘饼磨坊的消失，会使雷诺阿感到伤心；但是，维尔迪兰先生的去世，尤其使他看到一双眼睛和一个头脑的消失，它们曾对他的绘画做过最为中肯的评价，他的绘画可以说是以令人喜欢的回忆这种状态存在于它们之中。也许已经出现一些同样喜爱绘画的年轻人，但他们喜爱的是另一种绘画，他们不像斯万那样，不像维尔迪兰先生那样，得到过惠斯勒有关情趣的忠告，得到过莫奈有关真实的建议，这些忠告和建议能使他们正确评价埃尔斯蒂尔。因此，听到维尔迪兰先生的噩耗，埃尔斯蒂尔感到更加孤独，虽说多年来他和维尔迪兰先生并不和睦，对他来说，这犹如他作品中的一点美，随着宇宙中存在的一点对这种美的意识的消失而黯然失色。

至于德·夏吕斯先生在寻欢作乐方面的变化，则仍然是断断续续的：他同“前线”保持着大量通信，因此并不缺少相当成熟的休假军人。

我过去相信别人说的话，当听到德国、保加利亚和希腊依次声明自己的和平意愿时，我真想相信这些话。但是，自从同阿尔贝蒂娜和弗朗索瓦丝一起生活以来，我已习惯于猜测她们没有明言的想法和计划，所以我不让威廉二世、保加利亚的费迪南和希腊的康斯坦丁用任何冠冕堂皇的话来欺骗我的本能，我的本能可以猜到他们中任何一个策划的阴谋。我同弗朗索瓦丝和阿尔贝蒂娜的争吵，当然只是私人间的争吵，只会涉及一个人这样的小小精神细胞的生活。但是，存在着动物的躯体和人类的躯体，即细胞的组合，每个组合对于一个细胞来说犹如勃朗峰那样高大；同样，也存在着个人的有组织的巨大集合体，称之为民族；集合体的生活只是在扩大作为组合成分的细胞的同时重复细胞的生活；谁不能理解细胞生活的秘密、反应和规律，谁在谈论民族之间的斗争时就只能空话连篇。但是，如果有人掌握这些个人的心理状态，那么，这些由个人聚集起来的巨大群体在发生冲突时就会在他的眼里呈现出一种美，这种美要比只是由两个性格刚强的人进行冲突而产生的斗争更为强烈；他将以这样的比例看到它们，如同一群纤毛虫看到一个身材高大的男人躯干，而装满一个放在旁边的一立方毫米的容器，需要的纤毛虫多达一万多条。这就是近来法国的伟大形象和德国的形象，法国的形象连四周都充满几百万个各式各样的小多边形，德国的形象则充满更多的多边形，这两个形象之间具有这些争吵中的两种。因此，从这个观点来看，德国的躯干和法国的躯干、协约国的躯干和敌人的躯干的表现，在某种程度上如同个人一般。但是，它们相互进行的打击，是受一种不可胜数的拳击的支配，圣卢曾对我阐述这种拳击的原则；因为即使把它们看作人，它们仍然是个人的巨大集合体，所以争吵就具有广泛而壮丽的形式，犹如波涛万千的海洋在翻腾，试图冲垮一排百年的悬崖峭壁，犹如巨大的冰川，企图以毁灭性的缓慢移动，摧毁与它们邻接的山坡。尽管如此，对于在这个故事中出现过的许多人来说，生活仍以几乎相同的面貌继续，对于德·夏吕斯先生和维尔迪兰夫妇来说尤其如此，仿佛德国人并没有离他们这样近，正如一直威胁着的危险，虽说现在未被消除，但我们如果不去想它，就会完全对此无动于衷。通常，人们去寻欢作乐时绝不会想到，如果使其孱弱、减少活力的作用一旦中止，纤毛虫的繁殖就会达到顶点，即在几天之内激增到几百万，从一立方毫米增大到一个比太阳大一百万倍的体积，同时摧毁了我们赖以生存的所有氧气和物质，这样就不再有人类，不再有动物，不再有地球，或者没有想到，一种无法弥补、十分可能发生的灾难，在太空中将由不断进行的激烈活动来决定，这种活动被太阳表面的不变性所掩盖：他们忙于自己的事情，无暇考虑这两种世界，一种世界太小，另一种世界又太大，所以他们没有看到因他们而笼罩在我们周围的宇宙危险。

就这样，维尔迪兰夫妇举办晚宴（不久之后由维尔迪兰夫人一人举办，因为维尔迪兰先生在不久后去世），德·夏吕斯先生则寻欢作乐，并没有想到德国人——德国人确实因一道不断更新的血的屏障而留在原地——离巴黎只有一小时汽车的路程。然而，后来有人说，维尔迪兰夫妇想到了这点，因为他们有一个政治沙龙，每天晚上在沙龙讨论形势，不仅讨论陆军的形势，而且讨论海军的形势。他们确实想到那些一个团一个团被歼、旅客随之遭殃的大屠杀；但是，一个相反的运算大量增加与我们福利有关的事物，又用一个极大的数字来除以与我们福利无关的事物，以至于几百万无名氏的死亡几乎没有使我们受到触动，即使有所触动，也不像穿堂风那样令人不快。维尔迪兰夫人患偏头痛，因不再有羊角面包可以浸泡在她的牛奶咖啡里而感到难受，她终于让戈达尔开了处方，使她能在我们曾谈到过的某家饭店里买到羊角面包。从当局那儿得到这种处方，几乎同一位将军的任命一样困难。早晨她又拿起第一只羊角面包，只见报上叙述卢西塔尼亚号[1]沉没的

[1] 卢西塔尼亚号是英国班轮，1915年5月被德国潜艇击沉，间接促使美国参加第一次世界大战。

经过。她一面把羊角面包浸泡在牛奶咖啡里，一面用手指轻轻弹着她的报纸，使报纸能全部打开，又不必移动那只浸泡面包的手。她说："多可怕！这比最可怕的悲剧还要可怕。"但是，所有这些溺水者的死亡，在她眼里想必已缩小到原来的十亿分之一，因为她嘴里塞满面包在发表悲痛的感想，脸部却浮现出心满意足的表情，这种表情也许是因治偏头痛的良药羊角面包的味道而产生的。

至于德·夏吕斯先生，他的情况有点不同，但更加糟糕，他不但不热情希望法国取得胜利，而且更极端的是，暗中希望德国即使不取得胜利，也至少不要像大家希望的那样被打垮。其原因是，在这些争端中，称之为民族的个人大群体的表现，在某种程度上同个人一样。指导它们的推理方式是内心型的，并不断受到激情的改造，犹如卷入爱情纠纷或家庭纠纷的人们的推理方式一样。例如儿子和父亲争吵，女厨师和女主人争吵，妻子和丈夫争吵。有错的民族却认为自己有理——就像对德国这个情况那样，而有理的民族往往理所当然地提出一些论据，它认为这些论据无可辩驳，只是因为它们符合这个民族的情感。在这些个人的争吵中，要理所当然地相信两方中的任何一方，最好的办法是属于这一方，一个旁观者绝不会完全赞成一方。然而，在那些民族中，个人如真正属于民族，就是民族一个人的一个细胞。洗脑只是一句毫无意义的空话。如果有人对法国人说他们即将被打败，任何法国人都不会像听到别人说他即将被贝尔塔远射程炮打死那样感到绝望。真正的洗脑，是用希望对自己洗脑，如果人们真是一个民族活的成员，洗脑就是保存这个民族本能的一种方法。为了对德国一个人的事业的非正义性视而不见，对一个德国人来说，最好的办法不是缺乏判断力；为了随时看到法国一个人的事业的正义性，对一个法国人来说，最好的办法不是具有判断力；对这两者来说，最好的办法是爱国主义。德·夏吕斯先生具有罕见的道德品质，他富有同情心，慷慨大方，对人友爱、忠诚，然而，由于各种原因——其中之一是他的母亲是巴伐利亚州的公爵夫人，这点可能会起作用——他没有爱国主义。因此，他既属于法国躯干，又属于德国躯干。如果我缺乏爱国主义，不感到自己是法国躯干的一个细胞，我评价争端的方式看来不可能像过去那样。在我的少年时代，我完全相信别人对我说的话，我要是在当时听到德国政府表明自己的诚意，一定会不加怀疑；但我早已知道，我们的思想并非总是和我们所说的话一致；有一天，我在楼梯的窗口里发现夏吕斯不像我过去想象的那样，不仅如此，更重要的是我在弗朗索瓦丝身上，后来又在阿尔贝蒂娜身上，看到一些观点和计划的形成，这些观点和计划同她们所说的话截然不同，因此，我即使作为普通的旁观者，也不会让德国皇帝和保加利亚国王用任何冠冕堂皇的话来欺骗我的本能，我的本能会像识破阿尔贝蒂娜那样，来识破他们秘密策划的阴谋。但说到底，我只能设想，如果我不是当事人，如果我不是法国这个当事人的一部分，我会做出什么事来，犹如我在同阿尔贝蒂娜争吵时，我忧郁的目光或我透不过气来的喉咙是我个人的一部分，我个人则与我的事业休戚相关：我无法漠不关心。德·夏吕斯先生的漠不关心是彻头彻尾的。然而，自从他只当一名旁观者之时起，一切都应使他成为亲德派，从此他虽然生活在法国，却不是真正的法国人。他十分灵敏，但在任何国家里，绝大多数人都是傻瓜；毫无疑问，他要是生活在德国，愚蠢而热情地捍卫一种非正义事业的德国傻瓜们并不会使他生气；但是，他生活在法国，愚蠢而热情地捍卫一种正义事业的法国傻瓜们却使他生气。激情的推理方式，即使服务于凛然大义，对缺乏激情的人来说也绝非无可辩驳。德·夏吕斯先生灵敏地指出爱国者们每一个错误的推理。充分的理由以及对成功确信无疑，使一个傻瓜感到满意，却会使你特别恼火。德·夏吕斯先生恼火是因为人们对胜利抱乐观主义，这些人不像他那样了解德国及其力量，每个月都认为德国会在下个月被打垮，一年以后，他们仍然相信新的预测，仿佛他们未曾以同样的自信做出同样错误的预测，不过他们已经忘掉那些预测，如果有人对他们提起此事，他们就说情况并不相同。

最后，德·夏吕斯先生富有同情心，他想到战败者就感到难受，他总是站在弱者一边，他不看报上的司法专栏，原因是他不想使自己因死囚焦急不安和无法杀死法官、刽子手以及高兴地看到“正义已经伸张”的人群而感到难受。不管怎样，他确信法国不可能再被打败，然而，他也知道德国人正受饥荒之苦，总有一天会被迫俯首投降。这一想法使他感到更加难受，原因是他生活在法国。他对德国的回忆不管怎么说已经遥远，而那些以一种使他感到不快的高兴谈论德国被打垮的法国人，是一些缺点为他熟知、面目令人讨厌的人。在这些情况下，我们同情的是自己不认识的人们，是自己想象中的人们，而不是在我们身旁、在日常生活中十分熟悉的人们，除非那些人就是我们自己，我们同他们血肉相连；爱国主义创造了这一奇迹，人们拥护自己的国家，犹如人们在爱情纠葛中拥护自己一样。因此，对于德·夏吕斯先生来说，战争是一种特别能产生仇恨的作物，在他身上，这些仇恨只在片刻中产生，持续的时间也很短，但在这段时间里，他会做出各种粗暴的事情。他在读报时看到了专栏作者的胜利神色，他们每天报道德国已被打败，是“走投无路、束手无策的野兽”，而千真万确的事实却恰恰相反，他们这种愉快而又残酷的胡说八道，使他勃然大怒。在当时，报上的部分文章是由一些名人撰写的，他们在报上找到了“重新服役”的一种方式，例如布里肖和诺布瓦这样的人，还有莫雷尔和勒格朗丹。德·夏吕斯先生渴望见到这些人，并对他们竭尽讽刺、挖苦之能事。他一直对性方面的恶习特别了解，知道某些人有这种恶习，而这些人以为他们这种恶习不为人知，就热衷于揭露“肉食帝国”的君主们和瓦格纳等人有这种恶习。他渴望当面见到他们，当众揭出他们的丑事，让那些侮辱一个战败者的人名声扫地、气急败坏。

其实，德·夏吕斯先生当亲德派还有更加特殊的理由。其中之一是他作为社交界人士，曾长期生活在社交界人士、令人尊敬的人们和重视荣誉的人们中间，这些人绝不会同一个坏蛋握手：他知道他们敏感而又冷酷，知道他们把一个男人赶出一个圈子或者拒绝和一个男人决斗时，对他的眼泪会无动于衷，即使他们这种“道德上干净”的行动会使害群之马的母亲死去也在所不惜。

虽然他十分欣赏英国，欣赏英国参战的美妙方式，他仍然不由自主地感到，这个无可指摘、不会撒谎、不让小麦和牛奶运入德国的英国，有点像由重视荣誉的人、公认的证人和决斗中的裁判组成的民族；同时他又知道，一些有恶习的人，一些坏蛋，如陀思妥耶夫斯基的某些人物，可能更好些，因此我一直无法理解，为什么作者把这些人比作德国人，靠欺骗和诡计不能预见到一颗善良的心，而德国人看来也没有表现出这种善心。

德·夏吕斯先生的亲德还有最后一个特点：通过一种十分奇怪的反应，他亲德的原因是他的“夏吕斯主义”。他认为德国人十分丑陋，这也许是因为他们同他的血缘有点过于接近；他狂热地迷恋摩洛哥人，但特别迷恋盎格鲁-撒克逊人，把他们看作菲迪亚斯[1]的活雕像。然而，他身上的乐趣带有某种残酷的想法，我当时还不知道这种想法的全部力量：他喜欢的男人在他看来犹如美妙的刽子手。他要是表示反对德国人，就会感到自己采取了一种只有在肉体上得到快感时才会采取的行动，就是说违背他可怜的本性，也就是为了让恶引诱和压倒贞洁的丑陋而充满激情。在谋杀拉斯普京[2]时仍是如此，人们看到谋杀发生在陀思妥耶夫斯基式的夜宵中，俄国色彩的印记又这么深，感到十分意外（如果公众了

---

[1] 菲迪亚斯（活动时期约公元前490—前430）：希腊雅典雕刻家，成名作是雅典卫城的三座雅典娜纪念像和奥林匹亚宙斯神庙的巨大宙斯坐像，是理想主义的古典风格的创始人。

[2] 拉斯普京（约1864—1916）：沙皇尼古拉二世的宠臣，以具有治病的非凡本领闻名。1916年12月底，他在尤苏波夫亲王家吃子夜茶时被毒死。

解到所有这些事情中德·夏吕斯先生知道得十分清楚的细节，这种印象还会深刻得多），因为生活使我们非常失望，使我们最终认为，文学同生活毫无关系，并使我们极其惊讶地看到，书籍向我们指出的那些珍贵思想，无偿而又自然地展现在日常生活之中，没有损坏的危险，例如一顿夜宵、一次谋杀这类俄国事件，有着某种俄国的东西。

战争无限期地持续下去，有些人曾在好几年前根据可靠消息宣布和平谈判业已开始，并列举了和约的条款，现在这些人同你交谈时，不会耗费精神请你原谅他们不确实的消息。他们已经忘掉那些消息，并准备真心实意地传播另一些消息，这些消息他们将会同样迅速地忘掉。在这个时代，哥达式轰炸机经常来进行轰炸，所以空中一直有法国飞机警惕而响亮的嗡嗡声。但有时会听到警报声，犹如女武神[1]——这是战争爆发以来唯一能听到的德国音乐——的刺耳呼唤，直至消防队员宣布警报解除为止，而在他们身边，军号声犹如一个看不见的调皮男孩，定时评论好的消息，并高兴地叫得震天响。

德·夏吕斯先生惊奇地看到，像布里肖这样的人在战前是军国主义者，主要指责法国不够军国主义，这时不满足于指责德国过于军国主义，甚至指责它过于欣赏军队。只要是涉及减慢反德战争的步伐，他们一定会改变看法，并用正当的理由谴责和平主义者。但是，譬如说布里肖，虽然视力不佳，还是答应去做讲

[1] 《女武神》是瓦格纳歌剧《尼伯龙根的指环》四联剧之一。

座，对中立出版社出版的某些作品进行分析。他赞扬一位瑞典作家的长篇小说，小说嘲笑两个孩子看到一条龙后做了象征性的赞赏而倒下，并把他们看作军国主义的种子。这种嘲笑使德·夏吕斯先生感到不快还有其他原因，因为他认为龙可能是某种十分美的东西。但是，他尤其不能理解布里肖的赞扬，如果说赞扬不是针对这本男爵没有读过的书，至少是针对它的思想，这种思想和布里肖战前的思想大相径庭。当时，一个军人的所作所为都是好的，即使是德·布瓦德弗尔将军的不法行为，迪巴蒂·德·克拉姆上校的男扮女装和阴谋诡计，亨利中校的伪造文书也不例外。这是何种异乎寻常的大转变（这种转变实际上只是军国主义者同一种十分高尚的热情的另一侧面，在反对德雷福斯时，它必须是爱国主义热情，因为德雷福斯主义的倾向是反军国主义，现在它反对的是超军国主义的日耳曼，所以就几乎变成反军国主义的了）？只见布里肖大声说道："哦，这场面令人赞叹不已，值得引起这一充满暴行的世纪中的青年注意，因为他们只知道崇拜暴力：龙！我们可以认为，这将是一代人的大兵生活，这代人是在对这些暴力表现的崇拜中培养出来的。"因此，斯比特莱[1]想用这种大转变来和军刀高于一切的丑恶思想进行对照，就象征性地把这个人物独自一人放逐到树林深处，对这个被他称为疯狂的大学生的爱幻想的人物进行嘲笑和中伤，而作者却用动人的方式使这个人

[1] 斯比特莱（1845—1924）：瑞士德语诗人、小说家，赞成英法协约，龙和疯狂的大学生引自他的中篇小说《少女的仇敌》（1907）。

物成为温柔的化身，但可惜的是温柔已经过时，我们可以说，如果老神灵的残酷统治不被推翻，和平时期的美妙温柔很快就会被人遗忘。

“瞧，”德·夏吕斯先生对我说，“您是了解戈达尔和康布尔梅的。我每次看到他们，他们就对我说德国特别缺乏直觉。我们之间说说，您是否认为他们过去对直觉十分关心，他们现在又是否能表现出这种关心？不过您要相信，我不会夸大其词。当谈到最伟大的德国人，谈到尼采、歌德时，您将会听到戈达尔说：‘带有条顿民族的典型特点，即通常缺乏直觉。’当然，在战争中有些事使我更为难过，但您得承认，这叫人难以忍受。诺布瓦比较敏锐，这点我承认，虽说他从战争开始起就不断出错。但是，那些文章煽动全世界的狂热，是什么意思？亲爱的先生，对布里肖的才能，您同我一样清楚，虽说我很喜欢他这个人，即使在教会分裂之后也是如此，教会分裂使我同他所属的小教派分离，我见到他的次数也因此而大大减少。尽管如此，我对这位中学教师有某种敬意，他能说会道，受过很好的教育，另外在他这样的年纪，工资又这样低，因为几年以来他的工资降低得十分明显，他像自己所说的那样，重新开始‘服役’，这是十分令人感动的。但话要说回来，良好的愿望是一回事，才能是另一回事，而布里肖从未有过才能。我承认自己同他一样，对目前战争的某些伟大之处表示赞赏。但一个像布里肖那样盲目崇拜古代文化的人，不去讽刺挖苦认为工人家庭和煤矿比历史上的一切宫殿更有诗意的左拉，或是把狄德罗捧得高于荷马、把华托捧得高于拉斐尔的龚古尔，而是不断对我们重复说，温泉关[1]乃至奥斯特利茨都不能和沃夸[2]相提并论，这至少有点奇怪。再说这一次，曾抵制过文艺现代主义者的公众，现在却追随战争现代主义者，因为这样的思想方法是一种时髦，另外还因为缺乏才智的人们不是被美所压倒，而是被行动的巨大规模所压倒。人们从此把 colossal（巨大的）中的 c 写成 k，而实际上，人们膜拜的东西也确实巨大。说到布里肖[3]，您是否见到过莫雷尔？有人对我说他想见我。只要他跨出第一步就行了，我年纪最大，这一步不应该由我来走。"

不幸的是就在第二天——我们先说这件事——德·夏吕斯先生在街上面对面地碰到莫雷尔。莫雷尔为了让他挽留自己，就挽着他的手，对他讲述多少有点真实的故事。德·夏吕斯先生果然听得十分高兴，想让莫雷尔当天晚上留在自己身边，不要离开，但在这时，莫雷尔看到一位朋友，就向德·夏吕斯先生告辞，而德·夏吕斯先生想用威胁来留住莫雷尔，当然这种威胁是不会付诸实施的，他对莫雷尔说："你要当心，我会报复的。"莫雷尔则笑着走了，一面拍拍那位感到惊奇的朋友的脖子，并搂住他的腰。

德·夏吕斯先生对我说的那些关于莫雷尔的话，也许可以证明，爱情——男爵的爱情必须经久不变——会使人（在变得极其

---

[1] 温泉关是希腊中部东海岸卡利兹罗蒙山和马利亚科斯湾之间的狭窄通道。公元前 480 年 8 月，希腊人和波斯人在此进行激战。希腊军队在关口狙击南下的波斯军达三天之久，但波斯人绕过山间的另一个关口，从侧面进攻，结果取得胜利。

[2] 沃夸是法国默兹省的市镇，在第一次世界大战中曾多次发生激战。

[3] 布里肖是夏吕斯和莫雷尔决裂的见证者。

富有想象力、极为敏感的同时）变得极其轻信、毫无自尊。但是，德·夏吕斯先生补充道："这个小伙子迷上了女人，心里想的就是这个。"他说的这句话比他心里想的还要实际。他说这话是出于自尊，出于爱情，以便使别人都能认为，莫雷尔对他爱恋之后，从未有过其他同类的爱恋。当然，我对他的话全然不信，因为我曾看到莫雷尔为了五十法郎而同德·盖尔芒特亲王过夜，德·夏吕斯先生一直不知道这件事。看到德·夏吕斯先生走过时，如果说坐在咖啡馆露天座上的莫雷尔（除了在有些日子，他出于忏悔的需要，故意遇到男爵，以便有机会对男爵伤心地说："唔！对不起！我承认我过去对您态度恶劣。"）同那帮朋友一起低声叫喊，对男爵指指点点，并发出那种用来嘲笑老同性恋的咯咯笑声，我确信这是为了掩盖他的把戏；这些公开的揭发者要是被男爵单独找去谈，都会去做男爵要求他们做的一切。我弄错了。如果说一种独特的感情曾使像圣卢那样最厌恶此行的人们性欲倒错——这在一切阶级中都是如此——一种相反的感情则促使惯于此行的人们不去做这种事。某些人的转变是由于后来对信仰的宗教有所顾忌，在发生某些丑闻时思想上受到震动，或是害怕染上那些并不存在的疾病，一些往往是门房或随身男仆的亲戚真心实意地使他们相信有这些疾病，而一些嫉妒的男情人则假心假意地使他们相信这点，并认为可以用这种方法来独占一个小伙子，而实际上他们已经使这个小伙子脱离自己和他人。因此，巴尔贝克过去的电梯司机再也不会为金银财物而接受这种建议，现在他们认为，这种建议如同敌人提出来的一样严重。至于莫雷尔，他毫无例外地拒绝所有人——德·夏吕斯先生曾背着他说出这种拒绝的真相，这既为他的幻想辩解，又将他们的希望摧毁——是由于他在离开德·夏吕斯先生两年之后，爱上了一个女人，这个女人同他住在一起又比他厉害，把他管得百依百顺。过去，德·夏吕斯先生给了莫雷尔很多钱，莫雷尔可以为五十法郎同德·盖尔芒特亲王过夜，现在莫雷尔绝不会接受同一个人或其他任何人的任何东西，即使给他五十法郎也不会接受。他的“女人”给他灌输的如果不是荣誉和无私，就是人的某种自重，这种自重并不排斥假充好汉和炫耀自己，如果有人要把世界上所有的钱都送给他，只要附加某些条件，他就会不屑一顾。这样，各种不同的心理规律的作用得到了协调，以便调整人类繁荣的一切因素，这些因素能从一个方面或另一个方面，即用过剩或不足的方法，导致人类毁灭。花卉也是如此，达尔文阐明着同一种适度调整着授粉的方式，同时又使其依次互相对照。

“再说，这是件奇怪的事情，”德·夏吕斯先生用他有时使用的刺耳尖嗓音低声说道，“有些人喝着美妙的鸡尾酒，样子整天都是乐呵呵的，我听到这些人说，他们无法活到战争结束，他们的心脏将会受不了，说他们现在不能去想其他事情，他们将会突然死去。最奇怪的是这种事确实在发生。这真有意思！这是不是饮食问题？是不是因为他们现在只能吃烹调粗糙的食物，或是因为他们为了证明自己的热情，去从事那些徒劳无益，但完全改变他们过去的饮食制度的工作？不管怎样，我记下了数目惊人的奇特早夭，这种早夭至少是符合死者意愿的。我记不得我对您说了什么，是说诺布瓦欣赏这场战争，而且又是用如此奇特的方式来谈论这场战争。首先，您是否发现新的表达方式充斥其中？这些表达方式因每天使用——因为诺布瓦确实不知疲倦，我看是我婶母维尔巴里西斯的去世使他恢复了青春——而最终变成陈词滥调，并立即被其他陈词滥调所代替。过去，我记得您把记载那些出现、保存、然后消失的表达法作为消遣：'玩火者必自焚。''任凭群犬乱吠，商队依然前进。'路易男爵[1]说：'你出好的政策，我就能搞好财政。''这里有些迹象，虽不能看得过于严重，但也要认真对待。''为普鲁士国王而工作。'（这种说法倒是死而复生，这点十分可靠）唉，可惜的是从此之后，我看到多少说法销声匿迹！我们曾说过'破纸片'，'食肉帝国'，'旨在屠杀手无寸铁的妇女和儿童的出色文化'，'正如日本人所说，胜利属于能比别人多忍受一刻钟痛苦的人'，'日耳曼－土兰人'，'科学的野蛮'，'用劳埃德·乔治先生有力的话来说，如果我们想赢得战争'，这种话不计其数，还有'部队的锐气'，'部队的胆量'。出色的诺布瓦连句法也因战争而发生深刻的变化，就像面包的生产或运输的速度一样。这位出色的人物一心想把自己的愿望说成即将实现的事实，却又不敢使用纯粹的将来时，怕这种将来时会同发生的事件互相矛盾，就采用动词 savoir 来作为这种时态的标志[2]，这点您是否发现？”我对德·夏吕斯先生承认，我不大清楚他这番话的意思。

---

[1] 路易男爵（1755—1837）：曾任路易十八和路易－菲利浦的财政大臣。他的这个名句也许并不可靠，由基佐在《回忆录》（1858）中援引。

[2] 指使用动词 savoir（会，可能）的条件式来代替简单将来时。

我必须在此指出，德 · 盖尔芒特公爵完全不同意他弟弟的悲观主义。其次，他亲英的程度和德 · 夏吕斯先生反英的程度相同。最后，他把加约先生[1]看作叛徒，要枪毙一千次才能解恨。当他弟弟要他拿出加约先生叛国的证据时，德 · 盖尔芒特先生回答说，如果只能给那些在一张声称“我叛国”的纸上签名画押的人定罪，叛国罪就永远得不到惩罚。但是，我在没有机会重提此事的情况下也将会指出，两年以后，具有最纯粹的反加约主义的德 · 盖尔芒特公爵遇到了一位英国军事专员及其妻子，并同这对学问渊博的夫妇交了朋友，就像在德雷福斯案件时期同三位可爱的夫人交上朋友一样。从第一天起，在谈到加约时，他就感到极为惊讶，因为他认为加约肯定会被判罪，其罪行是不容置疑的，而这对有学问而又可爱的夫妇则说：“但是他也许会被宣告无罪，目前没有任何证据可以给他定罪。”德 · 盖尔芒特先生试图援引别人的话，指出德 · 诺布瓦先生在证人陈述时曾看着吓得发呆的加约说：“您是法国的乔利蒂[2]，对，加约先生，您是法国的乔利蒂。”但这对有学问而又可爱的夫妇只是微微一笑，把德 · 诺布瓦先生当作笑柄，并列举他年老糊涂的证据，最后说他“在吓得发呆的加约先生面前”说这番话是在《费加罗报》上登的，实际上加约先生也许只是在冷嘲热讽。德 · 盖尔芒特先生立刻改变了自己的看法。把这个变化归功于一个英国女人的影响，也并非异乎寻常，这就像在

[1] 约瑟夫 · 加约（1863—1944）：由于首创征收直接税（1906—1909），所以在富裕的阶层中树敌甚多。他曾同德国谈判摩洛哥问题，在第一次世界大战中被怀疑通敌。

[2] 乔凡尼 · 乔利蒂（1842—1928）：意大利政治家，其命运同约瑟夫 · 加约相仿。

一九一九年，当英国人把德国人称为匈奴并要求严惩战犯的时候，就已未卜先知这一变化一样。这时，英国人的看法也已发生变化，他们赞成的任何决定，都会使法国感到伤心，都会助德国一臂之力。

我们再来谈德·夏吕斯先生。“应该懂，”他听到我承认听不懂他的话，就回答道，“应该懂：在诺布瓦的文章里，动词 savoir 是将来的标志，即诺布瓦愿望的标志，另外也是我们愿望的标志。”他补充道。他的话也许并非完全出于真心。“您十分清楚，如果 savoir 没有成为将来的唯一标志，人们在必要时就能认为，这个动词的主语可以是一个国家。例如，每当诺布瓦说‘美国不会对这种不断违反法律的行为熟视无睹’，‘双头君主国不会不悔过自新’的时候，这种话明显地表达了诺布瓦的愿望（就像我的愿望，就像您的愿望那样），但不管怎样，这个动词还是会保留过去的全部含义，因为一个国家会 savoir（知道），美国会 savoir，‘双头’君主国本身也会 savoir（尽管总是“缺乏直觉”）。但是，当诺布瓦写出‘这些系统性的破坏不会使中立国相信’，‘湖泊地区不会不在短期内落到协约国手中’，‘中立国的这些选举结果不会反映国内的大部分舆论’的时候，就不再有提出疑问的可能了。但这些破坏，这些地区和这些选举结果，肯定是不会 savoir（知道）的无生命的东西。通过这个用语，诺布瓦只是对中立国发出命令（我遗憾地看到，中立国似乎并不听从这一命令），命令它们脱离中立，或是命令湖泊地区不再从属于‘德国佬’（德·夏吕斯先生在说“德国佬”这个词时十分大胆，就像过去在巴尔贝克的有轨电车上谈论兴趣不在女人身上的男人一样)。另外，您是否发现，从一九一四年起，诺布瓦总是以何等的计谋来开始他写对中立国的文章？他在文章的开头声明，法国当然无须干涉意大利（或罗马尼亚或保加利亚等）的政策。这些国家要根据自己的民族利益，独立自主地决定它们是否应该脱离中立。但是，如果说文章开头的这些声明（这在过去称之为开场白）是非常公正的话，那么文章的接续部分就远非如此了。'尽管如此，'诺布瓦接着写时大体上是这样说的，'十分明显，从这场斗争中取得物质利益的，只能是那些站在公正和正义一边的民族。人们只能期待协约国来报答那些因执行以逸待劳政策而没有用自己的剑效力协约国的民族，并把几个世纪以来它们受压迫的兄弟一直在上面呻吟的土地给予它们。'这建议干涉的第一步跨出以后，诺布瓦就无所顾忌，不仅谈到干涉的原则。而且还谈干涉的时间，所提的建议也越来越不加掩饰。'当然，'他说，并自诩为'正人君子'，'这要由意大利和罗马尼亚自己来决定干涉的适当时间和适当形式。但它们不会不知道，犹豫的时间过长，它们就有失去良机的危险。俄国骑兵的铁蹄已经使日耳曼颤抖，感到一种无法形容的恐怖。十分明显，那些只会在胜利——胜利的灿烂曙光已经可以看见——时跑去援助的民族，将无权得到这种报答，但要是它们现在能迅速行动，还为时未晚，等等。'这就像有人在剧院里说：'迟到者注意：最后剩下的那些座位将会很快被人搬走。'这种说教诺布瓦每隔半年做一次，所以就显得更加荒谬。他定期对罗马尼亚说：'罗马尼亚是否愿意实现自己的民族愿望，做出决定的时刻已经来到。如果还想等待，就可能为时过晚。’然而，他这话说了三年，不仅这‘为时过晚’的时刻并未来到，而且对罗马尼亚的开价不断提高。同样，他请法国等国作为保护国在希腊进行干涉，因为希腊和塞尔维亚签订的条约没有得到履行。但是，说真心话，如果法国没有参战，不希望希腊的援助或善意的中立，它是否会想到以保护国的身份进行干涉，是否会因希腊没有对塞尔维亚履约而在道义上感到愤慨？当谈到罗马尼亚和意大利明目张胆地违约，即像希腊那样——我认为是有道理的——没有履行德国盟国的义务——这些义务不像人们所说的那样必须履行，范围也没有这么广泛——时，他不是立刻闭口不谈了吗？事实上，人们通过自己看的报纸来了解一切，他们本人并不了解报上谈的那些人物和事件，怎么可能有其他看法呢？说来也怪，德雷福斯案件曾使您很感兴趣，在那个时候，我们可以说如同相隔几个世纪一般，因为战争的哲学家们使人相信，同过去的任何联系都已断绝，我当时看不惯我家里的一些人对当过公社社员的反教权主义者十分尊重，因为他们的报纸把这些人说成是反德雷福斯主义者，同时又使一位将军蒙受耻辱，这位将军出身名门，又是天主教徒，但赞成修改德雷福斯案件的判决。我现在同样看不惯过去曾尊敬弗兰茨·约瑟夫皇帝的所有法国人憎恨陛下，我可以对您说，他们过去这样做是有道理的，我对陛下很了解，他也很想把我当作堂兄弟。啊！自从战争爆发以来，我没有给他写过信。”他补充道，犹如在大胆承认一个他知道不会受人责备的过错。“不，在第一年写过，但只写过一次。但是，我有什么办法呢？这丝毫不会改变我对他的敬意，不过我在这里有许多年轻的亲戚，他们在我们的前线打仗，我知道，要是我和一个同我们交战的国家的元首保持不间断的通信往来，他们会觉得非常不好。我有什么办法呢？不管是谁想来批判我，”他补充道，犹如勇敢地让我来进行指责，“我也不愿让一封署名为夏吕斯的信件在此刻寄到维也纳。我要对这位老皇帝所做的最大批评，就是像他这样地位的贵族，欧洲最古老、最著名的家族之一的首领，竟听任一个土豪的摆布，威廉·德·霍亨索伦这个土豪确实十分聪明，但说到底只是个暴发户而已。这是这次战争中最令人反感的反常现象之一。”在德·夏吕斯先生心中，贵族的观点主宰一切，当他用贵族的观点来看待问题时，他立即会显出奇特的稚气，他说话的语气，就像他对我谈起马恩河战役或凡尔登战役那样，他对我说，有些事情重要而又十分有趣，如果有人要写这场战争的历史，就不应该把这些事遗漏。“例如，”他对我说，“所有的人都不了解情况，以至于无人指出这件十分突出的事：马耳他骑士团大爷是个纯粹的德国佬，却仍然生活在罗马，并以我们骑士团大爷的身份在那里享受治外法特权。真有意思。”他补充道，那样子像是对我说：“您看，您遇到了我，这个晚上没有白白浪费。”我对他表示感谢，他则显出谦虚的样子，就像不要报酬的人那样。“我刚才在对您说什么？噢，对了，是说人们看了他们的报纸，在恨弗兰茨·约瑟夫。对于希腊国王康斯坦丁和保加利亚沙皇，公众曾多次在反感和同情之间徘徊，因为报上一会儿说他们站在协约国一边，一会儿又像布里肖那样称他们为中央帝国。这犹如布里肖老是对我们说的那样：‘韦尼泽洛斯[1]的末日即将来临。’我不怀疑韦尼泽洛斯先生是一位很有才能的政治家，但是谁对我们说希腊人如此渴望韦尼泽洛斯当权呢？有人对我们说，他曾希望希腊对塞尔维亚履约。但是必须知道这是些怎样的协定，它们是否超出意大利和罗马尼亚认为可以违反的范围。我们对希腊执行条约和遵守宪法的方式表示担心，但要是这事不涉及我们的利益，我们肯定不会有这种担心。如果战争没有爆发，您是否认为那些担保国会去注意议会的解散？我只是看到，有人在一个一个地收回对希腊国王的支持，以便在国王没有军队能保护自己之时，把他驱逐出境或禁闭起来。我刚才对您说，公众只是根据报纸来评论希腊国王和保加利亚国王。公众既然不了解这两位国王，对他们的看法怎么会和报纸不同呢？我曾多次看到他们，希腊国王康斯坦丁当王太子时，我同他非常熟悉，他简直是个奇才。我一直认为，尼古拉皇帝对他有过深厚的感情。当然喽，我这话是诚心诚意的。克利斯蒂昂公主曾公开谈论这点，不过她现在恶言伤人。至于保加利亚沙皇，简直像淫妇一样，是一张活广告，但十分聪明，是个出色的人。他很喜欢我。”

德·夏吕斯先生可以十分讨人喜欢，但一涉及这些话题，就变得令人讨厌。他对此感到满意，但这种满意犹如一个病人老是对你吹嘘自己的身体如何之好一样，已经使人感到厌烦。我经常

[1] 韦尼泽洛斯（1864—1936）：希腊首相，因扩大了希腊的版图，被许多人认为是现代希腊最伟大的政治家。

在想，在巴尔贝克的小火车里，那些曾非常希望听他用吐露真情来掩饰自己的常客，现在也许无法忍受他的炫耀，这种炫耀是一种癖好，使人感到拘束，犹如在病房里一样沉闷，或者像看到吸毒者在你面前拔出注射器一样难受，因为得让他们把他们认为动听的知心话讲完。此外，听到别人指责所有的人也感到厌烦，况且这种指责往往毫无根据，指责者又把自己排除在这种特殊的类型之外，但听者知道他自己就属于这类人，而他却非常乐意把其他所有人都归入此类。最后，他这个极其聪明的人就为此创造了一种狭隘的小哲学（其基础也许是斯万在“生活”中找到的一种微不足道的收藏品），用这些特殊的原因来解释一切，而这种哲学，犹如每当人们完全赞同他的缺点时那样，不仅使他贬低自己，而且使他对自己特别满意。这样，他这个如此严肃、如此高贵的人，却用最傻的傻笑来结束下面这句话：“由于存在着像费迪南·德·科布格对威廉皇帝那样的妄自尊大，这就可能是沙皇费迪南站到‘食肉帝国’一边的原因。其实，这是非常容易理解的，人们对妹妹宽宏大量，什么东西都会给她。我认为，用这点来解释保加利亚和德国结盟的原因，真是太棒了。”对这种愚蠢的解释，德·夏吕斯先生笑了很长时间，仿佛他真的认为解释得十分巧妙：这种解释即使有确实的事实作为依据，也显得十分幼稚，就像德·夏吕斯先生以封建主的身份或以耶路撒冷圣约翰骑士的身份来谈对战争的看法那样。他在结束时的看法倒比较正确。“使人感到惊讶的是，”他说，“公众只根据报纸来评论战争中的人和事，却确信是用自己的头脑在进行评论。”

这一点，德·夏吕斯先生倒是说对了。有人对我说，必须看到德·福什维尔夫人沉默和犹豫的时刻，这些时刻不仅对个人看法的陈述是必要的，而且对个人看法的形成也是必要的，然后她才用一种亲密无间的语调说“不，我不认为他们会占领华沙”；“我不感到再会过第二个冬天”；“我所不希望的，是一种不稳定的和平”；“如果您希望我告诉您，我感到害怕的是什么，那就是议会”；“不，我还是认为我们能够突破”。说这些话时，奥黛特显出娇滴滴的神态，这种神态达到登峰造极的地步，是在她说出下面这句话的时候：“这不是说德军打不好仗，而是说他们缺少人们所说的胆量。”为了说出“胆量”这个词（即使只是为了说得“刻薄”），她用手做出揉面的姿势，而眼睛呢，用一个画室的术语来说，就像 rapin（拙劣的画师）那样眯着。她的言语中对英国人欣赏的痕迹，比过去更为明显，她不必再像过去那样，把英国人称为“外芒什的邻居”，或者最多是“我们的英国朋友”，而是把他们称为“我们忠实的盟友”。不用说，她不管谈论什么，都不会错过引用 fair play（公平的比赛）的机会，以便指出英国人把德国人看作不遵守比赛规则的对手，所以“必须做的事是赢得战争，就像我们正直的盟友所说的那样”。她最多相当笨拙地把她女婿的名字和涉及英国士兵的一切联系起来，说他同澳大利亚人以及苏格兰人、新西兰人和加拿大人亲密无间地生活在一起感到十分高兴。“现在，我女婿圣卢知道所有正直的 tommies（英国兵）的切口，他能和来自最遥远的 dominions（英联邦自治领）的英国兵友好相处，和他亲如兄弟的既有统帅基层的将军，又有地位最低的

private（普通士兵）。”

我在这里附带说了些关于德·福什维尔夫人的离题话，当我同德·夏吕斯先生肩并肩地顺着环城路往下走的时候，我再来说一段谈论维尔迪兰夫人和布里肖的关系的离题话，这段话更长，但对描写那个时代不无裨益。确实，可怜的布里肖被德·夏吕斯先生毫不宽容地进行评论（因为德·夏吕斯先生更加敏锐，同时又或多或少地在无意中亲德），但他受到维尔迪兰夫妇的冷遇还要厉害得多。维尔迪兰夫妇当然是沙文主义者，这点本应使他们喜欢布里肖的文章，再说他的文章也不比维尔迪兰夫人喜欢的许多文章写得差。但是，首先，人们也许记得，在拉斯普利埃的时候布里肖在维尔迪兰夫妇眼中，已经不是过去的大人物了，如果说他还没有像萨尼埃特那样成为测力器上挨打的土耳其人脑袋，那么至少已是他们不加掩饰地冷嘲热讽的对象。当时，他至少仍然是常客中的一名，这就使他能得到一部分好处，这些好处是小圈子的章程以默认的方式赋予所有创始人或合作者的。但是，也许是因为战争的关系，或是由于一种如此长期推迟的优雅迅速结晶，这种优雅的一切必要的、仍然看不见的成分早已充满了维尔迪兰夫妇的沙龙，这时沙龙已对新的人物开放，沙龙的常客在开始时作为新人物的诱饵，到后来受到的邀请越来越少，布里肖也出现类似的现象。尽管他在巴黎大学和法兰西研究院任职，他在战前的名望没有超越维尔迪兰沙龙的范围。但是，自从他几乎每天写那些华而不实——人们常常看到他为那些有钱的常客不吝啬地使用华而不实的辞藻——的文章时起，简直令“上流社会”感到他光彩夺目。另外，他有时也确实学识渊博，作为货真价实的巴黎大学教授，他不想掩盖这种渊博，尽管他使其具有某些有趣的外形。社交界再次去宠爱一个远非庸才的人，此人以其多产的智慧和丰富的记忆引人注目。当三位公爵夫人在维尔迪兰夫人家里度过夜晚时，另外三位公爵夫人争着要请这位大人物到自己家里吃晚饭，他接受了一位公爵夫人的邀请，感到无拘无束，因为维尔迪兰夫人对他的文章在圣日耳曼区受到欢迎感到恼火，所以每当她请一位他还不认识，急于同他交结的名流来家里做客时，就绝不同时邀请布里肖。要是没有维尔迪兰夫人的话，新闻工作（在这一工作中，布里肖只是到很晚的时候才得到可观的收入，并体面地献出他整个一生毫无报酬、隐姓埋名地在维尔迪兰夫妇的沙龙里浪费的才能，因为他健谈而又博学，所以他在写文章时消耗的精力并不比在谈话时多）可能会而且仿佛已经给布里肖带来无可争辩的荣誉……当然，布里肖的文章还远不如社交界人士认为的那样出色。他为人的庸俗不时以文人的学究气这种形式表现出来。除了毫无意义的形象（“德国人不能再正视贝多芬的塑像；席勒想必在坟墓中颤抖；在比利时的中立上画押的墨迹未干；列宁在说话，但全都让大草原的风吹走了”）之外，则是一些平淡无奇的话，如“两万俘虏，是一个数目，我们的指挥部将会睁大眼睛；我们想取得胜利，就是这样”。不过，跟这些混杂在一起的，是如此多的知识，如此多的智慧和如此正确的推理！但是，维尔迪兰夫人在开始看布里肖的一篇文章之前，总是预先带有满意的感觉，因为她认为将能从中找到一些笑料，她看的时候全神贯注，确信它们不会溜掉。然而，不幸的是，笑料在文章里确实有几个。人们甚至不会想到它们已被找到。最幸运的引语属于一位知名度确实不高的作者，至少布里肖引用的那部作品是如此，这条引语被指责为最难以忍受的学究气的证明，维尔迪兰夫人则焦急地等待晚餐的时刻来到，以便让她的客人们哈哈大笑。“嗳，你们对今晚的布里肖谈了些什么？我在读到居维叶[1]的引语时想到了你们。我发誓，我觉得他疯了。”“我还没有看过他的文章。”戈达尔说。“怎么，您还没有看过？那您就不知道您错过的是什么乐趣。就是说这滑稽得可以笑死人。”可是她心里非常得意，居然有人没有看过布里肖的文章，这样她就可以趁此机会亲自阐明其中的笑料。维尔迪兰夫人吩咐管家，把《时代报》拿来，亲自大声朗读那篇文章，并夸张地读出那些最为简单的句子。晚饭之后的整个晚上，这个反布里肖运动继续开展，但带有虚假的克制。“这事我不想说得声音太响，因为我怕那边，”她说着指了指德·莫莱伯爵夫人，“怕有人不大欣赏。”她说话的声音相当高，竭力想让德·莫莱夫人听到，但同时又压低声音，企图向德·莫莱夫人表示她不想让夫人听到自己的话。德·莫莱夫人胆小怕事，背叛了布里肖，说她实际上对布里肖和米什莱一视同仁。她认为维尔迪兰夫人说得有理，为了用维尔迪兰夫人感到无可辩驳的话作为结尾，她就说：“无法使他收回的是白纸上的黑字。”“您认为这文章写得好？”维

---

[1] 居维叶（1769—1832）：法国动物学家、古生物学家，创建了比较解剖学和古生物学。

尔迪兰夫人说，“而我认为这像是一头猪写的。”这种大胆的说法使社交界人士哈哈大笑，特别是因为维尔迪兰夫人仿佛自己也害怕说出猪这个字，就说得很轻，说时用手捂住嘴唇。她对布里肖猛烈攻击的主要原因，是因为布里肖幼稚地炫耀自己受到欢迎，并对此感到满意，虽说书报检查使他恼火，每当他像在说话时那样习惯地使用新词，以便表明他的学究气不是太足时，书报检察官就“用墨水涂去”文章中的一个部分。在他的面前，维尔迪兰夫人不过多地表示她看不起布里肖写的文章，除非是在她不高兴的时候，但灵敏度高一点的男人会从她的脸色中看出。她只有一次批评他的文章中“我”字写得太多。而他也确实有不断写这个字的习惯，这首先是出于教授的习惯，他经常使用一些习惯用语，诸如“我承认”，甚至把“je veux bien que”（“我同意”）说成“je veux que”（“我希望”）：“我希望，战线的大大扩展必然导致，等等”，但尤其是他因为过去是反德雷福斯主义的战士，在战争爆发前早已预感到德国在进行备战，所以就经常写道：“我在一八九七年就已揭露。”“我在一九〇一年指出。”“我曾在如今已十分罕见的小册子中提请注意（habent sua fata libelli[1]）。”然后他保留了这种习惯。他听到维尔迪兰夫人的批评后满面通红，因为批评的调子十分尖锐。“您说得对，夫人。法朗士是我们美妙的怀疑论的温和大师，要是我没有弄错的话，在洪水泛滥之前……他曾是我们的敌人。有的人尽管没有读过阿纳托尔·法朗士的前言，却既不

[1] 拉丁语，意为书籍有自己的命运。

喜欢耶稣会会士，也不喜欢孔布[1]先生，此人曾说，自我总是可憎的。”从此刻起，布里肖就用人们来代替我，但人们并不能防止读者看出作者在谈自己，却能使作者不断地谈论自己，评论自己最短的句子，用一篇文章来论述一个否定，并且一直在人们的掩护之下。例如，布里肖曾经说过，即使是在另一篇文章中，他说德军已失去自己的一些价值，他在开头是这样写的：“人们不想在此掩盖真相。人们曾说过，德军已失去自己的一些价值。人们并没有说德军已不再有很大的价值。人们更不会写，德军已不再有任何价值。人们也不会说，优势取得以后，如果它不是，等等。”总之，只要写出他不会说的一切，重提他曾在几年前说过的一切，以及克劳塞维兹[2]、若米尼[3]、奥维德[4]和蒂阿纳的阿波隆纽斯[5]等人在或多或少个世纪以前说的话，布里肖就可以轻而易举地收集到一部巨作的材料。遗憾的是，他没有把它们发表出来。因为这些内容如此丰富的文章至今已无法找到。圣日耳曼区在维尔迪兰夫人的叱责下，先是在她家里嘲笑布

---

[1] 孔布（1835—1921）：法国政治家。青年时代曾学神学，但在任圣职前离开教会。出任总理期间（1902—1905）同意通过法律，把几乎一切教团逐出法国，并取消教会在某些重要方面（尤其在教育方面）的公共职能。

[2] 克劳塞维兹（1780—1831）：普鲁士将领、军事战略理论家。他在《战争论》中提出总体战概念，对现代战略思想具有深刻影响。

[3] 若米尼（1779—1869）：军事理论家、军事历史学家，由于系统阐述战争原理而被尊为现代军事思想奠基人之一。

[4] 奥维德（公元前43—约17）：古罗马诗人，其杰作《变形记》达到史诗的高度。

[5] 蒂阿纳的阿波隆纽斯（活动时期1世纪）：属新毕达哥拉斯学派，罗马帝国时期成为神话式英雄。

里肖，但一旦走出这个小圈子的范围，就开始赞赏布里肖。后来，嘲笑他成为一种时髦的风气，就像过去欣赏他一样，即使是那些在读他的文章时继续在暗中对他感兴趣的女人，也不再赞赏他，她们只要和别人在一起，就对他进行嘲笑，以便显得和别人一样机灵。在小圈子内，人们对布里肖的议论从未像那个时候这样多，不过是用嘲笑的口气议论。衡量任何新来的客人是否聪明的标准，就是他对布里肖的文章看法如何；如果第一次回答得不好，人们就一定会教他，从什么地方可以看出这些人的聪明。

“最后，我可怜的朋友，这一切都骇人听闻，我们感到可悲的不光是那些令人厌倦的文章。人们在谈论破坏文物，谈论被毁坏的塑像。但是，那么多美妙的年轻人就是无与伦比的彩色塑像，他们的毁灭不也是破坏文物？一座城市如果失去了漂亮的人，不等于是一座所有的塑像都被毁灭的城市？当我去饭店吃晚饭的时候，如果来接待我的不是头戴圆锥形女帽，使我感到仿佛走进迪瓦尔饮食店的女招待，而是像迪东神甫[1]那样仿佛浑身长满青苔的小丑，我会有什么乐趣呢？很好，我亲爱的，我认为我有权说这样的话，因为美在活的物质中毕竟还是美。如果接待你的是佝偻病患者，戴着夹鼻眼镜，从脸上就看得出享有免服兵役的权利，那真是巨大的乐趣！同过去一直发生的事情不同的是，如果你想

[1] 迪东神甫：亨利·迪东（1840—1900），多明我会传教士，以其在玛德莱娜教堂的讲道而著称。

在一家饭店里找到一个漂亮的人，就不应该在接待顾客的堂倌中去找，而要在吃饭的顾客中去找。不过，人们会再次见到一个堂倌，虽说他们常常调动工作，但你要去了解一下那个英国中尉是谁，什么时候会再来，他也许是第一次来这儿，也许明天就会被打死！正如《圣克莱尔修会修女》[1]的美妙作者、可爱的莫朗所叙述的那样，波兰的奥古斯都用一个团的军队去换取一套中国瓷器大花瓶，依我看他做了一笔亏本的交易。您想想，那些身高两米，站在我们最漂亮的女友们的楼梯边作为装饰的高大跟班都被打死。他们中的大部分是应征入伍的，因为人们反复对他们说，战争将持续两个月。啊！他们和我不一样，不知道德国的力量，普鲁士民族的勇敢。”他忘乎所以地说道。后来，他发觉他过多地暴露自己的观点，就说：“我为法国担心的不光是德国，还有战争本身。在后方的人们的想象之中，战争只是一场巨大的拳击赛，他们通过报纸在远处观看这场比赛。这可是毫不相干的。这是一场疾病，在一点上仿佛已经治好，在另一点上却再次恶化。今天，努瓦荣[2]将要解放；明天，人们既没有面包也没有巧克力；后天，认为自己十分安宁，在必要时可以被一颗他意想不到的子弹打中的那个人，将会惊恐万分，因为他将从报上看到，和他在同一年应征服役的那批人将被重新征召入伍。至于那些古建筑，一座像兰

[1] 《圣克莱尔修会修女》是法国作家保罗·莫朗的《温柔的存储》（1922）中的一个中篇小说，普鲁斯特曾为该书作序。

[2] 努瓦荣是瓦兹省区的首府，1914 年 9 月至 1917 年 3 月和 1918 年 3 月至 8 月曾被德军占领。

斯[1]那样在质量上独一无二的杰作，遭到毁灭也不会使我感到惊恐异常，使我感到惊恐的倒是看到这么多活的群体毁灭，因为他们能使法国最小的村庄变成优美的楷模。”

我立刻想到了贡布雷，但我在过去认为，承认我的家庭在贡布雷地位低下，就会在德·盖尔芒特夫人的眼中贬低自己。我心里在想，勒格朗丹、斯万、圣卢或莫雷尔是否没有把我家的情况告诉盖尔芒特夫妇和德·夏吕斯先生，但是，对我来说，过去的事不说出来要比说出来好受些。我只是希望德·夏吕斯先生不要谈论贡布雷。

“我不想说美国人的坏话，先生，”他继续说道，“看来他们的慷慨是取之不尽的，由于这场战争中没有总指挥，每个国家都在另一个国家之后很久才进入舞池，而美国人又是在我们几乎完蛋的时候才开始参战，所以他们士气旺盛，而我们打了四年的仗，已经没有这样的士气。即使在战前，他们也喜欢我们的国家、我们的艺术，他们出高价买进我们的杰作，现在有许多在他们那儿。但是，这种背井离乡的艺术，如同巴雷斯先生会说的那样，却正是法国不讨人喜欢的原因。古堡可以说明教堂，由于教堂曾经是朝圣的地方，所以教堂可以说明武功歌。我无须对我家族和姻亲的名声做过高的评价，另外这里涉及的也不是这点。但在最近，虽说家里和我的关系有点冷淡，我为了解决一个股权问题，还是

[1] 指兰斯大教堂。该教堂1914年9月曾发生火灾，在第一次世界大战期间不断遭到轰炸。

去看望我那个住在贡布雷的外甥圣卢。贡布雷在过去只是个小城，就像现在的许多小城一样。但是，那里教堂的有些彩绘玻璃窗上，我们的祖先被画成捐赠者，在另一彩绘玻璃窗上，则画有我们的纹章。我们在那儿有我们的教堂，有我们的坟墓。这座教堂被法国人和英国人摧毁了，因为它被德国人用作瞭望台。残存的历史和艺术的这种混合体代表着法国，现在却被摧毁，而这种事还没有结束。当然，我不会出于家族的原因，令人可笑地把贡布雷教堂被毁和兰斯大教堂被毁相提并论，因为兰斯大教堂犹如哥特式教堂中的一个奇迹，它自然地再现了古代雕塑艺术或亚眠雕塑艺术的纯真。我不知道圣菲尔曼[1]高举的手臂如今是否断裂。如果是的话，那么信仰和毅力的最高证明就已从这个世界消失。”

“消失的是它的象征，先生。”我对他回答道，“我同您一样，非常喜欢某些象征。但是，为了象征而牺牲它所象征的现实是荒谬的。教堂应该受人喜爱，直至为了保护它们不得不放弃它们所教导的真理的那天。圣菲尔曼高举手臂，样子活像指挥官发号施令，仿佛在说：‘为了荣誉，我们可以粉身碎骨。’不要为那些石雕而牺牲活人，石雕的美是因为在片刻中把人类的真实固定下来。”

“我理解您说的意思，”德·夏吕斯先生对我回答道，“巴雷斯先生虽说让我们对斯特拉斯堡的塑像和戴鲁莱德先生[2]之墓进行过

[1] 根据传说，菲尔曼是亚眠的第一位主教。

[2] 戴鲁莱德（1846—1914）：法国作家、政治家。普法战争时入伍参军。他的爱国诗歌《士兵之歌》（1872）曾流行一时。1882年创立爱国者同盟，旨在为法国败于普鲁士报仇雪耻。

多的朝拜，但他写出了兰斯大教堂本身对我们来说不如我们步兵的生命宝贵这句话，令人感动而又亲切。在那儿指挥的德国将军曾说，兰斯大教堂对他来说不如一个德国兵的生命宝贵，因此巴雷斯的话使我们那些对德国将军大发雷霆的报纸显得可笑。再说，令人恼火而又痛心的是，每个国家都说出同样的话。德国的工业联合会宣布必须占有贝尔福地区，以免使他们的国家受到我们复仇思想的侵袭，其理由同巴雷斯为使我们不受德寇入侵愿望的影响而要求得到美因兹的理由一模一样。为什么在法国看来，收回阿尔萨斯和洛林地区不是进行战争的一条充分理由，不是继续进行战争、每年宣战一次的一条充分理由呢？您似乎认为，胜利从此属于法国，我衷心希望如此，您对此毫不怀疑。但是，自从协约国不管是否有理，认为自己稳操胜券（从我来说，我当然对这样的结局感到高兴，但我主要看到许多胜利停留在纸上，还有许多则是皮洛士式的胜利[1]，付出的代价没有告诉我们），而德寇则不再认为自己稳操胜券以来，人们看到德国试图尽快媾和，法国则试图延长战争；法国是正义的法国，有权使人听到正义的声音，但法国也是温和的法国，应该听到可怜的声音，即使只是为了它自己的子女，为了每当春天来临之际，开放的鲜花能为墓外之物增添光彩。您要说实话，我亲爱的朋友，您曾经对我讲过一种理论，说万物的存在全靠一种不断重新开始的创造。您对我说，世

[1] 皮洛士（前 318—前 272）：古希腊伊庇鲁斯国王，曾不惜惨重牺牲而取得对马其顿和罗马的军事胜利。“皮洛士式的胜利”一语由此而来。

界的创造并非一次完成，而必然是每天都在进行。那么，如果您是真心诚意的话，您就不能把这场战争排除在这种理论之外。我们出色的诺布瓦废话连篇地写道（同时拿出一件修辞道具，对他来说，这件道具同“胜利的曙光”和“严冬将军”一样珍贵）：‘现在德国要打仗，骰子掷出，大局已定。’而事实是每天早晨都在重新宣战。因此，想继续进行战争的人同发动战争的人同样应受谴责，也许，更加应受谴责，因为后者可能没有预见到战争中的一切惨状。然而，毫无迹象表明，一场如此持久的战争，即使会有胜利的结局，也并非毫无危险。很难谈论尚无先例的事情，以及对于人们首次尝试的行动的机制的影响。确实，一般来说，令人们感到不安的新事物都进展得十分顺利。那些最聪明的共和政体拥护者曾认为政教分离是荒谬的行为。但政教分离却像把信扔进邮局的信筒里那样轻而易举。德雷福斯恢复了名誉，皮卡尔当上陆军部长，也没有人喊一声‘噢哟’。然而，对于一场连续几年的战争所带来的那种劳累过度，令人担心的事却多的是！士兵们回去后将干什么？疲劳是否会使他们浑身无力或神魂颠倒？所有这些都可能朝坏的方向转化，如果说不涉及法国，至少涉及政府，甚至可能涉及政府的形式。您曾让我看莫拉斯[1]那篇美妙的《埃梅·德·瓜尼》。埃梅·德·瓜尼如果不从共和国进行的战争的进展中期待他在一八一二年从帝国进行的战争中期待得到的东

[1] 莫拉斯（1868—1952）：法国作家，拥护君主政体，曾在《法兰西报》上评述埃梅·德·瓜尼的回忆录（发表于 1902 年）。埃梅·德·瓜尼曾促使塔列朗背叛拿破仑。

西，我将会感到十分惊讶。如果现在埃梅还活着，他的期望是否将会实现？我不希望如此。我们再回过来谈战争，那首先发动战争的人是不是威廉皇帝？我对此十分怀疑。如果是他的话，他不是做了同拿破仑一样的事吗？这种事我认为十分可恶，但我惊奇地看到，如此的恐怖却会给拿破仑的阿谀奉承之徒带来灵感，这种人在战争爆发之日像博将军那样大声说道：‘我等待这一天已有四十年了。这是我一生中最美好的日子。’当社会上把不相称的地位赋予民族主义者和军人时，当任何艺术之友都被指责为从事给祖国带来严重损害的事时，一切并非尚武的文明都是有害的，天晓得有谁曾提出比我更有力的抗议！几乎没有一个真正的社交界人士能同一位将军相提并论。一个狂热的女人差点把我介绍给西夫东先生。您一定会对我说，我当时竭力维护的只是社交界的准则。但是，从表面上看它们虽然毫无价值，它们却也许可以阻止许多过火的事情发生。我一贯尊重捍卫语法或逻辑的人们。人们在五十年之后会知道，他们曾消除巨大的灾祸。然而，我们那些民族主义者对德国最为敌视，是最顽固的打到底主义者。但在十五年之后，他们的哲学已经完全改变。实际上，他们大力促使战争继续下去，不过只是为了消灭一个尚武的民族，只是出于对和平的热爱。因为尚武的文明，即他们在十五年前认为很美的东西，现在却使他们感到厌恶；他们不仅指责普鲁士把国家的军事力量放在主导地位，而且始终认为军事文明曾摧毁他们现在珍视的一切，不仅是艺术，而且甚至是献殷勤。他们的批评者中的一个只要改信民族主义，就可以同时成为和平之友。他确信，在所有尚武的文明中，妇女的地位屈辱、低下。人们不敢对他回答说，中世纪骑士的‘夫人’和但丁的贝雅特里齐，也许曾坐在同贝克先生[1]的女主人公们一样高的宝座上。我预计这几天中的某一天会被安排坐在一位俄国革命者身后就餐，或者只是在我们的一位将军之后，他们进行战争是出于对战争的厌恶，是为了惩罚一个民族培养一种理想，他们在十五年前认为这种理想是唯一的强壮剂。可怜的沙皇在几个月前还受到尊重，因为他召开了海牙会议。但是，现在人们向自由的俄国致敬，就忘记了曾使他受到颂扬的称号。世界的车轮就是这样转的。然而，德国使用同法国一样的词句是那么多，以至于使人认为德国在引用法国的话，德国不厌其烦地说，它‘在为生存而斗争’。当我读到‘我们为反对残忍的死敌而斗争，直至我们取得保障我们将来不受任何侵略的和平，以便使我们英勇的士兵的血不致白流’时，我不知道这句话是威廉皇帝说的还是普恩加来先生说的，因为他们曾以几乎相同的说法，把这句话说了二十遍，虽然说实在话，我应该公开承认，这一次皇帝是共和国总统的仿效者。如果法国依然弱小，它也许就不会这样希望延长战争，但特别是如果德国依然强大，它也许就不会如此急于结束战争。就是说依然如此强大，因为说到强大，您会看到，它现在仍然强大。”

他已经养成在说话时大声叫嚷的习惯，原因是感到烦躁，需

---

[1] 贝克（1837—1899）：法国剧作家。他剧中描写的妇女格调不高，如《巴黎女人》（1885）描写一个有夫之妇同时有两个情人。

要——由于从未研究过说话的技巧——为摆脱自己的印象而寻找出路，犹如飞行员摆脱自己的炸弹一样，即使是在田野上空，在他的话语不会触及任何人的地方，特别是在社交界，他更是信口开河，别人则因故作风雅而倾听他的谈话，对他的话信以为真，而他对听众们却极为专制，听他说话可以说是迫不得已，甚至是出于敬畏。在环城路上，这种高谈阔论也是对行人蔑视的一种标志，他对行人既不压低嗓门，也不让出道路。但是，他的声音在路上走了调，使行人感到惊讶，特别是使转过头来的人们听清一些话，这些话可以使人们把我们误认为失败主义者。我向德·夏吕斯先生指出了这点，但只是引得他发笑。“您得承认，这可能十分可笑。”他说。“总之，”他补充道，“人们永远无法知道，我们每个人都有可能在每天晚上成为第二天的社会新闻。再说，我为什么不会在万森树林的沟渠里被人枪杀呢？我的舅公德·当甘公爵[1]就出了这种事，对贵族的血如饥似渴，会使某些群氓发狂，他们在这方面显得比狮子还要精明。您知道，对这些野兽来说，只要维尔迪兰夫人的鼻子上擦破一点皮，它们就会朝她扑去。这种情况，在我年轻时人们称之为大鼻子！”他说完就放声大笑，仿佛我们俩单独在一个大厅里一样。

有时，在德·夏吕斯先生经过时，一些形迹相当可疑的人从阴暗处出来，并在离他有一段距离的地方聚集在一起，看到这种

[1] 德·当甘公爵（1772—1804）：法国德·波旁公爵的独生子，法国大革命后逃亡国外。1804年，第一执政官拿破仑获悉德·当甘公爵阴谋推翻他，就将公爵关入万森监狱，并就地处决。

情况，我心里就想，我是离开他好还是不离开他好。就像一个人遇到一位经常癫痫发作的老人，并从步履蹒跚中看出老人可能即将发病，心里就想，老人是希望他陪伴，以便有所依靠，还是不希望他陪伴，以便在发病时不让人看到，也许只要有人在身边就会加速癫痫的发作，而一个人心神安定反倒可能不会发病。但是，在病人身上，人们不知道是否应避开的发病的可能性，通过病人像喝醉的人那样所走的弯弯曲曲的路线显露出来；这些不同的位置，是可能发生一个意外事件的征兆，我不知道德·夏吕斯先生希望还是不希望我的在场能阻止事件的发生，对他来说，这些位置仿佛经过巧妙的导演，不是由笔直往前走的男爵本人来占据，而是由一批群众演员来占据。不管怎样，我现在还是认为，他当时不想遇到熟人，因为他把我带到一条抄近道的街，这条街比环城路阴暗，在街上他不断使各兵种和各国的士兵让路，在他们向他拥来时当然例外，年轻人的这种冲动对德·夏吕斯先生来说是一种补偿和安慰，使他不再对所有的军人重返前线感到难过，而在动员入伍的初期，前线曾使巴黎像抽出气的轮胎那样显得空荡荡的。德·夏吕斯先生不时赞赏从我们面前掠过的华丽军装，这些军装使巴黎成为一座同港口一样具有国际性，同画家笔下的背景一样实在的城市，画家画上几座建筑物只是一种借口，以便把各式各样、绚丽多彩的服装汇集在一起。他对被指责为失败主义者的贵妇们仍然十分敬爱，犹如过去对被指责为德雷福斯派的贵妇们那样。他感到遗憾的，只是她们降低身份来谈论政治，却引起“记者们的论战”。他对她们的态度丝毫没有改变。因为他的轻浮始终不变，所以贵族出身同美和其他魅力结合在一起，也是持久的东西，而战争就像德雷福斯案件那样，是平凡而短暂的时髦。即使人们把德·盖尔芒特公爵夫人枪决，以便同奥地利单独媾和，他也会一如既往地把她看作高贵的女人，而不会把她看得像被判处斩首的玛丽-安托瓦内特那样卑微。德·夏吕斯先生犹如圣法利埃或圣梅格兰[1]那样高贵，他说话时身体笔挺、一本正经，语调严肃，在片刻间丝毫没有显出他那种人的举止。然而，在这些人中为什么不能有一个具有完全合调的声音呢？即使在此刻，即声音最接近严肃之时，它也仍然不合调，需要调音师来调整。另外，德·夏吕斯先生简直不知道做什么好，他常常抬起头来，对没带望远镜感到遗憾，但即使有望远镜也不管用，原因是齐柏林飞艇曾在前天晚上进行空袭，引起了当局的警惕，所以同平时相比，军人的数目增加到最大限度，连天上都有军人。几个小时前我看到的飞机就像昆虫那样，在晚上的蓝天中呈现棕色的斑点，现在这些飞机已进入黑夜，犹如明亮的火船，而路灯部分熄灭，使黑夜更加深沉。这些人造流星使我们感受到的最大的美的印象，也许是使人凝视平时很少注目的天空。一九一四年，我看到巴黎的美几乎是毫无防御地等待着敌人的威胁临近，在这样的巴黎，现在和当时一样，当然都有明朗得令人痛苦而又神秘的月亮那种不变的古老光华，在尚未受到破坏的古建筑物上投下其无用的优美；

[1] 圣法利埃是亨利二世的情妇迪安娜·德·普瓦提埃的父亲，出现在维克多·雨果的历史剧《国王寻乐》(1832) 中；圣梅格兰是大仲马的历史剧《亨利三世及其宫廷》(1829) 中的人物，在剧中诱奸德·吉斯公爵夫人。

但是，如同一九一四年那样，甚至胜过一九一四年，还有另外一种东西，有各种各样的光线，有断断续续的灯光，它们或者来自这些飞机，或者来自埃菲尔铁塔上的探照灯，人们知道控制这些光线的是一种聪明的意志，是一种友好的警惕，这种警惕能产生我曾在圣卢的房间里，在军队内院的单人房间里感受到的激动，能激起我曾在这种环境里体会到的感激和宁静，有多少颗热情而遵守纪律的心曾在那里经受锻炼，然后，他们正当年轻力壮之时，毫不犹豫地在某一天做出牺牲。

前天晚上空袭时，天空中比地面上更为动荡，空袭之后，天空平静下来，就像风浪平静后的大海一样。但是，犹如风浪平静后的大海，天空尚未恢复绝对的平静。几架飞机仍然飞到天上，就像火箭那样去同星星会合，而探照灯则在分割成块的天空中慢慢扫射，犹如天体和移动的银河中的苍白星星。但是，那些飞机镶嵌在星星中间，看到这些“新星”，人们感到仿佛置身于另半个天球之中。德·夏吕斯先生对我说他欣赏这些飞行员，他一面否认自己亲德和其他习性，一面却情不自禁地在这两个方面大肆发挥：“另外，我要补充一点，就是我同样欣赏哥达式轰炸机的驾驶和德国人。而驾驶齐柏林飞艇，又需要怎样的勇敢！他们是不折不扣的英雄。炮台朝他们开火，但要是民用飞机那可怎么办呢？您是否害怕哥达式轰炸机的大炮？”我坦率地说不怕，也许我错了。也许是因为我生性懒惰，养成了习惯，总是把自己的工作一天又一天地拖到明天，所以在我的想象之中死亡也是如此。既然你相信大炮不会在这一天打中你，你怎么会害怕它呢？再说，扔下炸弹、可能死亡这些想法是分别形成的，没有给我对德国飞行器经过的印象增添任何悲惨的色彩，以至于有一天晚上，我看到其中的一架摇摇晃晃，在动荡的天空一团团薄雾中时隐时现，朝我们扔下一颗炸弹，虽说我知道这架飞机是用来杀人的，我却只是把它想象成天上的恒星。因为一种危险的最初现实，只有在这种新事物中才会被发现，这种新事物不能复原为人们已知的事物，被称为一种印象，而且往往像上述情况那样，被概述成一行文字，这行文字能写出一种愿望，并包含着完成时会变形的潜力；而在协和桥上，在那架既进行威胁又受到围捕的飞机周围，香榭丽舍大街、协和广场和杜伊勒里公园的喷水池仿佛映照在云端，探照灯射出的一条条明亮水柱在空中拐折，这一行行也充满愿望，充满着远见和保护的愿望，愿望来自聪明的权贵，对这种权贵，就像在东锡埃尔兵营里的一个夜晚中那样，我感谢他们的权势，以这种如此优美的准确性煞费苦心地守护着我们。

夜像一九一四年时一样美，犹如巴黎像那时一样受到威胁。月光仿佛是一种柔和、持续的镁光，使人们最后一次摄取旺多姆广场、协和广场等优美建筑群的夜景，我对那些也许会立即将它们摧毁的炮弹的恐惧，同它们尚未遭到破坏的优美形成对照，反而使它们显得更具风采，仿佛它们朝前伸展自己的身子，听任它们不设防的建筑物遭受打击。“您不害怕吗？”德·夏吕斯先生重复道。“巴黎人没有这种体会。有人对我说，维尔迪兰夫人每天在家聚会。这事我只是听别人说的，我对他们一无所知，我已经完全和他们断绝往来。”他补充道。他不仅垂下眼睛，仿佛来了个送电报的，而且垂下脑袋和肩膀，然后举起手臂，那动作的意思，如果不是“我已经洗手不干”，至少是“我对您无可奉告”（虽说我什么也没有问他）。“我知道莫雷尔去的次数一直很多。”他对我说（这是他第一次对我重提此事）。“人们认为他非常留恋过去，希望同我重归于好。”他补充道。他一方面显得在同圣日耳曼区的男人说“人们谈论得很多，说法国同德国进行的对话比过去任何时候都多，还说谈判甚至已经开始”时一样轻信，另一方面又显得是最无礼的拒绝都无法使其相信的情人。“不管怎样，如果他愿意这样做，只要说出来就行了，我比他老，不能由我来采取主动。”这种话也许不用说，事情太明显了。另外，这话也并不诚恳，正因为如此，德·夏吕斯先生叫人十分为难，因为人们感到，他在说不能由他来采取主动这句话时，恰恰已经走出了第一步，并期待由我来提出和负责这种重归于好。

当然，我了解有些人的这种幼稚的或虚假的轻信，这些人喜爱某个人，或者只是得不到某个人的邀请，就把即使在令人厌烦的请求下此人也没有表现出来的愿望强加给这个人。但是，听到德·夏吕斯先生突然用颤抖的声音一个字一个字地说出这些话，看到他那在眼睛深处犹豫不定的模糊目光，我感到这不是一般的要求。我当时并没有弄错，我将立即说出两个事实，来证明我过去的这种感觉（第二个事实发生在德·夏吕斯先生去世之后，我提前许多年来讲此事。然而，他是在很久之后才去世的，我们将有好多次机会再见到他，他同我们过去所了解的将有很大区别，特别是在最后一次，当他完全忘掉莫雷尔的时候）。说到第一个事实，只是发生在那天晚上之后的两至三年，那天晚上，我就这样同德·夏吕斯先生一起沿着环城路往下走。因此，大约在那天晚上之后的两年，我遇到了莫雷尔。我马上想到德·夏吕斯先生，想到他再次见到小提琴手会十分高兴，就再三请求莫雷尔去看他，即使去一次也好。“他过去对您好，”我对莫雷尔说，“他年纪已老，可能会去世，要消除旧的纠纷，抹掉不和的痕迹。”对于希望缓和关系这点，莫雷尔看来完全同意我的意见，但他还是断然拒绝去看望德·夏吕斯先生，即使是一次也不去。“您这样做不对。”我对他说，“是因为固执、没空，是怀有敌意，出于不必要的自尊心，出于道德（您放心，它不会受到抨击），还是摆架子？”这时，小提琴手扭歪着脸，才说出看来使他极为难受的实话。只见他战栗地对我回答道：“不，这不是因为所有这些中的任何一点；道德，我才不在乎呢；怀有敌意？恰恰相反，我已经开始可怜他了；不是摆架子，这无济于事；不是没空，有几天我整天无所事事。不，这不是因为所有这些中的任何一点。这是，您可千万别对任何人说。我把这点告诉您可真是疯了。这是，这是……这是……因为害怕！”他说完就开始手脚发抖。我坦率地对他说，我对此不理解。“不，您别问我，咱们别再谈了，您不像我那样了解他，我可以说您完全不了解他。”——“但是，他会对您有什么损害呢？另外，既然你们之间不会再有怨恨，他就更加不会伤害您。再说您心里也清楚，他人很好。”——“当然喽！我知道他人真好！还体贴又正直。不过您走吧，别再对我说了，我求求您，这说出来难为情，我害怕！”

第二件事发生在德·夏吕斯先生去世之后，有人把他留给我的几件纪念品和一封连套三个信封的信交给我，这封信至少是在他去世前十年写的。但是，他当时得了重病，就做了善后的安排，接着他恢复了健康，后来又陷入一种状况，我们将在德·盖尔芒特亲王夫人府的那个下午聚会上看到他处于这种状况；而这封信就同他准备遗赠给几位朋友的物品一起放在一个保险箱里，在那里放了七年，在这七年中，他完全忘掉了莫雷尔。信上的字体纤细而又雄健，信是这样写的：

> 我亲爱的朋友，上帝走的道路是不为人知的。有时，他利用一个庸人的缺点来阻止一位正义之士的出类拔萃，使之变为泡影。您了解莫雷尔，知道他的出身，知道我想使他达到怎样高的地位，可以说是要他和我平起平坐。您知道，他宁愿重返的地方，不是任何男子，即真正的凤凰可以再生的灰烬，而是蛇蝎爬行的污泥。他自甘堕落，却使我免于名誉扫地。您知道，我的纹章上刻有耶稣基督的座右铭：Inculcabis super leonem et aspidem[1]，并画有一个男人，脚底下踩着一只狮子和一条蛇，作为纹章两旁的支撑形图案。然而，我能把我自己这只狮子这样踩在脚下，靠的全是那条蛇和它的谨慎，刚才我过于轻率地把谨慎称为一种缺点，因为福音书的深刻智慧将它变成一种美德，至少对他人来说是一

[1] 拉丁语，意为你脚踩狮子和蛇。

种美德。我们的蛇过去有一位施展魔力的诱惑者——他本人也受魔力诱惑，所以它发出的咝咝的叫声十分悦耳，它不仅是叫声悦耳的爬行动物，而且具有谨慎这一美德，在必要时可以变得怯懦，我现在把这种美德奉为神明。这种神明般的谨慎，使他抵制了我让人转达的请他来看望我的要求，而我只有对您吐露此事，才能在人间得到安宁，才能在阴间得到宽恕。在这件事上，他被天主的智慧当作工具使用，因为我既然使他拿定了主意，他就不会活着走出我的家门。必须让我们两人中的一个死去。我曾决定把他杀死。天主劝他谨慎，以便使我免犯杀人之罪。我现在相信，我的主保圣人、大天使米歇尔的说情，在这件事上起了很大的作用，我请求他原谅我在这么多年中对他如此忽视，并以如此差的方式来报答他为我做的无数善事，特别是在我同恶所进行的斗争中。我应该感激天主的这位信徒，我怀着充分的信仰和智慧说，是天主示意莫雷尔不要来。因此，现在是我死去。您忠实的，Semper idem[1]。

P.G. 夏吕斯

这时我才明白莫雷尔为什么害怕；当然，这封信显得十分傲慢，又有不切实际的虚文。但它吐露的却是真情。莫雷尔比我更加清楚，德·盖尔芒特夫人发现她的小叔子“近于疯狂的一面”，

[1] 拉丁语，意为永远如此。

并非像我在此之前所认为的那样，只是那种在片刻间显露出来的肤浅而无效的狂怒。

但是，我们得回到刚才所说的地方。我同德·夏吕斯先生一起沿着环城路往下走，这位先生刚才把我当作打开他和莫雷尔的和解大门的中间人。看到我没有回答他，他就说："另外，我不知道他为什么不演奏，人们借口打仗就不再演奏，但人们还跳舞，还在市里设晚宴，妇女们为自己的皮肤创造了琥珀色。如果德国人还要向前推进，那些欢乐的晚会也许将会充斥我们的庞贝城的末日。这将把它从轻浮中挽救出来。只要某个德国维苏威火山（他们海军的炮火同一座火山一样厉害）的熔岩在她们梳妆打扮的时候突然袭击她们，中断她们的动作，并使其永远保存下来，以后的孩子们就能在有插图的课本中看到莫莱夫人在去嫂子家赴晚宴之前即将抹上最后一层脂粉，或是索斯坦娜·德·盖尔芒特刚画完她的眉毛，并从中得到教益；这将是未来的布里肖上课的内容；一个时代的轻浮，在经历了十个世纪之后，就是最严肃的研究课题的内容，特别是当它通过火山爆发或炮弹射击的同熔岩相似的物质而完整无缺地保存下来。同维苏威火山喷发出来的气体相似的窒息瓦斯，像曾经埋没庞贝城的崩塌那样的崩塌，如能完整无缺地保存所有那些尚未将其绘画和雕塑运往巴约纳[1]的最冒失的女人，对未来的历史来说将是多么珍贵的资料！况且，一年以来，不是已经部分地变为庞贝城？每天晚上，这些人钻到地窖

[1] 法国西南部大西洋-比利牛斯省专区政府所在地。

里去，不是为了从里面拿出一瓶穆通 · 罗特希尔德或圣泰米利昂陈酒[1]，而是为了把他们最珍贵的东西和他们自己一起藏起来，就像赫拉克勒诺姆[2]的那些神甫，在搬走圣器时突然死去。对物的依恋总是给占有者带来死亡。巴黎并非如赫拉克勒诺姆那样，是由赫拉克勒斯创建的。但却如此相似！我们有这种清醒的认识，并不意味着在我们的时代，每个女人都已具有这种认识。如果我们现在认为，我们明天的命运可能和维苏威火山附近的那些城市相同，那么这些城市在当时也已感到自己正受到《圣经》中被诅咒的两个城市的命运的威胁。有人在庞贝城一幢房子的墙上发现具有启示性的题词：所多玛、蛾摩拉。”我不知道是不是所多玛这个地名以及它所唤起的想法，或者是对炮击的想法，使德 · 夏吕斯先生在片刻间抬头凝视天空，但他很快又低头注视地面。“我欣赏这场战争中的所有英雄。”他说，“啊，我亲爱的，那些英国兵，在战争开始时我对他们的看法有点轻率，把他们看作普通的足球运动员，却相当自负，以为自己能同职业队进行较量，而且又是怎样的职业队啊！然而，光从美学的角度来看，他们只是希腊的竞技者，是希腊的，我亲爱的，他们是柏拉图笔下的年轻人，或者不如说是斯巴达人。我有个朋友去了鲁昂，在那里有他们的营房，我的朋友看到了奇迹，人们想象不到的真正奇迹。鲁昂变了样，变成了另一个城市。自然也有鲁昂的古城，有大教堂中消瘦

[1] 穆通 · 罗特希尔德和圣泰米利昂均为法国波尔多的名葡萄酒。

[2] 意大利南部坎帕尼亚区的古城，被公元 79 年维苏威火山爆发所摧毁，后在火山爆发的熔岩上建立雷西纳城，现名为埃尔科拉诺。

的圣徒。当然喽，这也很美，但这是另一回事。而我们那些长毛的兵！我无法对您说我觉得我们长毛的兵——那些小巴黎人有怎样的味道，您瞧，就像那边过去的那个，天不怕地不怕的样子，机灵而又滑稽的神态。我常常叫住他们，跟他们谈上几句，他们是多么灵敏，多么通情达理！而外省的小伙子，用舌尖颤动发 r 音，说话时带方言的切口，又是那么有趣、可爱！我过去总是在乡下住上很长时间，在那些农庄里过夜，所以我现在能同他们谈话；然而，我们对法国人表示欣赏，不应使我们因此而贬低我们的敌人，否则就等于是贬低我们自己。您不知道德国兵是怎样的兵，因为您不像我那样看到过德国兵检阅时走的步伐，走的鹅步，unter den Linden[1]。”接着，他又重提他曾在巴尔贝克对我概述的阳刚典型，随着时间的推移，他的这种典型具有一种哲理性更强的形式，他还使用荒谬的推理，有时，虽说他刚才还显得才智过人，但这种推理却使人感到摆出的理由过于牵强，是出自普通的社交界人士之口，虽然这位社交界人士聪明。“您看，”他对我说，“德国兵是极好的小伙子，有强健的体魄，心里只想到自己的国家伟大。Deutschland über alles[2]，这并不是那么蠢，而我们呢——当他们在做阳刚的训练时——我们却沉溺于艺术爱好。”对于德·夏吕斯先生来说，艺术爱好这个词的意思也许同文学相近，他可能想到我喜欢文学，并曾经有过从事文学的愿望，所以立刻拍了拍

[1] 德语，意为菩提树下，是柏林的一条大街。

[2] 德语，意为德国高于一切。

我的肩膀（他在拍的时候趁机倚靠在我的肩膀上，把我压得很疼，就像我过去服兵役时，七六式步枪的枪托反冲到肩胛骨上一样疼），仿佛为了缓和他的指责，并对我说：“是的，我们沉溺于艺术爱好，我们都是这样，您也一样，您记得吗？您可以同我一样犯您的 mea culpa[1]，我们过去太爱好艺术了。”我对他的指责感到突然，但又不能进行敏捷的答辩，由于我尊重对话者，对他友好的善意表示感谢，就对他做了回答，仿佛像他对我要求的那样，我也要拍打自己的胸脯，这样做实在荒唐，因为我丝毫不需要责备自己爱好艺术。“好吧，”他对我说，“我在这儿同您分手（在远处伴送我们的那群人终于离开了我们），我去睡觉了，就像一位年纪很老的先生那样，何况战争看来改变了我们所有的习惯，这是诺布瓦喜欢使用的愚蠢格言之一。”我也知道，回到家里之后，德·夏吕斯先生会因此而一直待在士兵中间，因为他已把自己的府邸变为军医院，依我看，他这样做不是服从于他想象丰富的需要，而是服从于他心地善良的需要。

那天夜里月光明媚，没有一丝微风；在我的想象中，塞纳河在那些拱桥之间流着，应该同博斯普鲁斯海峡相像，而那些桥则由它们的平台和河的反光构成。月亮或者象征着德·夏吕斯先生的失败主义所预言的入侵，或者象征着我们的穆斯林兄弟同法国军队的合作，那月亮又狭又弯，犹如一枚西昆[2]，仿佛将巴黎的天

[1] 拉丁语，意为我的过错。

[2] 古代威尼斯金币。

空置于东方的新月符号之下。

然而，他在同我告别时，一时间把我的手握得像要握伤一般，这是感觉像男爵一样的人们的一种德国特点，他这样紧紧地握着我的手有几秒钟之久，戈达尔看到了会说是在按摩，仿佛德·夏吕斯先生想使我的关节恢复尚未失去的柔软。某些瞎子的触觉可以在一定程度上代替视觉。我不太知道这时的触觉可代替何种感觉，他也许只是觉得在握我的手，就像他也许觉得只是看到一个塞内加尔人走到阴暗的地方，而没有发觉是在欣赏此人。但是，在这两种情况下，男爵都错了，他犯了握得过紧和看得过多的过错。“德刚、弗罗芒丹、安格尔和德拉克洛瓦笔下的全部东方不就在其中？”他对我说，仍然因塞内加尔人走过而一动不动。“您知道，我只是从画家和哲学家的角度对事物和人产生兴趣。再说我年纪也太老了。我们俩没有一个是土耳其皇帝的姬妾，不能作为画面的补充，多遗憾呀！”

男爵离开我之后，在我想象中开始萦绕的不是德刚乃至德拉克洛瓦笔下的东方，而是我曾十分喜爱的《一千零一夜》中的古老东方；我渐渐走进这些网状的黑暗街道，不由得想起在巴格达的偏僻街区寻找艳遇的哈里发哈伦·赖世德。另外，天气的炎热和行走后的炎热使我感到口渴，但所有的酒吧早已关门，而由于汽油匮乏，我所遇到的由东方国家的人或黑人驾驶的出租汽车，甚至对我叫车的手势不予理睬。我唯一能喝点东西、恢复体力以便回家的地方是旅馆。但是，我所在的街离市中心相当远，自从哥达式轰炸机对巴黎扔下炸弹以来，这条街上的旅馆都已停业。

所有的商店也是如此，老板由于缺少店员或感到害怕而逃到乡下，在店门上贴了一张手写的普通启事，宣布商店将在一个遥远的日期重新开业，但是否能兑现却很成问题。其他尚未停业的场所以同样的方式宣布，每星期只开门两次。人们可以感受到，贫困、遗弃和害怕笼罩着整个街区。因此，令我感到十分惊讶的，是看到这些被人遗弃的房屋之间有一幢房子恰恰相反，屋内的生命仿佛战胜了恐惧和倒闭，保持着活跃和富裕。从每扇窗户关闭的百叶窗后面，透出因警察条例而变得柔和的灯光，但却显示出完全不把节约放在心上。大门不时打开，以便让某个新的客人进去或出来。这是一个旅馆（由于其产业主赚得到钱），应该激起所有邻近商人的嫉妒，同时也引起了我的好奇，因为我在这时看到，在离我十五米远的地方，从旅馆里快步走出一名军官，由于离我太远，我无法在黑夜中将他看清楚。

然而，有某种东西使我感到惊讶，我惊讶的不是他的脸，因为我没有看到，也不是他的军装，因为军装外罩着一件宽袖长外套，而是有两点极不相称，一是他身体经过的各个点的数目是如此之多，二是他出来所用的秒数是如此之少，而他之所以出来，看来是被困在里面的一个人的意思。因此我认为，如果我不是从外形上——我甚至也不会说从圣卢的模样、苗条、步履和敏捷上——认出他的话，那么是从一种他所特有的分身术上认出他。占有空间中如此多位置的军人能在如此少的时间里，消失在一条横马路上，他没有发现我，而我仍然在想是否应该进入这家旅馆，旅馆简朴的外表使我十分怀疑刚才从里面出来的人是圣卢。我不由得回想起圣卢曾受到冤枉，卷入一桩间谍案，原因是在从一名德国军官身上搜查出来的信件里发现了他的名字。后来军事当局为他彻底平了反。但是，我仍然不由自主地把这件往事和我现在看到的事联系起来。这家旅馆是否被间谍用作接头地点?

军官走后过了一会儿，我看到好几个兵种的普通士兵走了进去，这就更增加了我假设的分量。另外我当时口渴到了极点。也许我能在这里找到喝的，我就趁此机会来满足自己的好奇心，虽说其中也掺杂着不安。因此，我现在并不认为自己当时是由于那次相遇产生的好奇心才决定登上只有几个台阶的阶梯，阶梯上面是前厅，厅门开着，想必是因为天热。我起初以为我这种好奇心是无法得到满足的，因为我站在阶梯的阴暗处时，看到有好几个人来订房间，得到的回答都是全部客满。然而，这些人订不到房间，显然只是因为他们不是间谍窝中的一员，因为过了一会儿，一个普通的水手来要房间，服务台急忙把二十八号房间给了他。我在阴暗处可以不被别人发现，却能看到几个军人和两个工人在一个闷热的小屋里平静地谈话，小屋用杂志和画报上剪下来的彩色女人肖像作为装饰，显得矫揉造作。

这些人平静地谈着话，正在阐述爱国主义思想：“你要我怎么办呢？得像战友们那样去干。”其中一个说。“啊！我当然希望不要被人打死。”另一个说。他是在回答一个我没有听到的祝愿，我听出他第二天要重返一个危险的哨所。“啊！二十二岁的人，只干了六个月，真叫人难以相信。”他叫道，叫声中不仅有活得长久的愿望，而且更重要的是还有伦理正确的意识，仿佛只有二十二岁这个事实能赋予他更多的不被人打死的机会，仿佛他被打死是一件不可能的事。“在巴黎真棒，”另一个说，“看不出是在打仗。那你呢，絮洛，你还是当兵？”“我当然当兵喽，我想把所有那些该死的德国佬通通打一顿。”“但是，霞飞是个跟所有部长的老婆睡觉的男人，他没做过什么好事。”“听到这样的事真扫兴。”一个年纪稍大的飞行员说，并朝工人转过身来，因为那工人提出如下劝告：“我不希望你们在前线这样说话，长毛兵很快就会把你杀掉。”这些谈话十分平常，所以我不想再听下去；我要么再听下去，要么就走下阶梯，但正在这时，我听到下面那些话，非但不再感到无动于衷，而且感到颤抖：“太好了，老板还不回来，天哪，这么晚了，我真不知道他能从哪里弄到链条。”“那人不是已经绑起来了？”“他绑起来了，当然喽，他绑起来了，但又没有绑起来，我要是这样绑起来，就可以给自己松绑。”“那挂锁不是锁上了？”“当然锁上了，但锁上了还是可以打开的。问题是链条不够长。你别对我解释这是怎么回事，我昨天打了整整一夜，两只手都打出了血。”“今晚是你打？”“不，不是我。是莫里斯。但星期天是我，老板答应过我。”我现在才明白，他们为什么需要水手的结实手臂。如果他们让安静的资产者远离这儿，那么这个旅馆就不是一个间谍窝。要是人们不能及时赶到，以便发现凶杀并逮捕罪犯，一桩残酷的凶杀案就即将在此发生。但是，在这表面平静却又受到威胁的夜晚，这一切却呈现一种梦幻和童话的色彩，因此，我既带有证实的自豪，又怀着诗人的快感，断然地进入旅馆。

我用手轻轻地碰了碰我的帽子，在场的人们虽说没有离开座位，但都以不同的程度有礼貌地对我还了礼。“你们是否能告诉我，我应该找谁？我想要一间房间，并让人给我送点喝的来。”“请您等一会儿，老板出去了。”“头儿不是在上面？”其中一个谈话者暗示道。“不过你很清楚，不能去打扰他。”“您是否认为会给我一间房间？”“我想会的。”“四十三号房间应该空着。”那个相信因为自己二十二岁而不会被打死的青年说。他说完在长沙发上稍微挪动了一下，以便给我空出位置。“要是打开些窗子就好了，这儿都是烟！”飞行员说。确实，在座的每个人都在抽烟斗或香烟。“是啊，可是，得先关上百叶窗，你们很清楚，由于齐柏林飞艇，所以禁止开灯。”“齐柏林飞艇不会再来了。报上甚至暗示，它们都给打下来了。”“不会再来了，不会再来了，你知道什么？等你像我一样在前线待上十五个月，打下你的第五架德国佬飞机，你才能谈这个。不要相信报纸。昨天它们飞到贡比涅去了，打死一个家庭主妇和她的两个孩子。”“一个家庭主妇和她的两个孩子！”那个不想被打死的青年说。他的眼睛里闪现出怒火，脸上露出十分同情的神色。他的脸精神饱满、宽广开阔，非常讨人喜欢。“人们没有大絮洛的消息。他的教母已有一个星期没有收到他的信了，他这么长时间不给她写信还是第一次。”“他的教母是谁？”“就是那个管公共厕所的女人，她的厕所比奥林匹斯山稍微低一点。”“他们在一起睡觉？”“你在说什么呀？她是有夫之妇，最稳重不过的了。她每个星期给他寄钱，是因为她心地好。啊！她是个穿着漂亮的女人。”“那么，你认识大絮洛？”“我当然认识！”二十二岁的青年热情地答道，“他是我最亲密的朋友之一。是我尊重的不多的几个朋友之一。他又是个好伙伴，总是准备帮别人的忙。啊！他要是出了什么事，可真是天大的不幸。”有人提议玩一盘骰子，二十二岁的青年急忙兴奋地倒出骰子，叫出掷的结果，两眼直瞪瞪地盯着，不难看出，他具有赌徒的性格。我不大理解有个人后来对他说的话，只听见他以深为同情的口吻大声说道：“絮洛，靠女人卖娼的权杆！就是说他说自己是个权杆。不过他当不了这种人。我看到他把钱付给自己的女人，对，把钱付给她。就是说，我并不是说阿尔及利亚姑娘霞娜没给他什么，而是她给他的钱不超过五个法郎！而这个女人每天在妓院里赚的钱超过五十法郎。只拿到五个法郎！只有蠢得出奇的男人才会这样。现在她在前线，日子过得很苦，当然喽，她要多少就赚多少，不过，她一个子儿也不寄给他。啊！絮洛是个权杆？按这种说法，许多人都可以把自己称为权杆。他不仅不是权杆，而且依我看，简直是个笨蛋。”这帮人中年纪最老的人，也许由于他年纪大，老板允许他穿得比较整洁，他当时去上厕所了，所以只听到谈话的结尾。但是，他不禁朝我看了一眼，并对他的穿着给我的印象表示明显的不快。二十二岁的青年刚讲完他对卖淫的理论性看法。年纪最老的人没有专门指这个青年，而只是笼统地说道：“你们谈得太多而且太响，窗子开着，有些人在这时已经睡觉。你们很清楚，老板要是回来，听到你们在这样谈话，他会不高兴的。”

正在这时，听到大门打开，大家都默不作声，以为是老板来了，但来的只是个外国汽车司机，大家都对他热情接待。但是，二十二岁的青年看到司机的外套上露出一条漂亮的表链，就用询问和带笑的目光对他看了一眼，接着皱了皱眉头，并朝我这边严肃地眨了眨眼。我心里明白，第一个目光的意思是：“这是什么，是你偷的？我表示祝贺。”第二个目光是说：“你什么也别说，因为这家伙我们不认识。”突然，老板走了进来，手里拿着好几米长的粗铁链，可以拴好几个苦役犯。他满头是汗，说：“我拿这么重的东西，要是你们不是这样懒，我也不用自己去了。”我对他说，我想要一个房间。“只要几个小时，我没叫到汽车，有点不舒服。但是，我希望能给我拿点喝的来。”“比埃罗，到地窖去拿黑茶藨子酒，并且叫人把四十三号房间整理好。七号房间还在按铃。他们说不舒服。不舒服，去你的，这些人是要吸可卡因，他们的样子像是吸到一半，得把他们赶出去。二十二号房间里是否铺了两条床单？好！瞧，七号房间在按铃，你跑去看看，来吧，莫里斯，你在那儿干吗？你很清楚，有人在等你，到上面的十四号乙去。再快点。”莫里斯跟着老板走出前厅。老板见我看到他的铁链，感到有点不安，就把铁链拿走。“你怎么这么晚才来？”二十二岁的青年问那个司机。“怎么，这么晚，我可早到了一个小时。不过走路太热。我约好是半夜十二点来的。”“那你是为谁而来的？”“为巫婆帕梅拉。”东方国家的司机笑着说，笑时露出漂亮的白牙齿。“啊！”二十二岁的青年说。

我很快被领到楼上四十三号房间，但是房间里的空气使人感到很不舒服，我的好奇心又非常大，所以我喝完我的“黑茶藨子酒”后，就走下楼梯，这时又产生另一种想法，就又走上楼梯，但我走过了四十三号房间的那层，一直走到最高一层。突然，从走廊一端一间偏僻的房间里，传出沉闷的呻吟声。我迅速走到那里，把耳朵贴在门上。“我求求您，饶了我，饶了我，可怜可怜，给我松绑，别把我打得这么重，”一个声音说，“我吻您的脚，对您卑躬屈膝，我下次不干了。请您可怜可怜。”“不，混蛋，”另一个声音回答说，“既然你大声嚷嚷，跪在地上，就把你捆在床上，绝不可怜。”我听到掸衣鞭的噼啪声，鞭子上也许有尖刺，因为接着就传来疼痛的叫声。这时，我发现这个房间的侧面有个小圆窗，上面的窗帘没有拉上；我悄悄地走到阴暗处，一直走到小圆窗旁，我从窗上看到，有个人被链条捆在床上，犹如普罗米修斯被捆在悬崖上，并挨着掸衣鞭的抽打，那鞭上确实有尖刺，打他的人是莫里斯，我看到那人已经浑身是血，身上全是瘀斑，说明受这样的酷刑并非首次，我看到的那个人就是德·夏吕斯先生。

突然，房门打开，有个人走了进去，幸好没有看到我，此人是絮比安。他走到男爵身旁，带着尊敬的神色和机灵的微笑问道：“嗨，您不需要我？”男爵请絮比安让莫里斯出去片刻。絮比安毫不客气地叫他出去。“不会有人听到我们说话？”男爵问絮比安。絮比安说肯定不会。男爵知道，絮比安像作家一样聪明，毫不讲求实际，跟当事人讲话时总是使用无人会误解的暗示和众所周知的绰号。

“等一会儿。”絮比安打断了话头，因为他听到三号房间按铃的声音。这是自由行动党[1]的一位议员要外出。絮比安不需要看旅客牌，因为他听得出议员的铃声，议员每天都是午饭后来的。那天，议员不得不改变时间，因为他女儿中午在夏约街心花园的圣彼得教堂举行婚礼，因此他晚上才来，但很早就想走了，因为他要是晚回家，妻子很快就会感到担心，特别是这些天飞机要来轰炸。絮比安一定要送他出门，以表示对议员的尊敬，而不是出于任何个人利益。这位议员放弃了《法兰西行动》[2]的夸张言辞（另外，他也无法理解夏尔·莫拉斯或莱翁·都德的片言只字），虽说他和部长们关系很好，部长们也乐于应邀参加他的狩猎，但是絮比安同警察局发生纠纷时，绝不敢请他帮半点忙。絮比安知道，他对这位鸿运高照、胆小怕事的议员谈起这件事是在冒险，如果谈起这种事，他就不可避免地要受到最为无害的“搜查”，但也会立刻失去最为慷慨的顾客。议员把帽子拉到眼睛上，把领子翻上来，觉得把自己的脸遮住了，走到门口就迅速溜走，就像他在进行竞选时那样。絮比安把议员送到门口，就上楼回到德·夏吕斯先生身边，并对他说：“那是欧仁先生。”在絮比安的旅馆里，就像在疗养院里那样，对顾客称呼只叫他们的名字，而为了满足常客的好奇心，或是提高疗养院的声誉，就又在耳边悄悄说出他们

---

[1] 自由行动党是雅克·皮乌创立的具有天主教倾向的政治组织，于1919年并入国民联盟。

[2] 法兰西行动是20世纪前四十年中法国一个有影响的右翼反共和组织，成立于1899年，其首领莫拉斯提出一整套民族主义理论，要求恢复君主制度，日报与该组织同名。

的姓。但有时，絮比安不知道他那些顾客的真实身份，就凭想象说这是交易所的某个顾客，这是某个贵族，这是某个艺术家，由于这种暂时的错误对于那些被叫错名字的人来说是令人高兴的事，所以絮比安最终仍然无法知道谁是维克多先生。为了取悦于男爵，絮比安就养成了习惯，不按某些聚会中流行的做法行事。“我要向您介绍勒布伦先生”（在耳边则说：“他让别人叫他勒布伦先生，但实际上他是俄罗斯大公。”）相反，絮比安感到，把一个送牛奶的小伙子介绍给德·夏吕斯先生还不够，他眨了眨眼睛，低声对他说：“他是送牛奶的小伙子，但实际上却是贝尔维尔最危险的流氓之一。”（必须看到絮比安在说“流氓”时用了放肆的语调。）这些介绍仿佛还不足够，他就竭力补充几条“语录”：“他曾多次因偷窃和在别墅进行盗窃被判刑，他曾去弗雷纳进行斗殴（也用了放肆的调子），把一些过路人几乎打成残废，他曾在非洲营服役。他打死了自己的中士。”

男爵甚至有点抱怨絮比安，因为这幢房子是他让管家替絮比安买下的，并叫一个下属进行管理，他知道，由于德·奥洛龙小姐的舅舅笨拙，这幢房子里所有的人都多少了解他的个性和名字（许多人认为这只是个绰号，絮比安发音不准，把名字说得走了样，因此，是他们自己的愚蠢保护了男爵，而不是絮比安的谨慎）。但是他认为，让自己放心，最简单的办法莫过于自信，并对别人不会听到他们的谈话感到放心，就对絮比安说：“这个小伙子十分可爱，尽了自己的力，不过我不想在他面前说话。但是，我并不认为他十分粗鲁。他的脸讨我喜欢，但他说我下流，仿佛有人教过他一样。”“哦！不，没有人对他说过任何事情。”絮比安回答道，没有发现这种说法难以置信。“另外，他曾在维莱特的一个女门房凶杀案中受到牵连。”“啊！这相当有意思。”男爵面带微笑说。“不过我这里正好有个宰牛的，是在屠宰场做的，跟那个人很像，他是偶然过来的。您想试试吗？”“是的，很想试试。”我看到屠宰场的人走了进去，此人确实有点像“莫里斯”，但是，更为奇怪的是，他俩都具有一类人的某种特点，我个人从未明确看出这种特点，但我十分清楚地感到它存在于莫雷尔的面孔之中，他俩若是不和我看到的莫雷尔有一定的相像之处，至少和某种脸型有一定的相像之处，这种脸型可以由一双看到的莫雷尔同我不一样的眼睛根据他的容貌勾勒出来的。我用回忆所取得的莫雷尔的相貌，在内心中勾画出他对另一个人可能呈现的形象，我立刻发现，他们虽说一个是珠宝店伙计，一个是旅馆职工，但两人都隐隐约约是莫雷尔的替身。是否应该从中得出下面的结论呢？就是说德·夏吕斯先生至少在他爱情的某种形式中对同一种类型的人是始终不渝的，而使他接连选择这两个小伙子的欲望，和使他在东锡埃尔火车站的月台上把莫雷尔叫住的欲望是相同的。这三个人都有些像古希腊的青年男子，其外形凹雕在德·夏吕斯先生的眼睛这颗蓝宝石上，使他的目光具有某种十分特殊的光彩，我到巴尔贝克的第一天曾因此而感到害怕。或是他对莫雷尔的爱情改变了他过去寻找的类型，为了不因失去莫雷尔而感到痛苦，他就寻找同莫雷尔相像的小伙子？我也做了一种假设，就是尽管有那些表面现象，在莫雷尔和他之间也许只存在友谊关系，而德·夏吕斯先生让一些酷似莫雷尔的青年到絮比安的旅馆里来，是为了在同他们的相处中能产生一种错觉，仿佛同莫雷尔在一起时那样快乐。确实，想到德·夏吕斯先生为莫雷尔所做的一切，这种假设就会显得不大可能，如果人们不知道爱情不仅会使我们为我们所爱的人做出最大的牺牲，而且有时还会使我们牺牲自己的欲望，而由于我们所爱的人感到我们爱得更深，这种欲望就更不容易如愿以偿。使这样的假设去掉乍一看来它似乎具有的不可靠性（虽然它也许并不符合实际）的因素，存在于德·夏吕斯先生神经过敏的气质之中，存在于他那热情深藏的性格之中，他的性格在这方面同圣卢的性格相似，它在他和莫雷尔发生关系的初期所起的作用，同他的侄子和拉谢尔发生关系的初期所起的作用相同，只是还有体面和消极的一面。同所爱的女人（这也可以扩展到对一个男青年的爱情）保持精神恋爱的关系，可以出于另一种原因，而不是因为女人贞洁或她激起的爱情不具有肉欲的性质。这种原因可以是因为恋爱的男子爱得过深而过于急躁，不会装出无动于衷的样子，以等待他将得到他希望得到的东西的时刻来到。他总是不断进攻，不断写信给他所爱的女人，他总是想见到她，而她则对他加以拒绝，他就感到绝望。从此以后她就知道，如果她同意和他做伴，和他友好相处，原以为已经失去这些幸福的他就会感到心满意足，她就可以不必再给予更多的东西，因为他见不到她就感到无法忍受，希望不惜一切代价来结束这场战争，她就可以利用这样的机会，把一种和平强加于他，而这种和平的首要条件，就是他们之间的关系应具有精神恋爱的性质。此外，在签署这个和约之间的所有时间里，恋爱的男子总是忧心忡忡，不断期待着一封回信、一个目光，所以就不再去想肉体上的占有，这种占有的欲望在开始时折磨着他，但以后却在期待中衰退，并被另一种需要所代替，这种需要如果得不到满足，就会变得更加痛苦。于是，曾在第一天期望的抚摸的愉悦，人们在后来得到时却已改变了性质，变成友好的话语和见面的许诺，而在捉摸不定产生效果之后，有时只是在看了一眼之后，因为这种目光充满着冷淡的迷雾，把爱恋的男子拒之于千里之外，使他认为再也见不到她了，在这时，话语和许诺就会带来精神上美妙的轻松。女人们都能猜到所有这些，并知道可以得到一种乐趣，就是永不委身于那些她们感到对她们有一种无法消除的欲望的男子，如果他们在最初几天里过于激动，没有对她们掩盖这种欲望的话。女人感到极为满意，因为她不付出任何代价，却得到比她平时委身于别人时多得多的东西。这样，那些神经极其敏感的男子就相信他们崇拜的女人是贞洁的。他们在女人头部周围所画的光轮，是他们爱得过分的一种产物，但正如大家看到的那样，这种产物是十分间接的。在女人中就存在着那种以无意识的状态存在于药物中的物质，这些药物在不知不觉中进行欺骗，就像催眠药、吗啡那样。对于它们给予睡眠的乐趣或一种真正的舒适的人们来说，它们并非是绝对必需的；用极高的价格来购买它们，用病人所拥有的一切来换取它们的并不是这些人，而是另一些病人（他们也许是同样的病人，但在几年以后变成了另一种人），那些人服了药后并不能入睡，也不能得到任何快感，但是只要他们没有药，他们就会感到烦躁不安，并希望用一切代价来消除这种折磨，即使自杀也在所不惜。

总之，德·夏吕斯先生的情况虽说因性别相同而具有这种微小的差别，却也归属于爱情的普遍规律。对于他来说，他虽然出身于一个比卡佩家族还要古老的家族，虽然有钱，虽然是上流社会徒劳地寻求的对象，却无济于事，而莫雷尔在社会上毫无地位，他要是对莫雷尔说“我是亲王，我是为您好”也是白说，就像他对我说过的那样，因为如果莫雷尔不愿意来，占上风的就是莫雷尔了。再说也许只要莫雷尔感到自己受人爱恋，就足以使他不愿意来。大人物对竭力想同他们结交的故作风雅之徒感到厌恶，阳刚的男子对性欲倒错之徒感到厌恶，女人则对任何爱恋过深的男子感到厌恶。德·夏吕斯先生不仅拥有一切优越的条件，而且一定会把其中的许多条件转让给莫雷尔。但是，这一切很可能被一种意志所摧毁。德·夏吕斯先生的情况可能是这样，德国人的情况也是如此，而从血统来说，他属于德国人，而在这时进行的战争中，正如男爵有点过于乐意地反复叙说的那样，德国人是各条战线上的胜利者。但是，既然在每次胜利之后，协约国更加坚决地拒绝德国人希望得到的唯一东西，即和平与和解，那么他们的胜利对他们来说又有什么用处呢？拿破仑就是这样进入俄国，并宽宏大量地请当局派人来见他。但是任何人也没有来。

我下楼回到那小小的前厅，只见莫里斯正在那里和一个同伴打扑克，他不知道是否会把他叫去，絮比安也叫他等着，以防万一。他们对地上捡到的一枚十字军功章感到十分不安，不知道是谁遗失的，应该交还给谁，以免使军功章的主人受到处分。接着，他们谈到一位军官的善良，军官为了救勤务兵的性命，自己被人打死。“在有钱人中间还是有好人。为了这样的人，我情愿被人打死。”莫里斯说。显然，他狠狠地鞭打男爵，只是出于一种机械的习惯，是教育不良的结果，是由于需要钱，并希望用一种比工作更为轻松的方法来赚到钱，也许用这种方法赚到的钱更多。但是，正如德·夏吕斯先生担心的那样，他也许是个心地十分善良的人，看来是个非常勇敢的小伙子。他在谈到那位军官之死时，眼睛里几乎要流出泪来，二十二岁的青年也一样激动。“啊！是啊，这些人真棒。像我们这样的穷光蛋，没什么东西可丢的，但一位仆人成群的先生，每天六点可以喝上开胃酒，这才妙呢！开玩笑怎么开都行，但看到这样的人死了，确实叫人不好受。善良的上帝不应该让这样的有钱人去死，首先，他们对工人的用处太大了。光是因为像这样的死亡，就该把德国佬统统杀掉，杀得一个也不剩。还有他们在卢万[1]干的事，把小孩的手腕砍断！不，我可不知道，我并不比别人好，但是，我情愿去吃几颗子弹，也不愿服从于这种野蛮人，因为他们不是人，而是真正的野蛮人，你也绝不会对我说出相反的话。”总之，这些小伙子都是爱国者。只有一个，就是手臂受了轻伤的那个，爱国心没有其他人那样强，因为他很快就要重返前线。他说：“当然喽，我受的不是好伤。”（指能使军人提前退役的伤）正如斯万夫人过去所说的那样：“我

[1] 卢万是比利时布拉班特省的城市。

找到了能得讨厌的流行性感冒的方法。”

大门打开了，到外面去散了一会儿步的司机走了进来。“怎么，已经结束了？时间可不长。”他看到莫里斯后说。他以为莫里斯还在打那个绰号叫“戴上锁链的人”，这个绰号影射当时出版的一份报纸[1]。“你出去散步了，对你来说时间是不长。”莫里斯回答道。他感到不快的是，有人看出他在楼上不讨人喜欢。“但要是你也像我那样，在这样热的天气，不得不用力抽打的话，那可就不同啦！要不是他给这五十个法郎……”“另外，这个人谈吐不凡，可以感到他有教养。他说这很快就会结束？”“他说我们不能打败他们，还说结果是没有人能占上风。”“真他妈的，他难道是个德国佬……”“我已经对你们说过，你们说话的声音太响。”年纪最老的人看到了我，就对其他人说。“您已经把房间用完了？”“啊！住嘴，你不是这里的当家。”“是的，我用完了，我是来付钱的。”“您最好把钱付给老板。莫里斯，你去把老板叫来。”“但是，我不想麻烦您。”“这事不麻烦。”莫里斯上了楼，回来时对我说：“老板就下来。”我给了他两个法郎作为酬谢，他高兴得脸都红了。“啊！谢谢。我把这钱寄给我兄弟，他当了俘虏。不，他并不苦。这主要得看俘虏营。”

这时，两位十分优雅的顾客出现在门口。他们身穿礼服，系着白色的领带，外面套着大衣，我从他们轻微的口音中感到，这是两个俄国人。他们在商量是否要进来。看来他们是第一次来这

[1] 指克雷孟梭创办的《自由人报》，1914 年 8 月起改名为《戴上锁链的人》。

儿，想必是有人把地点告诉了他们，他们仿佛在欲望、诱惑和极其害怕之间犹豫不决。两人中的一个，是个漂亮的年轻人，他每隔两分钟就带着一种一半是询问一半是说服的微笑对另一位重复道："怎么！总之，咱们不在乎？"但是，他徒劳地想以此来说出这样的意思：总之，咱们对后果不在乎。可能他对此并非这样不在乎，因为在这句话之后没有任何进门的动作，而只是对另一位再看一眼，接着是同样的微笑和同样的"总之，咱们不在乎"。这个"总之，咱们不在乎"，是一种美妙的言语一千例中的一例，这种言语和我们平常说的言语不大相同，在这种言语中，激动使我们想说的意思发生偏差，并在原来的位置上充分展现出一个完全不同的句子，这个句子是从一个短语丛生的陌生的湖里冒出来的，这些短语同思想毫无关系，并因此而揭示思想。我记得有一次，阿尔贝蒂娜和我没有听到弗朗索瓦丝进来，她进来时，我的女友正好一丝不挂地和我抱在一起，阿尔贝蒂娜想告诉我，就不由自主地说："瞧，漂亮的弗朗索瓦丝来了。"弗朗索瓦丝的眼睛已经看不大清楚，当时也只是在离我们相当远的地方穿过房间，本来可能什么也不会发现。但是，"漂亮的弗朗索瓦丝"这样反常的话，阿尔贝蒂娜以前从未说过，这话本身就表明了它们的根源；她感到这话是因激动而偶然捡来的，不需要看任何东西就明白了一切，于是用她的方言低声说着"poutana"[1]这个词走了出去。另一次，是在很久之后，那时布洛克已经成为一家之主，把一个女

[1] 即putain（婊子）。

儿嫁给一个天主教徒，有一位不大礼貌的先生对她说，他好像听别人说过她是犹太人的女儿，并问她姓什么。这位少妇在娘家是布洛克小姐，就回答说姓“Bloch”，但按照德语的发音说出来，犹如德·盖尔芒特公爵那样（不是把 ch 这个音发成 c 或 k，而是把它发成德语的 ch）。

我们再回过头来看旅馆的情景（两个俄国人已决定进入旅馆：“总之，咱们不在乎。”）。老板还没有来，絮比安已经进来抱怨说他们讲得太响，说邻居们会埋怨的。但是，当他看到我时，就惊讶地停住了。“你们全给我滚到楼梯平台上去。”当他们都已站起来时，我对他说：“最简单的办法是让这些年轻人留在这儿，我和您一起出去一会儿。”他跟我走了出来，神色十分尴尬。我对他解释我为什么会来。人们可以听到有一些顾客在问老板，是否能给他们介绍一个跟班、一个侍童、一个黑人司机。所有的职员都会使这些老疯子产生兴趣，在部队里则是各个兵种，以及各国的盟友。有些人特别需要加拿大人，也许是在不知不觉之中受到微弱的口音的诱惑，不知道这是古老的法国口音还是英国口音。苏格兰人大受欢迎，是由于他们穿着衬裙，是因为对湖泊的某些幻想往往同这种欲望结合在一起。由于任何怪癖都因环境不同而具有一些特点，甚至会变本加厉，所以一个老人的好奇心如果都已得到满足，他就会再三询问，是否能给他介绍一个残废者。人们听到楼梯上有缓慢的脚步声，絮比安生性不能守口如瓶，忍不住对我说是男爵下楼来了，并说无论如何也不能让他见到我，但是如果我愿意到与那些年轻人所在的前厅邻接的房间里去，他就去打开气窗。这个办法是他想出来的，可以使男爵看到和听到别人，却不会被别人发现。他对我说，他将让我来监视男爵。“只是您别动。”他把我推到黑暗的房间里之后就走了。另外，他也没有别的房间可以给我，虽说在打仗，他的旅馆还是全部客满。我刚离开的那个房间被德·古弗瓦西埃子爵租去了，子爵可以离开某某红十字会两天时，就到巴黎来休息一个小时，然后回古弗瓦西埃城堡去见子爵夫人，并对她说，他没能乘上准点的火车。他没有料到德·夏吕斯先生会在离他几米远的地方，德·夏吕斯先生也没有料到这点，因为男爵从未在絮比安的旅馆里遇到过这位堂弟，絮比安也不了解子爵精心隐瞒的个性。

确实，男爵很快就走了进来，由于鞭伤走起路来相当困难，不过他对自己被打伤想必习以为常。虽说他的欢乐已经结束，他进来也只是为了把他欠莫里斯的钱付清，他还是用温柔和好奇的目光环顾所有这些聚集在一起的年轻人，并十分希望能有向每个人问好的乐趣，这种问好是精神恋爱式的，但带有爱情的延伸。他在这群差点儿使他惊慌失措的男宠面前表现出一种活泼的轻浮，从所有这种轻浮之中，我再次在他身上看到上半身和脑袋的那种晃动，看到他初次进入拉斯普利埃时曾使我感到惊讶的高雅目光，这种高雅是我不认识的某个祖母遗传下来的，在日常生活中，它被脸上更为阳刚的表情所掩盖，但在某些情况下，当他一心想取悦于一个低级的阶层时，摆出贵妇人派头的欲望会使它以卖弄风情的方式在脸上充分展现。

絮比安早已把他们介绍给和蔼可亲的男爵，并对他发誓，说他们都是贝尔维尔的"杈杆"，为了一个金路易可以给自己的亲姐妹拉生意。另外，絮比安既在说谎又没有说谎。这些人比他对男爵说的更好，更富有同情心，他们并不是一群野蛮人。但是，那些认为他们野蛮的人，在对他们说话时还是怀有十分的善意，仿佛这些可怕的人也应该具有同样的善意。性虐待狂者不管怎样认为自己是和杀人凶手在一起，他那性虐待狂的纯洁灵魂还是并未因此而改变，他对这些人的谎话感到十分惊讶，他们完全不是杀人凶手，但希望能轻而易举地赚到一个五法郎的银币，他们的父亲、母亲或姐妹会死而复生，又会重新死去，因为他们想尽量取悦于顾客，所以在同顾客进行谈话时自相矛盾。幼稚的顾客目瞪口呆，因为他认为小白脸犯有许多凶杀案还自鸣得意，既然他对小白脸有这种武断的看法，就会对谈话中发现的矛盾和谎言感到惊愕。

所有的人似乎都认识他，只见德·夏吕斯先生在每个人的面前都停留很长时间，并用他认为是他们的语言来和他们说话，这既出于一种带有地方色彩的极不自然的爱情，也出于一种参与荒淫无耻生活的性虐待狂的乐趣。"你真叫人恶心，我在奥林匹亚音乐厅前面看到你同两个男人约会，是为了挣钱。你就这么来骗我。"听到这句话的人算是运气，因为他来不及声明他绝不会接受一个女人的钱，这样倒会减弱德·夏吕斯先生的兴奋，只见他把自己的异议留在句子的末尾，并且说："哦！不，我没有骗您。"这句话使德·夏吕斯先生产生一种强烈的乐趣；但由于同他的意愿相反，那种智慧，当然是他的那种，是通过他所喜欢的小伙子产生的，所以他就朝絮比安转过身来：“他真好，对我说了这话。他说得真好！这简直就像真的。总之，他既然让我相信了这点，是真是假又有什么关系呢？他的两只小眼睛多漂亮！喂，小伙子，为了这个我要好好地亲你两个嘴。你在战壕里将会想到我的。那里不太苦吧？”“啊！怎么不苦！有几天，当一颗手榴弹扔到你身边时……”这个青年接着就开始模仿手榴弹的爆炸声，飞机的声音，等等，“但是，还得和其他人一样地干，您可以确信无疑，咱们一定打到底。”“打到底！要是能知道打到怎样的底就好喽！”男爵忧郁地说，因为他是“悲观主义者”。“您没有看到萨拉·贝尔纳[1]在报上说过这话：‘法国，一定会打到底。法国人，宁愿打到最后一个人。’”“我毫不怀疑法国人会英勇地打到最后一个人。”德·夏吕斯先生说，仿佛这是世界上最简单的事，虽说他本人不想做任何事，但希望以此来纠正他在忘乎所以时给人留下的和平主义者的印象。“我对此并不怀疑，但我在想，萨拉·贝尔纳夫人在何种程度上有权代表法国讲话……但是，我感到，我不认识这位可爱的，这位美妙的青年。”他在发现另一个青年时补充道。他不认识这个青年，或者说他从未见过这个青年。他对青年行了礼，犹如他在凡尔赛时对一位亲王行礼那样，并趁机多得到一个不花钱的乐趣——就像在我小的时候，我母亲在布瓦西埃或古阿施[2]那

[1] 萨拉·贝尔纳（1844—1923）：法国女演员，因主演伏尔泰的《扎伊尔》和拉辛的《淮德拉》而名声大振。第一次世界大战时虽已截去右下肢，仍赴前线慰问士兵。

[2] 布瓦西埃和古阿施是两家糖果店，前者位于嘉布遣会修女大街，后者位于玛德莱娜大街。

儿刚订完货，账台上的一位太太给我一粒糖，我就拿了，糖是在一只玻璃瓶里拿出来的，那些太太就端坐在几只玻璃瓶之间。他握住这个可爱的青年的手，并且久久地握着，用普鲁士的方式握着，两眼微笑地注视着青年，时间长得毫无止境，就像以前的摄影师在光线暗淡时让你摆姿势的时间一样长："先生，我很高兴，我非常高兴认识您。""他头发漂亮。"他转向絮比安时说。然后，他走到莫里斯跟前，以便把五十法郎交给他，但是首先搂住莫里斯的腰："你从未对我说过，你用刀子捅过贝尔维尔的一个女门房。"说着，德·夏吕斯先生激动得喘起气来，并把自己的脸贴近莫里斯的脸。"哦！男爵先生，"由于别人忘了同他打招呼，小白脸就说，"您会相信这样的事吗？"也许这件事确实不是真的，也许事情倒是真的，但做这件事的人觉得事情干得可恶，必须加以否认："我会去伤害同我一样的人？去伤害一个德国佬，那是可以的，因为在打仗，但伤害一个妇女，而且是老年妇女！"这种道德标准式的声明给男爵的印象，犹如当头泼了一盆冷水一般，只见男爵冷冷地离开了莫里斯，但还是把钱交给了他，不过脸上显出扫兴的神色，仿佛是被人诈骗后不愿惹事就付了钱，但心里很不痛快。男爵的坏印象还因受惠者向他表示感谢的方式而增加，因为此人说："我将把这钱寄给我年老的父母，还要给我兄弟留一点，他在前线。"这些动人的感情使德·夏吕斯先生失望的程度，几乎同表达这种感情的话使他不快的程度相差无几，这些话略带传统的农民意识。絮比安有时告诉他们，要显得更为反常。于是，有个人带着承认干过某件坏事的神态，大胆地说："喂，男爵，您是不会相信我的，我小的时候，曾在锁孔里看我的父母拥抱接吻。这样不好，是吗？您好像认为这是骗人，不，我可以向您起誓，我对您说的是真话。”对于这种假装反常的努力，德·夏吕斯先生感到既失望又恼火，因为这种反常的结果只是揭示出如此的愚蠢和无知。即使是最为果敢的小偷和杀人犯，他也不会感到满意，因为他们不会谈自己的罪行。另外，在性虐待狂——不管他如何善良，不管他如何之好——身上，都有一种对恶的渴望，这种渴望是那些为了其他目的而作恶的人无法满足的。

这个青年明白自己的错误为时已晚，他说自己不喜欢警察，甚至斗胆对男爵说：“您给我约个地方。”但都无济于事，因为魅力已经消失。人们感到他装腔作势，就像那些竭力想说切口的作者所写的书那样。青年徒劳地列举他和老婆干的所有“肮脏事”，德·夏吕斯先生只是感到惊讶，这些肮脏事怎么如此之少。另外，这不光是不真诚的问题。任何事都不像肉体的快感和性欲倒错那样有局限性。从这个意义上看，如果改变话的含义，人们确实可以说，人们总是在进行性欲倒错的恶性循环。

如果说人们以为德·夏吕斯先生是亲王，那么与此相反，旅馆里的人们都对有个顾客去世感到惋惜，这个顾客的小白脸们说：“我不知道他的名字，他好像是个男爵。”此人不是别人，正是德·富瓦亲王（圣卢的男友的父亲）。他在妻子那儿说，他的许多时间是在俱乐部里度过的，但实际上，他好几个小时都在絮比安那儿闲谈，在一些二流子面前讲述社交界的故事。他是个高大的美男子，就像他儿子一样。奇怪的是德·夏吕斯先生不知道他和自己有相同的嗜好，这也许是因为男爵都是在社交界看到他的。人们甚至说，他把那些小白脸捧得比自己的亲生儿子还高，他儿子当时还是初中生（圣卢的男友），不过这可能不是事实。恰恰相反，由于他十分了解许多人一无所知的习俗，所以他对儿子来往的朋友非常注意。有一天，一个出身低下的男子跟随小德·富瓦亲王一直走到他父亲的府邸，小亲王在府邸里把一封情书从窗口扔了出去，被他父亲捡到了。但是，跟随其后的男人，虽说不是和大德·富瓦亲王一样属于贵族阶级，但从另一个角度来看却像是贵族的一员。他毫不费力地在一些双方共同的同谋中找到一个调解人，调解人把德·富瓦先生说得哑口无言，因为此人向亲王证明，怂恿一个年龄大的男子做出这种大胆举动的正是小亲王本人。这是可能的。因为德·富瓦亲王要使儿子不交上坏朋友，可以通过自己的外力，但不能通过遗传的内因。另外，小德·富瓦亲王同父亲一样，他那个圈子里的人对这方面的事一无所知，虽说他同另一个圈子的人们所干的事，比任何人都要厉害。

“他多么平易近人！任何时候都看不出他是男爵。”几个常客在德·夏吕斯男爵出去后说。絮比安一直把男爵送到下面，男爵则不断对絮比安抱怨这个青年的道德。絮比安想必事先对这个青年进行过训练，从他不满的神色中可以看出，他将把这个假杀人犯狠狠地训一顿。“这跟你对我说的完全相反。”男爵补充道，以便使絮比安能在下次吸取教训。“他像是生性善良，对自己的家庭表达了敬意。”“但是，他和父亲的关系并不好，”絮比安反驳道，“他们住在一起，却不在同一个酒吧间喝酒。”这同凶杀相比，显然是微不足道的罪孽，不过絮比安确实是措手不及。男爵再也没说什么，因为他虽说想要别人为他的欢娱做好准备，却又要使自己产生一种幻觉，仿佛他的欢娱并没有准备好。“他真是个强盗，他对您说这些话是要骗您，您也太幼稚了。”絮比安补充道，以便替自己辩护，但他的话只能刺伤德·夏吕斯先生的自尊心。

“看来他每天要花掉一百万。”二十二岁的青年说，但他的这种说法连自己也感到无法相信。不久人们听到汽车行驶的声音，汽车是来接德·夏吕斯先生的。这时，我看到有个人走了进来，那人步履缓慢，身边有个军人，那军人显然是和此人一起从隔壁房间里出来的，我感到那人是一位年纪相当大的夫人，穿着黑色的裙子。但我很快发现自己看错了，那人是个神甫。神甫品行不端，是罕见的事，在法国更是绝无仅有。显然，军人正在嘲笑自己的同伴，说他的行为很不符合他的服装，因为神甫正神态严肃地把神学博士的手指举向丑陋的面孔，并用说教的口吻说道：“您要我怎么样呢？我又不是（我以为他会说“圣徒”）女天使。”另外，他需要的只是离开这儿，就同絮比安告辞，絮比安送走男爵后刚从楼上下来，但品行不端的神甫由于健忘而忘了付自己的房钱。絮比安的头脑从不糊涂，他平时把每个顾客的捐助放在一只箱子里，这时就摇动箱子，把箱子摇得直响，并说：“礼拜的捐款，神甫先生！”这个淫乱的人连忙表示道歉，付了钱就走了。

絮比安到这个漆黑的地方来找我，而我在里面一动也不敢动。“请到我那些年轻人坐着的前厅去坐一会儿，我上去把房间的门关好，您是顾客，这样十分自然。”老板在那儿，我就把钱付给了他。这时，一个身穿无尾常礼服的青年走进门来，并威风凛凛地向老板问道："我明天中午在城里吃饭，明天上午我要莱翁的时间不是原定的十一点，而是改在十一点差一刻，行吗？""这要看，"老板回答说，"神甫留他多少时间。"这个回答看来并未使身穿无尾常礼服的青年感到满意，他好像已经准备对神甫破口大骂，但当他看到我后，他的怒气就改变了方向，直接出到老板身上："他是谁？这是什么意思！"他低声说道，声音虽低，却怒气冲冲。老板心里十分烦恼，但还是做了解释，说我在场没有关系，说我是一个顾客。身穿无尾常礼服的青年看来丝毫没有因这一解释而平息下来。他不断重复道："这叫人极不愉快，这种事是不该发生的，您知道我非常讨厌这点，您这样干我就再也不踏进这儿的门。"但是，这一威胁看来并没有立即付诸实施，因为他走的时候虽然怒气冲冲，但还是要求莱翁尽量在十一点差一刻时腾出身来，如有可能则在十点半。絮比安下楼来找我，同我一起走到街上。

"我不希望您对我有不好的看法，"他对我说，"这幢房子给我赚到的钱，并不像您认为的那样多，我尽量接待正派的顾客，当然喽，要是只接待这种顾客，就会亏本。这里同加尔默罗会[1]完全相反，美德是依靠恶习而生存的。不，我买下这幢房子，或者确切地说，是您刚才看到的代理人买下这幢房子，唯一的目的是替男爵效劳。让他愉快地度过晚年。"絮比安不想把谈话局限在我

[1] 加尔默罗会是中世纪天主教四大托钵修会之一。该会靠募款为生，戒律严格，鼓励圣母崇拜。

所看到的那种性虐待狂的场景和男爵的恶习付诸实施的场景。即使是为了谈话，为了和他作陪，为了打扑克，男爵也只喜欢和搜刮他的平民在一起。也许下等人的故作风雅也和上等人的故作风雅一样会被人理解。再说这些人互相轮换，已长期聚集在男爵周围，而德·夏吕斯先生则找不到一个相当优雅的男子来进行社交界的交往，也找不到一个流氓气十足的人来进行其他方面的交往。“我厌恶中间的类型，”他说，“资产阶级的喜剧显得浮夸，我需要的要么是古典悲剧中的公主，要么是粗俗的闹剧。不要中间道路，要么是《淮德拉》，要么是《街头卖艺人》[1]。”但到最后，这两种故作风雅之间的平衡被打破了。也许是因为老人的厌倦，也许是因为肉欲扩展到最为平庸的交往，男爵就只同“下级”生活在一起，并不由自主地成了他某个老祖宗的接班人。德·拉罗什富科公爵、德·阿古尔亲王和德·贝里公爵，在圣西门的笔下是同自己的仆人们一起生活的，而仆人们则从他们身上刮到一大笔钱，他们同仆人们一起打牌，那些大贵族去拜访他们时，看到他们同仆人们亲密无间地坐在一起打牌或喝酒，感到十分尴尬。絮比安补充道：“这主要是为了使他避免麻烦，因为正如您看到的那样，男爵是个大孩子。现在他在这里想要什么就有什么，即使这样，他有时还要淘气。像他这样慷慨，在现在这时候往往会出事。有一天，男爵答应把许多钱送给一个旅馆服务员，不过要他到男爵家里去，不就把他吓得要死（到男爵家里，多不谨慎！）！这小伙子

[1] 《街头卖艺人》（1831）是法国作家泰奥菲尔·迪梅桑（1780—1849）的三幕喜剧。

喜欢的只是女人，当他了解要他干的事时，才放下心来。他听到答应给他这么多钱，还以为男爵是间谍。但当他知道要他出卖的不是自己的祖国，而是自己的肉体时，他才感到松了口气，这件事也许不大道德，但风险却比较小，而且干起来更加容易。”我听着絮比安的话，心里在想：“德·夏吕斯先生不是小说家或诗人，多可惜呀！不是为了描写他将会看到的事，而是描写一个夏吕斯对性欲的态度，会使他周围的人议论纷纷，迫使他严肃地对待生活，并把感情置于快感之中，使他不会停止、固定在一种对事物讽刺和外在的看法之中，并在他身上不断接通痛苦的电流。当他做出爱情的表示时，即使没有进监狱的危险，也几乎每次都要受到当众侮辱。”打耳光不光是教育孩子的方法，而且是教育诗人的方法。絮比安为男爵安排的这幢房子，大大减少了风险，至少是（因为总得担心警察的搜查）对于某个人所冒的风险，而要是在街上，男爵对这个个人的情绪就会心中无数。如果德·夏吕斯先生是小说家，这幢房子对他来说将会是一种不幸。但是，德·夏吕斯先生在艺术上只是个业余爱好者，并没有想到要进行写作，也不具备写作的才能。

“另外，我是否要向您承认，”絮比安接着说，“我对于得到这类收入并没有很大的顾忌。人们在这儿干的事，我不能再对您隐瞒我是喜欢的，这是我生活中的爱好。然而，干人们并不认为有罪的事而得到收入，难道是要禁止的？您读的书比我多，您也许会对我说，苏格拉底认为不能用教书来赚钱。但是，在我们的时代，哲学教师们并不是这样认为的，那些医生、画家、剧作家和剧院经理也不是这样认为的。您别以为干这行接触的只是些流氓。当然，这种机构的经理就像只大母鸡那样，只接待男人，但接待的是各种各样杰出的男人，在社会地位相同的情况下，这些人一般属于他们这行中最敏锐、最富有同情心、最和蔼可亲的男人。我可以肯定地对您说：‘这幢房子很快就会变成一个思想事务所和一个新闻社。’”但是，我亲眼看到的德·夏吕斯先生挨打的情景，仍然萦回在我的脑海之中。

老实说，如果真正了解德·夏吕斯先生，了解他的自豪，他对社交界乐趣的厌烦，他那种十分容易变成对最下等、最坏的男人的恣意纵情的任性，人们就会十分清楚地知道，一个暴发户得到一大笔财产感到心花怒放，是因为有可能把自己的女儿嫁给一位公爵，并邀请几位殿下同自己一起打猎，而德·夏吕斯先生拥有这么多财产感到心满意足，则是因为他可以控制一个乃至好几个机构，其中经常有一些他喜欢与之厮混的男青年。为此他也许并不需要有恶习。他是这么多大贵族的继承人，他们是王族成员或公爵，圣西门告诉我们，他们不同任何“有称号的”人交往，而是把时间花在和仆人们打扑克上，并且把大笔大笔的钱送给仆人！

“在目前，”我对絮比安说，“这幢房子并非如此，它比疯人院还要疯，因为关在疯人院里的疯子发疯就像演戏那样，是真实的再现，是显而易见的事，而它简直是个魔窟。我过去像《一千零一夜》里的哈里发那样，认为可以及时赶到去救一个挨打的人，而我现在亲眼看到的，却是另一个《一千零一夜》的故事变为现实，在这个故事里，一个女人变成了一条母狗，就自愿叫别人打她，以便恢复原形。”絮比安听了我的话，显得非常局促不安，因为他知道我看到了男爵挨打的情景。他一时间默不作声，而我叫住了一辆路过的出租马车；然后，他突然灵机一动，他在恢复本相时所具有的这种机灵，常常使我感到惊讶，这时他就像在我们那幢房子的院子里碰到弗朗索瓦丝或我时那样，说出一番极为美妙的话来：“您谈到《一千零一夜》中的许多故事，”他对我说，“但是，我知道其中的一个故事，这个故事同一本书的书名并非没有关系，那本书我好像是在男爵那儿看到的（他指的是拉斯金的《芝麻与百合》的一个译本，译本是我寄给德·夏吕斯先生的）。如果您什么时候有兴趣，譬如在某一天晚上，想要看的话，我不说有四十个，但有十来个小偷，您只要来这儿就行了；要想知道我是否在这儿，您只要看一下上面的窗子，我把自己的那扇小窗开着，里面点着灯，就说明我已经回来，可以进来了，这就是我的芝麻。我说的只是芝麻。因为关于百合，如果您想要的是百合，那就到别处去找。”他像海盗那样指挥着贵族顾客和一帮青年，所以有点不拘礼节，这时他相当放肆地对我行了礼，准备同我告别，只听到一声巨响，但炸弹爆炸前并没有发过警报，于是他建议我暂时和他留在一起。不久就开始了拦阻射击，射击是如此猛烈，使人感到德国飞机就在旁边，就在我们的头顶上。

片刻之间，街道变得一片漆黑。只是在有时，一架飞得相当低的敌机照亮了它想扔炸弹的那个点。我无法再找到自己的路。我想起了那一天，就是我去拉斯普利埃的时候，我碰上了一架飞机，如同遇到了一位使我的马匹直立起来的天神。我心里在想，要是现在碰上的话就会不一样，恶的天神就会把我杀死。我加快步伐，以便避开它，犹如被怒潮追逐的旅客，我在那些漆黑的广场中兜圈子，再也无法从里面走出来。最后，一片火光照亮了我的路，我终于找到了自己的路，然而炮声仍在不断地噼啪作响。但是，我的思想已经转向另一个物体。我在想絮比安的房子，它现在也许已化为灰烬，因为当我刚走出那幢房子时，一颗炸弹落在离我很近的地方，对于那幢房子，德·夏吕斯先生原可以预卜先知地写出《所多玛》，就像以同样的预卜先知，或者在火山爆发、已经酿成灾害的初期，庞贝城那个不知名的居民所写的那样。但是，对于前来寻欢作乐的人们来说，警报和哥达式轰炸机又有什么关系？我们爱情的社会环境和自然环境，我们几乎不去想它。海上惊涛骇浪，船只在前后左右颠簸，被风刮得弯弯曲曲的水流从天上直泻而来，但我们最多对这一望无际的环境赋予片刻的注意，以便避开风浪给我们带来的不便，在这个环境中，我们和我们试图接近的肉体都显得微不足道。预告轰炸的警报声并没有使絮比安的那些常客感到不安，就像一座冰山的存在不会使他们感到不安一样。更有甚者，威胁肉体的危险反而使他们解除了长期来像疾病那样纠缠着他们的担心。然而，认为担心的大小同他们感到的危险的大小相符是错误的。人们可能会担心睡不着觉，但绝不会担心一场认真的决斗、一只老鼠，也不会担心一头狮子。在几个小时之中，那些警察只会去关心居民生活这样的小事，所以没有使他们名声败坏的危险。好多人不仅恢复了放荡不羁的本性，而且受到街上突然出现的黑暗的诱惑。天火已经朝庞贝城居民的身上纷纷落下，他们之中有几个钻到了像地下墓穴一样暗的地铁走廊里。他们确实知道里面还有别人。然而，作为一种新的环境而笼罩任何事物的黑暗，会产生一种对某些人来说无法抗拒的诱惑，其结果是取消了快感的第一阶段，使我们直接进入抚摸的领域，而在平时，人们要过一段时间才能进入这一领域。如果觊觎的对象确实是一个女人或一个男人，即使必要的前提是容易接近，又无须像在沙龙里那样进行没完没了的调情（至少在白天），在晚上（甚至是在一条灯光昏暗的街上）至少也有一个前奏，这时只有一双眼睛在寅吃卯粮，而被追求者对过路人的担心，使追求者只能用眼睛看用嘴巴说，而不能做其他事情。在黑暗中，这老一套的把戏全都可以废除，手、嘴唇和身体可以首先进入角色。如果对方不接受，就可以推托是黑暗的关系，以及因黑暗而引起的错误。如果对方接受，身体就会立即做出回答，不是往后退缩，而是向前靠拢，这就使我们对自己在沉默中进行交际的女人（或男人）产生一种看法，觉得她毫无偏见、充满恶习，不由得使幸福锦上添花，因为能吃到果子，又不需先用眼睛觊觎，也不需征得对方的同意，已经是一种幸福。但是，黑暗仍在持续；沉浸在这新的环境之中，絮比安的常客们感到自己经过了旅行，来观察一种自然现象，例如潮汐或是日食，他们来享受的不是准备就绪、固定不变的乐趣，而是在未知的事物中萍水相逢的乐趣，他们在火山爆发般的炸弹轰鸣声中，在庞贝城般藏污纳垢场所的旁边，在地下墓穴的黑暗之中来举行秘密的仪式。

在同一个大厅里，许多不愿躲避的男子聚集在一起。他们互不相识，但可以看出，他们几乎全都属于有钱阶层和贵族阶层。每个人的外貌中都有某种令人厌恶的东西，想必是对有损名誉的欢乐采取的不抵抗主义。有一位身体庞大，脸上全是红斑，像个酒鬼。我得知他起初并不是酒鬼，只是叫一些青年来喝酒取乐。但是，他一想到自己会被应征入伍就感到害怕（虽说他看来已年过半百），由于他十分肥胖，他就开始不断地喝酒，竭力使自己的体重超过一百公斤，因为体重超过一百公斤者免服兵役。现在，这种心计已变成嗜好，不管人们在哪里同他分手，不管人们如何对他进行监视，人们总可以在一个酒店里再次见到他。但是，他一开始讲话，我就看出，他虽然智力平平，却具有很多知识，受过很多教育，是个很有教养的人。这时又进来一个人，此人是社交界人士，十分年轻，外表极为高雅。说实在的，在他的外表上还没有留下恶习的任何痕迹，但令人不安的是他的内心有恶习的痕迹。他身材十分高大，面孔讨人喜欢，他说话时显露的智慧，同他旁边的酒鬼完全不同，可以毫不夸张地说，这种智慧确实出色。但是，他每说一句话，都要显出一种表情，不过这种表情应该和一句与此不同的话对应。他虽然掌握人类脸部表情的全部宝库，却仿佛曾在另一个世界中生活，他用不该采用的次序来排列这些表情，他露出的微笑和目光仿佛是偶然采摘而来，和他听到的话毫无关系。我对他的看法是，如果他还活着，这当然是确定无疑的，他过去所受的折磨并不是长期的疾病，而是短期的吸毒。如果向所有这些人索取名片，人们也许会惊讶地发现，他们全都属于上流社会。但是，某种恶习，而且是最大的恶习，即缺乏意志，使他们无法抗拒任何恶习，就聚集在这儿，当然是在单独的房间里，有人对我说是在每天晚上，这样一来，虽然他们的名字为社交界女士们熟悉，这些女士却渐渐看不到他们的面孔，并且再也没有机会接待他们的来访。他们仍然接受邀请，但习惯使他们回到鱼龙混杂、藏污纳垢的场所。另外，他们并不隐瞒此事，相反，隐瞒此事的却是供他们寻欢作乐的小服务员、工人等等。除了人们能猜到的许多原因之外，这可以用下列原因来解释：对于工厂的雇员和仆人来说，到那儿去像被人认为是正派的女人到妓院里去一样；某些承认去过那儿的人，则否认自己后来又去过那里；絮比安本人也不说实话，以便保护他们的名誉，或者避免竞争，只见他肯定地说："哦！不，他不来我这儿，他不想来这儿。"对于社交界的先生来说，问题没有这么严重，更何况不去那儿的社交界青年们也不知道那是什么地方，所以不去关心我们的生活。而在一个航空公司里，如果某些装配工去过那儿，他们的同事就监视他们的行动，并且无论如何也不愿去那儿，原因是害怕被人发现。

我一面走近自己的住所，一面心里在想，意识停止和我们的习惯进行合作是如此之迅速，它让我们的习惯自由和发展，但不再去关心它们，从此之后我们会感到多么惊讶，如果我们只是从外部看到男人们的行动，并设想个人已全部投入到这些行动中去，这些人在道德上和智力上的才能可以不受约束地朝完全不同的方向发展。这当然是教育上的一种缺陷，或者说是缺乏任何教育，再加上他们惯常的赚钱方式即使不算最为轻松（因为许多工作更加舒服，但是譬如说病人，虽然他认为正在和他斗争的疾病往往只是微恙，但由于怪癖、忌口和服药，不正在为自己创造一种比疾病难受得多的生活），至少是尽量少花力气，这种方式使这些“年轻人”为了微薄的收入，可以说是无知地在干一些不给他们带来任何乐趣的事情，这种事在开始时甚至使他们感到十分厌恶。[1]根据这点，人们原可以认为他们非常坏，但是他们不仅在战争中曾是出色的士兵、无与伦比的“勇士”，而且在平民生活中往往心地善良，即使不能说完全正派。他们对自己所过的生活是道德还是不道德，早已失去了概念，因为他们周围的人过的就是这种生活。这样，当我们研究过去历史的某些阶段时，我们惊奇地发现一些个性善良的人肆无忌惮地参加大屠杀和献祭活人，对他们来说这也许是十分自然的事情。在两千年后阅读我们时代的历史的人，也许将会感到某些温柔和纯洁的心灵同样沉浸在一种生死攸关的环境之中，而这些心灵感到习以为常的环境，将会显得像魔

[1] 絮比安的房子被描写成庞贝城，使人回想起法国大革命的末期，所以这种描写非常符合同督政府时期十分相似的时期，这一时期即将开始。新的舞会已在到处组织，而且是通宵达旦地跳舞，仿佛和平已提前实现，但这些舞会仍在暗中进行，以便不过于公开地违反警察局的规定。除此之外，某些艺术观点的反德倾向没有战争初期那样强烈，这些观点得到了充分的发展，使被窒息的思想喘过气来，但是，必须具备公民爱国证书，才有胆量介绍这些观点。一位教授写了本关于席勒的出色论著，报上对此做了报道。但是，在谈论该书作者之前，先写他参加过马恩河战役、凡尔登战役，曾两次受到嘉奖，两个儿子又阵亡，仿佛是为了取得出版许可证。然后才赞扬他关于席勒的著作清晰、深邃，并说这本书可以被称为伟大的著作，只要在书中不说“这个伟大的德国人”，而说“这个伟大的德国佬”。这是文章的口令，于是就立即放行。——作者注

鬼一样有害。另一方面，在我认识的人中，很少有人，我甚至可以说没有人，在智慧或敏感方面具有絮比安这样的天赋；因为构成他谈话的精神脉络的这种美妙“知识”，并非来自任何中学的教育，也不是来自任何大学的教育，他要是受到这些教育，就可以成为出类拔萃的人物，而社交界的许多青年却没有从这些教育中得到任何好处。这只是他天生的感觉、自然的见解，他不过是在空闲的时间里，在无人指导的情况下，偶然阅读少量书籍，却能说出如此正确的话来，他的话显示了语言的全部对称，展现了它们的美。然而，他干的职业虽然理所当然地被认为是最有利可图的行当之一，但也是最为低劣的行当。至于德 · 夏吕斯先生，他那贵族的自豪本应使他对“别人的闲话”有某种蔑视，某种自爱感和自尊感怎么不能迫使他的淫荡放弃某些看来只有完全痴呆才能得到原谅的满足呢？但在他身上，就像在絮比安身上那样，把道德和各种行为分开的习惯（另外，这也应该存在于许多职务之中，有时在法官的职务中，有时在政治家的职务中，以及其他许多职务之中）应该早就养成，因此习惯（从不向道德感征求意见）越来越加深，直至这赞同普罗米修斯让人用力量钉在纯物质的岩石上之日为止。

当然，我清楚地感到，这是德 · 夏吕斯先生疾病的一个新阶段，自从我发现他患病之后，根据我亲眼看到的各个阶段来看，他的病以越来越快的速度继续发展。现在，可怜的男爵离结局和死亡已不是十分遥远，即使并非像维尔迪兰夫人预言和希望的那样在死亡前受到监禁，在他这样的年龄，监禁也只会加速死亡。

不过，也许我说得不对：纯物质的岩石。在这个纯物质中，可能还会浮现出一点精神。不管怎样，这个疯子清楚地知道，他是一种疯狂的猎物，他在这样的时刻仍在玩耍，因为他十分清楚，打他的人并不比在打仗的游戏中抽签抽到当“普鲁士人”的小男孩更加凶恶，在这种游戏中，大伙儿都带着真正的爱国主义热情和假装的愤怒之情朝小男孩冲去。一种疯狂的猎物，这种疯狂还是带有德·夏吕斯先生的一点个性。即使在这些反常的行为中，人性（正如它在我们的爱情和我们的旅行中所做的那样）仍用真实的要求来表露信仰的需要。我曾对弗朗索瓦丝谈到米兰——这座城市她也许永远不会去——的一所教堂或兰斯大教堂——即使是谈到阿拉斯[1]大教堂！——这些教堂她不会看到，因为它们已在不同程度上被摧毁。当我谈起这些教堂时，弗朗索瓦丝就羡慕有钱人能看到这样的珍宝，并带着一种思乡的忧愁说道：“啊！这该有多美！”她住在巴黎这么多年，却从未有兴趣去看看巴黎圣母院。这是因为巴黎圣母院正是巴黎的组成部分，是弗朗索瓦丝的日常生活进行的城市的组成部分，因此在这个城市里，我们的老女仆很难——如果对建筑的研究没有在某些方面纠正我身上的贡布雷本能的话，我也很难——确定她梦想的客体。在我们喜爱的人们身上，存在着他们固有的某种梦想，这种梦想我们不能始终看出，却在继续追求。我相信贝戈特和斯万，就爱上了希尔贝特，我相信坏家伙希尔贝，就爱上了德·盖尔芒特夫人。而在我对阿尔贝

[1] 法国北部加来海峡省省会。

蒂娜的最痛苦，最嫉妒，看来是最具个性的爱情中，又蕴藏着多么广阔的海洋！另外，正是由于人们所热衷的这种个性，对这些人的爱情已经有点反常的味道。（肉体的疾病，至少是那些与神经系统关系较密切的疾病，难道不就是我们的器官和我们的关节染上的一些特殊爱好或特殊恐惧？它们对某些气候产生一种无法解释和难以改变的恐惧，就像某些男人对戴单片眼镜的女人或对精通马术的女人的偏爱一样无法解释和难以改变。这种欲望，在每次看到一个精通马术的女人时都会被唤起，谁又能说它同哪一种持久的、无意识的梦想联系在一起？这种欲望是无意识的，又是神秘的，就像某一座城市对一个终生患哮喘病的人一样神秘，这个城市在外表上同其他城市相似，却能使他第一次自由地呼吸。）

然而，反常行为就像爱情一样，其中病态的缺陷已将一切覆盖，已将一切感染。爱情甚至和最疯狂的反常行为也有相同之处。德·夏吕斯先生坚持要别人把他的手脚用牢固可靠的链条捆起来，要求戴上镣铐，据絮比安对我说，男爵还要一些残酷的刑具，这些刑具即使请水手帮忙也极难搞到——因为它们用于酷刑，而酷刑在惩戒最严的船上也已废除——这一切归根结蒂，是德·夏吕斯先生身上有着阳刚的全部梦想，这种梦想在必要时可用粗暴的行为加以证实，他内心还有一种我们看不到的彩色装饰，他用这种方式来发出彩色装饰的某些映像，有正义的十字，有封建的酷刑，都用他那中世纪的想象来加以装饰。每当他来到时，他就带着同样的感情对絮比安说：“今晚至少不会有警报，因为我从这里看到自己被这种天火煅烧，就像所多玛的居民那样。”他装作害怕哥达式轰炸机，并不是因为他对这种飞机有丝毫的害怕，而是为了等警报一响，就能以此为借口冲到地下铁道的防空洞里，希望在里面得到在黑暗中摩肩接踵的某种乐趣，并带有中世纪的地道和 in pace[1] 的模糊梦想。总之，他被人用链子系住和挨打的欲望，以丑陋的形式表露出一种诗意的梦想，这种梦想同其他人去威尼斯或供养舞蹈女演员的欲望一样富有诗意。德·夏吕斯先生非常希望这种梦想能使自己产生真实的错觉，所以絮比安只得卖掉四十三号房间中的木床，并用一张更适合链条捆绑的铁床来代替。

当我回到家里时，军号声终于响了。消防队员的声音受到一个男孩的议论。我看到弗朗索瓦丝正和管家一起从地窖里出来。她以为我已经死了。她对我说，圣卢来过，一面表示抱歉，一面想看看他上午来看我时是否把他的十字军功章掉在这儿。因为他刚发现自己的十字军功章丢了，而他第二天上午要回部队，所以想碰碰运气，看看是否在我这儿。他和弗朗索瓦丝到处都找遍了，但什么也没有找到。弗朗索瓦丝认为他可能是在来看我之前丢失的，因为据他说，她感到她可以发誓，她在看到他时他没有戴十字军功章。这点她弄错了。这就是证词和回忆的价值！不过，这并不十分重要。圣卢既受到军官们的器重，又受到士兵们的爱戴，所以这件事很容易得到解决。另外，我见他们谈论他时热情不高，就立即感到，圣卢给弗朗索瓦丝和管家留下的印象不大好。也许是因为管家的儿子和弗朗索瓦丝的侄子做了一切努力，以便远离

[1] 拉丁语，意为修道院中监禁终身禁锢者的地牢。

火线去做没有危险的工作，而圣卢却成功地做出相反的努力，以便去冒生命的危险。但是，弗朗索瓦丝和管家根据自己的判断，却不能相信这点。他们相信的是，有钱人总是躲在安全的地方。另外，即使他们知道罗贝英勇的真实情况，也不会受到感动。他没有说“德国佬”，而是对他们赞扬德国人的勇敢，他也没有把我们从第一天起就没能打胜仗的原因归咎于叛国。然而，这正是他们希望听到的话，这正是他们所认为的勇敢的标志。因此，虽然他们在继续寻找十字军功章，我仍感到他们对谈论罗贝显得冷淡。我猜到这枚十字军功章遗忘在何处，[1] 就让弗朗索瓦丝和管家去睡觉。但是，自从管家依靠战争而找到一种比驱逐修女和德雷福斯案件更为有效的折磨弗朗索瓦丝的方法以来，他从不急于离开她。那天晚上，以及我在去另一家疗养院以前在巴黎逗留的几天里，每当我来到他们的身旁，我就听到管家对惊恐失色的弗朗索瓦丝说：“当然喽，他们是不会着急的，他们在等待时机成熟，但到那一天，他们将拿下巴黎，而在那一天是不发慈悲的！”“主啊，圣母马利亚！”弗朗索瓦丝大声说道，“他们征服了可怜的比利时还不满足。它可受苦了，这个比利时，在入浸 [2] 的时候。”“这个比利时，弗朗索瓦丝，但相比之下，人们在比利时干的事算不了什么！”战争在老百姓谈话这个市场上抛出了大量术语，老百姓只

---

[1] 但是，那天晚上圣卢之所以漫不经心到这种地步，只是因为他在等待，原因是他又渴望再次见到莫雷尔，就使用了他在军队里的一切关系，来打听莫雷尔在哪个部队，以便能去看望，但他至此只收到一些互相矛盾的答复。——作者注

[2] 原文为 envahition，是弗朗索瓦丝生造的词，应为 envahissement（入侵）。

是通过眼睛和阅读报纸来熟悉这些术语，因此不知道它们的发音。只见管家补充道："我不能理解，世界怎么会这样疯狂……您将会看到这点，弗朗索瓦丝，他们正在准备一个比其他所有的进攻规幕[1]更大的新的进攻。"我忍不住出来打抱不平，如果说不是因为可怜弗朗索瓦丝和顾及战略常识，至少是为了语法的缘故，我说应该说"规模"，但得到的结果只是在我每次进入厨房时让弗朗索瓦丝把这个可怕的句子再说一遍，因为管家一方面以吓唬自己的同伴为乐趣，另一方面几乎以同样的乐趣向主人表示，他虽说是贡布雷的老园丁和总管家，按照圣安德烈教堂的教规却依然是法国良民，他根据《人权宣言》有权不受任何约束说成"规幕"，也有权在一个不属于他服务范围的问题上不听从别人的指挥，因此，在这个问题上，自从大革命以来，任何人也不能对他说三道四，因为他和我一律平等。

因此，我忧郁地听到他和弗朗索瓦丝谈论一次大"规幕"的战役，他坚持要这样说是为了向我证明，这样发音并非是由于无知，而是出于一种深思熟虑的意愿。他用同样的令人困惑的"人们"，把政府和各种报纸混为一谈。他说："'人们'对我们说德国佬的损失，人们不对我们说我们的损失，看来我们的损失是他们的十倍。人们对我们说，他们已精疲力竭，他们已没有吃的东西，依我看，他们吃的东西是我们的一百倍。总不该来哄骗我们。如果他们没有吃的东西，他们就不会这样打仗，那天我们不到二十

[1] 原文为 enverjure，是管家的发音错误，应为 envergure（规模）。

雷诺阿

《乔治·夏邦基埃夫人和她的孩子们》

岁的小伙子给他们杀了十万人。”他就这样不时夸大德国人的胜利，就像他过去夸大激进派的胜利那样；同时，他也叙述他们的残酷，让这些胜利使弗朗索瓦丝感到更加难受，弗朗索瓦丝则不断地说：“啊！天使的圣母！啊！天主之母马利亚！”有时，为了以另一种方式使她感到难受，他就说：“另外，我们也并不比他们好，我们正在希腊干的事并不比他们在比利时干过的事漂亮。您会看到，我们将会让所有的人来反对我们，我们将被迫同所有的国家打仗。”而实际情况恰恰相反。在捷报频传的日子里，他就进行报复，对弗朗索瓦丝肯定地说，战争将要持续三十五年，而在预料可能的和平时则说，和平的时间不会超过几个月，接下来还要打仗，相比之下，现在打的仗如同儿戏一般，而将来的仗打完之后，法国将荡然无存。

看来，协约国的胜利如果不是即将来临，至少是基本肯定，不幸的是必须承认，管家对此感到遗憾。由于他把“世界性”的战争同所有其他事物一样缩小为他同弗朗索瓦丝进行的秘密战争（尽管如此，他喜欢她，就像人们可以喜欢一个人，同时却在玩多米诺骨牌时让这个人输掉，高兴地把这个人弄得每天都勃然大怒），所以在他眼里，胜利的实现就像在第一种谈话时那样，在这种谈话中，他会痛苦地听到弗朗索瓦丝对他说：“总算结束了，他们给我们应该比七〇年我们给他们的要多。”另外他也一直认为，“这命中注定的日子是会来到的，因为一种无意识的爱国主义使他相信，就像所有和我患病以来一样成为同一种幻想的牺牲品的法国人那样，胜利——犹如我康复一样——在第二天就会实现。他抢先对弗朗索瓦丝宣布，这个胜利也许会来到，但他的心会因此而流血，因为革命会紧接而来，然后是外国入侵。啊！这场该死的战争，只有德国佬会很快恢复过来，弗朗索瓦丝，他们在战争中已经赚到几千亿法郎。但是，要他们吐给我们一个铜板，简直是开玩笑！这种事也许会登在报上，”他补充这点是出于谨慎，以防万一，“以便安慰老百姓，就像说战争将在第二天结束已说了三年一样。”弗朗索瓦丝过去相信的是那些乐天派而不是管家，她听了这些话感到更加不安，是因为她确实看到，她以为尽管有“入侵可怜的比利时”也会在两星期内结束的战争，却一直持续着，也不能取得进展，这种前线固定的现象，她不大理解其中的含义，再加上她那些不计其数的“教子”中的一个对她说，有人隐瞒了这样的事、那样的事，她在我们家挣到的钱全都给了那个教子。“所有这些都将由工人来承担。”管家总结道，“有人会把您的田拿去，弗朗索瓦丝。”“啊！老天爷！”但是，他喜欢的不是这些遥远的不幸，而是更为临近的不幸，因此他贪婪地阅读各种报纸，希望能向弗朗索瓦丝宣布一个战败的消息。他等待坏消息就像等待复活节彩蛋一样，希望情况不妙得足以吓唬弗朗索瓦丝，但不足以使他自己确实感到难受。这样，齐柏林飞艇的空袭可以使他看到弗朗索瓦丝躲到地窖里去而欣喜若狂，因为他相信，在像巴黎那样大的城市里，炸弹不会恰巧落到我们的屋顶上。

另外，弗朗索瓦丝开始不时恢复她在贡布雷时的和平主义。她几乎怀疑“德国的残酷”。“战争开始时，人们对我们说，这些德国人是杀人犯、土匪、真正的强盗、德德德国鬼子……”（她说德国鬼子这个词时说了好几个德，是因为她觉得把德国人说成杀人犯还是可以接受的，但说成德国鬼子就骇人听闻，几乎难以置信。只是很难理解，既然这是在战争开始时，弗朗索瓦丝赋予“德国鬼子”这个词以何种神秘可怕的含义，而她说出这个词时又带有怀疑的神色。因为怀疑德国人是罪犯可能确实没有道理，但从逻辑的观点来看，这种怀疑并不包含着矛盾。但是，既然德国鬼子这个词在大众语言中的意思正是德国人，怎么能怀疑他们是德国鬼子呢？也许她只是用间接引语来复述她当时听到的过火的话，这些话特别强调了“德国鬼子”这个词。）“我相信了所有这些，”她说，“但我刚才在想，我们是不是和他们一样也是坏蛋。”这种亵渎神明的想法是管家阴险地给弗朗索瓦丝培养出来的，但看到自己的女伴对希腊国王康斯坦丁有某种偏爱，他就不断对她说，在国王做出让步之前，我们一直不给国王吃东西。因此，国王逊位使弗朗索瓦丝十分激动，她甚至说：“我们并不比他们好。要是我们在德国，我们也会做出同样的事。”

不过，在这几天中，我很少见到她，因为她常去表兄弟家。有一天，妈妈在对我谈起她的那些表兄弟时说：“你要知道，他们比你还要有钱。”然而，人们已经看到，这种如此美好的事那个时代在全国是如此常见，如果有一个历史学家使这种事永远流传下来，那么它就会证明法国的伟大、它的伟大精神和它符合圣安德烈教堂的伟大，展现这种伟大的既有后方这么多幸免于死的老百姓，也有在马恩河战役中阵亡的士兵。弗朗索瓦丝的一个侄子在渡船贝里村[1]被打死，这个侄子也是弗朗索瓦丝那些百万富翁表兄弟的侄子，她的表兄弟过去是大咖啡馆的老板，发财后早已退隐。可这个没有财产的小咖啡馆的老板被打死，他在二十五岁时应征入伍，留下他年轻的妻子独自管理小咖啡馆，而他还以为过几个月就会回来的。他被打死了。于是，人们看到了下面的事。弗朗索瓦丝那些百万富翁表兄弟，同这个年轻的妇女，即他们侄子的寡妇，是毫不相干的，但他们离开了退隐已有十年的乡村，在咖啡馆重操旧业，却又不要赚一个子儿；每天上午六点，百万富翁的妻子，一位真正的夫人，穿得同“她的吧女”一模一样，准备帮助自己的侄媳妇和表弟媳妇。将近三年以来，她们就这样洗杯子、端饮料，从早上一直干到晚上九点半，连一天也不休息。在这本书中，没有一件事不是虚构的，没有一个人物是“真实的”，全是由我根据论证的需要而臆造的，但我应该在赞扬我的国家时说，只有弗朗索瓦丝那些为帮助无依无靠的侄媳妇而离开退隐地的百万富翁表兄弟，只有那些人才是实际存在的人。我确信他们的谦虚不会因此而受到损害，也因为他们绝不会读到这本书，既然不能列举其他许多想必做出同样的事情并使法国得以幸存的人的姓名，我就怀着孩提般的喜悦和深深的激情，在此写出他们真实的姓：他们的姓是十分法国化的，叫作拉里维埃。曾经有过几个远离火线工作的卑鄙军人，就像我在絮比安那儿看到的那个穿无尾常礼服的蛮横青年，他们唯一关心的事是能否在十点半得到

[1] 1917年4月16日，法军在该村附近首次使用坦克作战。

莱翁，“因为他在市里吃午饭”，如果有过这样的人，那么他们已被圣安德烈不可胜数的全体法国人赎救，已被我认为能同那些拉里维埃媲美的所有崇高的士兵赎救。

管家为了煽风点火，增加弗朗索瓦丝的不安，就把他找到的一些老掉牙的《大众读物》拿给她看，在这些刊物（是战前出的几期）的封面上画着“德国皇室”。“这就是我们明天的主子。”管家指着“威廉”对弗朗索瓦丝说。她睁大眼睛，然后指着威廉旁边的那个女人说：“这是女威廉！”

我离开巴黎的时间因一则消息而推迟，这消息使我感到悲伤，我因此在一段时间里无法启程。我获悉的是罗贝·德·圣卢的噩耗，他是在返回前线的第三天，在掩护他的士兵们撤退时被打死的。从未有人像他那样没有老百姓的那种仇恨（至于皇帝，他出于特殊的，也许是错误的原因认为，威廉二世与其说想发动战争，不如说想阻止战争的爆发）。他也不恨德语的特有表达方式：六天前，我听到他嘴里说出的最后几个词，是舒曼一个歌曲开头的几个词，他在我的楼梯上用德语对我哼着这些词，以至于我因为邻居的缘故不让他哼。他因极其良好的教育而习惯于从他的行为中清除任何赞扬、任何斥骂和任何空话，因此他在敌人面前，犹如在应征入伍时那样，没有说出本来可以保住他性命的话，而是在他人面前抹去自己，其象征是他的所有举止，乃至他关上我马车车门的举止，每当我走出他的家门，他就不戴帽子送我出来。好几天，我都关在房间里想念他。我想起他第一次来到巴尔贝克的情景，他当时身穿泛白的毛衣，暗绿色的眼睛如大海一样变动，他穿过大厅，大厅同玻璃朝向大海的大餐厅相连。我想起这个我当时感到与众不同的人，想起这个我曾十分希望结交的朋友。这个希望的实现，超出了我所能想象的程度，但当时几乎没有使我产生任何乐趣，而到后来，我才了解到隐藏在这种优雅外表后面的所有大的优点以及其他的东西。所有这些，好的东西和坏的东西一样，他每天都毫不吝惜地献出，而最后一件东西是在进攻一条战壕时献出的，这是因为他慷慨，能用自己拥有的一切来为他人效劳，就像有一天晚上他奔向餐厅的长沙发，为的是不打扰我。总的来说我看到他的次数是那么少，又是在各式各样的地方，在各种不同的情况下，每次的间隔时间又是如此之长，如在巴尔贝克的那个大厅里，在里夫贝尔咖啡馆里，在骑兵营地和在东锡埃尔的军人晚餐时，在他打了一个记者耳光的剧院里以及在德·盖尔芒特亲王夫人的府邸，但这只会使我对他的生产生更加强烈、更加清晰的印象，对他的死感到更加清醒的悲伤，我们对爱得很深的人们也往往没有如此的印象和悲伤，这些人和我们一直有来往，所以我们在头脑中保存的他们的形象，只是无数差别难以察觉的形象的一种模糊的平均值，而我们已得到满足的友情，就不会像我们只是在并非由于他们和我们的缘故而没有进行到底的会见中见到过片刻的人们那样，对可能产生更加亲密的友情抱有幻想，得不到这种友情只是因为没有机遇。[1] 我那天看到他戴着单片

[1] 至于弗朗索瓦丝，她对德国人极其仇恨；这种仇恨只会因我们那些部长使她产生的仇恨而减弱。因此我不知道她更加希望兴登堡死还是克雷孟梭死。——作者注

眼镜在巴尔贝克的那个大厅里跑，在我的想象中他十分高傲，在那天之后没过几天，我在巴尔贝克海滩上第一次看到另一个栩栩如生的形象，这个形象现在也只是存在于回忆的状态之中，这就是阿尔贝蒂娜，她在这第一个晚上脚踩沙滩，对众人都漠不关心，她在海边犹如一只海鸥。我很快就爱上了她，为了每天都能和她一起外出，我从未去看过在巴尔贝克的圣卢。但是，我同他交往的历史，也为我有一段时间不再喜爱阿尔贝蒂娜提供了证明，我去东锡埃尔在罗贝身边住了一段时间，是因为我忧郁地看到我对德·盖尔芒特夫人的感情没有得到回报。他的一生和阿尔贝蒂娜的一生，这么晚才为我熟知，而且都是在巴尔贝克，又是这么快就结束了，这两种生活差一点交织在一起；是他，当他看到年华的灵巧梭子在初看起来最不受束缚的我们回忆的经纱之间编织着纬纱时，我反复在想，是他，在阿尔贝蒂娜离开我之后，被我派去见邦当夫人的。后来发现，他们两个人的生活都有一种我没有怀疑到的类似秘密。圣卢的秘密也许比阿尔贝蒂娜的秘密给我带来更多的悲伤，因为她的生活已同我毫不相干。但是，我无法消除痛苦的是，她的一生和圣卢的一生会如此短暂。她和他都因关心我而经常对我说："您有病。"可现在他们死了，他们在战壕前和河流中的最后形象，与他们最初形象的间隔时间是如此短暂，所以我可以将这两种形象进行对照，而即使是阿尔贝蒂娜的最初形象，也只有在同海上日落的形象结合在一起时对我才有价值。

弗朗索瓦丝对他的死比对阿尔贝蒂娜的死更为同情。她立刻扮演起她那哭丧妇的角色，用哀号和悲痛欲绝的挽歌来悼念死者。

她显示自己的悲伤，只有当我不由自主地露出悲伤的神色时，她才转过头去不哭，想装出没有看到我悲伤的样子。因为正如许多神经过敏的人那样，别人的神经过敏也许同她过于相像，就会使她恼火。她现在喜欢让人发现她最轻微的脖子酸痛，她头昏眼花，以及她给碰了一下。但是，如果我谈到自己的一个病痛，她就重又变得淡漠、严肃，装出没有听到的样子。“可怜的侯爵。”她说，虽然她不禁会想，他本来可以设法不上前线，即使在应征入伍之后，也可以设法避开危险。“可怜的夫人，”她想到德·马桑特夫人时说，“她知道自己的孩子死了，大概哭了！要是她能再见到他就好了，不过也许最好还是见不到，因为他的鼻子已经断成两截，他已面目全非。”弗朗索瓦丝的眼睛充满了泪水，但透过泪水可以看出这个农妇的残酷好奇心。也许弗朗索瓦丝是真心实意地同情德·马桑特夫人的痛苦，但她感到遗憾的是不知道这种痛苦以何种形式出现，也不能看到这种痛苦并为之伤心。由于她很想哭泣，很想让我看到她哭，她就练习着说：“真叫我感动！”在我身上，她也渴望地观察着悲伤的痕迹，这种渴望使我在谈论罗贝时装出几分冷漠。更确切地说也许是出于模仿心，同时也因为她曾听人说过这话——在政府机关和文艺社团中都有一些口头禅——她不断地说，并且多少带有一个穷人的满足：“他所有的财产没能使他不像别人一样死去，这些财产对他再也没有用了。”管家则趁机对弗朗索瓦丝说，这当然是件伤心事，但同政府竭力隐瞒的每天阵亡几百万士兵的事实相比，这就算不了什么了。但在这次，管家没能像他预期的那样增加弗朗索瓦丝的痛苦，因为她对他回答道："确实，他们也是为法国而死的，但这些人是陌生人，认识的入门[1]总是更有意思。"在哭泣中得到乐趣的弗朗索瓦丝还补充道："要是报上谈到侯爵的死，可得注意告诉我一声。"

在战争爆发前很久，罗贝常常悲伤地对我说："哦！我的生命，咱们别谈它，它是个提前被判死刑的人。"他是否在暗示他在此之前瞒过众人但他自己了如指掌的恶习？他也许夸大了这种恶习的危险性，就像第一次做爱或在此以前独自寻找这种乐趣的孩子们，把自己想象成撒出花粉之后就会立刻死去的植物。对于圣卢和孩子们来说，这种夸大的原因，也许就像想到尚未熟悉的罪孽那样，是由于一种全新的感觉有一种几乎是可怕的，接着又逐渐减少的力量；或者说他在必要时用他那相当年轻就被夺去生命的父亲的死来加以证实，预感到自己的早夭？也许这种预感看来并不可能。然而，死亡显然服从于某些规律。例如，人们往往会说，父母去世得很晚或很早，他们的子女也几乎必然会在同样的年龄死去，父母带着忧郁和不治之症一直活到一百岁，他们的子女虽然生活幸福、身体健康，都在一个不可避免而又过早的日期，被一种病痛夺去生命，这种病痛来得非常及时又十分意外（不管它在体质中有何种深刻的根源），仿佛它只是使死亡变为现实的必要形式。难道不可以说，意外的死亡——就像圣卢之死，他的死同他性格有联系的原因也许更多，所以我认为不必一一列举——本身也已被预先记录下来？这种死亡只为神祇知晓，凡人是看不

[1] 原文为genss，是弗朗索瓦丝的发音错误，应为gens（人们）。

出来的，但通过一种一半是无意识，一半是有意识的悲伤显示出来（在后一种情况下，甚至完全真诚地向他人表达出来，人们通常用这种真诚来宣布他们在内心深处认为已经避开，但将确实发生的不幸），这种悲伤是带有悲伤而又不断在自身中像看到一个座右铭、一个致命的日期那样看到悲伤的人所特有的。

他在那最后的时刻想必十分美。在这一生之中，他即使是坐着，即使是在一个客厅里走路，也仿佛总是怀着冲锋的激情，并用微笑来掩盖他那三角形头脑中百折不回的毅力，最后他进行了冲锋。封建领主古堡的墙角塔，里面的书被搬走之后，又用来打仗。这位盖尔芒特死去时更像他自己，或者确切地说更像他家族的成员，他曾同这个家族融为一体，在这个家族中他只是一位盖尔芒特，就像在贡布雷的圣伊莱尔教堂中为他举行的葬礼中象征性地看到的那样，教堂里全都张挂着黑幔，而在闭合的花圈下，没有名字和爵位的开头字母，只有盖尔芒特的G以红色显现出来，因为他通过死又变为盖尔芒特。

这个葬礼并没有立即举行，但葬礼之前，我就写信给希尔贝特。我也许应该给德·盖尔芒特公爵夫人写封信，但我心里在想，她对罗贝之死会无动于衷，就像我看到她对其他许多看来同她的生活有着十分密切联系的人的死表现出无动于衷一样，我又想，她具有盖尔芒特家族的性格，也许甚至会竭力表明，她并不迷信血统关系。我当时过于难过，所以不能写信给所有的人。我过去认为，她和罗贝在相爱，即社交界人士所说的那种相爱，也就是说，他们相互倾诉他们当时感到的柔情蜜意。但是在远离她时，他就毫不犹豫地说她愚蠢，如果说她有时感到一种想见到他的自私乐趣的话，我却看到她无法使出最小的劲儿，无法稍微使用自己的一点影响来帮他一个忙，甚至使他免遭不幸。罗贝重返摩洛哥时，她不愿把他推荐给德·圣约瑟夫将军，她对他表现的这种恶意证明，她在他结婚时表示的效忠，只是一种不花她一点力气的报答。因此，我十分惊讶地获悉，由于罗贝被打死时她身体不适，人们认为不得不在好几天时间里，以最最虚假的理由作为借口，把那些可能使她获悉这一噩耗的报纸通通藏起来，以便使她不至于因此受到打击。但是，令我更加惊讶的是，我获悉在人们最终只得向她说出真相之后，公爵夫人哭了一整天，又病倒了，并且花了很长时间——有一个多星期，这在她来说是很长的时间——才得以恢复。当我得知这种痛苦时，我被感动了。这种痛苦使所有的人都会说，我也会肯定地说，在他们之间曾有过深厚的友谊。但是，当我想起这种友谊包含着这么多恶语中伤，为朋友帮忙又如此缺乏诚意时，我心里就想，社交界的这种深厚友谊实在算不了什么。

此外，在不久之后，在一个历史上更为重要的情况下，不过这种情况并不能使我的心更受感动，德·盖尔芒特夫人的表现更能博得别人的好感。大家还记得，她在当姑娘时，曾对俄国皇室说过许多大胆放肆的话，在出嫁之后，也一直毫无拘束地同他们谈话，这种无拘无束，有时被人指责为不知轻重。在俄国革命之后，也许只有她一人对那些大公夫人和大公表现出无限的忠心。她在战争爆发前的那一年，曾使符拉季米尔大公夫人非常恼火，因为她总是把保罗大公平民出身的妻子德·霍亨费尔森伯爵夫人称为“保罗大公夫人”。尽管俄国革命没有真正爆发，我们在彼得堡的大使巴莱奥洛格先生（在外交界是“巴莱奥”，外交界和社交界一样，有着自以为风趣的缩略语），还是不断收到德·盖尔芒特公爵夫人发来的电报，因为公爵夫人想得到玛丽·帕夫洛芙娜女大公的消息。在很长时间里，这位公主不断得到的同情和尊敬的唯一表示，只是来自德·盖尔芒特夫人一人。

圣卢如果说不是因为他的死，至少是由于他去世前的几个星期里所做的事，引起的悲伤比公爵夫人的悲伤还要大。其实，在我看到他的那个晚上的第二天，即男爵对莫雷尔说“我是要报仇的”之后过了两天，圣卢为找到莫雷尔而进行的活动有了结果，就是说他活动的结果是莫雷尔应该服役的那个部队的将军得知莫雷尔是逃兵，就派人寻找并逮捕了莫雷尔，将军为了对圣卢感兴趣的人即将受到的处罚向圣卢表示歉意，就写信给圣卢以便把这件事告诉他。莫雷尔相信他被捕的原因是德·夏吕斯先生怀恨在心。他想起了“我是要报仇的”这句话，认为这就是报仇，就表示希望揭出真相。他说：“我是开了小差。但我走上了邪路，这难道全是我的错？”他叙述了有关德·夏吕斯先生以及和他同样闹翻的德·阿让古尔先生的一些故事，老实说这些故事和他并没有直接的关系，但是这两人是通过情人和性欲倒错者的双重媒介对他叙说的，这就使德·夏吕斯先生和德·阿让古尔先生都被逮捕。这一逮捕给他俩带来的痛苦，也许要小于他们各自得知对方是自己的情敌这个他们一直不知道的事实时的痛苦，预审结果表明，他们有大量默默无闻、平平常常和街上找来的情人。不过他们很快就被释放。莫雷尔也是如此，因为将军写给圣卢的信被退了回来，上面批了“已去世，死于战场”。将军想为死者做些事，就只是把莫雷尔送到前线，莫雷尔在那里表现勇敢，逃脱了所有的危险，战争结束后佩戴着十字军功章回来，为了这枚十字军功章，德·夏吕斯先生以前曾徒劳地为他求情，圣卢则间接地为此付出了生命。从此之后，当我回想起那枚丢失在絮比安那儿的十字军功章时，我经常在想，要是圣卢还活着，他一定会轻而易举地在战后举行的选举中被选为议员。战争留下了愚蠢的泡沫和荣誉的光辉，如果消除几个世纪的偏见，在战争中失去一个手指的人可以通过出色的婚姻进入一个贵族家庭。如果十字军功章是在参谋部的处室里获得的，就足以使人通过胜利的选举进入众议院，甚至法兰西学院。圣卢由于有“神圣的”家族，他的当选就会使阿蒂尔·梅耶先生的眼泪和墨水如泉水一般涌出。但是，也许他对人民的爱过于真挚，不会去夺取人民的选票，而人民也一定会因贵族居住区的利益而原谅他的民主思想。当然，那些英雄是会理解他的，几位罕见的商人也是如此。但是，由于国民联盟的幼稚轻信，政界的那些老混蛋也被找了回来，并且总是再次当选。那些未能进入飞行员议院的老混蛋，至少得进入法兰西学院，就哀求元帅们、共和国总统、众议院议长等人的选票。那些老混蛋是不会赞成圣卢的，但他们赞成絮比安的另一位常客，即自由行动党的众议员，此人在无竞争对手的情况下再次当选。虽然战争早已结束，他却仍然穿着本土保卫军军官的军装。对他的当选表示高兴的有一致提他的名的所有报纸，有贵族夫人和富裕的女士，她们只穿破旧的衣服是出于礼节和害怕捐税，而交易所人士则不断购买钻石，这并不是为了他们的妻子，而是因为他们失去了对任何人民的信任，就把这种摸得着的财产当作自己的避难所，这样就使戴比尔斯股票上涨了一千法郎。这么多的蠢事使人感到有点不快，但人们对国民联盟的抱怨反而减少，因为人们突然看到了布尔什维主义的牺牲品，一些大公夫人衣衫褴褛，她们的丈夫被杀死在两轮车里，她们的儿子没有吃的，还要挨别人扔来的石块，他们在嘲骂声中被迫劳动，被人扔到井里，因为人们认为他们染上了鼠疫，会传染给别人。那些得以逃脱的人突然重新露面……

我新住进的那家疗养院给我治病的疗效，并不比第一家疗养院好，过了许多年之后我才离开这家疗养院。我在乘火车回巴黎的途中，想到自己没有文学才能，我过去在盖尔芒特那边曾以为发现自己有这种才能，但我在天黑前好多时间，在回当松维尔吃晚饭之前，每天同希尔贝特一起散步时，更加伤心地认识到自己没有文学才能，在离开这块领地的前夕，我在阅读龚古尔兄弟的几页日记时，几乎把这种想法同虚荣心和文学的欺骗性等同起来，这种想法也许不大痛苦，但更为忧郁，如果我赋予它的客体不是我自身的病弱，而是我曾相信的理想并不存在，这种想法已有很久没有在我的脑中再现，现在却又使我激动，而且带有一种从未有过的悲哀的力量。我记得那是在火车停在乡下的时候。阳光一直照到铁道沿线一排树木的树干一半的地方。我想："树木，你们已无话可对我说，我心灰意懒再也不会听到你们说话。但是，我在这里是在大自然之中，那么，我的眼睛是冷漠而又无聊地看到你们发亮的前额和你们阴暗的躯干之间的分界线。如果说我曾以为自己是诗人，那么我现在知道自己不是诗人。在我的生命即将开始但已枯竭的新的部分之中，人们也许会赋予我大自然不再给予我的启示。然而，我也许能对大自然进行讴歌的那些年代已经一去不复返了。"但是，我虽然用可能对人进行的观察取代不可能得到的启示这点来安慰自己，却知道自己寻求的是给自己一种安慰，而我自己也知道这种安慰毫无价值。如果我真的有艺术家的灵魂，在这排被落日照亮的树木面前，在边坡上几乎一直长到车厢踏板高度的那些小花面前，我将会感到何种乐趣？我可以数出这些小花的花瓣数，但我不想描绘它们的颜色，而许多文章写得好的人却会这样去做，因为人们是否能指望把读者没有感觉到的乐趣转达给读者呢？不久之后，我又以同样的冷漠看到一幢房子的窗户上有金色和橙色的玻璃；最后，由于时间已晚，我看到另一幢房子仿佛是用一种相当奇特的玫瑰红材料建造的。但是，我的这些不同的发现都是极其冷漠的，就像在一个花园里同一位女士一起散步时我看到一个玻璃片，在稍远处又看到一个同大理石相仿的一种物质构成的物体，它那不同寻常的颜色绝不会使我摆脱最为无精打采的烦恼，但是出于对这位女士的礼貌，为了说些话，也为了表示我已发现这种颜色，我就在路过时指了指那片有色玻璃和那块仿大理石的毛粉饰。同样，为了问心无愧，我对自己就像对某个可能会陪伴我并从中得到比我更多的乐趣的人那样，指出了玻璃窗上火一般的反光和房子被抹上透明的玫瑰红色。但是，通过我而发现这些奇特景象的同伴，生性也许不像许多看到这种景象会欣喜若狂的心情愉快的人们那样热情，因为他看到这些颜色时没有任何喜悦。

我长期不在巴黎，但由于我的名字留在老朋友们的名单上，所以他们仍然忠心耿耿地给我寄来请帖，我回来时看到这些请帖，其中一份是拉贝玛为女儿和女婿举办的茶点，另一份是第二天在盖尔芒特亲王府举行的下午聚会。我在火车上进行的悲伤的思考，并不是促使我去参加聚会的微不足道的原因之一。我心里想，放弃社交界人士的生活确实没有必要，因为长期以来我每天都希望在第二天开始的这件了不起的“工作”，我不适合去做，或者说不再适合去做，也许这个工作不符合任何现实。老实说，这个理由完全是消极的，只是使那些可能使我不去参加这个社交界音乐会的理由失去价值。但是，促使我去参加聚会的原因是盖尔芒特这个姓，在相当长的时期以来，它一直在我的脑海之外，所以当我在请帖上看到它时，它对我来说重新具有我在贡布雷时发现的魅力和意义，当时我在回家途中路过鸟儿街，从外面看到像一个深颜色的漆器那样画有坏家伙希尔贝即盖尔芒特老爷的彩绘玻璃窗。一时间，盖尔芒特家族的成员又使我感到和社交界人士完全不同，和他们无法比拟，和任何活着的人都无法比拟，即使是君主也是如此；这些人出自我度过童年的阴郁城市贡布雷中带酸味的流通空气，出自人们在城市小街的彩绘玻璃窗上看到的过去。我想要前往盖尔芒特府邸，仿佛这应该使我接近我的童年和我在其中看到童年的记忆深处。于是我继续重读请帖，直至那些组成这个如此熟悉、如此神秘的姓的字母起来造反，并同贡布雷这个名称一样，重新取得自己的独立性，在我疲倦的眼睛前显现时犹如一个我不知道的名称。[1]

我乘上一辆车，以便前往盖尔芒特亲王府，亲王住的已不是过去的府邸，而是他在布洛涅街建造的一座豪华府邸。社交界人士的一个错误，就是不懂得他们要我们相信他们，他们首先得相信自己，至少得尊重我们信仰的基本要素。在我相信——即使我知道事实恰恰相反——盖尔芒特家族根据继承权住在某个宫殿里的时候，进入巫师或仙女的宫殿，让那些不念咒语无法打开的大门在我面前打开，对我来说仿佛和获准同巫师或仙女谈话一样困难。对我来说，没有什么事比别人使我相信更加容易，如相信前一天雇来的或由博代尔及夏博食品杂货店提供的老仆人是在大革命前早就服侍这个家族的那些仆人的儿子、孙子或后代，所以我怀着无限的诚意把上一个月在小贝内姆那儿买来的肖像画称为祖先们的肖像画。但是，魅力不能转让，回忆不能分割，现在盖尔芒特亲王搬到布洛涅街居住，就自己打破了我信仰的幻想，所以亲王已变得无关紧要。当仆人通报了我的姓名之后我担心会塌下来的天花板，下面本应还会对我呈现出许多昔日的魅力和敬畏，

---

[1] 妈妈正好去萨士拉夫人家吃茶点，她事先就知道这个聚会十分乏味，所以我就可以毫无顾忌地前往德·盖尔芒特亲王夫人的府邸。——作者注

现在却庇护着一个我不感兴趣的美国女人的夜晚。当然，事物本身并无能力，既然这种能力是我们赋予它们的，某个年轻的资产阶级出身的中学生此刻站在布洛涅街的这座公馆前面，想必会有我过去在盖尔芒特亲王旧公馆前面时那样的感觉。这是因为他还处于信仰的年龄，而我已超过这个年龄，所以我失去了这种特权，犹如过了少年时代就失去了儿童把吸入的牛奶离解成易消化的成分的能力，因此成年人为了谨慎起见，只吃少量的牛奶，而儿童却可以一口气吸入无限量的牛奶。盖尔芒特亲王府易地对我来说至少有这个好处：来接我送我去的车，即我在里面产生这些想法的车，必须穿过那些通往香榭丽舍大街的街道。当时，这些街的路面很差。但我一进入这些街道，我还是因一种特别温柔的感觉而摆脱自己的想法，产生这种感觉，一般是在车突然开得不费力、缓慢和没有声音的时候，犹如花园的栅栏门打开之后，人们走到铺满细沙或枯叶的小径上面；事实上并非如此，但我突然感到外面的障碍都已消失，因为对我来说再也没有适应或注意的努力，就是我们在不知不觉之中在新事实面前所做的努力：我这时经过的街道，就是我过去和弗朗索瓦丝一起去香榭丽舍大街时走过的街道，这些街道早已被我遗忘。地面本能地知道应该通向何处，它的阻力也就被克服。我就像一个在此之前一直在地面费力地滑行的飞行员突然“起飞”，慢慢地上升到回忆的宁静高空。在巴黎，这些街道将永远用一种和其他街道不同的材料清楚地展现在我的心中。我来到王家街的街角，这里过去有个露天商贩在卖弗朗索瓦丝喜欢的照片；这时，我感到车被几百个古代的活动攻城塔拉着，只能在原地转动。我穿过的不是和那天在外面散步的人们一样的街道，而是一个平滑、悲伤和温柔的过去。另外，这个过去又由如此多不同的过去组成，我由于伤感难以看清，这种伤感是因为迎着希尔贝特来的方向走去，又怕她不来，是因为走近某一幢房子，在那里我曾听说阿尔贝蒂娜已和安德烈一起走了，还是因为一条道路仿佛具有哲理空虚的含义，这条路人们已去过一千次，并怀着一种不会再维持下去，也没有得到结果的热情，就像我曾在午饭后走过的那条路，我当时如此匆忙、如此兴奋地奔跑，是为了去看糨糊未干的《淮德拉》和《黑色多米诺骨牌》[1] 的海报。来到香榭丽舍大街之后，由于我对盖尔芒特府举行的音乐会不大想从头听到尾，所以我就让车停了下来，我正准备下车走几步，却惊奇地看到有一辆车也正在停下来。一个男人两眼发呆，驼背，说他在车里坐着倒不如说是放在里面，他为了立直身子所做的努力，就像人们要孩子听话时孩子所做的努力一样。但是，他的草帽下露出完全发白、难以制服的竖起的头发；他下巴上长出的白胡子就像雪在公园河里的雕像上增添的胡子。只见絮比安在他身边忙个不停，而此人就是德·夏吕斯先生，他中风之后正在康复，但我不知道他得过中风（我只是听说他眼睛瞎了，然而这只是暂时的视觉障碍，因为他现在又能看得十分清楚），除非他在此之前染发，除非有人禁止他继续热衷染发，这中风犹如

[1] 《黑色多米诺骨牌》（1837）是法国作曲家埃斯普里·奥贝（1782—1871）的三幕喜歌剧，也是他最成功的歌剧之一。

产生一种化学沉淀，使得现在由纯银构成的一绺绺头发和胡子，如同一个个间歇热喷泉那样，射出业已饱和的金属，并使所有这些金属变得显而易见、光彩夺目，而且还强行把莎士比亚戏剧中李尔王的威严，赋予这位失势的老亲王。眼睛并未处于头部的这种全局性的动乱和冶金质变之外，但由于一种反向的现象，它们已失去全部的光彩。但是，最令人激动的是，人们感到这种失去的光彩是精神上的自豪，正因为如此，德·夏吕斯先生的物质生活乃至精神生活能在贵族的自豪感消失后继续存在，人们在一时间曾认为这种自豪感和他的物质生活及精神生活融为一体。这时，德·圣德费尔特夫人乘四轮敞篷马车经过，她可能也是去盖尔芒特亲王府，男爵曾认为这位夫人对他来说不够漂亮。絮比安像照顾小孩一样照顾他，这时在他耳边低声说这是个熟人，是德·圣德费尔特夫人。德·夏吕斯先生像一个希望显示自己能完成对他来说还是困难的所有动作的病人那样，立即极其艰难但又十分认真地脱帽鞠躬，向德·圣德费尔特夫人致意，其尊敬的程度就像她是法国王后一般。在德·夏吕斯先生做这种致意的艰难之中，也许在他看来包含着做出此事的原因，他知道自己这种行为更能感动别人，因为这种对病人来说痛苦的行为可以两面讨好，行为的发出者令人赞叹，行为的接受者感到高兴，可见病人们对礼节的夸张如同国王们一样。在男爵的动作中也许还有那种因脊髓和大脑的障碍而引起的运动失调，所以他的动作超越了他的意图。对我来说，我从中看到的不如说是一种近于肉体的温柔，一种对生活现实的超脱，这种温柔和超脱在那些已经在死亡的阴影下徘徊过的人身上出现是非常激动人心的。头发中银矿的裸露所显示的变化，没有社交界无意识的谦卑那样深刻，这种谦卑颠倒了一切社会关系，在德·圣德费尔特夫人面前，也会在最卑贱的美国女人（她最终也会使用男爵的那种礼节，即她在此以前无法使用的礼节）面前，使看起来最为豪放的故作风雅变得谦卑，男爵一直在生活，一直在思考，所以他的智力未受影响。男爵对德·圣德费尔特夫人殷勤而又谦卑的致意，要比索福克勒斯的某个合唱队可能对俄狄浦斯被压抑的骄傲所做的评论，要比死亡本身和对死亡的任何悼词，更能说明对世上荣华富贵的喜爱和人类的一切骄傲是何等脆弱和无法持久。德·夏吕斯先生在此之前不会同意和德·圣德费尔特夫人共进晚餐，现在却对她一鞠到底[1]。接受德·夏吕斯先生的敬意，对她来说全是故作风雅，就像男爵过去拒绝向她表示敬意也全是故作风雅一样。然而，德·夏吕斯先生得以使德·圣德费尔特夫人这位对他来说重要的人物相信的这种无法理解而又珍贵的本性，却被他用竭力装出的羞怯和他脱帽时提心吊胆的热情一下子化为乌有，而在他出于恭敬并以博叙埃[2]般的说服力不戴帽子的全部时间里，他银发的洪流从帽子底下涌现

---

[1] 他这样鞠躬也许是因为不知道他鞠躬的人的身份（社会法典的条文就像记忆的其他任何部分一样会因发病而消失），也许是因为动作失调，这种失调用表面的谦卑来表达他对这位路过的女士的身份的疑虑，没有表面的谦卑，这种疑虑就会变得高傲。他对她鞠躬，犹如被母亲叫来害羞地向大人们问好的孩子们那样彬彬有礼。而他现在所变成的，是一个失去了孩子们自豪感的孩子。——作者注

[2] 博叙埃（1627—1704）：法国天主教教士、演说家，支持法王路易十四，鼓吹绝对君权论。

出来。当絮比安扶着男爵下了车，我对男爵行过礼之后，他对我说话的速度很快，声音又是那么细微，以至于我听不清他对我说的话，当我第三次请他重复时，他不由得做出不耐烦的手势，但使我感到惊讶的是，他的脸在开始时毫无表情，这也许是因为他还有一点瘫痪的症状。但是，当我终于习惯这种喃喃而语的最低音时，我发现这位病人完整无损地保存着自己的智力。另外，至少存在着两个德·夏吕斯先生。在这两个人之中，理智的那位一直在抱怨他会得失语症，他老是把一个词、一个字母当作另一个词或字母说出来。但是，当他确实这样做时，另一个潜意识的德·夏吕斯先生立即出现，这位先生非常想使我羡慕，就像第一位非常想使人怜悯一样，并有着第一位不屑一顾的殷勤。这时，这位先生犹如一个乐师们不知所措的乐队中的指挥，马上停止说出已开始的句子，并极为巧妙地把接下来的话和已经说出的词连接在一起，这个已经说出的词实际上是被当作另一个词来说的，但现在却像是他有意选择的一样。甚至他的记忆也完整无损，因此他还要献献殷勤，但并非没有显出最为专心致志时的疲劳，他的殷勤就是回忆过去的某一件事，这件事并不重要，但同我有关，并会向我表明，他保存着或已恢复头脑的完全清醒。他的脑袋和眼睛保持不动，也不用改变音调来改变自己的语速，他对我说出这样的话，例如："这是一根柱子，上面贴了一张广告，同我第一次看到您时您在看的那张广告相似，那是在阿弗朗什，不，我弄错了，是在巴尔贝克。"而这确实是一张介绍同一种产品的广告。

在开始时我几乎听不清他说的话，就像人们在一个窗帘全部拉上的房间里开始时看不清楚东西一样。但是，如同在昏暗中的眼睛一样，我的耳朵很快习惯于这种最低音。我也认为，男爵说话时声音逐渐提高，也许他声音低的部分原因是神经性的惧怕，这种惧怕在他被第三者分心而不再想到它时就会消失，也许恰恰相反，他声音低符合他的实际情况，而他在谈话时说话暂时有力，是由于一种假装的、短暂的乃至致命的兴奋，这种兴奋会使外人说："他已经好点了，不该让他去想自己的病。"但他那会立刻复发的病也可能反而会更加严重。不管怎样，男爵在此刻（甚至考虑到让我适应）抛出的话语更加有力，犹如潮汐在天气恶劣的日子抛出弯弯的小浪花。他最近中风发作的后遗症，使人在他话语的深处听到一种卵石的声音。另外，他继续对我谈论过去，也许是为了向我清楚地表明他没有失去记忆，他回忆过去是以举行葬礼的方式，但没有悲伤。他不断列举他家族中或他阶层中所有那些已经去世的人，看来他与其说因他们不在人世而感到悲伤，不如说对自己比他们活得长久感到满意。他在回忆他们的去世时看来更加意识到自己在恢复健康。他以一种几乎是凯旋的冷酷无情，用微微结巴，带有坟墓般沉闷回声的千篇一律的声音重复道："汉尼拔·德·布雷奥代，死了！安托万·德·穆西，死了！夏尔·斯万，死了！阿达贝尔·德·蒙莫朗西，死了！博宗·德·塔列朗，死了！索斯泰纳·德·杜多维尔，死了！"每一次，"死了"这个词落到这些死人身上，犹如想把他们在坟墓里埋得更深的掘墓人扔出的一铲更加沉重的泥土。

德·莱杜维尔公爵夫人不去参加德·盖尔芒特亲王夫人府的

聚会，因为她久病初愈。这时，她步行从我们身边经过，看到了男爵，但不知道他最近得过中风，就停下脚步向他问好。但是，她不久前患过的病，并不能使她更加理解他人的疾病，却使她对他人的疾病更不耐烦，而且产生一种神经质的恶劣情绪，这种情绪里也许带有许多怜悯。她听到男爵有几个词的发音困难、错误，手臂活动吃力，就把目光依次投向絮比安和我，仿佛要我们对一个如此令人不快的现象做出解释。由于我们什么也没有对她说，她就对德·夏吕斯先生投射出长久的目光，这目光充满悲伤，但也充满责备。她的样子像是对他表示不满，责备他同她一起在外面的姿态和平时如此不同，就像他外出时不系领带或不穿皮鞋那样。听到男爵又有个发音错误，公爵夫人的痛苦和愤怒就同时增大，她对男爵说“巴拉麦德！”，带有询问和恼怒的声调，就像那些过于神经质的人连等上一分钟也受不了那样，要是你让他们立刻进去，并抱歉地说刚梳洗完毕，他们就会挖苦地对你说：“那么，是我打扰了您！”这不是为了自责，而是为了责怪你，仿佛被打扰的人犯了罪一样。最后，她带着一种越来越伤心的神情离开了我们，并对男爵说：“您最好还是回家。”

他要求在一把扶手椅上坐下来休息，絮比安和我则一起走几步路，只见他吃力地从口袋里掏出一本书，我感到这是本做祷告的书。我从絮比安那儿得知男爵健康状况的许多细节，并不感到厌烦。“我很高兴同您谈话，先生，”絮比安对我说，“但我们只能走到圆形广场。谢天谢地，现在男爵身体好了，但我不敢让他一个人待得很久，他还是那样，他心肠太好了，会把自己所有的东西都送给别人；另外还不只这点，他还像年轻人那样好色，我只好处处留心。特别是因为他视力已经恢复。”我回答道：“我听说他丧失了视力，感到非常难过。”“他确实曾风瘫到这种地步，他当时完全看不见了。您想想，在治疗期间，他的视力有好几个月就像先天性盲人一样，不过治疗对他很有好处。”“这样您至少不必一直留心他了？”“完全不是这样，他刚到一个旅馆，就问我某个服务员怎样。我对他说都长得难看。但他清楚地感到不会到处都一样，感到我有时会撒谎。您瞧，这个小顽童！另外，他有一种嗅觉，也许是根据说话的声音，我可不知道。于是，他做好安排，派我去进行急需的采购。有一天——请您原谅我对您说这事，但您既然偶然来到下流的殿堂，我就什么也不必向您隐瞒（另外，他展示自己掌握的秘密，总是有一种相当不讨人喜欢的满意感）——我进行了这种急需的采购之后回来，因为我知道这是故意安排的，所以很快就回来了，当我走近男爵的房间时，我听到一个声音在说：‘什么？’‘怎么，’男爵回答说，‘这难道是第一次？’我没敲门就走了进去，我真害怕极了！因为这说话的声音确实比这种年龄的人通常的说话声音要响，所以男爵弄错了（当时男爵完全瞎了），他过去喜欢成年人，现在却和一个不到十岁的男孩在一起。”

有人对我说，在那个时候，他几乎每天都要发抑郁症，其特点不是真正的胡言乱语，而是在一些第三者面前大声地吐露真情，他此刻忘记了他们在场或他们的严厉，他吐露的又是自己平时隐瞒的看法，如他的亲德。在战争结束后，他长期埋怨德国人的失败，因为他把自己看作德国人的一员，并自豪地说："然而，我们不进行报复是不可能的，因为我们已经证明，最能吃苦耐劳的是我们，组织得最好的也是我们。"或者他吐露真情带有另一种基调，他就狂怒地大声说道："X勋爵或某某亲王别来重复他们昨天说过的话，因为我竭力克制自己，不会对他们回答道：'你们十分清楚，你们的处境至少不比我好。'"这里无须补充，当德·夏吕斯先生在人们所说的思想不大集中的时刻，吐露出亲德言论或其他真情时，在场的熟人，不管是絮比安还是德·盖尔芒特公爵夫人，通常都会打断那些轻率的话语，并在那些比较疏远、口风又不紧的第三者面前，对这些话做出牵强而又体面的解释。"啊，天哪！"絮比安大声说道，"我不想让我们分开很有道理，您看，他已经设法和一个当园丁的小伙子谈上了。再见，先生，我最好还是离开您，一刻也不让我的病人独自待在那儿，他现在可是个大孩子。"

我在离德·盖尔芒特亲王夫人府不远的地方又下了车，再次开始想起前一天我在以法国最美的农村之一著称的地方，试图把树木上明暗之间的分界线记录下来的那种厌倦和烦恼。当然，我从中得出的有关智力的结论今天并没有使我感到同样的痛苦。这些结论依然不变，但是，每当我不得不改变自己的习惯，在另一个时间外出，到一个新的地方，我就会感到一种强烈的乐趣。我今天感到，这种乐趣纯粹是一种无聊的乐趣，即去德·盖尔芒特夫人宅邸参加下午聚会的乐趣。但是，既然我现在知道自己只能得到无聊的乐趣，又何必把它们拒之门外呢？我心里又想，我在试图做出这种描写时，对虽不是有才能的唯一标准，却是有才能的首要标准的热情，丝毫也没有感觉到。我现在试图从我的记忆中取出其他的“快镜照片”，特别是它在威尼斯摄取的快镜照片，但只是这个词把它变得像摄影展览会那样乏味；我现在要描写我过去看到的东西，我昨天也以细腻而忧郁的目光观察事物，并想在当时就把它们描绘出来，但我感到我的鉴赏力和才能同昨天相比并没有增长。片刻之后，我好久没有看到过的许多朋友也许会要求我不再这样离群索居，和他们一起消磨时光。我没有任何理由拒绝他们的要求，因为我现在有证据表明，我不再有任何用处，文学也不能再给我带来任何乐趣，这也许是我的过错，因为我才能太少，也许是它的过错，如果它带有的实在性确实比我过去认为的要少的话。

我想到贝戈特曾对我说：“您有病，但人们不必可怜您，因为您有灵魂的乐趣。”他对我的看法是多么错误！在这种不出成果的清醒之中，乐趣又是如此之少！我甚至要补充说，如果说我有时有一些（并非是智力的）乐趣，我总是为一个不同的女人来耗费它们；因此如果命运让我多活一百年，而且不带残疾，它也只是在一个纵向的生命中增添连续延长的部分，而人们甚至看不出再延长这种生命有何意义，更何况还要延长其存在的时间。至于“智力的乐趣”，我是否能这样来称呼我敏锐的目光或我正确的推理毫无任何乐趣地得到的，仍然是不出成果的那些冷漠的观察呢？

然而有时，恰恰就在我们感到山穷水尽的时候，一线生机豁然出现；我们敲遍一扇扇并不通往任何地方的门扉，唯一可以进身的那扇门，找上一百年都可能徒劳无功，却被我们于无意间撞上，打开了。我怀着刚才说的绵绵愁思，走进盖尔芒特公馆的大院，由于我心不在焉，竟没有看到迎面驶来的车辆，电车司机一声吼叫，我刚来得及急急让过一边，连连后退，以至于止不住撞到那些凿得粗糙不平的铺路石板上，石板后面是一个车库。然而，就在我恢复平静的时候，我的脚踩在一块比前面那块略低的铺路石板上，我沮丧的心情溘然而逝，在那种至福的感觉前烟消云散，就像在我生命的各个不同阶段，当我乘着车环绕着巴尔贝克兜风，看到那些我以为认出了的树木、看到马丹维尔的幢幢钟楼的时候，当我尝到浸泡在茶汤里的小玛德莱娜点心的滋味，以及出现我提到过的其他许许多多感觉，仿佛凡德伊在最近的作品中加以综合的许多感觉的时候我所感受到的那种至福。如同我在品尝小玛德莱娜点心的时候那样，对命运的惴惴不安，心头的疑云统统被驱散了。刚才还在纠缠不清的关于我在文学上究竟有多少天分的问题，甚至关于文学的实在性问题全都神奇地撤走了。我还没有进行任何新的推理，找到点滴具有决定意义的论据，刚才还不可解决的难题已全然失去了它们的重要性。可是，这一回，我下定决心，绝不不求甚解，像那天品味茶泡小玛德莱娜点心时那样甘于不知其所以然。我刚感受到的至福实际上正是那次我吃小玛德莱娜点心时的感觉，那时我没有当即寻根刨底。纯属物质的不同之处存在于它们所唤起的形象之中。一片深邃的苍穹使我眼花缭乱，清新而光彩艳艳的印象在我身前身后回旋飞舞。只是在品味小玛德莱娜点心的时候，为了攫住它们，我再也不敢挪动一下，致力于使它在我心中唤起的东西直至传达到我身上，这一次却继续颠簸着，一只脚踩在高的那块石板上，另一只脚踩着低的那块，顾不得引起那一大群司机的哂笑了。每当我只是物质地重复踩出这一步的时候，它对我依然一无裨益。可是，倘若我能在忘却盖尔芒特府的下午聚会的同时，像这样踩着双脚找回我曾有过体验的那种感觉的话，这种炫目而朦胧的幻象便又在我身边轻轻飘拂，它仿佛在对我说："如果你还有劲儿，那就趁我经过把我抓住，并且努力解开我奉上的幸福之谜吧。"于是，我几乎立即把它认了出来，那是威尼斯，我为了描写它而花费的精力和那些所谓由我的记忆摄下的快镜从来就没有对我说明过任何问题，而我从前在圣马可圣洗堂两块高低不平的石板上所经受到的感觉却把威尼斯还给了我，与这种感觉汇合一起的还有那天的其他各种不同的感觉，它们伫留在自己的位置上，伫留在一系列被遗忘的日子中，等待着，一次突如其来的巧合不容置辩地使它们脱颖而出。犹如小玛德莱娜点心使我回忆起贡布雷。然而，为什么贡布雷和威尼斯的形象竟能在此时或彼时给予我如同某种确实性那样的欢乐，足以使我在没有其他证据的情况下对死亡都无动于衷呢？

我一边思考着这个问题并且下决心今天要弄他个水落石出，一边步入盖尔芒特公馆，因为我总是把我们外表上在扮演的角色置于我们内心所需完成的工作之前，而那天，我的角色是宾客。但是当我来到二楼的时候，一位膳食总管让我进一个毗邻餐厅的小书房客厅里稍候，要我等到那首正在演奏的乐曲告终，乐曲演奏的时候亲王夫人不允许任何人开门进去。也就在这个时候，第二个提示出现了，它前来加强那一高一低两块铺路石板给予我的启迪，激励我继续坚持自己的探索。其实是一个仆人把汤匙敲在碟子上了，他竭力不要发出声响却又总是做不到，与高低石板所给予我的同一类型的至福油然产生。那些感觉仍来自酷热，但迥然不同，热气中混合着烟味，它已被森林环境中清新的气息所冲淡。我发现，使我感到如此赏心悦目的仍然是那行树木，那行因为我要观察和描绘而令我厌烦的树木，我曾在那行树木前打开我带在车厢里的一小瓶啤酒；刚才，一时间迷迷糊糊，那实在是汤匙敲击在碟子上的声音使我产生错觉，在未及清醒之前，我还以为那是当初我们在那片小树林边停车的时候铁路员工用锤子捶打车轮调整什么东西的声音。这一天，使我摆脱气馁、恢复文学信念的好兆头，真可以说是一心一意地纷来沓至。一位在盖尔芒特亲王府帮佣多年的膳食总管认出了我，他给我端来各式精美的小花式蛋糕，送到我所在的那个书房，免得我到餐厅里去。我用他给我的餐巾擦了擦嘴巴，立即在我眼前呈现出又一个幻境，犹如《一千零一夜》中的那位人物，无意中正好做完那种神秘仪式，于是一名只有他才能够看见的驯顺的精灵显身现形，随时准备把他送往遥远的地方。然而这片苍穹纯净，蕴含盐分，它高高鼓起像一个个蔚蓝色的乳房，这种印象是那么强烈，使我觉得那曾经经历的时刻就是即时即刻。那天我怀疑德·盖尔芒特亲王夫人是否真的会接待我，会不会功亏一篑，今天我更愚钝。我依稀觉得仆人刚才打开了朝向海滩的窗户，天地万物召唤我下去沿防洪堤散步，我拿来擦拭嘴巴的餐巾恰恰又上了浆，那么硬，就像我刚到巴尔贝克那天在窗前用过的，老擦也擦不干的那条。而现在，在德·盖尔芒特亲王府的这间书房里，餐巾的每一个角、每一条褶口像孔雀尾巴般地展开大海洋的绿莹莹、蓝莹莹的羽翎。我不只感到这种色泽上的享受，而是享有我生命的整整一个瞬间，它无疑曾是对那些色泽的向往，也许是某种倦怠或忧伤的感觉妨碍了我在巴尔贝克就享有它们。而现在，它已摆脱外界感知中的不足，纯净飘逸而无物质之累赘，使我的内心充满喜悦。

那首正在演奏的乐曲随时都可能终止，我随时都可能不得不走进客厅。所以，我力求尽快地看清在刚才几分钟内三番感受到的同一欢悦的性质，继而理出我应该吸取的教益。我并不停留在我们对某事物的真实印象和我们在竭力回忆这一事物时所产生的赝造印象之间的极其巨大的差异上。斯万在谈到他过去被人所爱的日子时真不能算是无动于衷，因为在那句话下面他看到那些日子之外的东西，而凡德伊的三言两语在使他复得与以前同样感受的那些日子的同时，也会给他造成突然的痛苦。我多少次回忆起此情此景，因而我也太理解踩在一高一低的石板上的感觉、餐巾的浆硬感和小玛德莱娜点心的味道在我心中唤醒的东西，它与我经常借助单一的记忆力求回忆起来的威尼斯、巴尔贝克、贡布雷之间毫无关系；我还理解生活尽管在某些时刻显得花好月圆，是能够被称作平淡乏味的，我们之所以做出这样的判断和诋毁是因为所依据的完全是生活本身之外的东西，依据了丝毫没有保留下生活痕迹的形象。最多我附带地注意到存在于各个真实感受之间的差异——说明生活的某种单一描绘之所以不可能与生活相像的种种差异——恐怕就取决于这个原因，在我们生活中的某个时期说过的片言只语、做过的最无关痛痒的动作均处于包围之中，其本身带着逻辑上与之并无关联的事物的反射光，这些事物之间间隔着才智，才智根本就用不着靠它们来满足推理的种种需要，然而在它们中间——这里是乡村饭店的花卉墙，夜晚在墙上反射出来的玫瑰色光彩，饥饿的感觉，对女人的欲望、奢华的乐趣；那里是晨曦中大海的蓝色烟波，遮掩着若隐若现的水妖肩膀般的悦耳的语句——那个动作、那个最简单的行为依然被封闭着，仿佛被装进无数只盖得严严实实的瓶子里，而每只瓶子都将被装满东西，各只瓶子所装的东西其颜色、气味、温度截然不同，更何况这些瓶子被高高地搁置在我们的年岁之上，在这年年岁岁间我们在不断地变化，哪怕只是变换着梦幻和思想，这些瓶子所处的高度是很不一致的，并且给予我们极其不同的氛围的感觉。确实，我们是在不知不觉中完成那些变化的；但是，在蓦然而至的回忆和我们的现状之间，就像在不同年月、不同地点、不同时刻的两个回忆之间一样存在着很大的距离，其距离之大即便剔除某件特有的怪事也足以使它们变得互相不可比拟。是的，如果说多亏了遗忘，使回忆没能够在它和现时之间建立任何联系、设置任何环节，如果它依然停留在它的位置、它的日期上，如果它在谷底峰巅保持它的距离、它的孤独，那么，它会使我们突然呼吸到一种新鲜空气，因为这正是从前曾被我们呼吸的空气；这种比诗人们枉费心机力图使之充斥乐园的更纯净的空气只有在曾经呼吸过的情况下才可能给予那种深刻的更新感，因为，真正的乐园是我们失去了的乐园。

随之，我还注意到，在我虽尚未有意识地下定决心，却感到自己已准备着手进行的艺术作品的创作中将会遭遇巨大的困难。因为我将不得不使用适合于构成早晨的海滨或午后的威尼斯的回忆迥然不同的素材制作作品的各个连续部分，倘若我想描绘在里夫贝尔度过的那些夜晚，描绘在门窗朝花园打开的餐厅里，暑热开始解体、衰退、离去，淡淡的余晖尚映照着饭店墙上的玫瑰，天边还能看到日光最后的几抹水彩的话，我将使用清晰新颖的，具有一定的透明度、特有的响亮度，厚实、醒人耳目和玫瑰色的素材。

我在这一切上匆匆而过，因为我更迫切地需要寻找这种至福的起因，使这种至福势在必行的可靠特性的来源，这是从前未及进行的探索。而这个起因，我在用那些最令人愉快的感受进行比较的时候猜测到了它，那些感受正具有这一共同之点，我在即刻和某个遥远的时刻同时感受到它们，直至使过去和现在部分地重叠，使我捉摸不定，不知道此身是在过去还是在现在之中。确实，此时在我身上品味这种感受的生命，品味的正是这种感受在过去的某一天和现在中所具有的共同点，品味着它所拥有的超乎时间之外的东西，一个只有借助于现在和过去的那些相同处之一到达它能够生存的唯一界域、享有那些事物的精华后才显现的生命，也即在与时间无关的时候才显现的生命。这便说明了为什么在我无意间辨别出小玛德莱娜点心的滋味时我对自身死亡的忧虑竟不复存在的原因，因为此时，这个曾是我本人的生命是超乎时间的，他对未来的兴败当然无所挂虑。这个生命只是在与行动无关，与即时的享受无关，当神奇的类似使我逃脱了现在的时候才显现，才来到我面前。只有它有本事使我找回过去的日子，找回似水年华，找回我的记忆和才智始终没有找到过的东西。

而刚才，如果说我觉得贝戈特在谈到精神生活的欢乐时说的话不对，那也许是因为我当时把与“精神生活”、与此时存在于我身上的东西并没有关系的逻辑推理称为“精神生活”——完全就像当初我竟觉得社交界和生活令人厌倦那样，因为我对它们妄加断语的依据是那些缺乏真实性的回忆，而现在我生的欲望如此强烈，以至于刚才，过去的某个真实的时刻在我心中三次复苏。

仅仅是过去的某个时刻吗？也许还远远不止。某个东西，它同时为过去和现在所共有，比过去和现在都本质得多。在我生命的历程中，现实曾多少次地使我失望，因为即在我感知它的时候，我的想象力，这唯一使我得以享用美的手段无法与之适应。我们只能想象不在眼前的事物，这是一条不可回避的法则。而现在，这条严峻的法则因为自然使出的一个绝招而失去和中止了它的效力。这个绝招使某种感觉——餐叉或铁锤敲打的声音、相同的书名等等——同时在过去和现在发出诱人的光彩。它既使我的想象力领略到这种感觉，又使我的感官因为声音，因为布料的接触等而产生确实的震动，为想象的梦幻补充了它们通常所缺少的东西，存在的意识，而且，幸亏有这一手，使我的生命在瞬息之间能够取得、分离出和固定它从未体会的东西：一段处于纯净状态的时光。当我带着幸福的如此激烈的战栗，听到汤匙碰撞餐碟和铁锤敲打车轮所共有的声音，在德·盖尔芒特亲王府的大院里和圣马可教堂洗礼感到脚下一高一低的铺路石板，等等，此时复苏的那个生命只从事物的本质汲取养料，也唯有在事物的本质中他才能获得自己的养分、他的欢乐。他在现时的观察中日趋衰弱，现时的感官不可能为他提供本质；他在对过去的思考中日趋衰弱，理智挤干了这个过去的水分；他在未来的期待中日趋衰弱，主观意愿用现在和过去的片段拼凑成这个未来，它还抽去其中部分真实，只保留其中符合功利主义的结局，狭隘的人的结局，意愿为它们指定的结局。然而，通常隐蔽的和永远存在的事物本质一旦获释，我们真正的我，有时仿佛久已死亡实际上却并非全然死去的我，在收受到为他奉献的绝世养料时，苏醒、活力渐增，曾经听到过的某个声音或者闻到过的一股气味立即会被重新听到或闻到，既存在于现在，又存在于过去，现实而非现时，理想而不抽象。逾越时间序列的一分钟为了使我们感觉到这一分钟，在我们身上重新铸就越出时间序列的人。而这个人，我们知道他对自己的欢乐是有信心的，即使一块小玛德莱娜点心的普普通通的滋味逻辑上似乎并不包含着这种欢乐的全部理由，我们理解“死亡”这个词对他是没有意义的；既然已处于时间之外，前途中又有什么能使他感到害怕的呢？

然而，这个把与现在不可调和的过去的一刻放置在我身边的假象是不会持久的。当然，我们可以延续有意识的记忆中的场景，它并不比浏览一部画册更费劲。从前，比如我第一次到德·盖尔芒特亲王夫人府去的那天就是这样，从我巴黎寓所的阳光灿烂的院落，我百无聊赖地随意观望，时而看一看贡布雷的教堂广场，或者巴尔贝克的海滩，仿佛翻阅一部在我去过的各个地方写下的水彩画册便能阐明眼下的这一天。而且，我还带着收藏家的自私的乐趣，一边将自己记忆的插图如此这般地分门别类，一边对自己说："我这辈子毕竟还看到过美的事物。"这时我的记忆无疑在肯定感觉的差异，但它所做的无非是组合同质因素。我刚才进行的三次回忆，其情况已不复如此，它们不是使我对自我有比较快慰的看法，恰恰相反，我几乎怀疑起这个自我在当前的实在性了。正如我把小玛德莱娜点心浸泡在热茶汤里的那天，在我所在的那个地方，不管这个地方是哪儿，例如那天，在我巴黎的卧室里，或如今天，此时此刻，在德·盖尔芒特亲王的书房，前不久，在亲王府的大院里，我体验到一种感觉（浸泡后小玛德莱娜点心的滋味、金属撞击声、脚下的感觉），它在我周围辐射出一个小小的区域，这个感觉对我所在的地方和另一个地方（莱奥妮姑妈的房间、火车车厢、圣马可教堂付洗所）是共有的。而就在我如此思索的时候，水管子发出刺耳的声响，这种与夏夜有时从巴尔贝克附近海面传来的游船的鸣叫完全一样的声音使我感受到（就像有一次在巴黎一家大餐馆里，盛暑下豪华餐厅座席半空的景象曾使我感到过的那样）的内容比仅仅只是在巴尔贝克傍晚时分感觉的内容丰富得多，那时，一张张餐桌全部已铺上了桌布，摆上了银餐具，宽阔的玻璃门窗朝海堤大大敞开着，没有一点间隔，只有一片“完全敞亮”的玻璃或石头，太阳正缓缓沉落海上，游船开始鸣叫，我只要迈过比脚踝稍高的木门槛便能同在大堤上散步的阿尔贝蒂娜和她的女友们相聚，为了旅社通风，所有的玻璃全都一块并一块地滑动到门框的连接处。然而，曾与阿尔贝蒂娜欢爱的痛苦回忆并不掺杂到这感觉中去。只有对已作古的人们的痛苦回忆。即对死者的回忆也迅速泯灭，只剩下他们坟茔周围大自然的美色，静寂纯净的空气。况且，刚才水管子的声响使我感觉到的不仅仅是过去某种感觉的反响、复制品，而是这种感觉本身。与前几次一样，这一次共有的感觉也曾力求在它周围重建旧时的场所，但顶替它位置的现时场所竭尽全部抗力反对迁入诺曼底海滩或铁路道坡边的某家巴黎旅社。巴尔贝克的海滨餐厅曾企图用它为了接受夕阳余晖而浆洗得像准备铺在祭台上的缎纹桌布，力求撼动固若金汤的德·盖尔芒特亲王府，撞开它的门扉，它曾一度使我周围的长沙发摇摇晃晃，有一天它也曾使巴黎餐馆的餐桌摇晃过。在那几次复活中，在共有感觉周围产生的年代遥远的场所总有一时同现时场所相匹敌，像一名角斗士。胜者总是现时场所，但我总觉得败者更美，美得使我在一高一低的铺路石板上或面对一杯茶水神不守舍，在它显现的时候力图保留住它，在它离我而去的时候又力图使它再现，这个贡布雷，这个威尼斯，这个巴尔贝克，它们好侵入我的心扉又被压抑在我的心底，它们飞扬而起，从而把我抛弃在这些新的，然而能被过去所渗透的场所。而倘若现时场所没有立即成为胜者，那么，我相信我会失去意识；

因为，那些复活了的过去，在它们所持续的一瞬间是那么完整，致使它们不只是迫使我们的眼睛看不见近在咫尺的房间，而去观望夹在树木间的道路或者上涨的海潮；它们还强迫我们的鼻子去呼吸时隔久远的场所的空气，强迫我们的意愿在这些场所向我们提议的种种计划中做出抉择，强迫我们全身心地相信自己处于它们的包围之中，或者至少相信自己蹒跚在它们与现时场所之间，因为难以断定而晕头转向，宛如有时行将入睡前出现难以名状的幻觉的时候所感到的那样迷惘。

所以，三番四次在我身上复苏的那个生命刚才体味到的也许正是逃脱了时间制约的存在片段，只是这种静观虽说向来就有，却转瞬即逝。然而，我感到在我的生活中，它难得给予我们的欢乐却是唯一丰富和真实的。其他种种欢乐的不现实征兆表现不充足，它们或者显得不可能使我们得到满足，例如社交界的欢乐，至多导致由于摄入粗制滥造的食物而引起的不适，友谊是一种虚与应酬，艺术家为了同朋友交谈一小时而抛下一小时工作，这么做不管是出于何种道义上的理由，他知道自己是在为某种并不存在的东西（在生命流程中，只有处于这种温柔的疯狂时朋友才成其为朋友，我们容忍这种疯狂行径，而在我们的心灵深处却很清楚只有疯子才会误认为家具有生命并对它们喋喋不休）牺牲某个现实，或者表现为随着它们的满足而来的忧伤，就像我被介绍给阿尔贝蒂娜的那天所曾感受到的那样，因为我为了获得某事物——结识那位少女——做出了努力，然而是颇不足道的努力，这一事物之所以微小，是因为我已经获得了它吗？即使是一种更为深刻的欢乐，例如我在热恋阿尔贝蒂娜的时候应能够感受到的那种，实际上也只是相反地通过她不在的时候我心中的焦虑不安才有所感知的，因为在我确知她即将来到时，例如她从特罗卡德罗博物馆回来的那天，除了隐隐约约的烦恼，我仿佛不曾有过其他感觉，然而，我怀着就我而言不断增长的喜悦逐渐深化餐刀撞击声，或是逐渐深化使莱奥妮姑妈的房间以及随之而来的整个贡布雷和它两侧的建筑进入我寝居的泡茶味道的意义，与此同时，我也变得越来越兴奋。所以，这种事物本质的静观，我现在决心全力以赴地进行，我决心把它固定下来，然而，如何固定下来呢？通过怎样的手段？即在浆硬的餐巾将巴尔贝克归还于我的时候，它无疑有过一时使我的想象力感到满意，这并不仅仅是因为看到像那天早晨那样的大海，还因为有房间的气味、风的速度、午餐的欲求以及在各种各样散步间的犹豫不决，这一切全都同餐巾中的感觉相联结，仿佛天使们无数的翅膀——也许，在两块高低不平的铺路石板从各个方向，在各个维数上延伸了威尼斯和圣马可在我心中干涸和单薄的形象的同时，还有我在那里体验过的种种感觉，联结广场和教堂、码头和广场、运河和码头以及肉眼看到的一切和只有灵魂能够看到的欲念世界的种种感觉，我真恨不得，由于季节的缘故，即使不能重游对我说来尤其春光明媚的威尼斯水乡，至少也要重返巴尔贝克。但我没有在这种想法上停留片刻。这不只是因为我知道那些地方并不像它们的名字给我描绘的那样美，而现在也只有在睡觉的时候，在梦中才难得地在我面前展现出由我们所见、所触摸的共有事物的十分清晰纯净的物质构成的某个地方，我回忆起这些地方时构成它们的物质。然而，即使是关于这些尚属于另一类型的形象，回忆中的形象，我也知道，巴尔贝克的美色，在我身处其中的时候，我并没有意识到，甚至它给我留下的美感已不再是我再度小住巴尔贝克时所重新获得的。我不可能在现实中达到自己心灵深处的境地，这样的体验我太多了。我十分清楚地知道，已经不是在圣马可广场，不是在重游巴尔贝克或重返当松维尔的时候能看到希尔贝特，重现似水年华的了，而旅行也只能再一次地给予我幻觉，使我以为旧时的那些印象存在于我自身之外、存在于某广场的一隅，旅行不可能是我所寻找的手段。我也不愿意再一次地上当碰壁，因为对我来说问题是要弄清楚自己最终是否真的可能达到我以前以为不可能实现的目的，因为一旦到了那些地方，面对着那些人，我始终是大失所望的（尽管有一次，凡德伊的奏鸣曲似乎反驳了我这种观点）。因此，我不会再到那条我早就知道的绝径上去做无益的尝试。我所力求固定的印象一碰上没有本事使它们产生的直接享乐只能是烟消云散。能够使我们更充分地品味它们的方法唯有尽可能比较完整地认识它们，在它们所在的地方，即在我的心中，尽量使它们明朗化，直到它们的深处都变得清晰可见。我在巴尔贝克时身在乐中不知乐，也没有认识到与阿尔贝蒂娜共同生活的幸福，事后我才对此有所觉悟。而我对自己既已成为过去的生活的一次次失望的回顾、使我认为其现实应存在于行动之外的一次次失望做的回顾，并不以纯属偶然的方式和按我生活所处的各个境遇与各个各自不同的失望进行对照。我清楚地感觉到，对旅行的失望和对爱情的失望之间并没有什么不同，它们只有外表的变化，是我们在物质享受和实际行动中无法实现自我的这种无能随着与之相应的现实而采取的变化的外表。而回头再想到这种或者由汤匙的撞击声，或者由小玛德莱娜点心的滋味引起的超越时间的欢乐时，我对自己说："它是否就是奏鸣曲的那个短乐句，像错误地把它和爱情的欢乐视作同类、不善于在艺术创造中获得它的斯万提示的那种幸福？它是否就是那首七重奏的神秘的红色召唤使我预感到的似乎比奏鸣曲的短乐句更超脱尘世的那种幸福？斯万未能领略到这种召唤，因为他死了，像许许多多人那样，在为他们而产生的真谛未及向他们揭晓前便死去了。再者，这个真谛也未必一定能为他所用，因为这个乐句尽可以象征一声召唤，却不可能产生力量和使不是作家的斯万变成作家。"

然而，过了一会儿，在我想到记忆的那几次起死回生之后，我发觉有时，并且已曾在盖尔芒特那边的贡布雷出现过这样的情况，某些模模糊糊的印象曾以另一种方式撩拨我的思绪。它们似隐约的回忆，但并不隐藏往昔的某个感觉，而是一条新的真理，一个我力求揭露的可贵形象。我想着我们为回忆起什么东西而做的那种努力，似乎我们那些最美的想法像一首首乐曲，即使从来没有听到过的也会油然而生，我们努力聆听，力求把它们破译出来。我心情愉快地进行回忆，因为这说明我此时已是当初的那个人，说明它在恢复我本性中的一个基本特征；然而当我想到自那以来我一直没有进步，想到在贡布雷我就已经小心翼翼地在脑海中固定我被迫正视的形象，一片云，一个三角形，一座钟楼，一朵花，一块砾石，感到在这些迹象下也许还隐藏着什么与我应该力求发现的截然不同的东西时，一种思想，它们以象形文字的方式表达的某种思想，我们原以为它们只是代表着一些具体的东西，现在想到此我又不免悲哀。要把它们破译出来当然很难，但也只有如此才能让我们读到什么真理。因为，由智慧直接地从充满光照的世界留有空隙地攫住的真理不如生活借助某个印象迫使我们获得的真理更深刻和必要，这个印象是物质的，因为它通过我们的感官进入我们心中，然而我们却能从中释放出精神。总之，不管是在什么情况下，不管是涉及如马丹维尔诸多钟楼的景致给予我的那种印象，还是如两级踏步高低不平的感觉或小玛德莱娜点心的滋味给我留下的模糊回忆，我都必须努力思考，也就是说使我所感觉到的东西走出半明不明的境地，把它变换成一种精神的等同物，从而把那种种感觉解释成那么多的法则和思想的征兆。而这种在我看来是独一无二的方法，除了制作一部艺术作品外还能是什么呢？此时，种种推论已经涌上我的脑海，因为不管是模糊的回忆，诸如餐叉的碰击声或者小玛德莱娜点心的滋味，或者借助我力求探索其含义的那些外形，在我的头脑里组成一部绚丽复杂的天书的钟楼、野草之类的外形书写下的那条条真理，它们的首要特性都是我没有选择它们的自由，它们全部以本来面目呈现在我眼前。而我感到这大概就是它们确实性的戳记。我没有到那个大院里去寻找那两块绊过我脚的高低不平的铺路石板。然而，使我们不可避免地遭遇这种感觉的偶然方式恰恰检验着由它使之起死回生的过去和被它展开的一幅幅图像的真实性，因为我们感觉到它向光明上溯的努力，感觉到重新找到现实的欢乐。这种感觉还是由同时代的印象构成的整幅画面的真实性的检验，这些同时代的印象是它以记忆或有意识的观察永远都不可能得知的，它们按光明和阴影、突出与疏漏、回忆与遗忘间的那种绝不会错的比例随它之后再现。

至于内心书本上的那些不认识的符号（似乎是一些被强调的符号，我的注意力在勘探我的无意识中会如测探中的潜水员那样寻找、碰撞、回避的符号），谁都无法用任何规则帮助我去辨认它们，这种阅读即是一次创作行动，谁也不能越俎代庖，甚至不可能与我们合写。所以，有多少人对撰写这样的作品退避三舍！每次事件，不管是德雷福斯案，还是战争，都为作家不去辨读这部书提供托词；他们要保证正义取得胜利，重建全民族的思想一致，所以没有时间考虑文学。但这无非是些托词，因为他们没有，或已经没有了才情，也就是说本能。本能要求我们恪尽职责，智慧却提供推卸职责的借口。只是在艺术中，托词没有任何地位，意向则无足轻重，任何时候，艺术家都应听从他的本能，这样，艺术才成为最最真实的东西，成为生活最严格的学校，和真正的最后审判。所有书籍中最难辨读的这部书，也是唯一的由现实授意我们撰写的书，由现实本身给我们留下“印象”的唯一的一部书。不管生活给我们留下的是怎样的概念，它的物质外形，它给我们留下的印象痕迹，依然是它必不可少的真实性的保证。由纯粹的智慧造就的那些概念只具有某种逻辑的真实，可能的真实性，它们的选定是任意的。并不由我们涂写出来的象形文字的书却是我们唯一的书。那倒不是因为我们使之成形的那些概念逻辑上不可能是正确的，而是我们不知道它们是否真实。唯有印象，尽管构成它的材料显得那么单薄，它的踪迹又是那么不可捕捉，它才是真实性的选拔结果，因此，也只有它配受心灵的感知。心灵倘若能从中释出真实，真实便能使心灵臻于更大的完善，并为它带来一种纯洁的欢乐。印象之于作家犹如实验之于学者，区别在于，智慧上的工作对学者来说在前，对作家来说则在后，用不着我们个人费劲辨读和阐明的东西，在我们之前便已清清楚楚的东西不属于我们所有。唯有我们从自身的阴暗角落，不为人知的阴暗处提取出来的东西才来自我们自身。[1]

这样，我已能得到结论，即我们在艺术作品面前无丝毫自由，我们不能随心所欲地进行创作。然而，鉴于它先我们而存在，还因为它既是必需的又是隐蔽的，所以我们得去发现它，就像为发现一条自然法则那样去做。然而，艺术能够使我们做到的这个发现，实际上不正是对我们最应珍视的东西的发现吗？这种东西

[1] 夕阳的一抹斜照即时使我回想起以往我还从未想到过的一个时期。那时我还年幼，莱奥妮姑妈发烧，贝斯比埃医生怕她得的是伤寒，所以他们让我到教堂广场欧拉莉的小房间去暂住一星期。那个房间只有就地铺了一领草席，窗户上挂着薄纱窗帘，在阳光里老是飒飒作响，叫我好不习惯。看到对旧时女仆的那个小房间的回忆陡然为我过去的生活增添了和余者如此不同、如此美妙的广阔疆域，对比之下，我想到，在最最阔绰的豪门府邸中度过的最最奢华的喜庆佳节在我们的生活中留下的印象的微不足道。欧拉莉的那个房间唯一的不足之处是毗邻旱桥，晚上听得到猫头鹰叫般的火车嘶鸣。不过，由于我知道这吼声是整治得好好的机车发出来的，所以我并不感到惧怕，不像害怕史前某个时期像猛犸这样的野兽横冲直撞中发出的吼叫那样。——作者注

在通常情况下是我们永远都不会认识的，我们真正的生活，如我们已感觉到了那样的现实，它同我们所以为的差别如此之大，以至于当一次巧合给我们带来真正的回忆时，我们心里会充满如此巨大的幸福感。即所谓的现实主义艺术的虚假使我对以上看法深信不疑，要不是我们在生活中养成习惯，总爱给自己所感觉到的东西一个如此不达意的习语，并且时隔不久还把这个习语当作现实本身的话，这种所谓的现实主义艺术还不会是那么谎话连篇。我感到自己大可不必拘泥于曾一度使我心烦意乱的各种文学理论——尤其是在德雷福斯案件那段时期的评论界得到发展、战争期间卷土重来、主张“使艺术家走出象牙塔”、论述既非无意义又不多愁善感的主题的那些理论，它们要艺术家描绘宏大的工人运动，并且，在缺少人群的情况下，至少别去写那些毫无可取之处的浪子（布洛克说：“说实话，描写那些废物的作品不大引起我的兴趣”），而要写崇高的知识分子，或者英雄。况且，在就这些理论的逻辑内涵进行探讨之前，我就已经觉得能在它们的拥护者身上找到说明它们低劣的证据，就像一个确实有良好教养的孩子被派去一家人家做客吃午饭，听到那家的人说“我们毫不隐讳，我们心直口快”时觉得这种思想品德实在不如什么都不说，那才是不折不扣的德行。真正的艺术用不着那么多的声明，它在默默中完成。再者，这些理论的倡导者运用完全现成的习熟语，特像他们所贬斥的低能儿使用的习熟语。而且也许，从美学类型进行估计还不如从言语优劣去判断智力和精神的成就达到了什么程度为好。可是理论家们却相反地认为大可不必为这种言语的优劣而费心，[1]那些赞赏理论家的人则轻松地认为言语的优劣并不能说明作品具有重大的智力价值，为了鉴别真伪，他们需要看到这种价值被直接地表示出来，他们并不从形象的美进行归纳，撰写智力作品对作家的诱惑力便明显地来源于此。不堪粗俗。一部写有理论条条的作品就像一件保留着标价牌的物品。每当我们没有力量强制自己使某个印象通过最终导向它的固定和表现的各个连续状态的时候，我们便进行推理，也就是思维的游弋。我现在明白了，需要表现的现实并不存在于主体的外表，而在于与这个外表关系不大的一定深度，就如那汤匙碰击在碟子上的声音、餐巾上过浆的触感所象征的，对我精神上的更新而言，它们比那么多次的人道主义、爱国主义、国际主义和形而上学的交谈还要珍贵。当时我听到有人说："不再要文笔，不再要文学，要生活！"可以想象，自大战以来，就连德·诺布瓦先生反对"笛子演奏者"那样简单的论说都得以东山再起，如此兴旺发达，因为，所有缺乏艺术感，也就是不知道服从内心现实的人都可以具有对艺术没完没了地进行推理的能力。而且，只要他们稍稍沾点外交官或金融家的边，介入了现时的"实际"，他们便乐于认为文学是一种将逐渐趋于淘汰的精神游戏。有的人希望小说是事物的一种电影式的展示，这种观点是荒谬的，再也没有比这样的电影式的视界更会离我们所感知的现实而远去的东西了。

[1] 研究性格法则也一样，用严肃的或者毫无价值的主题都能够进行，就像解剖实验室助手在低能儿的尸体或天才尸体上都能研究解剖规律、重大的精神法则或者血液循环规律、肾排泄规律一样，并不因为个人的智力价值而产生多大的区别。——作者注

正好，由于我在走进这个书房的时候，想起龚古尔兄弟说过的，这个书房里有一些精美的初版图书，我想正可趁被关在这里的时候一饱眼福。我一边继续自己的思索，一边把那些珍本一一抽出来，其实并不太注意它们，就在我漫不经心地打开其中一本——乔治·桑的《弃儿弗朗沙》——的时候，我颇不痛快地产生仿佛受到某种与我当前的种种想法太不和谐的印象打击的感觉，直至我激动得都快泪水涟涟地意识到这个印象与那些想法何其合拍。就像在灵堂里，正当殡仪工准备搬走灵柩，曾为国效力的死者的儿子在和鱼贯而行的最后几位朋友握手，窗下突然响起铜管乐，他感到愤慨，以为这是有人在嘲弄他的哀恸；然而他尚能自制，直至弄明白自己听到的是一个团队的军乐，他们前来吊唁，向他父亲的遗体告别，这时，他再也控制不住自己的眼泪。我刚才意识到在德·盖尔芒特亲王的书房里看到那本书的书名时所感受到的痛苦的印象和我当前的想法是那么协调一致，其过程就是这样。这个书名使我想到文学确实给予我们这个我在它身上再也找不到了的神秘世界。而这还不是一部十分了不起的杰作，这是《弃儿弗朗沙》。可是这个名字，就像盖尔芒特这个姓氏，对我来说不同于我自那以来所结识的那些姓名。妈妈给我念过乔治·桑的这部作品，《弃儿弗朗沙》这个书名唤醒了我的回忆，使我记起这部书的主题中我当时觉得不可解释的内容（就像盖尔芒特这个姓氏，当我好久没见到盖尔芒特一家的时候，它对我来说会蕴含着那么多封建主义的内容那样，《弃儿弗朗沙》这个书名蕴含着那部小说的实质），这个回忆一时间取代了对乔治·桑的那些贝里小说的极其普通的看法。在一次晚餐中，当这种想法始终浮于表面的时候，我无疑还能谈到《弃儿弗朗沙》和盖尔芒特家，尽管他们谁都不是贡布雷人。可当我一人独处，像现在这样的时候，我潜入的便是更深的地方了。当时，想到我在社交界结识的某某女士是德·盖尔芒特夫人这么一位神灯人物的表姊妹时我会觉得不可理解，同样，想把我读过的那些最美的图书与那部不同凡响的《弃儿弗朗沙》说成不相上下——我不说它们写得更好，尽管实际上它们是更好些——也是不可思议的。这是很久很久前留下的印象，其中掺杂着童年和家庭的亲切回忆，我竟没有立即意识到。初时我还恼怒地寻思是哪个外人跑来伤害我。那个外人正是我自己，是那部小说刚在我心中唤起的孩童时代的我，因为在我这一生中，它只认识那个孩童的我，它当即叫唤的正是那个孩童，因为它只愿为他的目所睹，为他的心所爱，它只愿对他说话。所以，母亲在贡布雷几乎通宵达旦给我诵读的这部小说为我保留着那个夜晚的全部魅力。当然，乔治·桑的“笔”，用老爱说书是用“警人之笔”写成的布里肖的话来说，她的“笔”在我看来绝非如母亲以前一直认为的那样是一支神笔，母亲的文学情趣后来也随我悄然发生了变化。然而，那却是我无意中使之带上电流的笔，就像中学生闹着玩儿常做的那样，而现在，贡布雷的那些鸡毛蒜皮的小事儿，我很久以来已不再注意到的数不清的小事全都轻轻松松地自己跳将出来，一件件一桩桩首尾相接没完没了地连成一气，吊在磁化的笔尖上，还带着回忆的战栗。

某些喜爱神秘的人愿意相信在各种物品上保留着观望过它们

的目光中的什么东西，呈现在我们面前的纪念碑和图画无不带着情感的帷幕，这是几个世纪中无数崇拜者用爱和瞻仰的目光织成的。如果他们把这个奇谈怪想搬移到各人唯一现实的范畴、自身感觉的范畴中去的话，那它就会变成真实的了。是的，在这个方面，也只有在这个方面（然而它大得多），一件我们从前观望过的东西，如果我们再次看到它，会把我们从前注视过它的目光连同当时把它装得满满的所有形象送还我们。那是因为事物——一部红封面的书或别的任何东西——在我们看到它们的时候就变成某种非物质的东西留在我们心中，与这一时期我们各种各样的挂虑或感觉性质相同，并与它们不可离析地掺杂在一起。从前在一部书里读到的某个名字，在它的音节间包藏着我们阅读这部书的时候刮过的疾风和灿灿的阳光，以至于满足于“描写事物”、满足于只是可怜巴巴地给一些事物的线条和外表做些记录的文学，虽则自称为现实主义，却离现实最远，它最能使我们变得贫乏、可悲，因为它突兀切断现时的我与过去、未来的一切联系，而过去的事物保持有本质，未来，它们又将促使我们去重新品味这种本质。正是这种本质才是配称作艺术的艺术所应该表现的内容，而且，如果它表现失败，我们还能从它的虚弱无能中引出教训（在现实主义的成就中却丝毫都汲取不到），须知这个本质部分地是主观的和不可言传的。

更有甚者，我们在某个时期看到的一样东西，读过的一本书并不永远只和我们周围的事物相结合，它还同当时的那个我们忠实地结合，只有通过感觉，通过当时的那个我们，它才可能被再度回顾；假如在书房里我又拿起，哪怕只是想这么做，拿起《弃儿弗朗沙》，在我心里立即便会有一个孩子站出来，取代我的位置，只有他才有权读出这部书的书名：《弃儿弗朗沙》，他还像当年那样读出这个书名，同样带着当年花园里的天气留下的影响，带着他当时对各地情况和生活的遐思梦想，带着对明天的焦虑不安。要是我见到的是另一时期的另一事物，挺身而出的又会是一名年轻人。而今天的我只剩下一片被废弃的采石场，它以为自己蕴藏的全都是差不多的东西，单调无奇，然而，每一个回忆都像一名希腊雕塑家，从这片采石场采出无数雕塑。我之所以说我们又见到的每样东西，是因为书籍在此所起的作用与那些东西是一样的：书脊散开的方式，纸张的纹理与书中的语句本身一样，能保留下同样强烈的回忆，像我当时想象威尼斯和想去威尼斯的愿望一样强烈。甚至更为强烈，因为有时语句会造成约束，它们就像某人的那些照片，望着那些照片还不如只靠思念能把他回忆得更清楚。当然，对我童年时代的许多书是如此，唉，即对贝戈特此人的某些书也是如此，有时，夜晚我感到疲倦，于是我拿起它们，然而那无非就如我去搭乘火车，借变换的景色和呼吸往日的空气求得休憩。可有时，这种难得的浮现会因为某部书阅读时间的延续反而遭受障碍。贝戈特有一部书就使我出现过这种情况（在亲王书房里的那部书上还写有一段极尽阿谀奉承之能事的题铭）。有一年，一个冬日，我没办法去看望希尔贝特，那天我读了这部书，可这次，我怎么也找不到那些我特别喜爱的句子。有些词看似相识，似乎就是那些句子，可那是不可能的。它们过去使我领略到的美在哪儿？我读这本书的那天覆盖着的香榭丽舍的皑皑白雪还是那么厚厚地没有化掉，旧景依然历历在目。

正因为这个缘故，倘若我想当一个像德·盖尔芒特亲王那样的珍本收藏家的话，我一定会以特殊的方式行事，但也不会忽略属图书簿籍本身价值的那种独立无羁的美，对业余藏书家来说，这种美来源于对书籍所经过的那些书房的了解，产生于知晓这本书是哪位君王在怎样的时机下赏赐给哪位名人的。这种可以说是书籍的历史的美对我来说也不会失落。但是，我更愿它是我自身生命的历史，也就是说，我不只是作为一般的猎奇者去释出这种美。我一般不会把这种美联结在具体某个版本上，而是像这部《弃儿弗朗沙》，联结在作品上，在我第一次读得废寝忘食的作品上，在贡布雷我的小房间里，那也许是我一生中最恬适、最忧伤的夜晚，唉！（那时，我觉得神秘莫测的盖尔芒特一家实在难以接近）那晚，我第一次使我父母弃权让位，从他们的这次让位，我能标出我的健康状况开始恶化、我的意志力开始削弱的日期，我日益失去完成艰巨使命的信念。今天，恰恰是在盖尔芒特家的书房，在这最晴朗和美的日子里，我又见到这部作品，从而不仅使我以往摸索中的思想豁见光明，还照亮了我生活的目标，也许还是艺术的目标。况且，就这一册册书的本身而言，在目前使用的意义上，我还是能对它们产生兴趣的。我觉得作品的第一版比其他各版珍贵，可我更愿把第一版理解为我第一次读到的版本。我会去寻觅初版本，我所指的是这部作品给我留下最原始印象的版本。在小说方面，我会去寻觅旧时的装帧，我刚开始阅读小说时的那种装帧的版本，它们多少次听到过爸爸对我说："别歪着身子。"就像我们第一次看到一个女人时她穿的裙子，它们将帮助我找回我当年的爱，找回美，被我在上面重叠起那么多使我愈来愈不喜欢的形象的美，以找回最初的美，我已不是当年看到它时的那个我了，如果我要召唤我当初认识的那件事物，我就应让位给当初的那个我，因为今天的这个我根本就不认识它。

我像这样为自己组建起来的书库，其价值甚至还会更大；因为我过去在贡布雷、威尼斯阅读的书，现今得到我记忆的充实，着上代表圣希勒里教堂、代表停泊在圣乔治大教堂脚下的画舫、代表闪烁着蓝宝石光芒的大运河的浩渺色彩，那些书会变得堪称"影像书"、绣像经典，它们是时光之作，收藏者打开这些书绝不会是为了阅读书中的文章，而是为了再一次为有富盖那样的富翁在书里添加的色彩而欣喜，正是这些色彩构成作品的全部价值。然而，哪怕只是为了看一眼以前阅读的时候还没有插入的影像而打开这些书都让我感到十分危险，以至于即使在这个我唯一能够理解的意义上，我都可能会失去当珍本收藏家的愿望。我太清楚了，心灵留下的那些影像那么易于被心灵抹去。新的影像取代旧的，不再具有那种起死回生的能力。如果那晚母亲从外祖母将在我过生日时送给我的那包书里抽出来的那本《弃儿弗朗沙》还在，我绝不会看一看它，因为我会非常害怕，太怕书中渐渐掺入我今天的印象，望着它就此变成一件现时的物品，以至于当我希望它复活那个在贡布雷的小房间里辨读它的书名的孩子时，孩子认不出它的口音，不再答应它的呼唤，从而永远被埋没在遗忘之中。

民众艺术的概念和爱国艺术的概念一样，即使不曾有过危害，也让我感到它滑稽可笑。如果是为了使它能为民众所接受而牺牲形式上的“适于有闲者”的精雕细琢，那就错了。我和上流社会的人们交往颇多，我知道他们才是十足的无知无识，而不是电气工人。就此而言，所谓的民众艺术在形式方面倒像是去为赛马俱乐部的成员们服务，而不是给总工会会员们的。至于内容，老百姓觉得通俗小说挺无聊，就像孩子们对专为他们写的书感到厌倦。人们在阅读中寻求脱离自己的处境，工人渴望了解王公贵族们怎样生活，王公贵族对工人的情况也有同样的好奇心。战争刚开始的时候巴雷斯先生就曾说过，艺术家（提香型的）首先应该为祖国的荣誉服务。可是他只有成为艺术家才能为祖国的荣誉服务，也就是说在他研究那些法则、进行那些探索和做出与科学发明同样精妙的发现的时候，除了在他面前的真理他绝不能想到别的事物——即使是祖国也不行。不要仿效那些革命党，他们出于“公民责任感”，即便不能说摧毁，也是在蔑视华托和拉图尔的作品，而这两位画家为法国带来的荣誉胜过所有大革命中的人物。温柔多情的人如果能选择的话，他大概不会选择解剖。这不是他正直的心灵之所愿，他的愿望十分博大，正是这种愿望使肖德洛·德·拉克洛写出了《危险的关系》；这也不是他对大小资产者的兴趣，使福楼拜选定了《包法利夫人》和《情感教育》的主题。有人说，一个赶得匆忙的时代，它的艺术的寿命也长不了，好像战前预言这仗打不长久的人们。因此铁路将结束静观，缅怀驿车时代也是枉然，然而汽车担负起驿车的职司，又把游客载至被废弃的教堂。

那时，生活呈现的一幅图像实际上给我们带来多种不同的感觉。例如，在一部已经读过的书的封面上、标题字母之间，视觉编织进了很久以前某个夏夜的皓月流光。早晨牛奶咖啡的味道使我们产生那种对大好天气的朦胧希望，从前，当我们用凝脂般打着皱褶的白瓷碗喝牛奶咖啡的时候，盈实的白昼还完好无缺，当时这种朦胧的希望曾有那么多次在晨曦明确的不可预料中向我们绽开笑靥。一个小时并不只是一个小时，它是一只玉瓶金樽，装满芳香、声音、各种各样的计划和雨雪阴晴，被我们称作现实的东西正是同时围绕着我们的那些感觉和回忆间的某种关系——一个普通的电影影像便能摧毁的关系，电影影像自称不超越真实，实际上它正因此而离真实更远——作家应重新发现的唯一关系，他应用它把那两个词语永远地串联在自己的句子里。我们可以让出现在被描写地点的各个事物没完没了地相互连接在一篇描写中，只是在作家取出两个不同的东西，明确提出它们的关系，类似科学界因果法则的唯一的艺术世界里的那个关系，并把它们摄入优美的文笔所必不可少的环节之中，只是在这个时候才开始有真实的存在。它甚至像生活一样，在用两种感觉所共有的性质进行对照中，把这两种感觉汇合起来，用一个隐喻使它们摆脱时间的种种偶然，以引出它们共同的本质。就这个观点而言，自然并没有把我放上艺术的道路，它本身不就是艺术的开始吗？它往往要我在另一事物中才让我认识到某事物的美，在贡布雷的钟声中才让我认识它的中午，在我们的水暖设备的嗝儿声中才让我认识东锡埃尔的早晨。这种比较关系可能不那么有趣，事物可能平庸无奇，文笔可能拙劣，然而，只要没有它，那就什么都没有了。

然而还不止于此。如果现实便是这种经验的残屑，对谁都差不多是一样的，就像当我们说一种坏天气、一场战争、一个汽车站、一家灯火辉煌的餐馆、一座鲜花盛开的花园的时候，谁都知道我们所指的是什么；如果现实就是这个，那么，无疑，有这些事物的某种电影胶卷也就足够了，而离开了一般主题的“文笔”，“文学”也便成了人为的附加部分。但是，这真的就是现实吗？如果我在某事物给我们留下一定印象的时候力图弄清究竟发生了什么事情，例如那天走过维福纳桥，一朵白云投在水波上的阴影使我高兴地跳着叫道：“见它的鬼！”又如我听着贝戈特说某句话，我印象中所见的，“实在奇妙”这句话并不与他特别适合，或如为某个恶劣行为激怒的布洛克竟说出与俗不可耐的意外事件大相径庭的言语：“让他们这么做吧，我觉得这毕竟异想天开。”或如盖尔芒特家的盛情款待使我受宠若惊，而且他家的酒已使我微带醉意，在离开他们的时候我禁不住独自低语道：“这些人真算得上礼贤下士，能同他们一起过一辈子定是很愉快的。”那么，我发现这部最重要的书，真正独一无二的书，就通常意义而言，一位大作家并不需要杜撰，既然它已经存在于我们每个人的身上，他只要把它转译出来。作家的职责和使命也就是笔译者的职责和使命。

然而倘若，当问题涉及的比如说是自尊心的不确切用语的时候，对扭曲的内心语言（它离最初的中心印象正越来越远）的矫正，直至能与应发自印象的直线混淆一气的内心语言的矫正，如果说这种矫正恰是我们的惰性不乐意干的令人不舒服的事情，那么，还存在着另外一些情况，例如在爱情问题上同是这种矫正便成为痛苦的事情了。我们假装的种种无动于衷的表现，我们对他撒得那么自然的谎言、与我们自己撒的如出一辙的谎言所感到的全部愤慨，简言之，每当我们感到不幸或被人抛弃的时候，我们仍不断地对心爱的人诉说的一切，不仅对心爱的人，而且在见到他之前没完没了地对我们自己诉说的一切，有时还会高声说出来，打破房里的宁静："不，真的，这样的行为实在叫人受不了。"或者："我曾想最后接待你一次，并且我将不否认这件事使我挺难受。"把这一切引回到所感受到的已离得那么远的真实上来，这是对我们最珍惜的一切的毁灭，这在我们同自我单独相处的时候，在写信或采取行动的疯狂计划中，造成了我们同自我的炽烈的交谈。

即便在人们正是为了获得艺术创作的欢乐所给予的印象而悉意追求的这种欢乐之中，我们仍然会尽可能快地设法把恰恰是这种印象本身的内容视作不可言传的东西而放过一边，并致力于能够让我们不求甚解地感受到它的乐趣和相信能用它感染别的可与之对话的有兴趣者的行为，因为我们将对他们讲一件对他们和对我们具有同样意义的东西，既然我们自身印象的为个人所有的根被砍去了。即使是在我们对自然、社会、爱情和艺术做最无动于衷的旁观的时候，由于任何印象都是双重的，一半包裹在客体之中，另一半延伸到我们身上，只有我们自己能够了解，我们急急忙忙地把这一半忽略了，也就是忽略了我们本来应该挖掘的唯一的东西，却只考虑另一半，我们没想到那另一半是不能予以深挖的，因为它暴露在外，用不着我们花吹灰之力，而一棵山楂树或一座教堂的景象在我们心中耕过的小小犁沟，这条犁沟我们会觉得很不容易看出来。但是我们却在重新演奏那首交响乐，回头重游那座教堂，直至——在这远离我们不敢正视的自身生活并美其名曰博学的逃逸中——我们依法炮制，做到与颇有造诣的音乐爱好者或考古爱好者一样内行。

由此可见，从自己的印象里什么也不提取的人对此是多么重视了，他们就像艺术的单身汉在不满足中虚度年华！他们怀着童贞女和懒汉的忧愁，只有生儿育女或工作能使他们得到解脱。他们对待艺术作品比真正的艺术家还兴奋，因为他们的兴奋不是由一场艰苦深入的耕耘引起的，它流露在外，刺激他们的交谈，使他们脸红脖子粗。他们以为扯直嗓门尖叫便是在完成业绩，演完一曲他们喜爱的作品便听到他们大声嚷嚷："好哇，好哇！"而如此表现之后并不一定需要他们陈明自己喜爱的性质，他们也并不清楚性质之所在。这种未被用上的爱甚至潮涌进他们最平心静气的谈话，使得他们只要一谈到艺术便指手画脚、眉飞色舞、摇头晃脑。"我去听了一场音乐会，他们演奏了一段乐曲，老实说，我不敢恭维。开始是四重奏。哎呀呀！它变了（此时音乐爱好者脸上显出惶惶不安的表情，他大概在想："我可看到了火星，闻到了煳味儿，着火了。"），天杀的，那玩意儿真叫我听了生气，写得很糟糕，可又乖乖了不起，可不是一部随便哪个都写得出来的作品。”然而，不管有多么可笑，他们毕竟还有不容轻视的地方。他们是想要进行造就艺术家的自然的初次尝试，他们就像先于现有各类动物的原生动物一样没有定型、生命力不强，生来不能持久。这些有愿望没有行动、有花无果的业余爱好者仍当令我们感动。他们就像最初建造的飞机，离不开地面，还不成其为尚待开发的、神秘的手段，但已包藏着飞翔的欲望。那位业余爱好者挽住你的手臂补充说：“老兄，我已经第八次去听这部作品了，而且我向您发誓，这绝不是最后一次。”实际上，由于他们并没有吸收艺术中真有营养的物质，且食欲过盛，肚子永远都填不饱，所以他们每时每刻都需要艺术创作的欢乐。于是，在很长一段时期他们连续不断地去为同一作品捧场，还以为他们的到场就是完成了一种职责、一项业绩，就像人家参加一次办公会议或一场葬礼那样。接着出现别的，甚至与此相悖的作品，不管是文学上的、美术上的，或是音乐上的。因为，提出概念、体系，尤其是把它们化为己有，具有这种能力的人总比具有真正鉴赏力的人多得多，即使在自己也搞创作的人中间也是如此。然而这种能力获得较可观发展却在文学杂志和报刊大幅度增长以后（作家和艺术家故作多情的天命说也随之增多）。因而，青年中最优秀、最聪明和最超凡脱俗的这部分从此只喜爱在伦理道德、社会学，甚至宗教方面具有重大意义的作品。他们以为那便是衡量作品的价值标准，从而重蹈大卫们、谢纳法们、布吕纳蒂埃们的覆辙。贝戈特笔下那些脍炙人口的句子实际需要深刻得多的反躬自省才写得出来，可人们不喜欢他的作品，却喜欢一些正因为艺术水平较低才显得比较深刻的作家，他文字上的故弄玄虚无非为了迎合凡夫俗子们的口味，就像民主党人把芸芸众生捧得天花乱坠一样。然而，一旦爱问个究竟的智者愿意着手评一评艺术作品的价值时，那里面一点值得肯定、经得住推敲的东西都没有了：你想怎么说它，就能怎么说它。而真正的才华却是一宗经天纬地的财富，后天获得的万能的品质，我们首先应该明确它存在于思想和文笔的表面状态下，评论界便依据这些表面状态评定作者。它把一个并不带有新启示的作家捧为先知，因为他口气专横，并对在他之前的流派表示明显的轻蔑。评论界的这种谬误是那么顽固，致使作家大概会更愿意接受广大读者的评判（如果读者能够理解艺术家，包括后者在他们不熟悉的研究范畴做出的努力）。因为在读者公众的本能生活和一位大作家才华之间存在着更多的类似之处，作家的才华无非是一种在强加于他人头上的沉默中得以宗教式地听从的本能，一种臻于完善和得到理解的本能，加上肤浅的空话和头衔显赫的鉴赏家们多变的标准。他们连篇累牍的空话每十年更新一番（因为这架万花筒并不只是由世俗人众组成，而是由社会、政治、宗教的思想观点汇总而成的，它们由于自身在广大民众中的折射得到暂时的广度，然而，尽管如此，它们毕竟还是受思想观点生命短促的局限，观点的新颖只能吸引一些对证据是否确凿要求不高的人）。党派和学派就是这样生生灭灭的，致使那些有识之士老在对它们进行攻讦，总是那么几个比较聪明的人，他们终身刻板，这是那些比较谨慎多虑，而实际上对证据的要求却很苛刻的智者所自戒的。不幸的恰恰是其他那些人均属半瓶子醋，他们需要用行动加以充实，他们比优秀的有识之士更需要这么做，把人们吸引在自己周围，不仅借此造成名不副实的声誉和毫无根据的轻蔑，还挑起内战和外战，稍微有点儿保守意识的自我批评精神，这种事儿也就能够避免了。

至于一位大师的杰出思想能给予一名完全公正的智者、一颗真正有生命力的心灵的享受无疑是十分健康的，只是真正能够消受这种享乐的人是那么罕见（二十年间有过几个这样的人？），这种享乐毕竟要他们沦落到全盘接受另一个人的意识的地步。如果某人为了得到一个只会给他带来不幸的女人的爱什么都做了，可他，尽管数年如一日反复努力，连同这个女人的一次约会都没有得到，他没有寻求诉说他的痛苦和陈述他逃过了的危险，却洋洋洒洒地为她写了“百万言”，在记下自己生活中这些最感人肺腑的忆念的同时，不断反复品味拉布吕耶尔的这个见解：“男人常常想爱，却又总达不到目的，他们寻求自己的失败，却总遭遇不上，如果我冒昧这么说的话，他们是无可奈何地处于不受约束之中。”对于写下这句话的人来说，我们且不管他这种见解是否包含着这方面意思（若要使它包含这个意思，最好得用“被爱”代替“爱”，这样就更美了），可以肯定的是那位多愁善感的文人使这一见解在自己身上活学活用，他使它充满含义，满得几乎要炸裂了，他每重说一遍便喜不自禁，他觉得这种见解千真万确和高明卓绝，然而，不管怎样，他不曾加入丝毫新的内容，那仍然只是拉布吕耶尔的见解。

笔记文学怎样才能具有某种价值呢？既然它所记录的都是琐

碎小事，现实便如它所指出的蕴含在这些小事里（在远处的飞机轰鸣声中和圣勒里钟楼的线条中的伟大，在小玛德莱娜点心的滋味中的往昔，等等），而倘若我们不把这些现实清理出来的话，那些小事本身则并无意义。逐渐保留在记忆中的是那些不确切的词语的连接系列，我们的真实感受荡然无存，这些感受才构成我们的思想、我们的生活和对我们而言的现实。而正是那种谎言一味复制所谓“情节真实”的艺术，它同生活一样简单平淡，没有美，我们的眼睛所见和我们的才智所确认的东西被令人生厌和徒劳无功地一用再用，不禁让人纳闷，从事这种使用的人在什么地方找到的欢乐和原动力的火花，使他精神抖擞地推进自己的工作。相反，真正的艺术，德·诺布瓦先生会称之为文学爱好者的游戏的艺术，其伟大便在于重新找到、重新把握现实，在于使我们认识这个离我们的所见所闻远远的现实，也随着我们用来取代它的世俗认识变得越来越稠厚，越来越不可渗透，而离我们越来越远的那个现实。这个我们很可能至死都不得认识的现实其实正是我们的生活。

真正的生活，最终得以揭露和见天日的生活，从而是唯一真正经历的生活，这也就是文学。这种生活就某种意义而言同样地每时每刻地存在于艺术家和每个人的身上。只是人们没有察觉它而已，因为人们并不想把它弄个水落石出。他们的过去就这样堆积着无数的照相底片，一直没有利用。因为才智没有把它们“冲洗”出来。我们的生活是这样，别人的生活也是这样；其实，文笔之于作家犹如颜色之于画师，不是技巧问题，而是视觉问题。

它揭示出世界呈现在我们眼前时所采用的方式中的性质的不同，这是用直接的和有意识的方式所做不到的，如果没有艺术，这种不同将成为各人永恒的秘密。只有借助艺术，我们才能走出自我，了解别人在这个世界，与我们不同的世界里看到些什么，否则，那个世界上的景象会像月亮上有些什么一样为我们所不知晓。幸亏有了艺术，才使我们不只看到一个世界，我们的世界，才使我们看到世界倍增，而且，有多少个敢于标新立异的艺术家，我们就能拥有多少个世界，它们之间的区别比已进入无限的那些世界间的区别更大，不管这个发光源叫伦勃朗还是叫维米尔，它虽然已熄灭了多少个世纪，它们却依然在给我们发送它们特有的光芒。

艺术家的这项在物质、经验、词汇下努力挖掘某种不同事物的工作，与当我们违心地生活的时候，自尊、偏见、才智以及习惯每时每刻在我们身上完成的工作恰恰相反，后者在我们的真实印象上积聚起各类术语，积聚起被我们误称为生活的实用目标，以完全掩盖我们的真实印象。总之，这种复杂如斯的艺术正是唯一生气勃勃的艺术。只有它能向人表述我们的生活，也使我们看到自己的生活，即无法“观察”到的、对我们所看到的它的表象需要加以翻译和往往需要逆向阅读和极难辨识的那种生活。我们的自尊、偏见、模拟力、抽象的才智和习惯所做的那项工程正是艺术要拆除的，它将使我们逆向行进，返回隐藏着确实存在过却又为我们所不知的事物的深处。重建真正的生活、恢复印象的青春，这无疑是一大诱惑。但它也需要有形形色色的勇气，甚至感情上的勇气。因为那首先要否定自己最珍贵的幻觉，不再相信自己所制定的东西的客观性，并且，与其一百次地用这样的话哄骗自己说“她真可爱”，不如直截了当地说“我喜欢亲吻她”。当然，在爱的时刻里我所感受到的东西，别人也同样感受得到。我们感受，然而我们所感受到的却像一些负片，不把它们凑近灯光看便只见一抹黑，而且它们还得反过来看，不把它们凑近才智，就不知道上面是些什么玩意儿。因此只有当才智把它照亮了，使它理智化了，我们才有可能十分艰难地辨认出所感事物的面貌。

然而我还发现，最初我因希尔贝特而领略过的那种痛苦，意识到我们的爱情并不属于激起爱情的人的痛苦，这种痛苦作为解决问题的辅助手段却不无补益。因为，虽说我们的生命如白驹过隙，却只有在痛苦的时候，我们的，可以说是颠簸在永恒不断的变化和起伏曲折之中的思想才能像在一场风暴中那样，把那整个地受法规调节的无限浮升起来，达到一定高度，让我们能看到它，这是我们停留在角度不佳的窗户前所不曾看到的，因为幸福的宁静使它平淡无奇和地势过低；这种起伏，也许只对某些伟大的大才才始终存在，对他们来说不需要痛苦的颠簸；然而，当我们欣赏他们欢快的作品的宽广而有规律的发展时，我们是不会那么肯定地倾向于根据作品的欢乐去推测生活的欢乐，恐怕相反，生活往往是痛苦的——然而，主要原因在于，如果说我爱的不只是某个希尔贝特（我们因此而痛苦异常），那不是因为我们还爱某个阿尔贝蒂娜，而是因为爱是我们灵魂的一部分，它比我们身上那些先后泯灭的、自私地希望挽留这个爱的自我更加经久不衰，而且，不管这样做会给我们造成多大的痛苦（其实是有益的痛苦），它必得脱离具体的人以便从中逸出一般性并把这种爱、对这种爱的理解给予每一个人，给普遍的人，而不是给某个，接着又是某个；我们先后作为某个，接着又是某个男人希望与之结合的女人。

出现在我周围的最细微的迹象（盖尔芒特家、阿尔贝蒂娜、希尔贝特、圣卢、巴尔贝克，等等），我必须把习惯使我忽略了的含义还给它们。而在我们达到现实之后，为了表述现实，保住现实，我们将撇开与现实相异的东西，撇开习惯所获得的速度不断地给我们带来的东西。首先我将摈弃那些说来容易却并不是心灵选中的话语，摈弃那些插科打诨，如我们用在交谈中的那种语言，继与人长谈之后继续矫揉造作地对自己说下去，使我们的思想充斥谎言，那些纯属物质的、在堕落到就是写写话的作家那里伴随着浅笑和皱眉蹙额搔首弄姿的话语，它们无时不在篡改例如圣伯夫这样的人说过的话。真正的著作不应是光天化日和夸夸其谈的产物，而是黑暗与沉默结下的果实。而由于艺术严格地重新组合生活，我们在自己身上已经达到的真实周围便会始终漂浮着诗的气氛，洋溢着某种神秘带来的恬适，那无非是我们不得不从中穿过的冥冥的残痕，像高度表一样正确标出的作品的深度指示（这个深度并不属某些主题所固有，如一些唯心主义的唯灵论小说家所以为的那样，既然他们不可能深入到表象世界的下面去。而且，就像那些不愿做些许善行的善士常作的道德文章，他们所有崇高的意向也不应妨碍我们注意到他们连摆脱产生于模仿的形式上的种种平庸之处的意志力都没有）。

至于才智——即使是最卓越的才智——所稀疏采撷的真情实

话，在它面前，昭然若揭，它们的意义可能十分重大；但是它们的轮廓不大柔和，它们比较平坦，由于要达到这些真实不用逾越什么深度，由于它们并不是再创造出来的，所以，它们没有深度。有些作家到了一定的年龄后，心中不再产生那种神秘的真实，从此时起，他们往往就凭借越来越有力的才智进行写作，鉴于这个原因，他们成熟时期的作品比他们年轻时的作品更苍劲有力，然而它们失去了往日的甘美。

不过，我觉得也不能对那些由才智从现实中直接引出的真实科以全盘否定，因为它们仍能利用虽不那么纯，却依然浸透了精神的材料，镶嵌过去和现时的感觉所共有的要素不受时限地给我们带来的那些印象。只是，由于这些印象比较珍贵，也十分稀少，致使艺术作品不可能全部由它们构成。既然它们能被利用于此，于是乎我感到这些与情感[1]、性格、习俗有关的真实纷纷涌上心头，感知它们给予我的欢乐。然而我依稀记得它们中间有不止一个是我在痛苦中发现的，另有一些则发现于勉强的欢娱之中。在这种情况下，它们无疑不如使我意识到艺术作品是找回似水年华的唯一手段的那个真实灿烂辉煌，我心中升起又一股光焰。我大悟，文学作品的所有这些素材，那便是我以往的生活；我大悟，它们在浮浅的欢悦中、在慵懒中、在柔情中、在痛苦中来到，被我积

[1] 每个曾使我们痛苦的人都有可能被我们奉若神明，而他们其实只是神性的部分反映，最高阶段；神性（理念），静观之就能即刻赐予我们欢乐，而不是我们承受过的痛苦。生活的全部艺术在于把造成我们痛苦的人只当成能让我们进入他们的神明外形的台阶，从而愉快地使我们的生活充满各种神性。——作者注

存起来，未及预期它们的归宿，甚至不知道它们竟能幸存，没想到种子内储存着将促使植物成长的各种养料。我就像那种子，一旦植物发育成长，我便会死去，而且我觉得自己无意中就是为它而生存的，没有想到我的生命有一天会同我欲撰写的那些书籍发生关系，过去，当我在书案前坐下时，我竟想不出写些什么好。因此，我的生活既能又不能归结为这个命题：感召。它不能这么归结，因为文学在我的生活中并没起到过任何作用。它能这么归结则是在于这个生活、它的伤心事、它的快事的回忆构成了类似胚乳的储存，留在花木的胚珠中，胚珠从中汲取营养以变成种子，植物胚胎便在我们尚一无所知的这段时间里发育起来了，而这个胚胎却是发生化学反应和秘密但又十分活跃的呼吸现象的地方。我的生活就是像这样与它的成熟所导致的变化相适应的。

在这个问题上，同样的对照，如果以它们为出发点，则它们是错误的，如果以它们为终止，则它们是真实的。文士墨客艳羡画师，也想去画画速写，搞搞写生，他如果这样做了，那就会一败涂地。可当他写作的时候，他笔下人物的动作、癖好、口音，无不是他的记忆授意于他的灵感的。在一个虚构人物的名字下，没有不能放上六十个他见到过的人物的名字，他们有的做出一副怪相，有的献出一只单片眼镜，某人是怒气冲冲的模样，某人又只剩下自命不凡的手势，等等。此时，作家发觉，他那当画师的梦想是不可能有意识地如愿以偿的，但是，这个夙愿却已经实现了，作家在不知不觉中也完成了他的速写本。因为，在他自身具有的本能的推动下，作家，远在他自信有朝一日能成为作家之前就已经在有规律地疏漏那么多为别人所注意的东西，致使别人责备他心不在焉，而他也以为自己既不善于听，又不善于观察，然而正是在这段时间里，他授意自己的眼睛、耳朵永远地抓住那些在别人看来实属无谓的琐碎小事，某时某人讲某句话时所用的语调、脸上的神色以及耸肩动作，此人其他方面的情况他可能一无所知，如此行事已有多年，而这是因为种种语调他早已听到过了，或者预感到他还会再听到，觉得这是一种可更新的、能持久的东西。因为他只是在其他那些人那么愚蠢或者那么疯癫地鹦鹉学舌、重复与他们品性相似的人的话语，从而甚至使自己成为先知鸟、成为一条心理法则的代言人的时候，他才听取他们说的话。他只记住一般的东西。别人的生活便是以诸如此类的语调、诸如此类的表情动作再现在他心中的，尽管那是他遥远的童年时代的所见所闻，而后来，当他写作的时候，别人的那种生活便会前来协作行动，以一个为许多人所共有的，像解剖者记入工作手册的内容一样真实的肩部动作进入他的作品，只是在这里要表达的是某个心理真实，并且在他肩上装接着另一个人的颈部动作，各人摆出自己的瞬间姿势。[1]

---

[1] 在文学作品的创作过程中，并不能肯定想象力和敏感性是两种不可互换的资质，并不能说后者就不能无甚重大弊端地取代前者，像胃不行的人让他们的肠道承担消化功能那样。一个生性敏感却缺乏想象力的人同样能写出令人拍案称好的小说。别人给他造成的痛苦、他为防止这种痛苦而做出的努力，他与残酷的第二个人物所制造的冲突，这一切经智慧的巧妙阐述完全能成为一部作品的素材，这部作品不仅不会比它如是想象杜撰的逊色，而且如果它能听任自身的发展，同样能越出作者的梦幻和妙趣横生，同样会像想象力不可捉摸的任性波澜起伏，出乎自己的意料。——作者注

最愚笨的人在他们的动作、言语和无意间流露出来的情感中表现出某些规律，这些规律他们自己并未觉察，然而它们却被艺术家抓住了。凡夫俗子认为作家的这种观察可恶，他们错怪了作家。因为在一个滑稽可笑的人身上，艺术家看到的是一种完美的概括，他并不把错误归咎于这个被观察的人，就像外科医生并不蔑视相当常见的循环紊乱病人一样。所以，他并不比谁更瞧不起那些笑话篓子。可惜，他的不幸更胜于他的可恶，当事情牵涉到他自个儿的情感时，虽说他也一样地清楚这些情感的概括性，要超脱它们所造成的痛苦就不那么容易了。当一个蛮横无理的人侮辱我们，无疑，我们更愿意他称赞我们，尤其是当我们心爱的女人背离我们的时候，我们为求得另一种结局什么代价不愿意付出呢！然而，此时此刻受侮辱的感觉、被抛弃的痛苦会成为我们从来都不曾涉足的土壤，它的发现对别人是那么痛苦，对艺术家却变得难能可贵。恶毒和忘恩负义的人会由不得他，也由不得他们自己出现在他的作品里，抨击文章作者非本意地把他痛斥的卑劣小人和他的荣誉联系起来。在任何一部作品中我们均能辨认出艺术家最憎恶的人，呜呼，同样还有他曾热恋的女人。对艺术家而言，她们也只是在违背他的意愿、使他痛苦万分的那一刻里摆了个姿势。在我恋着阿尔贝蒂娜的时候我就清楚地知道她并不爱我，我曾不得不甘心领受她让我领略的唯一的东西，即什么是感觉痛苦，什么是体验爱，甚至，在开始的时候还有幸福是什么。

而当我们力求从自己的忧伤中萃取概要，加以述写的时候，我也许还会因为一条与我在这里列举的不同的理由而得到些许慰藉，那就是，一般地思考和述写对作家而言是正当的和必要的职责，恪尽职责使我快乐，就像训练、汗水、沐浴之于运动员一样。说实在的，我对此还略做抗拒。我空自以为生活的至上真谛存在于艺术之中，另一方面，虽然我已没有能力或为爱恋阿尔贝蒂娜或为痛哭的外祖母做出回忆所需的努力，我却还在考虑一部他们不可能知道的艺术作品对于他们，对这两位已然作古的可怜女性的命运是否也能算是一种完成。我曾无动于衷袖手旁观在我身边弥留和咽气的外祖母啊！在我这部作品完成之后，我这已受了无可救药的创伤、众叛亲离的人，在死去之前但愿能经受住长期痛苦以补赎罪孽吧！再者，我甚至还十分可怜那些与我不怎么亲密，甚至没什么交往的人，怜悯那么多人，我的思想力求理解他们的命运，也就是曾经利用他们的痛苦的人，我还怜悯那些滑稽可笑的人。所有这些曾为我揭示真谛的已经不在世间的人，我仿佛觉得他们只是为了给我带来利益而生存过，并且仿佛是为我而死的。想到被我看得这么重的我的爱情，在我的作品里将显得那么轻快超脱，并且被各种各样的读者实施在他们对其他女人的感受中，于我实属可悲，然而我该为这身后的不忠大发愤慨吗？我须为某人或某人可能用一些不认得的女人作为我这种情感的对象而大发愤慨吗？这种不忠，这种在好几个人之间的爱的瓜分是我生前，甚至是在我撰写此书之前就已经开始的呀！我曾一个接一个地为希尔贝特、德·盖尔芒特夫人、阿尔贝蒂娜而深深地痛苦过。我又一个接一个地把她们抛诸脑后，唯有我奉献给各种各样的人的爱经久不衰。我的那些回忆之一将遭到某些陌生读者的亵渎，其实在他们之前我就已经把这个回忆糟蹋了。我都已经快使自己感到可憎恶了，就像某个国家主义政党，以它的名义继续着敌对行为，为它的利益而进行一场战争，那么多高贵的受害者在这场战争中经受磨难和尸填沟壑，连争斗的结局都不知道（对我的外祖母来说这至少可以算是某种补偿），这个政党或许也会憎恶自己。而对于她不知道我终于着手创作我唯一的慰藉便在于（这就是属于死者的份额），如果说她已不能为我的进步而高兴，她却早已不再认为我无所事事，早已相信我不会虚度一生，我的无为和虚度年华曾造成她那么巨大的痛苦。当然那里不会只有我的外祖母和阿尔贝蒂娜，还有许多我只吸收了一句话、一道目光的人，只是作为个体的人我已记不起来了。一部作品便是一片广阔的墓地，大多数墓碑上的名字已被磨去，无法再辨认。有时相反，名字倒记得很清楚，却不知道这个人是否还有什么存活在书页中。那位眼窝深陷的姑娘，说话慢条斯理，她在不在这里呢？倘若她确实安息在这里，那又在哪一部分呢？我已经不知道了，人在花丛底下，怎么找得到？然而，既然我们远远地离开那些个体的人而生活，既然我们最强烈的感情，诸如我对外祖母的爱、对阿尔贝蒂娜的爱经过几年后我们已不再有所感受，既然它们已经只是我们一个不理解的词，既然在我们所爱的一切已经死去的时候，我们还能对世人，还乐于到他们家去和他们讲讲那些故人，那么，如果还有什么能使我们学会理解那些被遗忘的词的方法，这个方法我们不该把它用起来吗？需不需要为此而先把它们译写成通用的，至少将是持久的语言，能使逝去的人们在他们最真实的本质上变成所有人的永恒获得物的语言呢？甚至，那条使这些词变得不可理解的变化法则，如果我们能做到把它解释清楚的话，我们的短处不又变成一种新的力量了吗？

况且，忧伤协助我们写下的作品还能被理解为是我们未来的痛苦的凶象和慰藉的喜兆。事实上，如果说爱情和忧伤曾为诗人效力，曾帮助他营造自己的作品，如果说那些连最起码的都没料到的陌生女人，或出于恶意，或为了嘲弄，每人都曾为这她们不会见到的宏伟建筑物的营造添上自己的砖石，人们却没有充分地考虑到作家的生活并不随着他作品的完成而结束，那曾使他经受了巨大的，已写入他作品中的痛苦磨难的天性，在他完成作品之后继续存在，使他有可能在相同境遇中爱上别的女子，如果时间在环境、主体本身，在他的爱的欲念和对痛苦的抗力上引起的种种变异并没有导致这种境遇出现些微偏差的话。从这第一个观点来看，作品应被视作一次不幸的爱情，它必然是其他几次爱情的预兆，它将使生活与作品相仿，使诗人几乎用不着再写作，在他已经写下的东西里他完全能找到未来事件的先期形象。犹如我对阿尔贝蒂娜的爱，区别再大也早已记入我对希尔贝特的恋情之中，在那些幸福的日子里，当我第一次听到她姨妈说出阿尔贝蒂娜的名字和描绘她的容颜，那天，我并没有料到这微不足道的萌芽有朝一日竟会发展和延续到我整个的一生。

然而从另一角度来看，作品是幸福的朕兆，因为它告诉我们，在任何一次爱情中，即在特殊旁边存在着一般，并且通过把忧伤的起因略过不管，为深化其本质加强对忧伤的抵抗力的锻炼，完成从特殊到一般的过渡。事实上，就像我后来所体验到的那样，即使在爱的时刻、痛苦的时刻，如果感召终于在我们的工作中变成现实，此时，我们会十分清楚地感到心爱的人融化在更加广阔的现实中，竟至使我们不时把他忘却，我们在工作的时候不再为爱情感到痛苦，似乎那只是某种纯属肉体的疼痛，与我们心爱的人完全不搭界，好像是一种心脏疾患。确实这是个瞬息即逝的问题，如果工作开始得更迟一些的话，后果似乎更加是相反的。因为那些人出自他们的恶，出自他们的毫无价值，置我们的反对于不顾，破坏了我们的幻觉，自己也化为乌有，并且脱离了我们为自己铸造的爱的幻想，如果此时我们着手进行工作，我们的心灵，出于我们自我剖析的需要，会重新把他们抬得高高的，抬到有可能爱我们的地位上，在这种情况下，摆脱了爱的幻觉重新开始工作的文学便会给某些已不复存在的感情以某种死亡后的继续存在。当然，我们会不得不以医生在自己身上再一次注射有害针剂的勇气去重新领略那种特有的痛苦。然而，与此同时，我们还必须对它进行某种一般形式下的思考，这在某种程度上能使我们逃过它的压抑，使所有的人都来分担我们的痛苦，甚至还能给予一定的欢乐。生活在什么地方筑起围墙，智慧便在那里凿开一个出口。因为如果说不存在医治单相思的药物，人们却能从确认痛苦中逸出，哪怕只是从中引出它包含有的后果。智慧并不考虑没有出路的生活的那些封闭局面。

所以，我必须接受这样的观念，即使是最亲密的人，也只能给作家摆个姿势，就像在画室里那样，因为任何东西只有在变成一般和灵魂弃绝自我后才能够持久。

有时，当一个痛苦的片段尚处于毛坯状态的时候，一段新的柔情、新的苦痛已然萌生，使我们能够完成和充实那个片段。至于那些有用的深切哀伤，我们还不能太抱怨，因为它们不会失误，也不会让我们久久等待。[1] 只是得赶快利用，因为它们不会持续很长时间。我们或者会自我安慰，当它们太强大，而如果我们的心脏已不很强健，承受不了，那我们就会死去。因为只有幸福才有益于身体的健康，而忧伤却是培养精神的力量。况且，它不是每次都要给我们揭示出一条法则吗？这也是使我们一次次返回真理，拔去习惯、怀疑、轻率、冷漠的杂草，迫使我们认真对待事物所不可或缺的呀！确实，这条真理难以与幸福、健康兼容并存，也并不总是与生活同在。忧伤过度必致殒命。每当新的苦难过于深重，我们便会感到又有一条血管鼓了起来，顺着一侧太阳穴，弯弯曲曲延伸到我们的眼睛底下。大家对老年伦勃朗、老年贝多芬不以为然，他们那憔悴不堪的可怕面容就是这样逐渐逐渐形成的。倘若没有心灵的痛楚，那眼囊和额头皱纹根本就算不了什么。但是，既然一些力可以转化为另一些力，既然持续的热能会变成光、霹雳中的电可用来照相，既然我们心灵的钝痛能于自身之上建立

[1] 在爱情中，我们幸运的对手，或者可以说我们的敌人也是我们的恩公。他当即在一个只是激起我们微不足道的肉欲的人身上，添加了一种极大的价值，与她不相干，却又被我们混为一谈的价值。如果我们没有情敌，寻欢作乐便不会变成爱情，如果我们没有，或者如果我们不相信有情敌的话。因为实际上并不一定需要他们存在。足以对我们有所裨益的是那种幻觉生活，我们对并不存在的情敌产生的猜疑和忌妒导致的幻觉生活。——作者注

起每出现新的忧伤便像楼台般显见的形象的永久稳定，那么，就让我们接受它赐予的肉体的痛苦以获取它带来的心灵的认识吧！让我们的肉体去分崩离析，既然这一回脱落下来的每一小块都熠熠放光、一清二楚，以其他天分较高的人所不需要的痛苦磨难为代价来补充作品的不足，它们被加进我们的作品，随着种种激情碾碎我们的生命而使它更加坚实。思想是忧伤的替代物，就在一次次的忧伤变成一个个观念的同时，它们部分地丧失了对我们心灵有害的作用，刚开始的时候，转化本身甚至会骤然释出欢乐。况且，它们仅仅是时间范畴内的替代物，因为，第一要素似乎该是观念，忧伤只是某些观念首先进入我们心灵所采用的方式。然而在这观念群里又存在着好几种类别，有些类别的观念即刻便成欢乐。

上述种种思考使我获得对自己经常有所预感的真理的更强烈和更确切的意识，尤其是当德·康布尔梅夫人在寻思着我怎么能够为了阿尔贝蒂娜而去冷落埃尔斯蒂尔这样一位杰出人物的时候，即便从理智的观点去看我也感到她错了，可我又不清楚低估了什么：我们就是带着种种教训开始学当文人的。艺术的客观价值于此微乎其微。需要使之水落石出，真相大白的是我们的感觉、我们的激情，也就是每个人的感觉和激情。一个我们需要的，使我们备受折磨的女人引起我们心中阵阵喜怒哀乐，这与我们的利害相关的上司可能引起的喜怒哀乐别样地深切、别样地生命攸关。尚需弄明白的是，按照我们生活的面，我们是否觉得，一个使我们感到痛苦的女人的离弃与这种离弃为我们揭示的真理相比之下是微不足道的，这些真理对于因为给人造成痛苦而喜滋滋的女人是不大能理解的。不管怎样，这种背叛都不为少见。作家可以着手他的鸿篇巨制，不必担忧。让才智开始他的作品，进行过程中自会有足够的忧伤负责把它完成。至于幸福，它几乎只有一个用途，使不幸变得可能。我们应当在幸福中铸就十分甜美、十分有力的信赖和眷恋关系，以便使这种关系的中断足以导致被称作不幸的那么珍贵的痛苦。如果你不曾有过幸福，哪怕是憧憬中的幸福，那么，不幸便谈不上残酷，从而也结不出果实。

而这对作家犹胜于对画家，为了获得容量和浓度，获得概括性和文学现实，就像画家需要见到过许多教堂才能画出一座那样，作家也需要接触许多人才能描述出一种感觉。因为，如果说艺术长存生命短促，那么相反我们却可以说，如果灵感短促，它应该描绘的那些感觉也不会持续多久。[1] 当灵感重新出现，当我们又能够进行工作的时候，曾为某种感觉在我们面前摆出姿态的女子已不再使我们体会到这种感觉。要继续描绘出这种感觉就得依据另一个女子，而如果说这是对前者的背叛，那么，从文学角度来看，则正是由于我们情感间的相似性，使一部作品既是我们对旧爱的忆念，又是我们对新欢的预期的相似性，这样的替代倒并没有什么大不了的不妥。有的人在研究作品中总想猜度作者说的是谁，那么那便是导致这种研究徒劳无功的原因之一。因为，一部作品，

---

[1] 为作品勾勒轮廓的是我们的激情，把它们撰写出来的是两次激情间的宁息。——作者注

即使是直言不讳的忏悔录至少也是被夹在作者好几件生活小事之间，在前的曾给作品以启迪，在后的少不得与作品相仿，后来的爱情是前几次爱情的翻版。因为我们对爱之至深的人并不像对自己那样地忠贞不渝，或迟或早我们会忘掉她们——既然这是我们的特点之一——好再去爱别人。我们爱得那么深的女人最多也只是为这次恋情添加一种特殊的形式，使我们即便在不忠之中依然忠实于她。对于后来的女人我们也会需要做同样的早晨漫步，或同样的夜晚陪送，或给她出百倍的金钱（这种金钱的流转实属一大怪事，我们把钱给女人，她们因此使我们不幸，也就是说使我们能够写出书来，我们竟可以说，作品就像自流井，痛苦把我们的心挖掘得越深，作品的内容就越丰富）。这些替代给作品增添了某种不偏不倚，使之更具普遍意义的东西，它还是一个严肃的忠告，告诫我们应该致力的不是那些人，不是那些实际存在，因而也易于表述的人，而是观念。而且还得加快速度，使在身边有这些模特儿可供支配的时候不致坐失良机。因为那些为我们摆出幸福姿态的人一般不会表演多次，而为我们摆出痛苦姿态的人，那痛苦也是稍纵即逝的。况且，即使她在给我们揭开痛苦的真面目的时候并没有为我们提供写作素材，对我们的写作她仍是有促进作用的。想象、思考，其本身便可以成为绝妙的工具，但它们也可能失去活力。此时，痛苦便来启动它们。而那些为我们摆出痛苦姿态的人则在只有这种时期才去我们的画室、我们内心的画室里为我们做出重复过那么多次的表演！这些时期仿佛是一幅图片，画着我们生活中各种各样的痛苦。因为，它们也包含着形形色色的痛苦，并且就在我们以为事情已经平息的时候，新的痛苦又冒了出来。就各种意义而言的新痛苦：也许是因为不可逆料的处境迫使我们进入与自我的更深层的接触。爱情不时使我们陷入的窘境教育我们，一而再，再而三地为我们揭示构成我们的是什么材料。所以，当弗朗索瓦丝看到阿尔贝蒂娜随时随地都能走进我家，像条狗一样到处乱跑，把什么都弄得乱糟糟的，把我毁了，还把我弄得那么伤心的时候对我说（因为那时我已经写过几篇文章，译过一些东西）：“啊！先生要是不接待这个女人，而是用一个教养有素的小秘书，帮助先生整理整理这些文稿有多好！”我也许不该觉得她说话明哲有理。阿尔贝蒂娜使我浪费了时间，使我伤心，可她也许比能帮助我整理文稿的小秘书更有助于我，即使是从文学角度考虑。不过，一个人的形体再丑陋（而在常理上，这个人可能是男人），也不可能爱而没有痛苦，也得经受磨难才能得知真理，这种人的生活最后必会变得令人厌烦不堪。幸福的岁月即是虚度的年华，我们等待痛苦，以便进行工作。先决痛苦的概念与工作的概念连在一起，当我们想到要构思一部作品首先得备受痛楚，我们就会害怕每一部新作。而由于我们明白了痛苦是我们在生活中能遇上的最美好的东西，我们就会毫不畏惧地想到死，简直就像想到一种解脱。

然而，如果说我对此有些反感，那么，还必须注意的是我们往往把生活看得过于严肃，没有为著书立说把人们利用起来，而是完全相反。唉！我的情况可不同于维特，那么崇高。我没有一分一秒相信过阿尔贝蒂娜的爱，却二十次地愿为她奉献生命，为她丢弃家产，为她毁了健康。当问题涉及写作的时候，我们十分谨慎，细细观察，剔除一切非真实的东西，可一旦只涉及生活，我们便为虚妄的谎言去破产、生病和自杀。确实，我们只能从谎言粗糙的外表中去提炼出一点儿真理（如果当诗人的年龄已过）。忧伤哀愁是卑微和被憎恶的仆佣，我们向它们做斗争，在它们的钳制下我们每况愈下。它们是凶狠残忍的仆佣，却又无法替代，它们引导我们穿过地道走向真理和死亡。在遇上死亡前先遇上真理的人是幸运儿，真理的钟声先死亡的钟声为他们敲响，哪怕它们间隔的时间是那么短！

从我过去的生活中我还意识到，即使是那些鸡毛蒜皮的琐碎小事也都曾为给予我今天将利用的理想主义的教诲而通力协作。例如，我同德·夏吕斯男爵的几次邂逅，即便是在他给我这种教训的亲德行为之前，就已经使我信服材料无足轻重到何等程度，通过思维什么都能用上，那几次邂逅的作用甚至胜过我对德·盖尔芒特夫人或阿尔贝蒂娜的爱，胜过圣卢对拉谢尔的爱。性欲倒错现象如此不为人理解，遭到那么多劳而无功的指责，实际情况是这种现象的扩大竟更胜于已了如指掌的爱情现象。爱情现象为我们揭示出美色在我们不再眷恋的女人身上转瞬即逝，它又去驻足在一张别人会觉得是最丑陋的脸上，这张脸本应有朝一日必然会使我们自己也感到讨厌。然而，更令人震惊的是看到她在获得一位大贵族毅然抛开美丽的公主而奉献给她的全部敬意的时候，她竟然跑到一个公共汽车查票员的大盖帽底下去了。每当我在香榭丽舍大街，在街上，在海滨再次见到希尔贝特、德·盖尔芒特夫人、阿尔贝蒂娜的面孔，我的惊讶不正证明回忆只会朝着与印象不同的方向延伸吗？它先与印象相吻合，继而离它越来越远。

作家不应因为性欲倒错者给他笔下的女主角装上副男性面孔而感到气恼。这种有点畸变的特殊情况只能使性欲倒错者继而得以把自己的全部概括性给予他读到的内容。拉辛还曾把古代的淮德拉塑造成冉森派教徒，以便使她充分地获得普遍意义。同样，倘若德·夏吕斯先生不给缪塞的《十月之夜》和《回忆》中使他伤心落泪的那个“不忠实的女人”安上莫雷尔的面容，他既不会哭泣，也不会理解，他实在是通过这条狭窄曲折的唯一道路进入爱的真谛的。作家只是沿袭惯例用写序言和题献的那种言不由衷的语言说了个“我的读者”。实际上，读者在阅读的时候全都只是自我的读者。作品只是作家为读者提供的一种光学仪器，使读者得以识别没有这部作品便可能无法认清的自身上的那些东西。读者能从书本所云中做到自身的识别证明这本书说的是真话，反之亦然，两篇文章间的不同，至少在某种程度上，往往不能归咎于作者，而应归咎于读者。再者，对于头脑简单的读者，作品还可能太深奥、太晦涩，就像推给他一块模糊的玻璃，读者无法用它来阅读。然而，另外有些特殊情况（例如倒错）可能造成读者需要用某种方式才能读懂：作者不应为此气恼，而是相反，给读者留有最大的回旋余地，对他说：“您自个儿瞧吧，用这块镜片是不是能看得清楚些，或者这一块，要不那一块。”

如果说我对人们在睡眠中所得的梦总是那么感兴趣，难道不正是因为它们以强度补偿时间的短促，能够帮助你更好地理解某一事物，如爱情中属于主观的内容吗？它们通过简单的事情——却以惊人的速度——完成俗称“谈对象”的行为，甚至在仅仅几分钟的一场春梦中使我们如胶似漆地爱上一名丑女，这在现实生活中往往需要数年的习惯、数年的姘居——而且，它们好像是哪一位神医发明的针剂，可以静脉注射爱情，同样可以静脉注射痛苦。它们反复向我们做出的爱的启示又以同样的速度烟消云散，有时，不仅夜梦中的秋水伊人因为又变成熟知的丑女不复引起我们的情愫，而且某种更可贵的东西也荡然无存，如缱绻柔情、快感、朦胧隐掩的惋惜组成的整幅良辰美景、驶往情浓意蜜的西泰尔岛[1]的全部准备，还有我们还想记下它那美妙真实的细微色调，以备不眠之虞，而它却像一幅色泽褪失、无法修复的图画也泯灭殆尽。梦之所以曾把我慑服或许还因为它与时间联手发出的高招。我不是常常在一个夜晚、某个夜晚的某一分钟见到已经遥远的各个年代吗？这些年代被搁置在那里，隔着万水千山，我们已辨味不出当时体验过的喜怒哀乐，此时，它们却向我们全速扑来，它们的光芒照得我们眼花缭乱，好像它们是一群大型飞机，而不是我们原来以为已经淡没的星辰，使我们又见到它们对我们而言所蕴含的全部内容，从而给予我们激情、冲击和近在咫尺的它们发出的光芒——一旦我们从梦中苏醒，那些年代便又回到它们一度神奇地飞越的万水千山之外，直至

[1] 神话中的岛屿，维纳斯曾在那里有过一段恋情，如同我国的巫山。

使我们以为，其实是错误地以为，这些梦是复得似水年华的方式之一。

我发现，唯有粗浅的、似是而非的感知才寄一切于客体中，其实它们此时全存在于心灵间。我真正失去我的外祖母是在她去世后好几个月，我见到过一些人，他们随着我和另一些人对他们的看法变换面貌，仅仅一个人，有多少人望着他，他就成了多少人（例如初时的斯万，对第一主席而言的德·卢森堡亲王夫人），即便对一个人而言，随着岁月推移也会有变化（对我而言的盖尔芒特这个姓氏，不同的斯万）。我看到过爱情把只有在正恋爱着的人身上才有的东西放到某人身上。当我把客观现实与爱情之间的距离延展到最大限度的时候，我对此的了解更深了（拉谢尔之对圣卢和我，阿尔贝蒂娜之对我和圣卢，莫雷尔或公共汽车司机之对夏吕斯或对其他人，尽管如此还有夏吕斯对缪塞的诗篇的偏爱，等等）。最后，在一定程度上，夏吕斯先生的亲德观念、圣卢看阿尔贝蒂娜的照片时的目光，即便没有助我摆脱自己对德国的敌视，却至少有过一时帮助我挣脱自己对仇德观念的纯粹客观性的信念束缚，使我想到，也许爱和恨一样都是客观的，即在此时，在法国对它认为丧尽人性的德国抱有极度仇恨之中，首先便存在着感情的客观化问题，就如那种使拉谢尔和阿尔贝蒂娜，前者对圣卢、后者对我而言显得如此宝贵的感情那样。实际上，那种邪恶并不完全是德国所固有的本质，之所以能够这么说是因为，这与个人的情况是一样的，我曾接二连三地有过几次爱情，这几次爱情结束之后，我觉得爱的对象没什么价值。我在法国已经看到过接二连三的仇恨，它们导致一些法奸的出现，他们把法国出卖给德国人，他们比德国人坏一千倍；它们也导致产生一批像雷纳克那样的德雷福斯派，今天爱国者们与雷纳克通力合作，反对一个全然由撒谎者、衣冠禽兽和笨伯蠢货组成的国家，除了那些与法国同仇敌忾的德国人，像罗马尼亚国王、比利时国王和俄国女皇这样的人。诚然，反德雷福斯派们会反驳我说："这不是一码事。"确实，这从来就不是一码事，而且也不是同一个人：要不然，在同一现象前受它之骗的人便只有责怪自己的主观状况欠佳了，也只能认为或优或劣皆在客体之中。以此差异为基础，智者不费吹灰之力便能创立一种理论（按照激进党人的观点修会成员反对自然天性的教育，犹太人种民族化的不可能性，德意志民族对拉丁民族的世代宿仇，地位得到恢复的黄种人）。况且这种主观方面的作用还明显地表现在中立者的交谈中，例如当有人对亲德派述及德国人在比利时的暴行时，亲德派有本事停止一时的理解，甚至听觉功能（可那些暴行却千真万确：不管是在仇恨或是在观点本身中我所注意到的主观意识都不妨碍客体可能具有实在的长处或缺憾，并且丝毫都不会使现实泯灭在纯粹的相对主义之中）。而如果说，那么多岁月流逝了，那么多时间丢失了，我才感觉到这个最重要的影响，直至它在国际关系中的表现，那么，在我生活的开始阶段，当我在贡布雷的花园里阅读贝戈特的那种小说的时候，对此我是否已有所揣测呢？纵然是今天，如果我浏览了那已被遗忘的几页，看到书上恶棍的阴谋诡计，我仍然会跳过一百页，直至在快要结尾的地方得以肯定那个恶人必然落得可悲的下场，恶贯满盈，终于明白他那些阴险的计谋已彻底失败，这才掩卷。因为，我已经记不清楚那些人物的遭遇，这便使他们与今天下午出现在德·盖尔芒特夫人家的那些人难以区分了，这里的客人们中间至少有好几个，他们过去的生活经历我已模糊不清，就好像是我在一部忘了一半的小说中读到的。德·阿格里让特亲王最后是否娶了X小姐？或者应该说X小姐的兄弟是否娶了德·阿格里让特亲王的妹妹？或许是我把它与过去读过的一部作品或者最近做过的一场梦混淆在一起了？

梦还是我生活中的那些事件之一，它总在给予我最强烈的震动，它最有效地使我认识到现实的纯属心态的性质，它的帮助是我在作品的撰写过程中不容掉以轻心的。当我稍稍不那么冷漠地为一次爱情而生活的时候，梦会奇特地使这次爱情越过似水年华构成的万水千山，使我与我的外祖母、阿尔贝蒂娜靠拢；我又爱起阿尔贝蒂娜来了，因为她在我的睡梦中为我提供了关于那个洗衣女工的情事的一种解说法，而且是缓解的说法。我想，有时它们就像这样使我接近真实、接近印象，这些真实和印象单凭我的努力，或者甚至是大自然的机遇都不可能使我看到，他们会唤醒我心中的欲念，使我为某些不存在的东西抱憾，这便是工作的条件，摆脱习俗、摆脱具体事物的条件。我不会轻慢这第二位缪斯，这位有时取另一位而代之的黑夜的缪斯。

我看到过一些名门贵胄，当他们的灵魂像德·盖尔芒特公爵的那样鄙俗时，他们自己也变得庸庸碌碌（戈达尔大夫就可能会说：“您不觉得局促不安。”）。我在德雷福斯案中和战时都看到过有以为某种事实就是真理的，他们认为部长们就拥有真理，只要无须解释的一个是或不是，便能使当权者知道德雷福斯是不是有罪，知道萨拉伊有没有办法与俄国人同时进军（不必为此派罗克去现场调查）。[1]

总之，细细想来，我的经验的素材，也即我后来的作品的素材来自斯万，这不仅通过有关他本人和希尔贝特的一切，而且正是他从贡布雷时代起就给了我前往巴尔贝克的欲望，如非如此，我父母是绝不会产生要我去巴尔贝克的念头的，我也就不会结识阿尔贝蒂娜，同样还有盖尔芒特家族，因为我外祖母没有再见到过德·维尔巴里西斯夫人，我也不会认识圣卢和德·夏吕斯先生，从而不可能认识德·盖尔芒特公爵夫人以及她的侄女。因此正是斯万导致我此时此刻来到德·盖尔芒特亲王府，并且刚才，就在这里，突然产生我作品的设想（所以多亏了斯万，我不仅有了题材而且有了决心）。用以支撑我整个生命的幅度的这枝茎也许还稍嫌羸弱（在这个意义上，"盖尔芒特家那边"便起源于"斯万家那

[1] 当然，我肯定会把自己要写的某些东西与那张脸连接起来，它仍像我在海滨第一次瞥见的那副模样。从某种意义上说，我把她与那些东西连在一起是有道理的，因为，倘若那天我没有上堤，倘若我不曾认识她，那么，这种种想法便发展不起来（除非它们已凭借另一个女人得到了发展）。我也有错，因为我们须在女人漂亮的脸蛋上找到的这种旨在生儿育女的乐趣，回过头来想一想，这些均来自我们自己的感官：实际上，我后来写下的那些篇章，可以肯定，阿尔贝蒂娜，尤其是当时的阿尔贝蒂娜是理解不了的。然而恰恰是因为这个（而这也向我们指出了不能生活在太理智的氛围中），因为她与我是那么不同，才使她能用忧伤使我充实起来，甚至开始只是通过为想象与自己的不同之处而做的一般性努力。这些篇章，如果她能够理解，那么，即由此可见，写作这些篇章的灵感并非由她所得。——作者注

边”)。然而，为我们的生活制造这种种外表的那个人往往是个比斯万低劣得多的平庸不过的凡夫俗子。只要有哪个伙计告诉我可以到巴尔贝克去赢得某位佳丽（很可能我在那里碰不上），不就足以使我到那里去了吗？事情往往如此，我们邂逅一位不尽如人意的朋友，无奈与之握一握手，然而如果有一天细细回想起来，那只是他对我们说过的一句无稽之谈，一句“您真该做巴尔贝克一行”，于是我们的全部生活和作品便脱颖而出。我们并不为此对他感恩戴德，这也并不能证明我们忘恩负义。因为言者无心，他绝不会想到这句话将对我们产生至关重要的影响。是我们的感觉和才智因势利导，而这种势态，一旦获得第一个推动力便连绵不绝地环环相生，他绝不会预见到同阿尔贝蒂娜的同居，以及在盖尔芒特府上的化装晚会。他的推动力无疑是不可或缺的，因而我们生活的外部形式、作品的素材本身均依他而定，没有斯万，我父母绝不会想到派我到巴尔贝克去（况且，对间接地因他而给我铸成的痛苦他并不负有责任，痛苦是由我的软弱引起的；他的软弱已经使他自己因奥黛特而回肠百转）。然而，即在如此这般确定我们的生活道路的同时，他从而也把我们本可能经历的其他生活道路统统排斥在外。如果斯万没跟我说起巴尔贝克，我就不会认识阿尔贝蒂娜，不会到那座府邸的餐厅，也不会认识盖尔芒特家的人。但是，我会到别的地方去，认识另外一些人，我的记忆和作品将充斥着完全不同的，我都难以逆料的场景，它们的新奇，我所未能感受的新奇，诱惑我，令我抱憾怎不向它奔去；而阿尔贝蒂娜、巴尔贝克的海滩还有里夫贝尔，还有盖尔芒特家族，我不会永远无缘结识的。

嫉妒是一位尽职的招募人，当我们的画面上出现空白的时候，它便会在街上为我们寻找所需的美人，她已没有了姣好的风姿，由于我们嫉妒她，她又恢复了花容月貌，她将填补那个空白。

一旦我们寿终正寝，这幅如此补全的图画便不再给我们欢乐。但是这种想法丝毫也不令人丧气。因为我们感到生活比我们说的更复杂一些，势态也一样。指出这种复杂性是迫在眉睫的需要。如此管用的嫉妒肯定不是产生于一脉秋波，或者一段故事，或者一番内心的反省，我们可能在一本年鉴中发现它正对我们剑拔弩张，这种书在巴黎叫《巴黎一览》，在乡下叫《城堡年鉴》。我们听到那位变得爱理不理的美人说起过她得到敦刻尔克附近的加来海峡去几天，去看望她的姐姐，我们没有在意。我们还漫不经心地想到，以前，那个很可能对这位美人大献过殷勤的 E 先生，她同他永远也不会见面了，因为她不再到他们从前见面的那个酒吧间去了。她姐姐是干什么的？好像是当女佣的吧？出于谨慎我们没有问起过她。接着，就在我们随手翻开《城堡年鉴》的当儿，我们发现 E 先生的城堡便在敦刻尔克附近的加来海峡。再也没有什么可怀疑的了，他为了讨那位美人的欢心，把她姐姐收为贴身女仆，如果说姑娘不再到酒吧间去与他会面，那是因为他让她上他家去，他一年到头都住在巴黎，然而即使只是在加来海峡住上那么几天他也少不了她。蘸满了恼怒和爱的画笔描绘着，描绘着。然而，如果不是那么一回事呢？如果 E 先生并没有再见到过那位美人，而只是出于一片热心把她姐姐介绍给他长年住在加来海峡的兄弟呢？以至于她也许同样是出于偶然在E先生不在加来的时候去那里看看姐姐，因为他们也已不再把对方放在心上。甚至，如果那位姐姐并非在城堡或其他地方当女佣，而是在加来海峡有亲戚呢？后面的那几种假设平息了嫉妒，初时的痛苦消失了。但是，这有什么关系？隐匿在《城堡年鉴》字里行间的嫉妒来得正是时候，使画布上的那个空缺现在被填满了。而幸亏有那个我们已不再嫉妒、不再眷恋的美人，有因她而起的嫉妒所造成的存在，才使这幅画的格局十分协调。

此时，总管来对我说，第一个节目已经演完，我可以离开书房到客厅里去了。这才使我又回想起了自己在什么地方。然而，我刚刚开始的推理丝毫也没有被一场社交聚会这个事实所搅乱，社交聚会、回归社会为我提供了我在孤独中不可能找到的走向新生活的起点。这一事实并没有什么可以奇怪的，因为能使我心中永恒的人复苏的印象同孤独的关联并不一定就比它同社会的关联更多（就像我过去曾以为的那样，就像它过去可能已曾对我有过的那样，就像它本来还应该如此，如果我发展得很协调，并不曾有过那段看似终止的长久停顿的话）。因为，当偶然给予我一个现时的感觉，哪怕它有多么微不足道，我心中便会自发地重现一种类似的感觉，使那种现时的感觉延伸扩展，同时涵盖它几个时期，并充满我的心灵，由于我仅仅只找到那个美的印象，而那些特殊的感觉还在那里留下巨大的空白，实际上，一般没有理由不许我接受诸如此类的感觉，不管是在自然界，还是在社交界，既然它们系偶然所赐，而且这种偶然还有特殊的冲动相助，在我们处于生活的激流之外的日子里，这种冲动能导致甚至是最普通的东西都重新给予我们某些感觉，习惯使我们的神经系统积存下来的感觉。恐怕恰恰只有这类感觉才会导向艺术作品，我这就继续我在书房里没有停止过的环环相扣的思绪，努力寻找它的客观理由，因为我感到现在在我身上，精神生活已经有力地开始了，完全能够像独自在书房里那样在客厅、宾客们中间继续进行思考。在这一点上，我觉得即使有那么多人在场，我仍能保住自己的孤独。因为，就像一些重大事件并不能从外界影响我们精神力量的强弱，一名平庸的作家即使生活在惊心动魄的时代依然只能是一名平庸的作家，出于同样的理由，世上危险的是人们所做的社交安排。然而就它本身而言，它并不能使你变得平庸，就像一场可歌可泣的战争不会把一个蹩脚诗人变得超凡出众一样。总之，不管它在理论上是否有用，艺术作品便是这样构成的，而就在我完成这个问题的考察，像我马上要做的那样之前，我不能否认，就我个人而言，一些真正的美学印象都是随着这类感觉之后才在我身上产生的。在我这一辈子中，它们确实也相当罕见，然而它们却左右着我这一生，我能从往昔里重新找到那些高峰中的某几座，我曾错误地把它们忽略了（我希望今后不要再出现这样的忽略）。而且我已经能够说，如果那是在我家里，因为它带上了独有的重要性，一个属我个人所有的特点的话，那么，当我发现它与某些作家身上的一些虽不那么显见，却还能够识别的特点，实际上还挺相似的特点互为昆仲的时候，我放心了。《墓畔回忆录》中最美的部分不正是中止在一种与小玛德莱娜点心相类似的感觉上的？“昨晚我正独自散步……一只栖息在桦树枝杈顶端的斑鸫啁啾鸣叫，把我从沉思中唤醒。这富于魔力的啼声当即使我眼前重现父亲的封邑。我忘掉了不久前目击的一场场劫难，被突兀带回旧时，又见到我听惯了斑鸫啁啾的田野。”而在这部回忆录最美的两三句中有一句不正是：“从一小方块蚕豆花盛开的田里，散发出天芥菜甜丝丝的香味；给我们送来芳馨的不是故国的微风，而是纽芬兰狂野的风，与谪居的作物没有关系，没有令人喜悦的淡淡的回忆和快感。在这没有经过美呼吸的、没有在美的胸臆中纯化的、没有散布在美的痕迹上的芳菲中，在这满负着晨曦、文化和人世的芳菲中，栖止着所有悔恨、离别和青春的伤感。”法国文学的杰作之一，热拉尔·德·内瓦尔的《茜尔薇》与和贡堡有关的那部《墓畔回忆录》完全一样，拥有似小玛德莱娜点心的味道和“斑鸫的啁啾鸣叫”一类的感觉。最后，在波德莱尔的作品中，这种淡淡的回忆数量更多，它们显然不再那么偶发，因而，依我看来，也就具有决定性意义。这是诗人本身占有更多的选择余地、带着更多的怠惰，有意识地在一个女人的例如头发、乳房的气息中觅寻给人灵感的类比，启迪他写出“广袤而浑圆的穹苍”和“火焰旗和樯桅济济的港埠”。我恰待竭力回忆起波德莱尔的那些诗篇，作为上述那种被搬移的感觉之基础的诗篇，以便最终把自己归入如此高贵的师承关系之中，从而获得信念，确信我不再踌躇、积极撰写的作品值得我将为之花费气力，我已从书房下楼，来到楼梯底下。一下子已身临大客厅，在一片欢庆中，我很快感到这次聚会与我从前参加过的大不相同，它将对我带上特殊的色调，具有崭新的含义。确实，我一走进大客厅，尽管我心中一直那么毫不动摇地坚持我刚制订的计划，却出现了一次戏剧性的变化，对我所致力的事业提出最严重的异议。无疑我将击败这种异议，然而，就在我继续斟酌自己身上创作这部作品的条件的时候，它却以重复百遍的例子，道出最善于使我犹豫不决的考虑，不时打断我的思路。

刚开始的时候，我不懂自己为什么迟疑不敢认出这家的主人和宾客，我不懂为什么他们全都仿佛“化了装”，那普遍地扑了粉的脑袋使他们的模样全变了。亲王在接待客人的时候仍然像我第一次见到他时所感到的那样，带着童话国王那种傻愣愣的善良样子，但是这一回，他不只要求来宾带上这种标签，自己也依法炮制，他给自己装上了一部白色的胡子[1]，双脚似乎穿着沉重的铅鞋步履缓慢，仿佛承担起了表现某个“人生时期”的任务。说实在的，我是靠着一番推理，从他在某些部位尚存的旧时模样推断本人正身，才把他认出来的。我不知道小弗桑萨克往自己脸上抹了些什么玩意，可就在别人有的把胡子一半染成白色，有的则只是把唇髭染成白色的时候，他却不受这些颜料的约束，居然找到法子使自己脸上堆满了皱纹，眉毛一根根竖起。况且，这一切同他全然不相称，结果他的脸仿佛变得饱经沧桑，黑黝黝的，一本正

[1] 他的上髭也是白色的，仿佛在上髭后面仍然是小拇指的故事中冰冻的森林。它似乎使变僵硬了的嘴唇不便开合，而一旦效果产生，他大概该把它摘下来。——作者注

经。这使他显得老气横秋，叫人一点都看不出他是个年轻人。更使我感到惊讶的是，即在此时，我听到有人叫一个蓄着银白色的外交官唇髭的小老头德·夏特勒罗公爵。在这个小老头身上，唯有目光中残余的那点依然如旧的神色使我得以认出我在德·维尔巴里西斯夫人家做客时见过一面的那个年轻人。像这样，尽力撇开乔装改扮的内容，凭借记忆的努力补充残存的本来面目，我终于鉴别出了第一个人；对他，我的第一个想法，也许只是在不到一秒钟时间里出现过的想法是向他表示祝贺，祝贺他那么活灵活现地化装成老人，使我在认出他之前先犹豫了一下，那些大艺术家，扮演与他们本人迥然不同的角色登上舞台、出现在观众面前的时候，观众尽管已经从节目单上得知真情，在爆发出掌声之前，仍然会感到犹豫，惊讶一阵子。

就这一点而言，所有那些人中最不同凡响的是我个人的对头，德·阿让库尔先生，这次午后演出会上货真价实的顶儿尖儿。他不仅装上了一部不同凡响的白得不像真实的胡子，取代了他那刚刚花白的胡子，而且（有许多细微而具体的变化能把一个人变得瘦小或魁伟，更能改变其外表特征、品性），这个人竟成了个老叫花子，再也没有丝毫令人尊敬之处，他往日的一本正经、死板生硬的样子我记忆犹新，使他那老糊涂的角色显得那么真实的，还有他的四肢在微微地颤抖，平昔高傲的脸上肌肤松弛，还不时傻乎乎地露出至福的憨笑。事情做到这种地步，化装艺术已超出了原来的限度，成了人格的彻底改变。实际上，某些微不足道的细节枉自向我肯定他就是德·阿让库尔先生，是他让人观赏到这滑稽可笑的画中景象，我若要找回自己熟悉的那个阿让库尔的面容，就得穿透一张脸上连续多少个变化，但他还是只拥有他自己的那具躯体，可脸部已与他本人迥然不同！这显然已是他在不毁坏自身的情况下可能引导它到达的极限；最自负的面孔、最挺拔的身躯只剩下抖抖索索的稀巴烂布片。回想起从前在德·阿让库尔先生脸上偶尔露出的，一时冲淡他那高傲神态的笑容，我们才得以在真正的阿让库尔身上勉强找到我曾看到过那么多次的形象，我们才可能勉强弄明白这位智力衰退的老旧衣商的微笑曾存在于以前那个衣冠楚楚的绅士脸上。然而，假定阿让库尔之所以微笑的意向是一致的，由于他的脸相发生了不可思议的变化，他目光中用以表达这个意向的材料是如此不同。结果表达出来的意思完全不同，甚至竟像是另一个人的表情。面对这副惟妙惟肖的老糊涂相，我发出一阵狂笑，他对自己友善的丑化与德·夏吕斯先生遭了雷劈还彬彬有礼的悲壮方式如出一辙，使他俩都得到了软化。化身为滑稽的垂死者的德·阿让库尔先生仿佛是个被拉比什夸张了的勒尼亚[1]，同正经八百地向所有给他打招呼的不值一提的人脱帽答礼的李尔王德·夏吕斯先生一样平易近人、和蔼可亲。然而，我并不想对他呈现的离奇幻影说出我的赞赏。并不是积怨阻止我这么做，因为他竟变得与本人的差异那么大，使我产生了幻觉，觉得在我面前的是另一个人，他慈眉善目、忠厚老实、与人为善，

---

[1] 让-弗朗索瓦·勒尼亚（1655—1709）：法国剧作家，曾把一笔丰厚的遗产用于旅行，这里普鲁斯特把他与佩里雄·德·拉比什相比。

而往日的阿让库尔目空一切、与人誓不两立、鹰视狼步。他完全变成了另一个人，变化之大使我一看到这难以表于言辞的怪相、滑稽可笑的白色人物，堆成返老还童的杜拉吉纳将军模样的雪人儿，一看到这就觉得人能像某些昆虫那样进行脱胎换骨的蜕变。我仿佛正透过自然博物馆富有教益的玻璃橱窗，观看最敏捷，对自己的外形最有信心的昆虫能变成什么样子。面对着这只与其说是蠕动，不如说在颤动的软体蛹，我已无法唤起我心中历来感受到的对德·阿让库尔先生的那种情感了。然而我缄口不语，我并不称道德·阿让库尔先生让我们看到这样一种景象，它仿佛拓宽了允许人体转换变态的界限。

而在后台，或在化装舞会上，人们夸大辨认乔装改扮者的难度，甚至一口咬定认不出来，这么做不如说是出于礼貌。这儿则相反，某种本能告诉我必须尽可能地把这种感觉掩饰起来。我感到不管是艰难还是不可能于对方均起不到任何奉承的作用，都因为形貌变化并非出于自愿。而且这种变态最终使我发现在走进这大客厅的时候不曾想到的东西，那便是，任何聚会，哪怕它再简单，当它是在我们很久没有涉足社交的情况下举行的，只要它汇集了几个我们以前认识的人，便会给我们化装聚会的感觉，觉得它是所有聚会中最成功的一次，是使我们由衷地为别人感到“惊奇”的聚会，可是，一旦聚会散去，他们长久以来非由自主形成的那副嘴脸却不可能通过卸妆而消失。我们感到惊奇了吗？唉，我们也在让别人感到惊奇呢！因为，我在寻求给那一张张面孔安上它们应有的名字时所遭遇的困难，仿佛也是大家看到我这副嘴脸时所感到的。他们或者就像从来不曾见到过那样对它不再留意，或者竭力想从目前的外貌中离析出一个不同的回忆。

如果说德·阿让库尔先生刚才表演了这个不可思议的“节目”，它在我的记忆中留下的无疑将是他的诙谐所呈现的最惊人的异象的话，那么，这却像是一个演员在大幕完全降落前的一片笑声中最后一次登上舞台了。而如果说我已不再怨恨他了，那是因为在重新获得童稚纯真的他身上，已不复存在他对我可能有过的蔑视性质的任何回忆，他一点都不记得还曾看到过德·夏吕斯先生突然松开我的手臂，这或者是因为他心里已经一点儿都没有了这类感觉，或者是因为，这种感觉要想传达到我们身上必须通过具体物质的折射，一次次折射使它们走样走得那么厉害，以至于它们在传递过程中完全丧失了原有的含义，而且德·阿让库尔先生，由于无法具体地说明他依然那么坏，也无法抑制他永远吸引人的快活，他仿佛是个善良人。说他是个演员实在言过其实，掀开他所有的意识和情感，他倒像是一只颤动不止的玩具娃娃，装着一部白羊毛胡子，晃晃悠悠地在客厅里溜达，好像这里是木偶戏剧场，既科学又富有哲理的木偶戏剧场，他被用在一篇悼词中或巴黎大学的一堂课上，用以唤醒人们对一切事物的虚荣心的认识或用作博物学的范例。

这些玩具娃娃，然而，当我们面对着这些木偶般的老人，想把他们与我们从前认识的那个人联结在一体中的时候，我们还得同时在木偶背后的好几个平面上进行观察，这些平面给予它们以深度和迫使我们进行一番心灵的探索，因为我们在观望它们的时候，不得不同时用眼睛和记忆。浸泡在岁月非物质色彩中的玩具娃娃，是使时光显形外露的玩具娃娃。通常，不可见的时光，为了变成可见，而去寻找物体，不管在什么地方，物体只要被它碰上便会被它攫住，在它们身上打出它的幻灯。就像过去在贡布雷我房门把手上的戈洛[1]一样地非物质，这个新的、如此难以辨认的阿让库尔在此仿佛是他使之部分可见的时光的启示。在构成德·阿让库尔先生的脸面和他这人物的新因素中，我们能读出某个岁数，辨认出生命的象征外貌，不是像它平常显现在我们面前的那个面貌，即往常的面貌，而是真实的面貌，如此多变的氛围，致使夜晚，自负的老爷也把自己漫画化了，像一个旧衣商。

况且，这种变化，这种真正的异化在另一些人身上仿佛正在越出博物学的界限，当我们听到一个名字，我们感到惊讶，同一个人居然能表现出不是像阿让库尔先生那样的新的不同类型的特性，而是另一种品性的外部面貌。这便是时光从某位姑娘身上得出的意想不到的可能性，就像它对德·阿让库尔先生那样，但这种可能性虽说尽属相面术或体表上的，却似乎具有某种精神上的内容。如果五官在变化，以另一种方式排列，如果它们以惯常式地比较缓慢地获得布局平衡，它们便会以另一种外表带上不同的含义。以至于会有这样的情况，有一女子，当初我们认识她的时

---

[1] 幻灯中的人物，参见第一卷。

候，身材干瘪，在她身上出现了变化，诸如脸变得认不出来了，长圆了，鼻子出乎意料地长出了鹰钩，这些变化令人感到惊讶，甚至惊喜，它往往就像我们听到她说出某个我们绝不会想到是出自她之口的敏感而富有深刻含义的词，或者看到她做出我们绝不会期待她能做出来的某个勇敢而高尚的行动时所感到的那种惊喜。就在这只鼻子，这只新鼻子的周围，展现出我们都不敢抱有奢望的境域。善良、温柔，过去不可能的，随着这些日子的到来变成可能的了。面对着这张脸，我们会说出对从前的那张脸连想都想不到的话语。新的脸部轮廓蕴含着另一种性格特征；冷酷瘦削的女儿家变成了怜老惜贫的厚道太太。这已不再是在某种动物学的意义上，像对德·阿让库尔先生来说的那样，而是在某种社会的、道德的意义上，我们可以说这是另一个人了。

从所有这些方面来看，像我今天所在的这种下午聚会便是某种比过去的形象珍贵得多的东西，它仿佛在我面前连续不断地展现出一个个形象，我从来没有看到过的一切形象，它们分隔现在和过去，更有意思的是离析出现在与过去之间的关系。它便是我们过去所称作的那种视界，然而是岁月的视界，不是一时的视界，不是一个身在时间的能导致变形的透视中的人所拥有的视界。

至于阿让库尔先生曾经眷恋的那个女人，如果考虑到似水流逝的年华，她的变化可谓不大，也就是说，她的脸还没有完全衰萎，不像一个被抛入深渊之中随着坎坷的身世也变形走样的人，这种深渊，我们还只能通过同样劳而无功的比较才能表示出它的方向，因为我们只能在空间世界进行这些比较，而不管我们把比

华托

《发舟西苔岛》

较的方向定在高度、长度或深度上，它们所能给的唯一的好处是使我们感觉到这种难以想象，却又不可忽视的尺度的存在。要想给那些面孔一个名字，就必须实实在在地回溯岁月之河，继而，这种必要性迫使我作为反馈，给这些我不曾想到的岁月以现实的位置，使它们重新得到安定。就这方面而言，也为了免得受空间表面一致之骗，一个像德·阿让库尔先生这样的人的全新面貌对我是个深刻的启示，启迪我认明铸造年份的现实，它通常对我们是抽象的，而现在就像有些矮小树木或高大的猴面包树，它们的出现告诉我们经度将有变更。

所以，生活在我们看来竟像童话仙境，一幕一幕地让我们看到婴儿变成了少年，成人，弯腰弓背走向坟墓。而仿佛就是通过一些永恒的变化，我们才感觉到在那些每隔相当时距抽取的人样之间存着那么大的差异，感到自己与他们一样，也遵循着这条法则。他们仍然是他们，但已不再像他们，因为他们的变化那么大，而正因为他们仍然是他们，才不再像我们从前看到过的他们了。

我以前认识的一位少妇，现在白发苍苍、拱肩缩背成了个凶狠相的小老太婆，她仿佛指出，人到了一出戏最后的嬉游曲时必然会被乔装打扮得让人认不出来。可她的兄弟身板依然那么挺拔；与他原来没有什么不同，令人惊讶的是他那高雅的唇髭，在他年轻的脸上居然变成了白色。迄今全黑的胡子上的几片花白使这场聚会上的人物景象变得郁郁寡欢，它们就像出现在树木上的最初几片黄叶，我们还在满打满算指望过一个长长的夏季，但还没有开始利用，便发现秋天已经降临了。而我自童年时代以来，由于接受了某种既来自我自身又来自其他人的决定性的影响，一直是做一天和尚撞一天钟，以至于从所有那些人身上发生的变化上，我第一次发现时光的流逝，从对他们而言的时光流逝联想到我的似水年华，我不禁大惊失色。而他们的本身并无好恶的衰老却在告诉我老之将至，令我大为伤感。而且，老之将至还在通过话语一次又一次地向我宣告，它们每隔几分钟对我来一番棒喝，就像终判的号角。第一个说出这话的是德·盖尔芒特公爵夫人，我刚看到她从两行好奇的人群中走过。她并没有注意到自己高贵的服饰和卓绝的美容手段正对他们那些人产生作用，在这颗棕发头颅前，在这黑色花边衣翼中显露出一点裹金缠宝的鲑肉色躯体前，他们激动地望着那带着世代相传的起伏线条的胴体，就像望着一条年岁久远的神圣的鱼，鱼身上堆满宝石，是盖尔芒特家族守护神的化身。这位夫人对我说："啊！我最老的老朋友，见到您真高兴！"出于我作为贡布雷年轻人的自尊，我任何时候都没把自己算作她的朋友，真正地介入盖尔芒特府所过的神秘的生活，她的朋友，如同那些已经作古的人，像德·布雷奥代先生、德·福雷斯代尔先生，像斯万那样，我真该感到受宠若惊，可我首先感到的是不幸。我自忖："最老的老朋友，她言过其实了吧。也许算得上最老的之一，可我难道真的……"这时，亲王的一位侄儿来到我面前，对我说："您是老巴黎了。"过了一会儿，有人交给我一张字条。我到这里的时候曾碰到一位叫莱托维尔的青年，我已记不清楚他与公爵夫人是什么亲戚关系了，但他有点认得我。他刚从圣西尔军校毕业，相信他将能成为我的稔友，像从前的圣卢那样，他将能给我谈谈军中情况，有什么变化，我对他说过待会儿再找他，我们可以约个时间一起用晚餐，他为此大大感谢了我一番。可我在书房里遐想，待得太久，他留下的短简是要告诉我他不能等我了，并且给我留下了他的地址。这位我渴望得到的朋友在信的结尾是这样写的："顺致敬意，您的小朋友莱托维尔。""小朋友！"我过去不就是这样给比我大三十几岁的人们写信的，例如勒格朗丹。什么！这个少尉，我把他当成圣卢那样的朋友，他却对我自称小朋友。可这毕竟不会是自那以来军旅中的做法发生了变化呀，其实我对莱托维尔先生而言已不是个朋友，而是一位老先生了。我想象自己已进入莱托维尔先生的连队，就像我自以为的那样，成了他的一个哥们儿，岂知我与他之间隔着无形的圆规的间距，我没料到，它把我放在离这位年轻少尉那么远的地方。对这自称为我的"小朋友"的人而言，我真的那么遥远，真的成为一名老朽了吗？

几乎紧接着有人谈到布洛克之后，我问是小布洛克还是他父亲（我不知道他父亲已在战时过世了，据说是因为看到法国遭到入侵忧愤而死的）。亲王说："我不知道他还有孩子，我甚至都不知道他已经结婚了。不过，很明显，我们说的当然是老布洛克。"他笑着补充说，"因为他一点儿都不像个年轻人。他可能有几个儿子，他的儿子现在都已经长大成人了吧。"而我明白他指的是我的同学，再者，没过一会儿布洛克便走进来了。确实我已在他脸上看到重叠着那张既无能又固执的面容，那很快便找到制动卡槽的轻微的摇头动作，如果说在另一面我没能认出站在自己面前的朋友，如果说我的回忆没有能够用源源不断的青春活力赋予似乎已被剥夺了活力的他的生命的话，那我也该从中辨认出慈爱的老人们的那种博学的疲乏。我在刚步入生活的时候就认识了他，一直不断地看到他。对我来说，他是我的同窗，一个少年人，我是用无意识地给予自己的青春——从那时起便以为自己还不曾过完的青春去测定他的青春的。我听说他挺显老，我惊讶地注意到他脸上那种不如说是衰老的人们才有的迹象，我明白了，那是因为他实际上已经衰老，而老翁正是生活用持续多年的青少年制成的。

就像有人听说我身体不舒服，便问我是不是担心得了现时正流行的感冒，另一位好心人则安慰我说："不会的，容易得感冒的大多数是年纪还轻的人。您这种年龄的人不会再有多大的危险。"他们还肯定说全体医务人员都把我认出来了，他们低声传说我的名字，甚至，一个妇人胡言道是"用他们自己的用语说的"，她听到他们说："这就是父亲。"（这个词后面接着我的姓。）然而，由于我没有孩子，她便只好求助于年龄来解释了。

"怎么，问我认不认识元帅？"德·盖尔芒特公爵夫人对我说，"我认识的人体面得多呢，德·加利拉公爵夫人呀，波莉娜·德·贝里戈尔呀，迪邦卢大人呀。"听她这么一说，我幼稚地抱憾没有结识被她称作老军团的残部。我本应想到她也只知道那个被称作老军团的结局。就这样，我们在地平线上隐隐瞥见的那点残余变得神秘而伟大，并且仿佛已关上大门，封闭了那个我们再也见不到的世界。然而我们也在前进，并且很快，我们自己也走到了对下面几代来说是地平线的地方。地平线在后移，那个似是结束的世界周而复始。“在我当小姑娘的时候，”德·盖尔芒特夫人补充说，“我甚至还见到了德·狄努公爵夫人。老天爷！您知道我已经不是二十五岁了。”最后那句话让我听了恼火：“她不该说这话，这种话让个老太婆去说才是。”然而，我立刻想到她本来就已经是个老太婆了。“至于您，”她又说，“您总还是那个样子。是的，”她对我说，“您让人惊讶，您总是显得那么年轻。”多么令人伤感的话呀，因为它只是在我们实际上，而不是表面上衰老的时候才有意义。她给我最后一击，补充说：“我一直在惋惜您为什么不结婚。话说回来，谁又知道，也许这样更幸福。本来，在您这个年龄战时就能有几个儿子了，如果他们被杀死，像那可怜的罗贝（我还常常念叨着他呢），那么，像您这么多愁善感，您是不会在他们之后再活下来的。”我还能够在那些同我一样、自以为还年轻的老人眼里看到我自己，那就像我有生以来未遇上的第一面真实的镜子，当我把自己作为衰老的例子举出来，希望听到他们说一声“否”的时候，在他们望着我的目光里并没有显示出他们对待自己的态度，只有我看待他们的那种神色，那种单一的肯定。因为我们看不到自己的外貌、年龄，然而我们却又像一面背对着自己的镜子，照着别人，看到别人的外貌。发现自己老了，对不少人来讲也许不会像我这么伤心。然而，首先，对待衰老犹如对待死亡，有的人对这种事淡然处之，那并不是因为他们比别人勇敢，而是因为他们的想象力较差。其次，一个从童年时代起便盯住同一理想不变的人，他的怠惰本身，甚至他的健康状况在使他不断推迟理想的实现的同时，也使他每晚都要意识到自己白白地丢了一天，这种意识那么清楚，致使疾病在加速他肉体的衰老的同时，却延缓了他心灵的衰萎，这个人，当他发现自己一直生活在时间之中，发现自身生活很少的人也是按照日历调节的，他不可能一下子觉察到日复一日点滴积累的全部年岁的时候，他会感到更加诧异，更加震惊。然而，造成我苦恼的还有一条更为严重的缘由，那便是在我打算把我艺术作品中超时间的现实写清楚，使它们理智化的时候，我才发现了时间的这种破坏作用。

我不在的时候，在某些人身上连续不断地完成的每个细胞的更替已导致那么完整的变化和那么彻底的变态，使我可以在一个餐馆里坐在他们对面用餐一百次，却想不到我还曾认识过他们，就像揣测不出一位微服出行的君主的权势或者一个陌生人的罪行。在我们听到他们的名字的情况下，这个比喻甚至有不足之处，因为，你可以相信坐在你对面的陌生人是罪犯或者国王，而他们，我认识他们，或不如说我认识叫那个名字的人，他们前后区别那么大，使我无法相信这竟是同一些人。然而，就像我想到权势或者罪恶的时候会做出的反应那样，这种想法很快便会给你的陌生人一副新的面貌，对这个人，当我们还不知其底细的时候，我们往往愚蠢地显现出倨傲简慢或殷勤奉承的态度，而同是在这副嘴脸上，我们现在却识别出了似是高贵或可疑的神色；就是这样，在这个女人，这个完全陌生的女人脸上，我力图寻找出什么能使我相信她是萨士拉夫人的迹象，最后我确认从前见到过这张脸，然而，这种认识对于我来说，已千真万确地异化了，那完全是对另一个人的认识，失去了我所认识的人的一切属性，就像一个人又变成了猿猴那样，若不是名字和身份把我送上求解的道路，解了这个实属难解的问题的话。不过，有的时候，过去的形象也相当清晰地重新出现，使我得以努力做一番对照，然后像一个与被告当堂对质的证人，我虽然见过他，却不得不说："不……我认不出来了。"差别是那么巨大。

希尔贝特·德·圣卢对我说："我俩单独去餐馆吃晚饭好吗？"由于我回答说："只要您不觉得同一个年轻人一起单独用餐对您的名声有什么妨碍的话。"我听到周围那些人全都笑了，我急忙补上一句："或者不如说跟一个老年人一起吧。"我感到，刚才引得大家发笑的那种话只有我的母亲在提到我的时候才能这么说，因为只有在我母亲那里我才永远是个孩子。而我却是站在她的角度上来判断自己的。如果我最终能够像她那样，录下我从牙牙学语以来完成的某些变化，那么这些变化现在也都已十分陈旧。因此我依然待在那个人的地位上，他曾有一时使旁人超乎事实之前说："他现在差不多是个大小伙子了。"我仍然这么以为，但是这一次却大大地落后于事实，我并不觉得自己有多大的变化。可是事实上，刚才他们哈哈大笑，他们又发现什么变化了？我没一根银丝，我的唇髭是黑色的。我真希望能够问问他们那件可怕的东西明显表现在什么地方。

现在我才明白衰老是什么东西了——衰老，在所有的现实中，它的纯抽象概念也许是我们这辈子保留得最久的一个，望着日历，给信件署上日期，看到朋友们结婚，朋友的孩子们结婚，或者出于恐惧，或者出于怠惰，不明白这意味着什么，直至有一天我们瞥见一个陌生的身影，像德·阿让库尔先生那样的身影，它告诉我们现在已经生活在一个新的世界里了；直到有一天，我们的一位女朋友的孙子，这个我们本能地愿以志同道合相待的年轻小伙子朝我们莞尔一笑，以为我们在嘲弄他，因为我们看上去倒像他的祖父时为止；这时我才明白死亡、爱情、心灵的欢乐、痛苦的效益、感召等意味着什么。因为，倘若那些姓名对我来说已丧失它们的个性，词语却为我们揭示出它们的全部含义。形象的美驻留在事物的后部，观念的美则在前部。以至于当我们达到形象的时候，它们的美已不可能再引起我们的赞叹，然而我们又只能在超越观念之后才能理解观念的美。

无疑，我刚才发现的那个残酷无情的东西只能在关于我作品的素材本身方面给予我帮助，既然我已决定素材不能单由真正充实的印象、与时间无关的印象构成，在我打算用来镶嵌那些印象的真实中，与时间有关的，与人们、社会、民族在其中浸沉，在其中变易的时间有关的真实将占有重要的地位。我不会只注意给人们外表上的那些变异一个位置，我每时每刻都能举出新例的变异，因为，在考虑我的作品的同时，虽说一开始撰写便已相当明确它中途不会因短暂的分心而辍笔，我却继续在向熟人问好，同他们交谈。况且，衰老的表现并非人人都一样。

我碰到过有人问我姓什么，人家对我说那是德·康布尔梅先生。这时，他为了表示已经把我认出来了，问我说：“您还总感到气闷吗？”当我肯定地作答时，他又对我说：“您瞧，这并不影响长寿。”就好像我已经是百岁老人了。我同他说着话，两眼紧盯着他脸上，望着那两三处特征，希望通过思维把它们归入被我称作他本人的那个记忆合成中去，这个合成其实与之迥然不同。然而有一阵子他把脸侧过去，此时我看到他脸上多了个硕大无朋的红色囊肿，这个囊肿使他的脸变得认不出来了，它使他的嘴巴、眼睛都无法完全睁开，样子那么怪，令我目瞪口呆，不敢看那痈一样的东西。我觉得让他自己先提起这个痈更为合适。然而他就像一位勇敢的患者，笑呵呵的，对此绝口不提，反使我不知所措，不问问他似乎缺乏感情，问他是怎么回事则有失分寸。他却继续大谈气闷，他问我道：“随着年龄的增长，气闷的时候是不是少了一些？”我对他说依然如故。他又对我说：“啊！不对头，我妹妹气闷的时候比过去明显减少了。”那辩驳的口吻就像我的病情还非得同他妹妹的一样不可，仿佛年龄也是那种药物之一，那类药物既然对戈古夫人曾有裨益，就应有助于我的健康，否则他就是可忍孰不可忍了。随着康布尔梅-勒格朗丹夫人越来越近地朝我走来，我越来越担心因为没有对我已经注意到她丈夫脸上的那玩意儿表示怜恤而显得缺乏感情，可我不敢首先提到它。她对我说：“您很高兴见到他，是吗？”我用不肯定的口吻回答说：“他身体还可以吗？”“老天爷，就像您看到的这个样，不算太坏吧。”她没有发现那揽住我视线的痈疾，它不是别的什么东西，而是时间的标志之一，是时间打在侯爵脸上的印记，它是渐渐长大的，是那么渐次累进长大的，竟使侯爵夫人丝毫没觉察到。直至德·康布尔梅先生问完我有关气闷的问题之后，才轮到我低声向旁人打听侯爵的母亲是否还健在。实际上，在对似水年华的衡定中，也就是第一步难以迈出。首先我们会感到很难想象已经过去了那么多时间，然后又很难相信时间没有过去得更多一些。我们从不曾想来到十三世纪已是那么遥远，后来又很难相信十三世纪的教堂居然保存下来，这种教堂在法国却是数不胜数。这种在别人身上进行得比较缓慢的工程，在我身上不一会儿就完成了，他们很难理解自己认识的年轻人怎么变成了花甲老人，十五年后，当他们得知这个人还活着 ，而且还只有七十五岁，他们更不能理解了。我向德·康布尔梅先生问起他母亲近来可好。他对我说："她还是那么硬朗。"这个形容词的使用说明他与那帮子对待自己年迈的双亲冷酷无情的家伙有天壤之分，它符合这么一类家庭的情况，在这类家庭中，老人最具体的官能的使用，如听觉良好、能步行去望弥撒、能泰然承受服丧的哀恸，在儿女们看来，全都带有不同寻常的心灵美的印记。

另有一些人，他们的面容完好如旧，仿佛只是走路困难。开始我们还以为他们的双脚患有痼疾，只是后来才恍然大悟，原来是高龄给它们系上了铅铸的鞋子。高龄还使有些人变美，例如德·阿格里让特亲王。在这位目光呆滞、头发似乎永远都得是那种暗红色的细高个儿身上发生了与昆虫一般的变态，这使他变成了一位白发老翁，那一头让人久看生厌的红发像用的次数太多的桌毯被换掉了。他的胸膛长得前所未有的饱满、强壮，像个武士，我所知的那个脆弱的蛹壳肯定需要经历过一次真正的爆裂。他的两眼流露出富有自我意识的庄重的神色，略带前所未有的慈和，俯视每一个人。而由于在眼前的这个身体强健的亲王和保留在我记忆中的形象之间，不管怎样总存在着一定的相似之处，我赞叹时间别出心裁地更新万物的力量，它竟能在完全尊重此人前后的一致性和生命法则的同时，像这样改变装饰和把大胆的对比引入同一个人的前后两个外表。因为有很多这样的人，他们立即就能被辨认出来，可他们却像集中挂在陈列室里的一些画得相当蹩脚的肖像，他们自己的肖像，一位手笔不准又心怀叵测的艺术家在绘制肖像的时候，把这个人的轮廓线条画僵直了，去掉了那个女子肤色上的红润或体态上的轻盈，还把目光画得阴郁黯淡，在这些形象与我记忆中历历在目的形象相比之下，我不喜欢的还是最近看到的。就像我们拒绝一位朋友让我们在许多照片中挑选的那张，往往觉得那张照得差一些，对每一个人，在他把自己的形象呈现在我面前的时候，我真想对他说："不，不要这个形象，这上面的您差一些，这不是您。"但我不会冒昧地补充说："您的鼻子笔挺，很漂亮，可它被弄成像您父亲那样的鹰钩鼻，我可从来没见到过您是这模样的。"实际上，这个新鼻子是他家祖传的。简而言之，时间这位艺术家"描绘出"所有这些模式，以便使它们全都变得能够辨认。然而这些模式不尽相同这并非因为它把它们画美了，而是因为它使它们衰老了。再者，这位艺术家的工作速度极慢。那张酷似奥黛特的脸就是这样形成的，我第一次见到贝戈特那天曾在希尔贝特脸上隐隐瞥见它刚刚起笔勾勒轮廓，时间像那些久久保留着某件作品，年复一年予以补全的画家，终于把它推进到完美无瑕的相似。

如果说有些女人既涂脂抹粉，也不讳言自己年事已高，那么相反，某些男子却因为不化一下妆而老态毕露，我从来没有特地注意男人脸上搽的脂粉，然而，自从他们不再抱有取悦于人的奢望，因而不再使用化妆品以来，我还是觉得他们变化甚大。勒格朗丹便是其中之一。他的嘴唇和脸颊上原有的粉红色消退殆尽，我从来没有怀疑过这种粉色系人工所施。去掉化妆后的脸变得灰暗阴沉，并且像石刻般地棱角分明。他不仅失去了自我粉墨的勇气，还失去了微笑、使自己的双眸熠熠闪光和做侃侃之谈的热忱。人们看到他那么苍白，那么沮丧，少言寡语，而且那些言语就像出自应召而来的亡灵之口般地没有意义而感到惊讶。人们弄不懂是什么原因妨碍他生气勃勃、能言善辩和富于魅力，就像人们面对一位生前十分能干的人的毫无可取之处的“亡灵附着者”时所感到的那样困惑不解，对召魂巫师提出的那些问题他本来尽可大加发挥，做出令人拍案叫绝的答复。人们还想到，苍白可悲的鬼魂取代面色红润、思辨敏捷的勒格朗丹的原因便是衰老。

在好些人身上，我最终认出来的不只是他们本身，而且还有他们从前的样子，例如茨基，其变化并不比枯萎的一朵花或干瘪的一只果更大些。他是一次未完成的试验，证明了我关于艺术的理论（他挽住我的手臂说：“这我已听过八次了。”等等）。另有一些人压根儿就不是这方面的爱好者，他们是社交界人士。但高龄也没有使他们成熟，而且，即使额头长出了第一圈皱纹，两鬓开始花白，他们的脸还是那副娃娃相，保持着十八岁时的活泼样子。

他们不是老头儿，而是憔悴至极的十八岁的小伙子。稍微一点小事便足以抹去这种生活摧残的烙印，而死亡不用费大的劲就能使那张脸恢复青春，就像洗清仅有些许积垢使之失去往日芳菲的肖像。从而，我又想到当我们听人谈起一位有名望的老人便预先信赖他的仁慈、公正和生性宽厚的时候，那种使我们上当受骗的幻象；因为我感觉到，早四十年他们曾是令人头痛的年轻人，没有任何理由相信现在他们已经抛开虚荣、伪善、傲慢和狡诈。

然而，我还同另一些与他们截然不同的男人和女人交谈过，我很惊讶，这些人过去叫人难以容忍，现在，也许是生活辜负或者满足了他们的欲望，从而去除了他们的自负或辛辣，已经改掉了差不多所有的缺点。与有钱人联姻使你再也没有必要去争斗或卖弄，妻子本身的影响，以及渐渐获得的不是浅薄青年专一信奉的那种价值意识，使他们得以舒展个性和显示优点。这些人随着衰老的到来仿佛拥有迥异的人格，就像那些树木，秋天改变它们的颜色，仿佛也改变了它们的本质。衰老的本质在他们身上真正地表现出来了，然而是作为精神上的事物表现出来的，在另一些人身上它更多地表现在物质方面，它使他们完全变了样（如德·阿巴雄夫人），使我仿佛感到又生疏又熟识。之所以生疏，是因为对于那就是她我不可能怀疑，可我又不由自主地，在答礼的时候流露出心里在活动，这种活动使我在三四个人（德·阿巴雄夫人不在其中）之间犹豫不决，要知道我该向哪一位答礼，再者，倘若我表现得十分热情，这大概也会使对方感到惊讶，因为我心中怀疑，所以害怕如果对方曾是一位知己女友，我的态度会显得过分冷淡，我用热情的握手和微笑来补偿目光中的踌躇。可是，在另一方面，她的新外表又并不使我感到陌生。在我这一生中，我常常在一些上了年纪的胖妇人身上见识过这个外表，只是当时我没有想到她们在许多年以前曾经像德·阿巴雄夫人这样。这个外表和我以前认识她的那个形象之间存在着那么大的区别，竟可以说她像童话国中的人物，早已被判定首先以少女的形象出现，接着是婚后发福的胖女人，很快还无疑将变成颤颤巍巍的驼背老太婆重新显身。她就像一名笨拙的游泳者，远远地已经看到陆地，艰难地划动着正把她淹没的时间的波涛。然而，渐渐地，我仗着凝望她那神色犹豫的面容、像记不住往昔形象的不忠实的记忆那样变幻不定的面容，使出一些诸如去掉岁月加在她脸上的四方形、六角形之类的小手段，终于在这张脸上又找到某种东西。况且混合在女人脸上的并非只有几何图形。在德·盖尔芒特公爵夫人虽说依然那么相像，却已如牛轧糖那样拼凑而成的脸上，我认出的却是一片铜锈痕迹、一小块玫瑰色的碎贝壳，一个难以说清楚的肿块，比一只槲寄生球小，没有一颗玻璃珠子透明。

有些男人走路一瘸一拐，我们很清楚那不是由一场车祸造成的，是他们遭到衰老的初次打击，就像俗话说的，他们一只脚已经跨进了坟墓。有些女人已处于半瘫痪状态，仿佛她们的裙裾已挂在墓穴石上，再也不可能从坟墓半开半合的缝隙中完全抽出来了，她们低垂着脑袋，佝偻着身子，已经挺不起来，那弯成弓形的身子在最后倒下之前仿佛还占据着介于生死之间的位置。没有任何力量能够抵御住这条带着她们离去的抛物线的运动，而一旦她们想站起身来，她们便颤抖，她们那双手什么都抓不住。

有些人甚至头发都没有白。盖尔芒特的贴身老仆来向他主人禀报的时候就是这样被我认出来的。粗细不匀的须毛根根竖起在他的脸颊上、头顶上，依然是红棕色的，近乎玫瑰红色的，而毋庸置疑，他不会像德·盖尔芒特公爵夫人那样给头发染个色。但他也并不因此而显得年轻一些。我们只是觉得，就像在植物界存在有青苔、地衣及其他那么多种类草木，它们并不因冬天将至而有什么变化。在人类中也存在着这种情况。

况且，那些特性，我能认为它们也在消亡吗？在时间长河中的某个特定时刻，我总把我们的个人视作珊瑚骨，上面的眼睛，虽说与其他器官相协同，却又有它的独立性，如果吹过一粒灰尘，不用理智的指挥它就会眯起来，更有甚者，带着寄生虫隐患的肠子，它在理智不知道的情况下感染发炎，然而，在生命的持续过程中，我还把这个人视作是一连串的我，它们并列但又各有千秋，它们一批接一批地死亡，或者互相交替轮换，就像在贡布雷，当夜晚来临的时候一个接一个轮番出现在我眼前的那些人，然而，我也发现那些道德品性细胞，它们组成一个人，又比这个人更能持久。我看到盖尔芒特家族的缺点和勇气再现在圣卢身上，就像圣卢自己的怪癖和性格上的短处，就像斯万犹太化的特性。我还能在布洛克身上看到这一点。他丧父已有数年，当时我给他去信，他一开始没有答复我，因为除了存在于一般犹太人家庭里的深重的柔情外，他还认为他父亲远远地凌驾于旁人之上，这种想法使他的孝心带上迷信崇拜的形式。他承受不了丧父之痛，不得不住进一家疗养院，待了将近一年。他对我的唁慰作答时，那口气由衷地真挚，又近乎高傲，他认定我值得人们羡慕，因为我曾接近过那位高人，他真愿意把那位高人的二马力汽车献给哪家博物馆。而当年在他家的饭桌旁激起老布洛克对纳西姆·贝尔纳的愤怒，也就是现在激起小布洛克对他岳丈的愤怒。他也一样，会在吃饭的时候拂袖而起。犹如在听人议论戈达尔·布里肖和那么多其他人的时候我所曾感到的，通过文化和习俗在整个空间跨度中传播的只有一个波动，同样的说话、思维方式，在整个时间从头至尾的持续过程中，就像海底涌浪，从各种年龄的深度，穿过重叠的数代人，掀起同样的愤怒、同样的悲哀、同样的勇气、同样的怪癖，从同一组好几个人身上截取的每个剖面都显现出像同一幅图画的重复，仿佛投射在先后相连的屏幕上的影子，尽管它往往比使布洛克和他岳丈、老布洛克和纳西姆·贝尔纳和另一些我不认识的人以同样方式争斗吵闹的图画含义更丰富些。

有些人的脸在他们风帽形的白发底下已经僵硬，眼皮像快死的人那样胶合在一起，他们的嘴皮还不住地哆哆嗦嗦，仿佛临终者在喃喃地做着祈祷。一张线条没什么变化的脸，只要白发取代了黑发、金发，便足以使它变成了另一张脸。剧团服装师们就知道，只要有一顶扑上粉的假发便能绰绰有余地伪装一个人，使他变得认不出来。德·盖尔芒特夫人在她表姊妹的楼下包厢里的那天，我曾在德·康布尔梅夫人的包厢里见到过当时还是中尉的青年侯爵德·博泽让。这位爵爷的五官始终还是端正得无懈可击，比端正还端正，动脉硬化症的生理僵直更夸大了这位花花公子脸相上毫无表情的直线感，并且赋予这脸部轮廓以纹丝不动导致的几近怪诞的极大的明晰度，在曼泰尼亚或米开朗琪罗的作品习作中才有的那种明晰度。他的脸色，过去是轻佻的红润，现在是威严的苍白。银白色的须发，微微丰腴的身躯，督治的庄重丰采，直至昏昏欲睡的倦容，这一切通力协作，给人以预示着将位极人臣的新的印象。原来呈矩形的金黄色胡子被同样大小的矩形白胡子所取代，使他产生了如此完美的变化，以至于我在看到这位我认识的过去的少尉已经有五条杠杠的时候，首先想到要向他祝贺的不是他已晋升为上校，而是他确实有上校风度，仿佛他为了化装成上校，从他当过高级军官的老父那里借来了军服和严肃、忧郁的神色。在另一个人身上，虽说金黄色的胡子也被白胡子所取代，由于面容依然红润、年轻，挂着可掬的微笑，这只能使他显得更加红光满面，更加积极活泼，使两眼增添光彩，给这位童颜鹤发的社交界绅士以才高八斗的神态。白发和其他一些因素所完成的改造，尤其是在女性身上完成的改造，如果只是颜色的变化，对我的吸引力绝不会有那么大，那无非是看上去悦目罢了，令我心灵上不安的是人的变化。实际上，“认出”某人，甚至就是在没能把他认出来后对他的鉴别，这是对同一个名称下的两件矛盾的东西进行思索，这是要我们承认曾经在这里的、我们记起来的那个人已不复存在，而现在在这里的是一个我们并不认识的人；这是需要我们去思索一个与死亡之谜几乎同样地令人心神不安的奥秘，而且它还仿佛是死亡的序曲和通报人。因为这些变化，我知道它们意味着什么，它们是什么的前奏。所以，在妇女身上，这种头发的白色和其他那么多的变化联结在一起会给人以深刻的印象。有人对我提到一个名字，我愣住了，因为我想到这个名字既指我以前认识的那位跳华尔兹舞的金发女郎，又指步履沉沓地从我身边走过的这位臃肿的白发妇人。除了她脸上那点儿玫瑰红色，这个名字恐怕是在这两个女人之间仅剩的共同之处了，她们（我记忆中的她和在这次盖尔芒特府的下午聚会上的她）之间的差别比一出戏中的天真少女和老太太之间的差别还要大。生活要做到给华尔兹女郎这具粗劣的躯体，要做到像调节节拍器一样减缓她多有不便的行动，就做到靠那么一小块也许是唯一的共有领地。就靠这张肯定变得更宽大，但从年轻时代起就已长着点点红斑的脸颊，要做到用那大腹便便的老元帅取代体态轻盈的金发女郎，生活必须完成的破坏和重建更多于用一个圆拱顶代替箭顶，因为诸如此类的工程不是实施在没有生命的物质上，而是在只能难以觉察地变化着的肌肤肉体上，存在于现时呈现在我眼前的这个形象和我记忆中的那个人之间的惊人对比把记忆中的那个人推向比遥远还遥远的过去，使他几乎成了假的一般上面。我们难以把这两个外形合二为一，也难以想象用同一个名字命名两个不同的人；就像难以想象一个死人曾经活过，或者一个曾生龙活虎的人今天死了一样，这同想象一个曾年轻的女人成了老太婆几乎一样地困难，属同一类型的困难（因为青春的毁灭、一个充满活力和体态轻盈的人的摧残已经是第一次死亡）。因为这个与少女的形象既相并列，又似拼命排斥的老太婆的形象甚至会使你觉得那就像一场梦，老太婆，少女，接着又是老太婆轮番出现在梦中，我们难以相信这一个竟曾经是那一个，而构成那一个的物质还是她自己，她没有躲避到别的地方去，全亏时间灵巧的操作，那一个变成了这一个，这是同一种物质，没有离开同一具躯体。如不是有这同一个名字的标志，如非朋友们做出肯定的证明的话（而为这个证明依据的唯有一个似确有之的外表，过去狭窄地挤在金色发绺之间，现在展示在白雪覆盖下的艳如桃花的双颊），我们是不会相信的。

再者，也就像白雪之于山峰那样，头发的灰白深浅基本上就是已经历岁月的一个深度信号，那些山峰，看上去虽说似在同一条线上，却在峰巅积雪的白色深浅上反映出它们的海拔高度。不过这也并非对谁都百试百验的，尤其对妇女。例如德·盖尔芒特亲王夫人的发绺，当它们是灰色的时候，它们闪烁着丝绸般的光泽，像银子箍着她突出的前额，随着它们变成白色，它们变得像羊毛和麻脚那样地暗浊，仿佛由于这个缘故，它们成了灰色的被弄脏的雪，失去了它的光泽。

至于脸部轮廓已经变了的老头，他们则竭力保留被视作瞬息姿态的短暂易逝的表情，让它常驻在自己脸上，他们凭借这类表情，或者尽量利用外表上的优势，或者竭力掩饰某个缺陷，他们看上去就像最终地变成了暂时不变的自身。

所有这些人全都用了那么多时间来完成他们的乔装改扮，致使与他们生活在一起的人们往往看不出他们的变化。甚至他们往往还能获得一个特许的期限，在这相当长的期限里能依然故我。但期限一过，被推迟的变化会进行得比较快。总之，这种乔装打扮不可避免。我以前一直没有在X夫人和她母亲之间发现过丝毫相像之处，我认识她母亲时老人家已属高龄，弯腰驼背看上去像个小个子土耳其人。而X夫人我早就认识了，她长得妩媚迷人，亭亭玉立，而且她一直是这么姣好，很久很久，太久太久了，因为，她好像是个不应该在夜幕降临前忘了穿上土耳其妇女服饰的人，她行动得太迟了，于是她急急忙忙，几乎是在转瞬之间变得弯腰驼背，忠实地复制出从前由她母亲拥有的土耳其婆婆的形象。

我在那里碰上的一位老同学，从前，曾有十年时间我俩几乎天天见面。有人愿意给我们重新做一番介绍。于是我朝他走去，他对我说："那么多年过去了，我真感到高兴。"我却感到十分惊讶！我十分清楚地听出了他的嗓音，可这个声音却像是从一架改装的留声机里发出来的，因为，如果说那确是我朋友的声音，它却出自一个花白头发的胖子之口，我不认识他。因此从这时起，我便觉得那肯定是人为地通过机械手段把我老同学的声音装到了这个貌不惊人的胖老头儿身上。然而，我很清楚他就是我那老同学：给久违的我俩引见的那个人一点也不像个爱开玩笑的骗子。老同学说我老样子没怎么变，我明白他言下之意是他也没变。这时，我更细细地端详他。总而言之，他除了长胖了许多，在不少地方还是那副模样。然而我不能理解，那怎么会是他。于是我竭力回忆。他年轻的时候有一双湛蓝湛蓝的眼睛，眼神总带着笑意。永远变幻不定，仿佛是在寻找某样我不曾想到的东西，肯定是十分客观的东西，也许就是真实，还带点儿嬉闹，带着对他家的朋友们游移不定的尊敬，在永恒的不肯定中追求的真实。而在成为有影响、有能力、专横独断的政治家后，这双其实并没有找到它们寻觅的东西的蓝眼睛固定不动了，这便赋予它们一种尖锐的目光，眉头总是紧锁着。从而，欢快、随和、天真无邪的表情变成了一副奸诈圆滑的神态。我觉得，这肯定是另一个人了，恰在此时，我突然听到他因为我说到某一事物而发出一阵大笑，他从前的那种狂笑，与永远快乐的变幻不定的目光同时出现的那种笑。音乐迷们觉得，Z 的乐曲经 X 改编成管弦乐后，味儿截然不同了。这是一般人体察不出的细微区别，然而，在虽说有些歪斜却削得尖尖的蓝铅笔似的天穹下，孩子克制着的狂笑比改编的管弦乐具有更多不同的含义。笑声戛然而止。我真想辨认出我的朋友，然而，像在《奥德赛》里扑向死去的母亲的尤利西斯，像力求获得能证明幽灵存在的答复而徒劳无功的招魂巫师，像电气展览会上的参观者，我难以相信留声机里放出来的没有变质的声音还是由某个人自发地发出来的，我不再费劲去辨认我的朋友了。

然而，我们还应做出这种保留，对某些人来说，时间本身的节拍可以加快或者减缓。那是在四五年以前，我曾在街上偶尔遇见德·圣菲亚克尔子爵夫人（盖尔芒特的朋友的儿媳）。她那美如雕像的容貌仿佛是她青春永驻的保证。况且，她还正当妙龄。可我也认不出她来了，尽管她频频含笑，一再问候，她成了个容颜破残不堪的妇人，脸部线条已无法修复。那是三年来她服用可卡因和麻醉品所致。她的双眸深深地陷在一圈黑影里，带着几近于惊慌不安的神色。她的嘴巴怪模怪样地绽裂着，挂着一丝强笑。有人对我说，她成年累月不离开她的床或躺椅，只是为了参加这次聚会才起身。就这样，时间也有快车和专列，它们迅速驰往早熟的衰老。然而，在与此平行的道上还行驶着回头列车，开得几乎一样地快。我把古希福先生当成了他的儿子，因为他看上去很年轻（他大概已年过半百，却像个不到三十岁的人）。他遇上了一位聪明的医生，禁绝了酒和盐；他回到了三十岁，那天看上去连三十岁都不到。那是因为，在那天早上他去理了发。

奇怪的是，衰老在它的种种表现方式中似乎还考虑某些社会习俗。有些大领主，他们老穿着最普通的羊毛织物，戴着旧草帽，这是连小资产者都不愿穿戴的衣物，他们与生活在他们周围的园丁、农夫以同样的方式衰老。褐色的斑点爬上他们的脸颊，他们的面容泛黄，像一本书似的颜色越来越深。

我还想到所有没来这里的人，因为他们来不了，他们的秘书意图造成他们尚且活着的假象，不时给亲王夫人，给几年来不再起床的苟延残喘的病人们发一封表示歉意的电报。那些垂危的人，不再移动半步，就算是处于带着旅游者的好奇或朝圣者的虔信而来的客人们无聊的陪伴下，他们依旧闭着眼睛，捏着念珠，微微掀起已经成了殓尸布的被单，就像死者卧像，横陈在他们的墓石上，病痛镂刻着大理石般惨白僵硬的躯体，力透膏肓。

妇女们竭力希望保住与她们的魅力中最富有个性的东西的联

系，然而，构成她们面貌的新物质却不再与之适应。[1]想到在一张脸的山丘起伏中完成如此彻底的革命之前流逝的那几个时期，看到沿着鼻梁出现了何等程度的侵蚀，在脸颊的边沿形成何等厚实的冲积层，用它们不透明的耐热块垒围起整个脸部，我们害怕了。

有些妇女无疑还是很可以辨认的，相貌几乎还是以前那个样子，她们仿佛就是为了适当地与节气协调一致才戴上了灰色头发，这是她们秋季的饰物。但是对另外一些女人，同样也是对某些男人来说，变化是那么彻头彻尾，身份已无法查明——例如在我们记忆中的一个皮肤黝黑、生活放荡的人和我们眼前的这个老修道士之间——以至于这种不可思议的变化令人想到的东西竟至比演员的演技，仍以弗雷戈里为代表的某些绝妙的哑剧演技令人想到的还多。当老妇人明白赋予她魅力的那种难以形容的忧郁的淡淡一笑已不可能再辐射到衰老敷贴在她脸上的石膏面具上的时候，她真想大哭一场。接着，她蓦然丧失取悦于人的勇气，觉得比较聪明的办法还是降心相从，她把它用作戏剧面具，以博取一笑。然而，几乎所有的妇女都在努力不懈地和年龄做斗争，把她们容颜的宝鉴伸向夕阳般离去的娟娟风致，极

---

[1] 而那些金发舞女，戴上白色的假发套以后，往往不只是把她们从前并不认识的公爵夫人的友谊据为己有。然而，由于她们以前除了跳舞什么都不干，艺术也便把她们改动成优雅的化身，并且就像17世纪的名媛淑女出家修道成风，她们居住的套房则挂满立体派的绘画作品，一位立体派画家只为她们作画，而她们也只是为他而生活。——作者注

想保住那最后的几抹余晖。为了做到这一点，有些妇女力求使面容平整，扩大白色的表面，放弃使用遭受威胁的动人的酒窝和已失去一半魅力的淘气的嫣然一笑。至于另有一些女人，当她们发觉花容月貌已最终消殒，并且不得不像演员借助朗诵艺术补偿嗓音的损失那样，借用表情来抵挡一阵的时候，她们便死抱住噘嘴、憨态、迷惘的眼神，有时还有浅浅一笑不放，这种笑由于肌肉已不再听话，不能相配合，使她们看上去却似在哭泣。

况且，即使是在只出现了轻微变化，如胡髭白了等的男子的身上，我们感到，这种变化也不能肯定就是物质的，那就像在我们与他们之间隔着有色雾障，使他们的面部外表发生变化的彩绘玻璃，尤其是在玻璃里掺入了能使图像模糊不清的材料，这种玻璃说明，它使我们得以看到的“与实物一般大小的”形象实际上在离我们很远很远的地方，这种距离，当然，不同于空间距离，但是，我们感到，他们，从另一头，仿佛从大海的彼岸，他们也很难认出我们，就像我们认不出他们一样，也许只有德·福什维尔夫人，身子里仿佛注射了某种液体或石蜡，既使她的皮肤鼓了起来，又使她变化不得，看上去就像以前的一只鸡婆，被永久地“制成了标本”。

有些人，我虽然知道他们与另一些人有亲缘关系，却从来没去想过他们之间会有什么共同特点。在欣赏变成白发隐士的勒格朗丹时，我恍然大悟，可以说我怀着动物学家般满意的心情，在他扁平的脸颊上发现他年轻的外甥莱奥诺尔·德·康布尔梅的面颊结构，外甥的模样看上去其实一点都不像舅舅。在这第一个共同特点上我又增添了第二个，我在莱奥诺尔·德·康布尔梅身上以前没有注意到的，接着又是几点。它们全都不是我平日在他年轻的综合体上看到的，就这样我很快便获得了他的一幅更为真实，更为深刻的漫画像，而且活脱脱地像他。现在，倒是他的舅舅反而像是出于好玩装扮成老头的小康布尔梅，实际上有朝一日他真会变成这样的老头，所以他已不尽然是过去的年轻人所变来的，而且还是今日的年轻人将要变成的模样，这一点十分有力地给予我时间的感觉。

当即使青春已逝，至少还余留秀色的容貌从女子身上消失后，她们也曾寻求是否能用现剩的面容构成一个新人。她们移动自己脸上即便不是重心、至少也是透视中心的位置，围绕这个中心按另一种特色组成面部轮廓，从五十岁开始她们具有另一种丰韵，好似有人到了晚年还改行更业，或者像一块不能再生产葡萄而种上甜菜的土地。就在这新的容颜上焕发出又一次青春。唯有绝色或奇丑无比的女子不适于这种变化。前者如大理石已最终地雕琢定型，我们没有办法改变大理石，她们会像雕塑一般碎为细片，香消玉殒。后者，脸上有些畸变的女子倒比美女略胜一筹。首先，只有她们才能一下子就被我们认出来，我们知道全巴黎再也找不到长成这模样的嘴巴了，就在这次我已谁都认不出来的聚会上，那张嘴巴使我认出了她们。其次，她们看上去似乎并不见老。衰老是某种属于人类所有的东西，她们是怪物，仿佛不会比鲸有更大的“变化”。

有些男女似乎并没有衰老，他们的身材还是那么苗条，他们的脸相还是那么年轻。然而，如果我们为了好同他们说话与那张皮肤光滑、轮廓细腻的脸凑得近近的，这时它就会原形毕露，就像把一片腐殖土、一滴水或一滴血放在显微镜下以后所出现的情况那样。这时，我会在我原来以为光滑洁净的皮肤上看到许许多多脂肪斑，令人恶心。脸部线条也经不起这么放大了细看。鼻梁线近看是断了的，变成了圆形，同面颊一样受到脂肪性圆斑的侵蚀。两眼近看时可见它们陷进肿起的眼囊里，破坏了目前的面容和我们以为辨认出来了的从前的面容之间的相像之处。因此，对这些客人而言，他们远看年轻，他们的年龄随着脸庞的放大和使用不同距离的镜头进行观察的可能性而递增。它依然取决于旁观者，他需要站好观察那些脸面的位置，需要运用那种用于远看，像眼镜商为老视患者选择的镜片那样能缩小物体的目光进行观察。对这些脸面而言，衰老犹如纤毛虫在水滴中的存在，在观察者看来，它与其说是由年岁的累进，不如说是由刻度等级的递增带来的。

我们从人们还会是老样子没变的概念出发会觉得他们老了。然而，一旦作为我们出发点的概念是他们老了，当我们重逢的时候，我们就不会觉得他们的情况如此不妙了。对奥黛特来说，事情还不止于此；人们一旦知道她的年龄便会预期这是个老婆子了，可她的外貌却像是对时间法则的一个挑战，比镭的贮存对自然法则的挑战更显得神奇，如果说一开始我没有认出她来，那倒不是她变了，而是因为她没有变化。一个小时以来，我了解到时间会在人们身上添加什么新的东西，以及如果想按我从前认识的那个样子认出他们，应该从他们身上去掉些什么东西。现在，我就在急急进行着这种计算。我在原来的奥黛特身上添加流逝的岁月数，我得到的结果不可能是站在我面前的这个女人，这恰恰是因为眼前的这个与从前的那个十分相像，可脂粉和染料起了多大的作用呢？她看上去就像是一八七八年博览会（她肯定曾是当时那个博览会上最不可思议的奇观，尤其是如果当时她已有了今天这么大的年龄的话），机动胖娃娃有点蓬松的发髻下一张永远惊讶的玩具娃娃脸，平直的金发上压一顶也是扁平的草帽，她是到一场年终歌舞汇演上来演播她的一八七八年博览会的歌曲，然而是以一位不老徐娘为代表的一八七八年的博览会。

在我们身旁还过去一位布朗热时代之前的部长，现在他又重新从政。他一边走一边远远地向妇女们投去抖抖颤颤的微笑。然而，就像被禁锢在无数过去的锁链之中，就像被一只无形的手拨动的小小的幽灵，他的个头矮了，内涵发生了变化，看上去像是用浮石雕琢的他本人的缩小像。这位在圣日耳曼区得到善遇的原议长曾是刑事诉究的对象，为上流社会和平民所不齿。然而，幸亏组成上流社会和平民的个人有所更新，以及在继续存在的个人心中，好恶，甚至记忆也都有所更新，他这件事已经没人知道，他得到了赞誉。可见，并不存在多大的、我们不能轻松地熬过去的屈辱，因为我们知道，几年以后，我们被埋葬的错误将成为一种看不见的尘埃，尘埃上将有笑容可掬的和平在微笑，开满大自然的鲜花。暂时沾上污点的个人，通过时间的平衡作用，被固定在两个新的社会阶层之间，这两个阶层的人们对他将只有尊重和钦佩，他尽可懒洋洋地躺在他们上头。只是这项工作须由时间来完成。而在他遇到麻烦的时候，什么也不能给予他安慰，当初他走上囚车的时候，对面的那位年轻的送奶女工就听到朝他挥舞拳头的人群骂他“贪官污吏”，她不会从时间的角度看待事物，不知道晨报顶礼膜拜的人们还曾有过被贬得一文不值的时候，她不知道此时快进大牢的那个人也许由于想到了她才不会说那些能低三下四、赢取同情的话语。有一天，这个人将得到新闻界的颂扬，被公爵夫人们奉为上宾。时间同样也使家庭争执变成遥远的事情。在德·盖尔芒特亲王夫人那里人们看到一对伉俪，这夫妻俩有两位叔伯辈亲人现在已经过世，生前闹得互相打嘴巴还嫌不过瘾，这一个为了进一步羞辱那一个，把自己的看门人和膳食总管作为决斗证人派到对方那里去，认为请上流社会的人出面太抬举了他。然而这些啰唆事沉睡在三十年前的报纸里，现在已经没人知道了。而德·盖尔芒特亲王夫人的客厅就像这样鲜花满堂、灯火辉煌，健忘得像一座平静的坟墓。时间不仅在那里化解旧时人物，使干戈有可能化为玉帛，还在那里建立起了新的组合。

我们回头再来看看那个政界要人，尽管他的体质与他在民众中表现出来的道德观念一样发生了深刻的变化，一句话，尽管他自出任议长之后已过去了那么多年，他还是又当上了新内阁的成员，内阁总理给了他一个部长的官职。这有点儿像那些剧院经理，总还是相信他们从前的女朋友，让她出来担任角色，尽管她退隐已久，他们仍然认为她比年轻姑娘们更能细腻地扮演好这个角色，况且他们知道她眼下经济状况欠佳。而她，都快八十岁的人了，却能向观众展现出她几乎完好无损的才气，以及生命在继续，而后令人感到惊诧，竟能看到生命在死亡前几天的这种继续。

德·福什维尔夫人的情况则相反，那是何等的奇迹，甚至用越活越年轻这句话都不足以说明问题，而应说她带着胭脂红，带着雀斑二度开花。她甚至于可被看作一八七八年博览会的化身，即使放在今天的花木展览上，她也堪称珍品和尤物。此外，对我而言，她并不像在说："我是一八七八年博览会。"倒像是在说："我是一八九二年的槐树路。"仿佛她仍然走在那条路上。况且，恰恰因为她没什么变化，竟至她不大像在生活着。她看起来像一朵只开花不结籽的玫瑰。我向她问好，她在我脸上寻找了一阵子我的名字，好像学生想在考官脸上寻找他本该更容易地在自己脑子里找到的答案。我自报家门，当即，似乎就因为这具有咒语魔力的姓氏，我失去了无疑是年龄赋予的野草莓树或袋鼠的外表。她认出了我，开始用她那十分特别的嗓门对我说话，那些曾在小剧院为她鼓掌捧场的人，当他们收到梦寐以求的邀请，与她"去城里"共进午餐的时候，在整个谈话中，他们因为在她的每句话里又听到这个嗓音而神魂颠倒了。这嗓音还是那么娓娓动听，无谓地热情洋溢，还带点英国腔。然而，和她那双似是从遥远的海岸边望着我的眼睛一样，她的声音还显得凄凉，几近哀怨，像《奥德赛》里死者的呼唤。奥黛特真可以再登台演出。我恭维她年轻。她对我说："您真好，my dear[1]，谢谢。"而由于她哪怕是一番真情实意，都难免带着为她所以为的优雅风度而忧郁的神情，她一而再，再而三地说："多谢，多谢。"而我，过去就为了能看上她一眼，从那么远的地方赶去森林公园，第一次在她家听到她吐出口的词句乐得如闻天籁，我现在竟觉得在她身边度过的每一分钟都没完没了地难熬，因为我实在不知道该对她说些什么。我一边离去，一边想到希尔贝特说的"您把我当成我的母亲了"，这句话不仅千真万确，而且，它只会使当女儿的感到愉快。

况且，并不只是在这个女儿身上才出现至今在她脸上还看不出来的遗传外貌，就像藏匿在一粒种子内的那些部分，我们还难以揣测它们有朝一日破壳而出的时候会是什么样子。就这样，母亲的鹰钩鼻要到这个或那个女儿年近半百时才在她脸上表现出来，改变迄今尚笔挺的完美的鼻子形状。在另一个银行家的女儿身上，那女花匠般红扑扑的脸色变成红棕色、铜色，带上她父亲摆弄很多的黄金的色泽。有些人甚至到最后变得像他们居住的地段，在他们身上带有如拱廊街、森林大道、香榭丽舍大街的映像类的东西。然而，他们首先再现的还是他们父母的外貌轮廓。

唉，她不会总是这副样子的。不到三年以后，我在希尔贝特主持的一次晚会上又见到了她，她还没成个老糊涂，只是有些衰

[1] 英语，意为我亲爱的。

弱，变得已经不会用固定不动的面具掩饰自己的思想（说思想已言过其实）、自己的感受，她晃着脑袋，闭着嘴唇，每感觉到些什么便摇动肩膀，像个醉汉、孩子，或者像有些诗人，全不顾周围是什么情况，一旦灵感上来便在人群中构思起来，一边挽着一位感到诧异的夫人走向餐桌，一边皱眉蹙额，噘起嘴巴。德·福什维尔夫人的那些感觉——除了其中之一正是使她身临这次聚会的对她爱女的慈母之心，为女儿能组织起这么一次热闹的晚会所感到的自豪，对自己已不能有所作为的哀怨也冲不掉的当母亲的自豪——她的那些感觉并不愉快，它们只是在指挥一场防守，孩子般胆小怕事的防守，坚持不懈地抵御人们横加到她头上的凌辱。人们就听到这样的话："不知道德·福什维尔夫人还能不能认出我来，也许我还得请人帮我介绍一下。""啊！这您倒是大可不必的，"答话的人扯直嗓门嚷嚷，并不考虑（或者并不担心）希尔贝特的母亲听得一清二楚，"认出来也没什么意思。还想她能给您带来什么乐趣！让她靠边儿待着吧。再说她也有点儿老糊涂了。"德·福什维尔夫人用她那双美丽不减当年的眼睛朝那二位出言不逊的客人瞟去，接着马上又收回这道目光，唯恐有失礼之处，然而，这种无礼冒犯毕竟使她心烦意乱，她压抑下微弱无力的怒火，只见她摇着头，胸脯一起一伏，她朝另一个同样也不大礼貌的来客投去一瞥，并不感到大惊小怪。其实，几天以来她一直感到自己的身体很不舒服，她曾隐晦地暗示她女儿，希望推迟举行这次聚会，可她女儿反对。德·福什维尔夫人并不因此就不喜欢这次聚会，每进来一位公爵夫人，对新府邸的众口赞誉之词，都使她的心洋溢着欢乐，而当德·萨布朗侯爵夫人到来的时候，这位当时最高社会阶层都那么难以请到的贵妇能亲临使德·福什维尔夫人感到自己是个有远见卓识的好母亲，感到自己当母亲的责任已经尽到。又有一些喜欢挖苦的客人引得她往那儿瞧和自言自语，如果说借手势表达的无声语言也算是在说话的话，她依然那么美，还变得极其怜恤他人，这是她从来都不曾有过的，这个曾负过斯万和众人的女子，现在是天下人负她了；而她则变得那么软弱，甚至都已不敢抵御众人的攻讦，各人的角色颠倒了。不久，她还将抵御不住死亡的袭击。不过，这是后话，让我们且回到三年前，也就是上面述及的德·盖尔芒特亲王夫人府的这次下午聚会上去吧。

我好不容易才认出我的老同学布洛克，况且，他现在不仅用了化名，而且用上了雅克·迪·罗西埃这个名字，还真得拥有我外祖父的嗅觉才能辨认出其中希布伦“缓缓的谷地”和被我这位朋友最终地砍断了的“以色列的山脉”。潇洒的英国风度确实完全彻底地改变了他的面容，铲平了能被去掉的一切。过去卷曲的头发被梳得直直的，中间开一条头路，油光可鉴。他的鼻子仍然那么又红又大，倒像是长期患感冒形成的肿胀，足以说明他慢条斯理地说出那些话来的时候带有浓重鼻音的原因，就像他找到了适合他的肤色的发型，他也找到了与他的发音相适应的嗓门，从前的齉鼻声说话时带着傲视天下的调门儿，与他红得发亮的鼻翼相得益彰。幸亏有这种发型，幸亏剃去了唇髭，还有这典型的优雅风度和毅力，那只犹太鼻子消失不见了，就像一个驼子经妥善打扮，背仿佛都挺直了。然而，布洛克一出现，他面部表情的含义首先因为那硕大无朋的单片眼镜发生了变化。单片眼镜给他的面容带来的那部分机械组合免去了它那张人的脸皮不得不承受的全部艰难职责，让人觉得美，向人表示才智、与人为善和尽心尽力的职责。仅仅是这单片眼镜在布洛克脸上的存在先就免去了对它漂不漂亮的考虑，就像在商店里，面对着被售货员说成“这是新潮英国货”的时候你再也不敢怀疑它是不是称你的心意一样。另一方面，他稳稳地举着那单片眼镜，摆出一副高傲、冷漠和舒坦的架势，好像那镜片是豪华型汽车的车窗玻璃，为了使他的面容与那平直的头发、单片眼镜协调一致，他的五官永远也不会再做出任何表情了。

布洛克要我把他介绍给德·盖尔芒特亲王，我觉得这毫无难处，不像第一次在他家参加晚会时我还碰了壁，虽说当时碰壁也挺自然，现在我却觉得这易如反掌，不就是给他介绍一位客人嘛。即使我出乎意料地给他带去，给他介绍一位未经他邀请的客人，我觉得也没有什么了不起的。那是不是因为从那遥远的年代起，我就已经变成了一位“常客”，虽说有相当一段时期我被这个当时我还是个新人的上流社会所“遗忘”呢？或者相反，正因为我不是真正的上流社会人士，一旦抛去胆怯，使他们难以办到的一切对我已不复存在了呢？是不是因为那些人渐渐地在我面前抛弃他们矫揉造作的第一外表（常常还有他们的第二外表、第三外表）之后，我感觉到了在亲王盛气凌人的高傲掩盖下，那种想结交朋友，甚至结交他表面装出不屑一顾的人的富有人情味的深切渴望呢？是不是还因为亲王变了？就像所有那些在青年和中年时期曾蛮横无理的人，老年给他们带来了谦和（更何况那些他们陌生的思想、他们不愿就此服输的初出茅庐之辈，他们早已见过，也知道该如何在身边接待他们），尤其是倘使还有某种美德或缺陷做他们暮年的添加剂，使他们希望扩大交往，或希望导致政治观点改变的革命，如使亲王转变为德雷福斯派的那种革命。

布洛克找我询问一些情况，就像当年我初进社交界时那样。我现在还常常打听某些人的信息，他们是我当时在这里认识的，现在已变得遥隔千里，与世无涉，例如在贡布雷的那些人，我常常希望毫发不爽地“确定其所处境遇”的那些人。然而，对我来说，贡布雷具有与众不同的形式，不可能与众相混淆的形式，像一种拼板游戏，使我永远都无法把它拼入法国版图。布洛克问我：“那么，德·盖尔芒特亲王是不可能对我讲点儿有关斯万或德·夏吕斯先生的情况的了？”我曾有很长一段时期模仿他的讲话方式，而现在他又常常模仿我的讲话方式。“毫无可能。”“可他们间的区别又在于什么地方呢？”“真该让您同他们谈一谈才好，但这已经不可能了，斯万已经作古，德·夏吕斯先生的情况也好不到哪儿去。不过，不同之处是很大的。”当布洛克因为想到那些卓越人物可能是什么样子的而目光炯炯的时候，我却在想我夸大了与他们在一起给我的乐趣，欢乐的感觉从来就只有在我孤身一人的时候才会油然而生，真正不同的印象也只存在于我的想象之中。布洛克觉察到这一点了吗？他对我说：“你也许把它给我描述得太好了一些，就像这地方的女主人，德·盖尔芒特亲王夫人，我知道她已不年轻了，可你，反正在还不那么久以前，你还对我说过她天香国色，绝世无双。当然，我承认她雍容大方，那双眼睛也确如你所说的顾盼迷人，可说到底，我觉得她并不美得像你所说的那样惊人了。显然她出身名门，可毕竟……”我不得不告诉他我们说的不是同一个人。德·盖尔芒特亲王夫人实际已经亡故，因为德国的失败而破了产的亲王另娶了前维尔迪兰夫人续弦。“你弄错了，我在今年的《哥达》上查过，”布洛克天真地向我供认，“我查到了住在我们目前所在的这座府邸的德·盖尔芒特亲王的有关介绍，说他以当今最隆重的仪式，你等一等，让我想想，在西多尼亚与出身博家的德·杜拉斯公爵夫人结秦晋之好。”实际上，维尔迪兰夫人在她丈夫去世后不久就改嫁破了产的德·杜拉斯老公爵，这样她便成了德·盖尔芒特亲王的表亲，老公爵在婚后两年就死了。这对维尔迪兰夫人是一个十分重要的过渡，而现在，她又通过第三次婚姻成了德·盖尔芒特亲王夫人，从而在圣日耳曼区地位显赫，使贡布雷的那些人大吃一惊。近年来，在维尔迪兰夫人当上德·盖尔芒特亲王夫人之前，鸟儿街的命妇，古比尔夫人的女儿和萨士拉夫人的干女儿冷嘲热讽地称她为“德·杜拉斯公爵夫人”，好像这是维尔迪兰夫人在舞台上扮演的一个角色。社会等级原则甚至愿她作为维尔迪兰夫人死去，这个诰封，大家认为不可能给予她任何具有上流社会新权益的诰封，不如说正造成恶劣效果。“引起对她的非议”，这种说法在各个阶层都被用在一个偷情女子的身上，在圣日耳曼区还可以用来指那些发表著作的妇女，在贡布雷的有产阶级中则指“不相称”地琵琶别抱的女人，从各种意义上解释的“不相称”。当她嫁给德·盖尔芒特亲王后，有人大概以为那是个假盖尔芒特，是个骗子。至于我，明知诰封和姓氏都不假，它造成了又一位德·盖尔芒特夫人的存在，这位夫人与曾使我神魂颠倒、现已不在的那位亲王夫人毫无干系，她已经是毫无自卫能力、任人偷窃的死人，想到此，我感到某种痛苦，就像看到属于赫德维奇亲王夫人所有的东西，如她的城堡，如所有曾为她所拥有的东西现在却在被另一个女人所享用。姓氏的继承，其他各种继承，像各种产业的侵占一样令人伤感。这个姓氏绵延不绝地往下衍续，仿佛有一大群新的德·盖尔芒特亲王夫人，或者不如说就是一个德·盖尔芒特亲王夫人，她不知道死亡，对改变和伤害我们情感的一切全然无动于衷，千年来由各种不同的女子一代又一代地取代她的职位，而在这些不时消失的女子身上，这个姓氏一再封闭它自远古以来始终如一的平静。

当然，即使是在我认得的面容上出现的这种变化，也只是日复一日实现的某种内部变化的反映。也许这些人还继续完成了同样的事物，但是他们对这些事物，对经常交往的人们所形成的概念，开始时有些偏离正道，几年后，虽说称呼依旧，他们所爱的却已是另一些事物和另一些人了，既然他们已经成了另一种人，他们的脸不显得陌生那才是令人奇怪的呢。

然而，还有一些人，我认不出他们是因为我本来就不认识他们，因为，就像对人们那样，在这个客厅里，时间使社交界也出现了神秘的变化。[1]这个中心，以为它招来全欧洲所有王公显贵的某些姻亲关系所限定的特性和疏远一切非贵族因素的排斥力，使我觉得它就像盖尔芒特这个姓氏的一个具体的庇护所，为这个姓氏提供它最后的实在性，这个中心，在它本身我曾以为是稳定的内涵成分上，遭受到深刻的蚀变。有些我曾在一些截然不同的社交界见到过的人，他们的在场已然使我感到惊讶，他们被直呼其名、受到亲密无间的接待更令我大惑不解。从前，一整套贵族的偏见和冒充高雅的浅薄之见自然而然地把盖尔芒特这个姓氏和与之不相协调的一切分隔天壤，现在，它们已不再发挥作用。

当初我刚踏进社交界的时候，有的人大摆盛宴，但是他们只接待德·盖尔芒特亲王夫人、德·盖尔芒特公爵夫人、帕尔马公主，而在这些贵妇人家里他们也被待为上宾，他们被视作当时社交界地位最稳固的人，或者能够被这么看，这些人消失了，没留下任何痕迹。他们是负有外交使命的异国人已返回故国？也许是什么丑闻、自杀、劫持使他们不得再出现在社交界，或者他们是德国人。然而他们的姓氏之所以灼灼放光，纯粹是因为他们当时的地位。现在已经没有人再姓这些姓了，甚至，如果我提起他们，人家会不知所云，我要是一个字母一个字母地拼出这些姓氏，人

[1] 在到场的客人中有一位值得注意的人，他刚为一场著名官司出庭做证，证词唯一的价值在于它高度的道义性，使全体法官和律师一致为之折服，从而得以给两个人定罪。因而，在他进来的时候，全场出现了一阵子好奇和尊敬的骚动。他便是莫雷尔。我也许是唯一知道他是曾靠圣卢和圣卢的一位朋友供养的人。尽管有这些往事，他虽说不无保留，还是愉快地向我问了好。他回忆起我们在巴尔贝克相遇的时代。而这些往事的回忆对他说来富有诗意和青年时期的伤感。——作者注

家会以为那是些来路不明的外国阔佬。使我大为愕然的是按原先的社交惯例不该在这里出现的人们居然能把令人仰慕的贵人引为知己密友，他们之所以到德·盖尔芒特亲王夫人这里来自寻烦恼也完全是因为他们的新朋友的缘故。因为，最能说明这个社交界的特点是它惊人的失去社会地位的才干。

拒绝入境的机械因为弹簧或松或断已不再运行，许许多多陌生的躯体在往里挤，褫尽它清一色的同质性，它的风采和色调。圣日耳曼区像一名痴愚的老寡妇，对闯进她的沙龙、啜饮她的橘子汁还向她介绍自己的情妇的粗俗无礼的仆佣们，她只会报之以胆怯的微笑。然而，这个结构紧密的整体（从前的盖尔芒特沙龙便是）的崩溃所给予我的对时光流逝和我的一小部分过去的消失的感觉并不比由无数理由和多种色调的毁灭本身所引起的这种感觉更强烈，其结果是认为某个现在还出现在这里的人天生适合在这里，并且得体，另一个在那里擦肩而过的人则显得诡谲地新奇。这不仅是对上流社会的无知，而且是对政治、对一切的无知。因为，在个人身上记忆持续的时间短于生命，再者，这些个人从来没去记年龄很小很小时的事情，这部分记忆消失在旁人身上，现在构成社会的一部分，而且是合情合理的部分，即从贵族方面来说，既然开端被遗忘或已不清楚了，他们攫住正处于上升或坠落之际的人们，还以为事情本来如此，以为斯万夫人、德·盖尔芒特亲王夫人和布洛克的地位历来都这么显赫，而克雷孟梭和维维安尼历来就是保守党，就像有些事实持续的时间较长，德雷福斯案可憎可恼的回忆会因为曾听他们的父亲说起过而模模糊糊地留存在他们心间，如果我们告诉他们克雷孟梭曾是德雷福斯派的，他们会说："不可能，您搞混了，他恰恰是另一边的。"有些贪官污吏被当成了廉洁奉公的楷模，还硬要给从前的婊子树立贞节牌坊。有人问一位望族出身的年轻人，关于希尔贝特的母亲他是不是知道些什么情况，这位少爷回答说，其实，她在人生的第一阶段曾经嫁给一个名字叫斯万的冒险家，不过，后来她又嫁给了社交界最知名的人物之一，德·福什维尔伯爵。在这个沙龙里，也许还会有人，如德·盖尔芒特公爵夫人，会对这种说法付之一笑（如此否定斯万的风雅使我觉得太骇人听闻了，就我本人所知，从前在贡布雷的时候，我和姑祖母都认为，斯万堪与"公主们"来往），除德·盖尔芒特夫人外还有一些女人也会这样做，她们本来应能在这里，只是现在很少出门，如蒙莫朗西、穆西、萨冈三位公爵夫人，她们曾是斯万的知己好友，在她们尚出入社交界的时代，她们从来没见到过那个福什维尔，此人当时在社交界是得不到接待的。然而，恰恰是当时的这个社交界，除了在数目日渐减少的人们头脑里，已不复存在，犹如今日已改的朱颜，被银丝取代了的金发。

布洛克在战争时期曾"足不出户"，他停止出入过去的那些老社交圈子，本来他在那些地方并不露脸。相反，他却在不停地发表著作，那些我今天为了不受其诡辩之阻而在竭力摧毁其荒诞不经的诡辩术的著作，作品并没什么独到见地，却给上流社会的年轻人和许多妇女造成才高八斗、不同凡响的印象，一种天才的印象。所以那是在他新旧社交活动完全决裂之后，他才以伟人的形象出现在一个重新建立的社交圈子里，开始他一生中辉煌灿烂、受人尊敬的新阶段的。年轻人当然不知道他到这种年龄才在社交界有起色，更因为他在同圣卢的交往中记住的寥寥几个姓氏使他得以给自己当前的威望以某种模糊的鉴赏距离。总之，他俨然成了上流社会里那种任何时代都红得发紫的才子之一，殊不知他竟从没在别的地方出过风头。

如果说晚辈后生们觉得德·盖尔芒特公爵夫人并不怎么样，她无非就是认得几位女演员云云，这个家族中如今已成了老媪的命妇们却始终把她看作一位了不起的人物，这一方面是因为她们确切地知道她的出身、她的纹章的至上地位、她与被德·福什维尔夫人称作“王族世胄”的人们的亲密关系，而且还因为她不屑光临她们家中，到她们那里会感到厌倦，她们知道对她从不能做这种奢望。她与戏剧界和政界的关系其实大家也并不清楚，这种关系只是使她更不同寻常，从而更提高了她的声望。然而，在政界和艺术界，人们却又把她视作捉摸不定的女人，像是从圣日耳曼区谪降的仙子，同次长们、明星们相交往。以至于，在这个圣日耳曼区，倘使有人要举办一次隆重的晚会，人们会说：“究竟有没有必要邀请一下奥丽阿娜？她不会来的，反正做个样子吧，可不能做什么指望。”而如果，到十点半钟左右，奥丽阿娜穿戴着鲜艳的服饰出现了，在进门的时候还带着威严而轻蔑的神态停一停，用冷峻的目光俯视与她沾亲带故的夫人们，如果她能待上一小时，这对于举办这次晚会的老诰命真是盛大的节日了，更胜过从前萨拉·贝尔纳之于剧场经理，他含糊地答应给予合作，人们对此并不抱什么希望，但他来了，并且纯粹出于无限的好意，不只朗诵了他允诺的篇章，另外还朗诵了二十篇。这位奥丽阿娜，部长办公室主任们同她说话态度傲慢，而她却并不因此不继续结识更多的主任（才智引导社交），她刚才的到场把老诰命组织的这次晚会——本来就尽是衣着极其奢华的妇女们参加的晚会提到新的高度，超乎同一时期（德·福什维尔夫人又会把它说成同一“季节”）其他命妇举办的、奥丽阿娜却没有移动大驾光临的那些晚会之外和之上。

我刚同德·盖尔芒特亲王说完话，布洛克便一把抓住我，把我介绍给一位少妇。这位少妇听德·盖尔芒特夫人谈了许多关于我的情况，她是那天最漂亮的女人之一。然而我对她的姓氏却完全陌生，而她对盖尔芒特家族各不同支系的姓氏肯定也不是很熟悉，因为她在问一位美国女人，德·圣卢夫人凭什么身份与在场诸位最杰出的上流社会人士的关系显得那么密切。由于这位美国女人已嫁德·法西伯爵，法西与福什维尔家又远远地有点沾亲带故，对法西而言，福什维尔是当今社会最高贵的姓氏，所以，她非常自然地便回答道：“那还不是因为她出身于福什维尔家族。这是再高贵不过的了。”法西夫人在天真地以为福什维尔这个姓氏高于圣卢的同时，至少也该知道圣卢意味着什么吧。然而，布洛克和德·盖尔芒特公爵夫人的这位俏丽迷人的朋友却绝对地无知，此女相当轻信，所以，当一位少女问她圣卢夫人与这家主人德·盖尔芒特亲王如何成为亲戚的时候，她便真诚地回答说：“通过福什维尔家族的关系吧。”姑娘就把这个情况告诉了她的一位女友，说得就像她本来就知道的一样，这位女友脾气暴躁，很容易冲动，所以当一位先生第一次对她说希尔贝特与盖尔芒特家族的亲缘关系并不是靠福什维尔家的时候，她恼得脸红脖子粗，像只公鸡，以至于那位先生还以为是自己弄错了，接受了谬误，并且很快便把这情况传布出去。社交聚会和晚餐对那位美国女人是一次学习的机会。她听到那些姓氏，在了解它们的价值和确切的含义之前重复这些姓氏。有人问起希尔贝特的当松维尔是不是从她父亲德·福什维尔那里得来的，有人解释说当松维尔根本就不是从她父亲那里得来的，这本是她夫家的一块土地，它就在德·盖尔芒特邻近，差不多是作为抵押归属德·马桑特夫人所有，希尔贝特把它赎了回来，当作她的嫁妆。最后，有一位帝国时期的老兵提到了萨冈家和莫西家的朋友斯万，当布洛克的那位美国女友问起我是怎么认识斯万的时候，那位老兵硬说我是在德·盖尔芒特夫人家里认识他的，没料到我们是乡邻，在我心目中他是我外祖父的忘年交。在整个保守派社会中被视作特别严肃和最了不起的人物也难免犯诸如此类的错误。圣西门为了说明路易十四“几番使他当众出丑陷于最明显的荒谬之中”的无知，只举了有关这个无知的两个例子，那就是国王竟不知道勒内尔是克莱蒙-加勒朗德家族的，也不知道圣代朗是蒙莫兰家族的，把他们全当成了无足轻重的人物。在圣代朗问题上，我们至少可以自慰的是知道国王并没有死于谬误之中，因为，“很久以后”，德·拉罗什富科先生指出了他的错误。圣西门用带点怜悯的口吻补充说：“而且还得给他讲解有哪些世家是从它们的姓氏上看不出的。”

这种不可救药的遗忘，那么迅捷便涵盖了最近发生的事情的遗忘，这种强夺人意的无知，相反地，却使一门小小的学问，因为传播甚少越益显得珍贵。这门学问用于了解人们的家系和真正的地位，了解他们是出于爱情、金钱或其他什么理由与某个家族联姻或屈尊俯就。它在由保守精神左右的任何社交团体中均能赢得赏识，在关于贡布雷和巴黎有产阶级方面，我外祖父所拥有的这门学问已达到登峰造极的程度，圣西门对这门学问十分重视，即在他称赞德·孔蒂亲王多才多艺的时候，他都把这门学问放在其他科学之前，或者不如说他把这门学问说成是科学中的第一门。他赞誉德·孔蒂亲王是“一位饱学之士，他远见卓识、守正不挠、毫厘不爽、学贯古今、博览群书，他博闻强记、熟知家系，它们的奢望和现实，善以不同礼节对待级别不等、贤愚不等的人，归还王族应该归还而不再归还的一切。他甚至对此，对所以会发生的他们的僭越做了解释。书籍和谈话中的历史为他提供对出身、职位等做出尽可能不开罪于人的安排的依据”。我外祖父没有这么杰出，但凡是与贡布雷和巴黎有产阶级有关的情况，他知道得同样一清二楚，品味起来也一样地兴致勃勃。这样的美食家，这样的有心人，知道希尔贝特不出身于福什维尔，德·康布尔梅夫人不出身于梅塞格利丝家族，而那位最年轻的也不是瓦朗蒂努瓦家的女儿，这样的人已经为数不多了。不仅为数不多，而且其新成员甚至都非出身于贵族的最高等级（笃信宗教的人，或者天主教徒并不一定就是最熟知《圣徒传》或十三世纪教堂彩绘大玻璃窗的人），而往往来自二等贵族，他们对自己所难得接近者兴致更高，由于来往较少也就更有闲工夫研究。他们高高兴兴地相逢，互相认识，举办丰盛的行会晚餐，如珍本收藏家协会或兰斯朋友会，晚餐上，他们品味家系家谱。这种聚餐会女人是不得参加的，但她们的丈夫回家后会对她们说："我今晚出席了一次挺有意思的晚餐会。有位德·拉斯伯利埃先生真把我们给吸引住了，他给我们讲清楚了为什么那位有个漂亮千金的圣卢夫人压根儿就不是福什维尔家出身的，真可谓闻所未闻。"

布洛克和德·盖尔芒特公爵夫人的朋友不仅风姿如玉、花容迷人，而且秀外慧中，同她交谈实是一大乐事，可我又觉得谈话难以进行下去，这不仅因为我这位交谈对象的姓氏对我来说是陌生的，而且因为她对我提及的许多姓氏对我也是新的，而今正是他们组成了社交界的基本队伍。另一方面，确实，虽说她愿意听我说古道今，我向她提到的许多姓氏对她也绝对地毫无价值，它们早已被忘记得一干二净，至少那些当时只因个人的功业而熠熠闪光的姓氏，不是某个名门贵胄家族共有的永恒的姓氏（少妇给她在一次晚餐上听颠倒的某个姓胡乱安上个错误的出身，她很少知道这种名门贵胄确切的爵位），大多数姓氏是她从来都不曾听说过的（不只因为她还年轻，还因为她不久前才来到法国定居，而且还不是马上就得到接纳），她在我退隐数年后才步入社交界，不知怎的，我脱口说出勒鲁瓦夫人的姓名，而我的交谈对象幸亏有德·盖尔芒特夫人的一位老朋友向她献殷勤才听到说起过她。然而她知道得不尽确切，我从这位故作高雅的少妇答话时那不屑一顾的神态中看出了这一点。她说："知道，我知道勒鲁瓦夫人何许人也，贝戈特的一位老朋友嘛。”那口气就像是说“这是个我绝不愿意让她到家里来的人”。我很清楚，德·盖尔芒特夫人的那位老朋友作为完美无缺的上流社会人士，满脑子都是盖尔芒特精神，其特色之一是不要流露出挺重视贵族交往的样子，他一定是觉得说“勒鲁瓦夫人与所有的公主殿下、所有的公爵夫人都有交往”显得太愚昧、太违背了盖尔芒特精神，他宁肯说：“她挺滑稽。有一天她这么回答贝戈特的话。”只是，对于不了解的人来说，从交谈中获得的这种情况却相当于平头百姓从报上看来的新闻，他们以自己订阅的报纸为准绳，一会儿认为卢贝先生和雷纳克先生是盗贼，一会儿又把他们捧成伟大的公民。对于我的交谈者来说，勒鲁瓦夫人是前一种类型维尔迪兰夫人式的人物，名气不那么响，她那小圈子的范围也只限于贝戈特一个人。况且，这位少妇还是出于纯粹的偶然性听到勒鲁瓦夫人这个名字的最后一批女人之一。今天已经没有谁知道勒鲁瓦夫人是什么人了，再说这也是十分合理的。勒鲁瓦夫人曾引起维尔巴里西斯夫人那么巨大的关注，然而，她的名字甚至都没有出现在后者的《身后回忆录》的附录里。其实，侯爵夫人之所以没有提及勒鲁瓦夫人，并非只因为这一位生前对她颇不客气，更因为在她死后，谁都无法对她产生兴趣，而这种只字不提的做法虽有出于女人社交上的积怨之处，更多却出于作家文学创作的取材所需。同布洛克的这位佳丽朋友交谈令我陶醉，因为这位少妇聪颖过人，可是，存在于我俩的用语之间的这种差异却使谈话变得不易理解和富有教益。我们明明知道岁月流逝，衰老取代了青春，最牢靠的巨产和宝座在分崩离析，名望是过眼烟云，我们认识这个由时间导引的活动世界的方式，也就是我们从这个世界摄取的相片却相反地把它给固定死了。结果，我们以前认识的年轻人总是被我们看成是年轻人，而我们以前认识的老年人也总被我们想成是过去的那种样子，说得他具有老年人的种种美德。我们从推理而得知要毫无保留地相信一位大富豪的信誉，相信一位君王的支持，却不相信实际上他们明天可能丧失权柄而成为逃亡者。在一个比较狭小的、纯属社交的范围里，如同在一个比较简单，然而能把人们引向解决虽说比较复杂，却属同一系列的困难的道路上去的问题里一样，在我和那位少妇的交谈中，由我们所生活的这个上流社会间隔二十五年所形成的这种互不理解使我颇有感慨，它有可能加强我的历史意识。

再者，必须指出，这种对真实境况的无知每隔十年便导致一批中选者以他们现时的表象出现，仿佛过去的那些事情并不存在。这种无知使初来乍到的美国女人意识不到德·夏吕斯先生曾是巴黎地位最显赫的人，当时的布洛克还是无名小卒，而为邦当先生出了那么大力气的斯万曾是大家最喜欢的人，这种无知不仅新来者有之，那些一贯出入邻近几个社交中心的人身上也有之，而这种或那种人的无知也是时间作用的结果（但这次作用是实施在个人而不是在那个社会阶层上）。无疑，我们变换环境、变换生活方式也是徒劳无益，我们的记忆，既抓住了我们同一本性这条线，便会给这同一的本性，给先后各个时期维系上对我们所经历的社交生活的回忆，哪怕已是四十年前的事情。在德·盖尔芒特亲王府，布洛克仍然十分清楚地知道他十八岁时生活过的那个低贱的犹太人中心。而斯万，当他不再爱斯万夫人而到斯万夫人曾一度以为像去王家街喝茶一样光彩的科伦宾茶室去，恋上了那里的上茶侍女的时候，他也十分清楚自己在上流社会的价值，他记得忒维肯哈姆，对自己宁肯去科伦宾而不去德·布洛伊公爵夫人那里的缘由明白无疑，也完全知道自己去科伦宾茶室或里茨饭店只会一千倍地更不“光彩”，而不会增加一丝一毫，因为只要付钱，那种地方谁都可以去。布洛克或斯万的朋友们无疑也记得那个地位低下的犹太社交中心或在忒维肯哈姆的约请，所以，像斯万和布洛克的这些不那么高贵的“我”一样的朋友，在他们的记忆中并不把今日衣冠楚楚的布洛克和当初捉襟见肘的布洛克视作二人，并不把在最后那些日子里光顾科伦宾茶室的斯万和出入白金汉宫的斯万视作二人。然而，这些朋友在生活中可以说是斯万的邻里，他们的生活就展开在附近的一条线上，致使他的形象几乎满满地充斥着他们的记忆，但在另外一些与斯万较生疏，同他不仅在社会关系上，而且在密切程度上都存在着较大距离的人身上，这种距离造成当初的认识比较肤浅，相见的时候又比较少，为数不那么多的往事的回忆使概念漂浮不定。而在这一类陌生人心里，历经三十年后，已再也记不起能在往昔中延伸发展和在现时中改变此人价值的东西了。在斯万生前最后的那几年里，我曾听到过有些甚至是社交界人士，当别人同他们谈起斯万的时候，他们竟说：“您是指科伦宾茶室的那个斯万吗？”好像这便是斯万的名号。现在我又听到有些应是了解情况的人在提到布洛克的时候说：“布洛克-盖尔芒特吗？盖尔芒特家的老熟人吗？”这些把一个人的生活分割成块的错误，在孤立现时中把我们谈到的这个人变成另一个人，一个被改头换面的人，昨天的创造物和只是他现有习惯的凝聚的人（实际上身上却带着把他与过去相联结的生命的继续），这种错误当然也依存于时间，但它们不属于社会现象，是一种记忆现象。在眼下，我便有一个例子，关于对我们变动别人外貌的那种遗忘的例子，它虽说属于一种颇不相同的类型，却因此给人以更强烈的印象。德·盖尔芒特夫人的侄儿，德·维尔芒杜瓦小侯爵从前对我是顽固不化地蛮横无理，致使我对他也采取了不近人情的态度，以示投桃报李，结果我俩心照不宣地成了仇敌。正当我在思考时间在这场德·盖尔芒特亲王府举办的聚会上的反映时，他请人为他引荐，说他相信我已经从他亲戚那里认识了他，说他曾拜读过我的几篇大作，并希望同我认识或重新认识。说真的，随着年龄的增长，和许多人一样，他也变得正儿八经地无礼，但已不再像从前那样的狂妄自大，另一方面，在他常去的那个社交中心却又有人因为那几篇拙作提到过我。然而，这些使他热情、使他主动接近的理由全都是次要的。主要原因，或至少是能够让人接受的原因是他的记忆力比我还差，或者他早已不把我从前对他的攻讦所做的回击放在心上，因为那时候，我对于他不像他对于我，只是个小人物，他把我们之间的敌意忘了个一干二净。我的姓氏最多使他想起，他在哪个姑娘姨妈那儿大概还曾见到过我，或者见到过我的某位亲属。由于吃不准是该做自我介绍，还是重新做自我介绍，我急急忙忙地便把话题转到他那位姑妈身上，他认定就是在他那位姑妈家碰到我的，因为他记得大家在那边常常议论我，而不是议论我俩的争吵。一个姓，这往往就是别人给我们留下的全部内容，甚至不是在他死后，只能在他生前。而这个人在我们心中的概念是那么模糊，或是那么怪诞，同我们在他心中的概念甚不相符，我们早已把自己差一点找他决斗的事抛诸脑后，却记着他小时候在香榭丽舍大街套着黄色护腿的奇特模样，相反，他却压根儿不记得曾同我们一起嬉戏，尽管我们对他肯定说确有此事。

布洛克像条鬣狗般跳将进来。我在想："他来到了一些沙龙，这些沙龙二十年前他是进不了门的。"然而他的年龄也增长了二十岁。他离死亡更近了。这对他有什么好处呢？在一张神态暧昧的脸上，远看或者在光线较差的情况下，我看到的只是欢乐的青春（或者那张脸上继续存在青春，或者是我把它召唤回来了），近看，这张脸总显得惶惶不安，那么吓人，像后台的老夏洛克，化装已毕，等候上场，口里已喃喃地念着第一句台词。十年后，他当上了"大师"，拄着拐杖走进那些因为不景气而不得不劳他大驾光临的沙龙，他会觉得被迫去拉特雷默伊耶府实在是一桩苦差。这对他会有什么好处呢？

正因为这些变化发生在社交界，使我更能从中提炼出重要的、堪以充实我一部分作品的真理，这些变化并不是我们这个时代所特有，像我刚开始的时候恨不信其为是的那样。即在我刚成为新贵，比今天的布洛克更新的新贵，走进盖尔芒特家族的社交圈时，我就是俨然以这个社交圈成员的身份审视一些不久前被接纳的成员的，他们在老成员看来显得格外地新，与老成员截然不同，而我却区分不出新老，而那些老成员与一向是圣日耳曼区的成员、当时的公爵们相比之下又都显得是生手，他们或他们的父辈，或他们的祖父辈则又曾当过那里的新贵。所以，使这个社交圈光彩夺目的并不是上流社会人士的贵胄身份，而是上流社会人士多多少少地被这个社交圈完全同化的事实，它使这些人过五十年后全都大同而小异。为了充分说明盖尔芒特这个姓氏的高贵，我不妨把它往后推移，即在路易十四时期，这个盖尔芒特家族的地位就同王室几乎不相上下了，它比今天的地位更显赫，然而，在那个时候，同是我眼下注意到的现象就已产生。例如，我们不是知道当时他们与柯尔柏家联姻一事吗？今天我们确实觉得这个家族是很高贵的，也为娶柯尔柏家的千金为妻的德·拉罗什富科家的公子带来很大的好处。然而，盖尔芒特家与柯尔柏家结为秦晋并不因为后者是贵族，当时的柯尔柏家族还是平民有产者，正是因为盖尔芒特家族与他们联姻才使他们跃身贵族。如果说奥松维尔这个姓随着当前这个支派的代表一起泯灭，它却或许将能以自己是德·斯达尔夫人的后裔为荣。而在大革命前，王国一等贵胄之一的奥松维尔先生却曾对布洛伊先生自夸，理由是自己不认识斯达尔夫人的父亲，同布洛伊先生本人一样不可能为他引见，始料不及有一天，自己的两个儿子竟会一个娶《柯林娜》的作者之女为妻，另一个娶这位作者的孙女。按德·盖尔芒特公爵夫人的说法，我知道自己尽可以在这个上流社会当一名没有爵位的风雅之士，可我们总爱想入非非，企求加入贵族的行列，像从前斯万做过的那样，像比斯万更早的勒布伦先生、安培先生和德·布洛伊公爵夫人所有的那些朋友，连同公爵夫人本人那样，刚开始的时候地位也都挺寒微。我头几次在盖尔芒特公爵府用晚餐的时候肯定曾使德·博泽弗耶先生这样的人感到多么地不痛快，这不只因为我的在场，更因为我发表的那些意见，它们恰证明我对构成他的过去和使他用他的方式想象社交界的那些回忆一无所知！有朝一日，布洛克也会变得老态龙钟，此时呈现在他眼前的盖尔芒特沙龙会在他心里留下相当陈旧的记忆，那时，面对着某种僭越、某种无知，他也会感到同样的惊奇，产生同样的恶劣情绪。而另一方面，他也许同样会变得审慎而知分寸，这种我认为像德·诺布瓦先生这样的人才特有的品质，并且影响他周围的人，这种品质在看似与之水火不相容的人身上成形和体现出来。

况且，我觉得，我得以为盖尔芒特社交圈所接纳的机遇实在是件出格的事情。然而，如果撇开我个人和与我直接相关的圈子再来看这一社会现象，我发现它并不像我开始时以为的那么独特，它就像在我出生之地贡布雷的盆地里数量颇大的喷泉，它们与我成对称地从地下喷涌而出，为它们提供水源的是同一水团。当然，各人有各人的特殊内容和个人特点，当勒格朗丹进入这个社交圈子的时候，他的方式（通过他侄儿的奇特的婚事）完全不同于奥黛特嫁女，不同于斯万本人以及最后还有我的进入这个社交圈。对我这个曾杜门不出、从里向外观察生活的人来说，我仿佛觉得勒格朗丹的生活与我毫无关系，它走的是相反的道路，就像深谷里的小河，看不见另一条分岔的小河，然而，尽管河道间存在着距离，它们却注入同一条大江。然而，直截了当地，像把导致死亡的感情原因或可以避免的过失略过一边，只统计每年的死亡人数的统计学家那样，我们发现，有好几个从本故事开始时描述过的那个社交圈离去的人进了另一个完全不同的社交圈，而很可能，从有教养和富裕的有产者们全然不同的社交圈里也会产生一批比例几乎相等的人，如斯万，如勒格朗丹，如我和布洛克，人们发现我们正投身于“上流社会”的海洋，好像巴黎每年都要举行一定数量的婚礼那样。况且，他们互相之间也认了出来。因为，如果说青年伯爵德·康布尔梅以他高贵、优雅的气质和朴实无华的风度赢得众口一致的赞誉的话，我却在他的气质、他的风度，同时还在他的炯炯的眼神和强烈的发迹欲望中，认出早先构成他姨父勒格朗丹主要特点的内容，勒格朗丹是我父母亲的老朋友，尽管他外表像个贵族，却市侩气十足。

一般人成熟后，他当初比布洛克还尖酸刻薄的本性都会因善良而变温和，善良的表现与正义感一样，这种正义感使我们相信，只要我们的诉讼正当有理，何须害怕法官不是朋友或抱有偏见。布洛克的孙儿辈几乎从出生之日起就将是善良和审慎的。布洛克也许还没能达到这种程度。但我发现，过去他装出认为自己不得不坐两小时火车去拜访某人的样子，此人却并不那么盼着他的光临；现在，他不仅收到那么多午餐晚宴的邀请，而且还有请他去这儿住上半个月、那儿住上两星期的，他还谢绝了那么多邀请却对此只字不提，从没听到他吹嘘接受了谁的、拒绝了谁的。审慎，行动上和语言上的审慎随着社会地位的提高和年龄的增长来到他身上，如果可以这么说的话，随着某种阅历年龄的增长来到他身上。无疑，布洛克过去嘴巴不紧，也没能力做到与人为善和给人忠告。然而，有些优缺点从社会的观点来看，与其说属于此人或那人所有，不如说与人生的某个阶段相关联。这些优缺点在个人身上几乎只是外表的东西，它们预先已普遍存在，到一定时候，就像到了某个节气，便不可避免地进入自己的表现阶段。想要了解某种药物会减少或增加胃酸、加快或减少胃酸分泌的医生获得不同的结果，他们并不是根据提取少量胃液的胃进行判断，而是根据摄入药物后或多或少间隔一段时间后从这个胃里取得的胃液情况。

被视作为它所接纳的和在它周围的姓氏之总和的盖尔芒特这个姓，就这样每时每刻都在吐故纳新，就像在花园里，含苞欲放的随时都准备取代已经枯萎的花草，它们混迹在看来差不多的花丛中，只有那些并不经常看到新来者的人，记忆中还确切保留着杳然黄鹤的形象的人才能看出其中的差异。

由这次聚会聚集起来的，或借这次聚会轮番呈现在我眼前的外表，趁机从中脱颖而出在我面前的那些先后不同的、相悖的情势唤起我记忆中的人，他们中不止一个烘托出我各个不同的生活侧面，视角的差别，犹如地面的起伏，山丘或城堡，有时出现在右，有时出现在左，初时凌驾于森林之上，继而突出于峡谷之外，以此提醒旅行者前进路上的方向变化和地势高低。我进而往上追溯，最终找到同一个人被很长很长的时间间隔开的几个形象，由几个颇是不同的“我”保留下来的形象，各个形象就其本身的含义之间又存在着巨大的差别，致使我在以为对自己过去与这些形象之间的关系的演变过程一览无余的时候，总是把它们给忽略了，我甚至不再想到它们就是我从前所认识的，使我必须通过偶然的刹那间的注意，才能像寻找到某个词的词源那样，把它们与它们对我而言的那个原义重新联结起来。斯万小姐隔着刺玫瑰篱向我送来秋波，我早该想到其真实含义是欲念。贡布雷传闻中斯万夫人的那位情人也曾在那堵篱笆后面冷眼睃睨过我，其含义也不是我当时所思及的，况且，此后他的变化那么大，以至于后来在巴尔贝克，我一点都没从那个站在娱乐场边读海报的先生身上认出他来，而且，每隔十年，当我想到他那时的情景，我总要对自己说："那就是德·夏吕斯先生呀，已经变成这副模样了，真怪！"贝斯比埃大夫婚礼上的德·盖尔芒特夫人，在我叔祖父家穿粉红裙子的斯万夫人，勒格朗丹的妹妹德·康布尔梅夫人。她那么漂亮，使勒格朗丹提心吊胆地怕我们求他把我们介绍给她，还有那么多与斯万、圣卢等有关的人物，他们犹如一幅幅人物图像，有时，当它们在我脑海里浮现的时候，我闹着玩儿似的把它们像书籍扉页的绣像放在我与各种人物的关系的起步上，然而，它们在我看来确确实实地也只剩下一幅图像了，而且这幅图像还不是由其本人放在我心上的，与他再也没有任何关联。事情还不仅仅在于有的人记忆力强，有的人记忆力差（还不至于差得像土耳其大使夫人们和某些人那样，在不断的遗忘中过日子，这便使他们的脑子里总是留有位置接纳别人告诉他们的相反的信息，因为前一条才一个星期便销声匿迹，或者后一条具有排斥前一条的能力）。即便记忆力旗鼓相当，两个人所记得的也不是同一些事情。甲对某事耿耿于怀，乙却并不把这件事很放在心上，相反却对前者一句几乎是未经思考脱口说出的话揪住不放，把它当成表示好感的特别信号。当别人发出假信号的时候，正确理解有利于缩短对这个信号的缅怀时间和能迅速得以肯定对方其实没有这种意思。最后，更为深刻、更加公正的意义还在于记忆的多样化，它使诗人把大家对他提起的那些事几乎忘得一干二净，却记住了瞬息间的印象。这一切导致我们在二十年没有露面后遇到的不是料想中的积怨，而是不由自主的、无意识的原宥，不是莫名其妙的深仇大恨（因为我们忘了自己也给人留下了恶劣的印象），而是理智。即使是事关我们最熟悉的人们，我们也会忘了事情发生的日期。由于德·盖尔芒特夫人第一次见到布洛克的时间至少是在二十年前，她会赌咒发誓地一口咬定他出生在她这个上流社会，说他两岁的时候，德·夏特勒罗公爵夫人还曾把他抱在膝盖上轻轻摇晃。

这些人一生中有多少次来到我面前，他们或顺或逆的处境展现的仿佛仍是同一些人，只是形式有变、结局不同罢了！在我这一生中，与那些人的生命线相交的那些点差异甚多，结果，那些貌似最远的线纠缠在一起，就像生活拥有的线条有限，只能用这几条线绘制差距极大的图画，例如在我过去的各个不同阶段中，我对外叔祖父阿道夫的一次次拜访，元帅的表亲德·维尔巴里西斯夫人的侄儿，勒格朗丹和他的妹妹，弗朗索瓦丝的做背心裁缝出身、现在法庭工作的朋友，还有比他们的变化更大的吗？而今天，所有这些不同的线条全都集中到了一起，交织成网线版，这儿是圣卢夫妇的，那边属于小康布尔梅夫妇，且不说莫雷尔和其他许多曾以他们的联结协助形成某种情势的人，我觉得情势才是完整的统一体，人物仅仅是构成成分。我有足够的阅历，尽可在我回忆中相反的区域里找到另一个人来补充生活为我提供的不止一人的不足。甚至对我眼前的这位埃尔斯蒂尔，他在这里占有一席之地，这是他荣誉的标记，我也能给他加上最早的维尔迪兰夫妇的回忆，加上戈达尔夫妇和在里夫贝尔餐馆里的交谈，加上我结识阿尔贝蒂娜的那场聚会，以及其他那么多人。就像一位艺术爱好者，别人给他看一块祭台侧板，他便能回忆起在哪座教堂、哪个陈列馆、哪位私人的收藏品中也有这么一块，余下的均已散失（他还可以查一查商品一览表或者多跑几家古董店，最后找到与他拥有的一模一样的物品，与它配成一双）；他能够在头脑里恢复祭台装饰屏下部图案的原状，想象出整个祭台的模样。就像一只顺绞车升起的桶，几次三番碰到绞索，而在相反的方向上既没有人，连曾在我生活中占有一定位置、轮番起过不同作用的物都没有。一个简单的社交关系，甚至就是具体的某件物品，倘若几年后我仍能把它记起来的话，我会发现，生活已经在它周围没完没了地缠上各种各样的线，终于用年岁这种绝妙无比的毡绒包裹严实，就像在那些古老的公园里用绿宝石鞘包裹普通水管子的人。

这些人之所以令我觉得像在梦幻之中倒不是因为他们的外貌。对他们而言，青年时代和恋爱中的生活就已是浑浑噩噩，这种生活越来越变得像是一场春梦。他们把什么都忘了，甚至积怨和仇恨，为了肯定他们与眼前的这个人确实有十年不说话了，他们还得查一查心灵的记录，然而这份记录也已模糊得像一场梦，梦中他受人侮辱，却再也记不得侮辱他的是谁。所有这些幻梦构成政治生活的互为矛盾的表象，我们可以看到曾互相控告对方谋杀或通敌的人们在同一个部里。而在有些老人身上，这种幻梦在他们做了爱以后的那几天里变得像死亡一样地浓重，在这样的日子里，人们是不可能向总统提出任何请求的，他把什么都忘了。过后，如果让他休息几天，他会重新记起公务，偶然得像记起一场梦。

有时，这个人不只以一种形象显现，他同我以前认识的那个人差别那么大。曾有几年时间，我觉得贝戈特是一位非凡的慈祥的老人，我看到斯万的灰色帽子，看到他妻子的紫色大衣，面对着他那追随着德·盖尔芒特公爵夫人的世系姓氏的神秘感，就会像看到幽灵显现般地感到浑身发软，甚至在一个沙龙里。几近传奇的发端，继而却变得索然无味的交往的迷人的神话，它们在往昔中延伸的时候却像广阔天宇彗星喷射出来的彗尾，发出璀璨夺目的光芒。即使并非始于神秘，例如我与德·苏夫雷夫人的交往，今天显得如此枯燥乏味、纯属社交应酬，当初却保留着它原始的微笑，更加恬适、更加温柔，无比甜蜜地镌刻在海滨丰富多彩的下午和巴黎春日盈盈的傍晚，车马随从喧喧嚷嚷，尘土飞扬，阳光像流水般晃动的巴黎的黄昏，也许，如果我们把苏夫雷夫人从这个背景中分离出来的话，她便没有什么价值了，就像那些纪念性的雕塑，如威尼斯的保健女神像，它们本身并不很美，只是在那个地方恰到好处。德·苏夫雷夫人已经构成我认为具有某种“平均”价值的回忆部分，我并不考虑她这个人在这里出现确切的价值是多少。

在所有这些人身上，有一样东西比他们所经受的肉体的和社会的变异更使我感到震惊，那便是与人们互相之间所持的不同看法相关联的变化。勒格朗丹瞧不起布洛克，从来不跟他说话。他变得对他非常客气。这绝不是因为布洛克的地位提高了，如果是属于这种情况的话，那就不值一提，因为，社会的变化必然地导致经受这种变化的人们之间相应的身份变化。不。那是因为人们——也就是对我们而言所意味的那样的人们，在我们的记忆中并不具有的一幅图画的均一性。他们随着遗忘而演变。有时，我们甚至会把他们与另一些人相混淆："布洛克，就是以前常到贡布雷来的那个人。"他嘴巴上说的是布洛克，心里所指的却是我。相反，萨士拉夫人则一口咬定关于菲利浦二世的那篇史论是我写的（实际上是布洛克的大作）。且不说这些张冠李戴的事儿，我们总爱忘记某人对你使过的卑劣伎俩，忘了他的不足之处，忘了他上一次没有同你握手道别便扬长而去，相反却记得早些时候你们一度情投意合。勒格朗丹对布洛克投桃报李友善相待，他的姿态正是对从前的那一时所做，这或许是因为他失去了对某一段往事的记忆，或许认为应该这么做，其中兼有原谅、遗忘与何足道哉的成分，而这仍然属于时间的效应。何况，我们互相之间记得关于对方的事情也不一样，即使是在恋情之中。我曾发现阿尔贝蒂娜把我们最初的几次见面时我对她说过的话记得清清楚楚，而我却已把这些话忘得精光。对于另一件像石块一样永远深深地沉入我脑海之中的事情她却记不得了。我们平行发展的生活恰似那些小径，每隔一定的距离便对称地放置着一盆盆鲜花，它们对称却并不正面相对。更何况是对某些我们不甚了解的人，我们只记得他们是谁，或者只记得他们别的事情，甚至是最初的别的事情，以及人们从前对他们的看法，某种受旁人暗示形成的东西（我们在这些人中间与他们重逢，这些人认识他们不久，这时的他们身份高贵，占有他们过去所没有的，却一下子为健忘者所接受的位置），对于他们而言，这更是可以理解了。

生活在把这些人几次三番地放在我命途上的时候，往往是在特定的环境中把他们介绍给我们的，这种环境从四面八方把他们围得严严实实，从而缩小了我们观察他的视角，使我无法认清他们的本质。即使是盖尔芒特夫妇，他们曾是我梦寐以求的认识对象，当我最初接近他们的时候，他们呈现在我面前的表象，一个是我外祖母的老朋友，另一个是曾在中午时分的娱乐场花园里，以令人不快的目光望着我的先生（因为在我们和他人之间存在着一条偶然事件的纽带，就像我在贡布雷阅读某些书籍时所领会的，有一条感知的带子，它阻止现实与灵魂进入完全的接触）。以至于，总要到事后，因为某个姓氏而想起他们的时候，我对他们的认识才变成了我对盖尔芒特家族的认识。然而，也许正是因为想到那长着一双炯炯有神的眸子、一个尖尖的鹰钩鼻的难以接近的世系，那金色的、玫瑰色的神秘世系，出于种种不分青红皂白的境遇，那么经常地、自然而然地出现在我面前，任我交往，甚至成为知己密友，正是因为这一点才使我觉得生活富有诗意，竟至当我想认识德·斯代马里亚小姐或者给阿尔贝蒂娜去做几条连衣裙的时候，我找盖尔芒特家的人帮忙，就像找最乐于为我效力的哥们儿。的确，我讨厌上他们家去，那就像我不愿意到后来结识的其他上流社会人士家里去是一回事。甚至，对贝戈特家的青年贵族是如此，对德·盖尔芒特公爵夫人也是如此，我只有在与她相隔一段距离的时候才能感知她的魅力。一旦来到她身边，这种魅力便烟消云散，因为它存在于我的记忆和想象之中。然而，不管怎么样，盖尔芒特家族，就像希尔贝特一样，毕竟因为扎根于我较早的往昔生活之中，当时我的幻梦更多，更相信个别人，所以他们不同于上流社会的其他人，此时，在同这个或那个的交谈中使我感到烦恼的是自己至少还保留有童年时代想象中的她们，我曾认为是最美的和最难以接近的她们，并且像个理不清一笔糊涂账的商人，把拥有她们的价值和自己想开的价格搅混一气，以此自慰。

然而，对另一些人而言，我以往同他们的关系充满了在绝望中形成的更为热切的梦幻，那里，丰富多彩地绽开我当时的生活，毫无保留地奉献给他们的生活，我真弄不明白，他们的如愿以偿竟是那条又窄又薄、黯淡无光的饰带，无足轻重、不屑一顾的亲密关系的饰带，从中我已不可能再找到任何曾构成他们的神秘、狂热和甜蜜的东西了。

“德·阿巴雄侯爵夫人近来怎么样了？”德·康布尔梅夫人问道。“她已经去世了呀。”布洛克答道。“您把她同德·阿巴雄伯爵夫人搞混了，伯爵夫人是去年作古的。”德·阿格里让特亲王夫人介入了他们的对话。这位年轻的孀妇从她的老头前夫那继承了巨万家资和名门大姓，向她求婚的不乏人在，使她变得自信不疑。“德·阿巴雄侯爵夫人也死了有将近一年了。”“啊！一年，肯定不是那么回事儿，”德·康布尔梅夫人答道，“不到一年以前我还曾在她家参加了一次音乐晚会呢。”争论中，布洛克并不比社交界的那些“面首”更能说出些有分量的话，因为那些逝去的高龄人与他们之间距离太大，这或者是由于年岁上的巨大差别，或者是由于他们（如布洛克）新近才走完迂回曲折的道路，靠拢和步入这个不同的社交圈，正值衰败、处于夕照余晖中的社交圈，他们并不熟悉它的历史，往事回忆也不可能给予他们启迪。死亡对于同一阶层的同龄人已经失去了它怪诞的含义。况且，每天都听到有那么多人行将就木的消息，有人霍然康复，有人溘然长逝，我们也已经记不清楚自己更有幸拜识的某公，是摆脱了他胸口的肿疼还是已经仙逝。死亡人数倍增，而且在高龄区更变得捉摸不定。在这两代人和两个社交圈的交叉点上，鉴于各种各样的原因而没有能力识别死亡的两个社交圈几乎在混淆死与生，死被世俗化，变成了一次小事故，它虽说或多或少确定某人的性质，从人们谈起这桩事故时所用的口气来看似乎它并不意味着这个人的一切便随之完结了。人们说“可您忘了，某人已经去世”的时候，就像是说“他获得了勋章”，“他现在是院士”，或者说“他到南方过冬去了”，“医生嘱咐他到山里去生活一段时期”，而说到底这全是一码事。因为，反正他是不可能来参加庆贺活动了。对某些名人而言，他们死去时留下的东西尚能帮助我们意识到他们的生命已经终止。可是对一般已至耄耋之年的社交人物，我们就弄不清楚他们究竟是死了还是没有死。这不仅仅因为我们不大认识他们，或者忘了他们的过去，而且还因为他们不管在哪个方面，与未来都毫无干系。而分清社交界的老人是病、是不在、是退隐乡居还是寿终正寝的困难使大家像接受优柔寡断者的无动于衷一样认可死者的无足轻重。

“要是她真的还活着，那怎么就再也见不到她的人影儿，也见不到她丈夫了呢？”一个喜欢卖弄小聪明的老姑娘问道。“这我不妨告诉你，”她母亲说，“那是因为他们老了，人到了这种年龄就不再出门了。”这位当母亲的虽说已年过半百，却从来都不错过每一次欢乐聚会。照她这么说，老年人在进坟墓之前还该有整整的一个与世隔绝的阶段，在淡淡的雾霭中伴着长明的孤灯。德·圣德费尔特夫人结束这场争论说，德·阿巴雄伯爵夫人因久病不愈，于一年前去世了。可是没过多久，德·阿巴雄侯爵夫人也一命呜呼了，“死得毫无道理”（因此而显得与所有那些人的生相仿的死亡，借此而说明它不为人所注意的理由的死亡），这样的死，为那些分不清张三李四的人做了辩白。听说德·阿巴雄夫人真的已过世，那位老姑娘神情紧张地朝她母亲瞄了一眼，因为她怕她母亲得知“同时代人”去世的消息后会“感到震动”。她仿佛已经听到别人是怎样议论她母亲的死和用怎样的理由加以说明的：“德·阿巴雄夫人去世曾经使她感到非常地‘震动’。”然而这位老姑娘的母亲却相反，每当有一位同龄人“逝世”的时候，她便觉得自己在又一场角逐中获得了胜利。而且对手全都是名将。他们的死是使她尚能愉快地意识到自己的生的唯一手段。老姑娘发觉她母亲在提到德·阿巴雄夫人已退隐山林、隐居在疲惫不堪的老人很少能从那里出来的地方时，并没有露出不愉快的神色，而当她听说侯爵夫人已进入下一个人们只能到那里去不能从那里回的居处时，更看不出她有什么不悦的表示。看到她母亲对此事淡然处之满不在乎，老姑娘尖刻的心理得到了满足。为了逗她的女友们一笑，她自以为是轻松愉快地编了一个令人喷饭的故事，结果使她的母亲搓着双手说出了："老天爷，那可怜的德·阿巴雄夫人居然真的死了。"即使对那些并不需要她的死来庆幸自己活着的人，这个死同样使他们感到欣慰。因为任何人的死都能给旁人的生活带来某种简化，省去了需表示感恩戴德的顾忌和拜谒的义务。埃尔斯蒂尔却不是这样对待维尔迪兰先生之死的。

一位贵妇人要走了，她还要出席别的下午聚会，还要与两位王后一起用茶点。她便是我以前认识的那位高个子交际花，德·纳索亲王夫人，若不是她的身形变瘦小了（由于她的个头比以前矮多了，她的模样看上去就像人们平常说的"一只脚已进了坟墓"），我们简直都不能说她显老了。她依然活脱一个玛丽-安托瓦内特，奥地利的鼻子，富有情趣的目光，无数化妆用品十分协调地配合使她的容颜不老，像丁香花，香气袭人。在她脸上泛浮着那种羞涩和温柔的神情，仿佛在说她不得不离去，她一定会再来，希望能不引人注意地悄悄溜走，与大量等待着她光临的精英聚会相关联的神情。她几乎就出生在王位的台阶上，结过三次婚，长期地由一些大银行家奢华地供养着，且不说还需要满足她那么多突发的奇想，她穿着与她那双顾盼生情的杏眼和化了妆的脸一样淡紫色的连衣裙，连衣裙下还有那数不胜数的往事留下的有点说不清、理不清的纪念物。就在她从我面前走过，打算溜之大吉的时候，我向她行了个礼。她认出了我，她握了握我的手，那双淡紫色的明眸盯着我，仿佛在说："我们有那么久没见面了！下一次我们定要叙叙别情。"她使劲握住我的手，已经记不清楚，是不是哪天晚上，她把我从德·盖尔芒特公爵夫人家带出来的时候，在车上，我俩还曾有过一段转瞬即逝的风流韵事。她试着暗示这件并不曾有过的事情，这是一种对她来说并不感到为难的事情，既然她能对着一只草莓塔做出温情脉脉的样子，而如果说她不得不在乐曲结束前动身离去的话，她看上去却像在忍痛割爱，而这种割舍却不会是最终的。况且，由于她吃不准自己与我是不是有过那段艳事，她与我匆匆握别的时间并未持续，而且一个字都没向我说。她只是像我说过的那样凝望我，那意思是"那么久了啊！"。在这个"久"字里包含着她的三位丈夫、曾供养她的男人们、两场战争，而那双星眸，像修凿在乳白石上的天文钟，依次标出在已经那么遥远的往昔中的每一个庄严肃穆的时刻，每当她想对你道一声从来可以用作托词的问候时都能再现的往昔。接着，同我分手后，她朝门口小跑而去，免得再打搅别人，也为了向我表明，她没有同我一谈是因为她时间紧迫，她要追回因为与我握手而失去的那一分钟，以便准时到达西班牙王后那里，她将与王后单独在一起用点心。我甚至相信她到门口后还会奔跑起来。实际上，她在奔向她的坟墓。

一位胖妇人向我问好，就在这声好的短促瞬间，具有云泥之别的各种想法涌上我的心头。我先是犹豫了一下，不敢答礼，生怕她由于比我更不善于认人，错把我当成了另一个人，接着，她那坚定的神态又反过来使我由于怀疑这一位可能与我有过十分密切的关系，夸大我可掬的笑容，与此同时，我的目光继续在她的外貌上搜索，搜寻我还没有想起来的姓氏。就像参加业士会考的中学生，目光盯在考官的脸上枉费心机地希望在那上面找到他还不如到自己的记忆中去搜索的答案，就这样，我朝这位胖妇人微笑着，凝望着她的脸。我觉得这张脸像斯万夫人，所以我的微笑中也略略带上些尊敬的色调。我正待结束迟疑不决，才过一秒钟，我听到那位胖妇人对我说："您把我当成妈妈了，确实，我开始变得同她挺像的。"就这样，我认出了希尔贝特。

我们谈了许多有关罗贝的情况，希尔贝特用尊敬的口气讲着他，好像那是一位上层人士，她执意要向我表示自己对他的钦佩和理解。我们互相提醒，回忆起他从前阐述的那些关于战争艺术的思想观点（因为他后来在当松维尔时常同她谈起他在东锡埃尔对我叙述过的那些主题），它们往往，总之，在许多方面得到最近这场战争的证实。

"我很难向您说清楚他在东锡埃尔对我讲过的那些细枝末节现在和在战时给过我何等强烈的感受。当我们分手的时候（自那以后我们也没有晤面），我从他那儿听到的最后几句话是说，他预料，兴登堡这位拿破仑式的将军将进行一场拿破仑式的战役，其目标是隔开他的两个对手，他补充说，这两个对手很可能就是我们和英国人了。而罗贝去世才一年，一位他挺赏识的，在军事观念上显然曾深刻地受到过他的影响的评论家昂利·比杜先生说，一九一八年三月的兴登堡攻势是一个集中兵力的敌人向两个拉开战线的对手展开的分隔战役，是一七九六年，皇帝在亚平宁山脉完成过，一八一五年在比利时失误过的军事行动。在这之前不久，罗贝曾把那些战役和某些剧本给我做了比较，我们并不总是那么容易地从那些剧本里看出作者的意图，即使他自己在创作过程中也会改变计划。而对一九一八年的这次德国攻势，罗贝做出这种解释的同时，无疑是不会同意比杜的观点的。然而，另外一些评论家则认为，正是兴登堡在亚眠方向上取得的成功和接下来又被迫停止前进，他在佛兰德斯取得的成功和后来的又是停顿，导致，总之是出乎预料地导致从亚眠，然后从布洛涅出现一些他事先没有确定的目标。就像人人都能按照自己的方式改写剧本那样，有人从这场攻势看到向巴黎闪电式进军的征兆，另一些人则认为会有一些错落不齐的猛烈攻击以摧毁英国军队。而即使元首下达的命令与某种设想背道而驰，评论家们也有充裕的时间发表高论，就像当戈克兰肯定地对穆内-絮利说《厌世者》并不是他想要演的那种悲剧、正剧（因为，根据同时代人的见证，莫里哀也曾用喜剧手法演出这个剧本，演得令人发笑）的时候，穆内-絮利说：‘那么，是莫里哀搞错了。’”

“至于飞机，您记得他那时说的话吗？他用的语句是那么美：每一支军队都必须是一个‘百目’阿耳戈斯[1]，唉！可惜他没能看

[1] 希腊神话中的亚哥斯王子，长有一百只眼睛，其中总有五十只睁着，被杀后，女神赫拉把他的眼睛撒在孔雀尾巴上。

到自己的话得到了证实。”我回答说：“不，他看到了，在索姆战役中，他清楚地知道，双方都从挖掉敌人的眼睛，即摧毁飞机和系留气球使敌人失去判断能力开始的。”“哦！是，真的。”自从她一心钻研高深的学术，她的言谈举止都带上了点儿书呆子气：“他还硬说人们又在使用以前的战术，您知道吗？在这场战争中，那几次远征美索不达米亚[1]（当时，她肯定是在布里肖的文章里读到有这么一回事）令人随时、千篇一律地想起色诺芬的撤退[2]，而为了从底格里斯河前进到幼发拉底河，英国统帅部用上了独木舟，一种又窄又长的小船，当地的平底轻舟，远古时期的迦勒底人就曾经使用过的。”这些话使我清楚地感到往事的那种停滞，它借助某种特有的重量无限期地停止在某些地方，致使人们重新见到它们的时候，它们还是原来那个样子。然而，坦白地说，由于我在巴尔贝克离罗贝不远的地方读到过的那些文章，我的印象更深刻，就像在法国农村找到德·塞维尼夫人笔下的林间小径，就像在东方，在关于库特阿玛拉的位置问题（贡布雷的本堂神甫如果把他对词源研究的嗜好扩大到东方语言的话，还会说，库特阿玛拉，库特酋长，“就像我们说峡谷子爵和百洛主教”。）上，看到与

---

[1] 美索不达米亚指幼发拉底河和底格里斯河之间的地区，北到巴格达，南到巴比伦尼亚，人类在此活动有五千年的历史，第一次世界大战期间，英国—印度远征军于 1914 年 12 月占领巴士拉，1917 年英国又占领巴格达，1918 年取得摩苏尔。这里所指即此。

[2] 色诺芬（约公元前 430—约前 355 或前 354）：古希腊历史学家，曾出任希腊万人军司令官，率军在陌生的库尔德斯坦和亚美尼亚冲杀，公元前 400 年初撤回希腊，并以此为素材著《远征记》。

《一千零一夜》关系那么密切的巴士拉这个名字又回到巴格达的旁边，远在汤森德将军和戈林格将军之前的哈里发时代，水手辛巴德每次离开巴格达以后或回到巴格达之前，上船或下船前后都要经过的巴士拉。

我对她说："战争有一个方面的问题，我觉得，是他开始意识到了的，那就是它有人情味，看上去就像一种爱，或者一种恨，尽可以把它叙述得像一部小说，因此，如果有人唠唠叨叨说战略是一门科学，这对他理解战争毫无裨益，因为战争不是战略的，敌人不知道我们的计划，就像我们不知道自己喜爱的女人所追逐的目标是什么一样，而且，也许连我们自己都不知道这些计划。在一九一八年的三月攻势中，德国人知道他们的目标是夺取亚眠吗？我们一无所知，也许连他们自己都不知道，是变化，是他们在西部朝亚眠方向的推进最后定下了他们的方案。假若战争是符合科学规律的，那也得从另一面，像埃尔斯蒂尔画海那样去描绘它，并且像陀思妥耶夫斯基叙述一个人的遭遇那样，以逐渐得到纠正的幻觉、信仰为出发点。况且，战争绝不是战略的，这一点太肯定了，倒不如说它是医学的，包含着种种意料不到的偶然事故，临床医生可以谋求避免的事故，如俄国革命。"

在这场谈话的全部过程中，希尔贝特一直谦卑恭谨地对我讲述罗贝，那口气更似议论我的故友，而不是她的亡夫。她仿佛在对我说："我知道您对他佩服得五体投地。请您相信，我是善于理解这位才智超群的人的。"然而，她肯定已不再感到对他的回忆的爱可能依然是远远地在影响她现时生活的特色的原因。所以，安德烈现在是希尔贝特形影不离的女友。虽说安德烈首先借助于她丈夫的才华和她自己的聪颖，已经开始进入虽说还不是盖尔芒特社交圈，却也比她从前交往的人们风雅得多的阶层，德·圣卢侯爵夫人屈尊成为她最要好的密友仍然令人惊讶。这件事仿佛是一种朕兆，说明希尔贝特对她所认为的艺术家的生活方式的爱好，说明她的社会地位真正下降的倾向。这也许是真实不假的缘由。但我心中又想到了另一种解释方法，我总是那么深深地相信，我们所看到的集中于某地的形象虽然一般地与第二组的形象对称，却相距极远，它只是颇不相同的第一组形象的反映，或是它在一般情况下的效果。我在想，如果说人们每天晚上都注意到安德烈、她丈夫和希尔贝特在一起，那也许是因为在很多年以前，人们已经看到过安德烈的这位未来的丈夫同拉谢尔在一起生活，后来他离开拉谢尔，找上了安德烈。当时的希尔贝特很可能由于生活的层次相距太远、地位太高，对此一无所知。但她后来应该能够了解到这一点，后来，当安德烈的地位上升，而她的地位则下降到她们能够互相瞥见的时候，此时，曾使那个男人离开拉谢尔的这个女人肯定对她产生了强大的吸引力，而那个男人大概对她也有一定的魅力，使她对他的倾慕更胜于对罗贝的爱。

因此，看到安德烈也许还能使希尔贝特想起她青年时代的罗曼史，想起她对罗贝的恋情，不由得希尔贝特不对安德烈肃然起敬，希尔贝特觉得，圣卢爱拉谢尔更胜于爱她本人，而拉谢尔深深钟情的那个男人竟一头拜倒在安德烈的石榴裙下。也许相反，在希尔贝特对这对艺术家伉俪的偏爱中，这些回忆并不曾起到过任何作用，在这一事实中应该看到的，像许多人所做的那样，仅仅就是通常的社交界妇女所固有的对学习的兴味和追求堕落的情致。希尔贝特也许早已把罗贝抛诸脑后，就像我忘掉了阿尔贝蒂娜一样，就算她知道艺术家是为了安德烈而离开拉谢尔的，在见到他俩的时候她也绝没有想到这个事实，这个并不曾在她对他俩的偏爱中起过任何作用的事实。我们只有靠有关人士的见证，才有可能判定我的第一种解释不只可以成立，而且真实不假，在这种情况下，这是唯一尚存的手段。只要有关人士能够带点洞察力和真诚对待自己的隐私，虽然，在对待自己的隐私时，洞察力已属罕见，真诚是绝对没有的。不管怎样，见到今天已经成为名角儿的拉谢尔，对希尔贝特不会是一件愉快的事情。因此，当有人宣布她将在这次下午聚会上朗诵诗歌，朗诵缪塞的《回忆》[1] 和拉封丹的寓言诗时，我心里感到不安。

我们听到德·盖尔芒特亲王夫人用她那一口假牙造成的支离破碎的嗓音慷慨激昂地一再说道："是的，正是如此，我们将建立宗派！我们将建立宗派！啊！您是多么了不起的音学（乐）家啊！"她把她那大单片眼镜竖起在圆睁的眼睛前，目光中流露出既被逗乐，又有表示歉意的神色，为她不能把这种欣喜维持得更长久一些而抱歉，但她已下定决心"积极参与建立宗派"，直至最后。

---

[1] 著于 1841 年，是他与乔治·桑恋情的总结。

“可您怎么能出席那么多次聚会？”希尔贝特问我，“您这是遭人谋财害命啊，我可没有想到您会是这样的。当然，我不只希望在我舅妈的阔绰排场中见到您，而且希望在其他地方都能见到您，”她狡黠地加了一句，“因为这里有我舅妈。”她成为德·圣卢夫人的时间比维尔迪兰夫人进入这个家族的时间还早一些，所以，她从来就以盖尔芒特家族的一员自居，并且认为她的舅舅使她受到了损害，因为他有失身份娶维尔迪兰夫人为妻，确实，她在家里也真的曾千百次听到大家当着她的面嘲笑这桩婚事，当然，大家也议论过圣卢降低身份同她结婚，只是她不在场的时候。她还因此越加做出瞧不起这位出身寒微的舅妈的样子，而德·盖尔芒特亲王夫人则出于类似使聪明人避开习俗时髦的逆反心理和老人对回忆的需要，为了尽可能给自己高贵的新貌一个往昔，在提到希尔贝特的时候她总爱说：“我告诉你们，我跟她的关系可是源远流长，我十分了解这孩子的母亲，喏，她母亲是我表姊妹马桑特的好朋友。她就是在我家里认识希尔贝特的父亲的，至于可怜的圣卢，我先就认识了他那一家子，他的亲叔叔，从前在拉斯普利埃，是我的至交。”听德·盖尔芒特亲王夫人这么一介绍，有人便对我说：“您瞧见了，维尔迪兰家族可绝不会是波希米亚流浪部落，他们与圣卢夫人那家子是世交。”我也许是唯一从我外祖父那里得知维尔迪兰家族不是波希米亚流浪部落的人，然而那恰恰不是因为他们认识奥黛特，可见人们随心所欲处理不再有人了解的过去的故事，就像讲述在谁都没有到过的地方所做的旅行。“总之，”希尔贝特下结论说，“既然您有时也从象牙塔里出来一下，那么，不妨到我家去，我邀上几位可畅叙衷曲的才智之士举行个别知己密友的小型聚会，这对您不更加合适吗？像这里的这种庞杂玩意儿可不会对您的脾胃的。我看到您同敝舅妈奥丽阿娜谈话，她要怎么好有怎么好，可要说她并不属于具有远见卓识的人物，却也并不冤屈了她。”

我不可能把我一个小时以来的想法告诉希尔贝特，但我相信要是纯然从消遣考虑，她将能帮助我得到乐趣，这种乐趣，我觉得，也就是谈谈文学，同德·盖尔芒特公爵夫人谈未必就能比同德·圣卢夫人谈得多一些。当然，从明天起，我希望重新开始过与世隔绝的生活，虽说这一回带着目标。即使在我家，我工作的时候，我也不会让人进来看我，完成作品的职责比讲究礼貌，或者甚至让人满意都更重要。很久没有见到我的人们也许会坚持要进来，他们已经见到我，肯定我的身体已经复原，当辛勤工作或艰苦生活的一天结束或中断的时候，他们需要我，就像当初我需要圣卢那样。还因为，像我在贡布雷的时候就发现的那样，我刚瞒着父母二老做出其实是很值得称道的决定便遭到他们训斥，因为我内心中分属各人的时钟刻度盘并不全都调节在同一时刻：有的到了该休息的时候，另一只标出的却是工作时间，当罪犯的刻度盘上标着早已悔过和立意修善的时刻，另一只却才敲响法官惩处罪孽的钟声。不过，我会鼓起勇气告诉前来看望我或让人来找我的人说，我需要尽快地了解一些最基本的东西，我与自己有一次十分重要的紧急约会。然而，尽管我们真正的自我和另一个我之间关系不大，由于异义而同形，也由于它们共有一个肉体，使你牺牲比较容易完成的职责，甚至牺牲自己的乐趣的克己行为会被旁人视作利己主义。

更何况我还不正是因为忙于完成与那些抱怨见不到我的人有关的事情才远离他们，过着索然的生活？我还不是为了能更深入一步关心他们？这种事与他们在一起是做不成的，我正力求使他们了解自己的情况，力求清楚地认识他们。就为了淡而无味的社交接触的乐趣，排斥任何渗透的泛泛接触的乐趣，把一个个夜晚付诸东流，悄悄然用我同样空洞无物的话语声与他们轻喘弱息般的话语声相呼应，这样的生活再过上几年又有何益处？他们做的那些动作，他们说的那些话，他们的生活，他们的气质，我努力描绘出它们发展的曲线并从中演绎出法则，这样做不是更有意义吗？不幸的是我还得同那些设身处地为他人一想的习惯做斗争，如果说那种习惯有益于作品的构思，它却会推迟作品形诸笔墨。因为它通过繁文缛礼不仅迫使我们为他人牺牲自己的欢乐，而且还得牺牲自己的职责，当我们设身处地为他人着想的时候，这种职责，不管是怎么样的职责，哪怕是对一个在前线起不到任何作用而留在他尚能派上用场的后方的人来说，这种职责也会似是而非地显得仿佛是我们的欢乐。

我远不像那些伟人有时候所以为的那样，因为这种没有朋友、无人可与交谈的生活而认为自己不幸，我发现，消耗在友谊中的激奋的力量是一种悬伸物，它以一种不会有任何结果的、背离现实的特殊交情为目标，这种力量本来应能把我们导向这个真实的。然而，说实在的，当休息和社交活动的间隙变成我不可或缺的东西时，我感到，与其进行社交界人士所以为的对作家有利的学术交谈，不如同如花似玉的少女两情缱绻，这种轻松愉快的恋情将是我到迫不得已的时候，允许我那像只能饲之以玫瑰花朵的骐骥般的想象可以选择的粮秣。我在突然间又萌生的希望，正是当初在巴尔贝克，当我看到阿尔贝蒂娜、安德烈和她们的女友们从海滨走过的时候所曾有过的梦幻，当时我还不认识她们。可是，唉，我却已经不可能再寻求找回此时此刻恰恰是我十分强烈地希望见到的她们了，使我今天见到的所有的人，也包括希尔贝特在内的所有的人改头换面的时间的作用，肯定已经使她们中还活着的，变成与我记忆中的有云泥之别的女人了，阿尔贝蒂娜如果没有夭亡也定然如此。我因为不得不伤及过去的她们而感到痛苦，因为，使人们发生变化的时间并不改变他们保存在我们心中的形象。当我们领悟了那么新鲜地贮藏在我们记忆中的东西在生活中已不可能再拥有的时候，当我们发觉在我们的内心中显得那么美好的东西再也不可能在外界接近它，再也不可能接近激起我们的欲望，某种完全属于个人的欲望，希望在一个同龄人，也就是在另一个人身上寻找和再见到这美好的东西的时候，再也没有比存在于人的衰变和回忆的不变之间的那种对比更令人痛苦的了。正如我常常已能有所揣测的那样，那是由于被我们认为只有在我们想要的人身上才有的东西其实并不属于这个人。然而，在这一点上，似水年华为我提供了更完整的证明，因为，二十年后，我本能地想要寻找的并不是我从前认识的那些姑娘，而是现在拥有当时属她们所有的青春活力的姑娘（其实，这不尽然是由于忽略已逝的时光而与现实大相径庭的肉欲的复苏。有时，我还会希望出现奇迹，使我的外祖母、阿尔贝蒂娜与我所以为的相反，依然活在人间，来到我的身旁。我以为看到了她们，我的心向她们扑去。我只是忽略了一个问题，那就是，如果她们真的还活着，那么，阿尔贝蒂娜现在的模样该同当初我曾在巴尔贝克见到过的戈达尔夫人的样子差不多了。而我的外祖母，过了九十五岁高龄，我也绝不可能再看到她平静慈祥的笑颜，我现在想象中的笑颜，我想象中的武断就像在给天主上帝装上一部胡子，或者像十七世纪，人们在表演荷马笔下的英雄时给他们穿上贵族的奇异服饰，全然不管他们是古代人物）。

我望着希尔贝特，心里却并不想："我真希望再见到她。"然而我却对她说，倘使她能在邀请我的同时，还邀上一些年轻姑娘，我是很乐意的，可能的话，最好是家境贫寒的姑娘，让我用一些小小的礼品就能使她们高兴，其实我对她们也一无所求，只愿她们能唤起我心中的幻想，使往日的哀愁死而复生，也许——不大可能地——会有一天，我能得到一个纯洁无邪的亲吻。希尔贝特莞尔一笑，接着显出认真思索的神态。

就像埃尔斯蒂尔喜欢看到妻子在自己面前成为他在作品中经常描绘的威尼斯美色的具体体现那样，我给自己寻找的借口是，我受到了某种美学的自私心理所吸引，把我引向能造成我痛苦的姣好女性。而且，对我可能还会见到的未来的希尔贝特们、未来的德·盖尔芒特公爵夫人们和未来的阿尔贝蒂娜们，我怀有一种类似偶像崇拜的感情，就像漫步在美不胜收的古代大理石雕塑群中的雕塑家，我觉得，她们将会给予我灵感。然而，我还应该想到，在接触到她们每一个人之前，先应有我对包围着她们的那种神秘的感知，因此，与其请希尔贝特帮我介绍几位少女，还不如我自己到那些在我与她们之间并不存在任何联结的地方去，使我们感到在我们与她们之间存在着某种不可逾越的东西，或者在海滨，去游泳的路上，到我们感到她们虽然近在咫尺，却似远隔天涯的地方去。我的神秘感就是这样被先后援用在希尔贝特、德·盖尔芒特公爵夫人、阿尔贝蒂娜和许多别的女人身上的。无疑，不认识的和几乎是不可认识的变成了认识的、熟悉的、无关痛痒的或者痛苦的，然而却从其往昔保留下了某种魅力的。说真的，就像在邮差为了讨些年赏而给我们送来的那些日历里，没有哪一年能在它的封面或某一天的插页中见到我希望在那里见到的女子的图像。图像上的女子，例如，普特布斯夫人的贴身女仆、德·奥什维尔小姐或者某个我在报上的社交报道中看到过的姓氏，属于那种“大批可爱的华尔兹舞伴”的少女，由于有时是我从来都没见到过的女子，使图像往往更显出它的任意性。我推测她是天生丽质，钟情于她，并为她拼凑起一具理想的胴体，亭亭玉立在她家地产所在省份的景物中，这是我从《城堡年鉴》上看来的。至于对我认识的女子而言，这种背景至少是双重的。她们各个不同地矗立在我生命进程的不同点上，矗立在那里像当地的佑护女神。她们所处的背景首先是梦幻的，景物并行的线条把我的生活划成方格，我便在那里潜心于她的想象。其次是从回忆的角度所看到的，她被包围在我以前认识她的时候所处的景物中，她现在使我回想起来，她依然被固定在那些地方，因为，如果说我们的生活漂泊不定，我们的记忆却深居简出，我们不停地冲刺也徒劳无益，我们的回忆被牢牢地铆住在我们早已离开的那些地方，并且继续在那里组合它们与世无涉的生活，就像旅行者到了一座城市，在那里交上一些临时的朋友，在离开这座城市的时候，他不得不抛下他们，因为他们走不了，他们得留在那里，在教堂前、港口边、庭院里的树木下结束他们的长昼、他们的生命，就像他仍然在那里一样。所以，希尔贝特的影子不仅投射在法兰西岛的某一座教堂前，这是我想象中的她，而且还投射在梅塞格利丝那边一座公园的花径上，德·盖尔芒特夫人的身影则投在一条潮湿的路上，那里爬满一串串纺锤状姹紫嫣红的花果，或者在巴黎街头金色的朝霞中。而这第二个身影，不是产生于欲念，而是来自回忆的身影，对她们每一个人都不是独一无二的。因为她们每一个人都是我在各个不同时刻多次认识的，在这种时刻，她们对于我已是另一个女人，而我自己也已不是原来的我，正沉浸在另一种颜色的梦里。现在在当初每年的梦周围集结起了对我认识的某个女子的回忆，而支配这些梦的法则是：所有与某人，如我童年时代的德·盖尔芒特公爵夫人有关的，借助某种吸引力集中在贡布雷周围，而与即将邀我共进午餐的德·盖尔芒特公爵夫人有关的一切则集中在一个截然不同的动辄生气的人周围。德·盖尔芒特公爵夫人有好几个，就像从穿粉红裙子的妇人算起有好几个斯万夫人一样，岁月惨淡无色的空间把她们一个个分隔开，我已不可能从一个跳跃到另一个，除非我有本事离开一个星球去到中间隔着太空的另一个星球。这个星球不仅被隔开，而且还不同，装点着我在区别极大的时期做过的各种梦，就像一个特殊的植物区，里面的奇花异葩在另一个星球上是见不到的。以至于在我打算既不到德·福什维尔夫人家去，也不到德·盖尔芒特夫人那里去吃午饭，因为这会把我带到一个何其不同的世界，做了这样的打算以后，我仍然不能对自己说，她俩一个是热纳维耶夫·德·布拉邦特的后裔，与德·盖尔芒特公爵夫人是同一个人，另一个也就是那个穿粉红裙子的女人，因为我心中一位有教养的人在这么肯定，其权威性就像一位学者对我说星云银河是由同一颗星星分裂形成的那么可靠。例如希尔贝特，我不加考虑地便请求她让我拥有一些像过去的她那样的朋友，因为她对我已经只是德·圣卢夫人了，在见到她的时候，我不再想到她在我过去的爱情中曾担任的角色，她也把这个角色忘了。贝戈特对我而言又变成了仅仅是他那些书的作者，我对他的赞赏并没有使我想起（只是在罕见的、完全隔断的回忆中才有过）自己当初被介绍给这个人时的兴奋，以及在穿着白裘皮服装的人们中间，在那么多各式各样的托架和蜗脚桌上那么早就送来了那么多灯的客厅里，在堆满紫罗兰的客厅里，与他交谈使我感到失望和惊诧。所有构成第一个斯万小姐的回忆实际上已经从目前的这个希尔贝特身上切割下来，由另一个天地的引力把它们吸引得远远的，吸引到贝戈特说过的一句话的周围，同这句话结合成一体，沉浸在英国山楂的芳馨之中。

今天的这个希尔贝特的残余面带笑容听完了我的请求。接着她露出严肃的神色思考起这个请求来。我为此感到心情轻松，因为这样她便不会注意到另一群人，她看到了一定会感到不痛快的那群人。我发现，德·盖尔芒特公爵夫人正同一个十分丑陋的老婆子高谈阔论，我望着她，压根儿就猜不出她是谁：我对她绝对地一无所知，实际上，此时在与希尔贝特的舅妈、德·盖尔芒特夫人讲话的是拉谢尔，也就是那位红得发紫的女伶，在这次聚会上她将朗诵维克多·雨果和拉封丹的诗篇。公爵夫人由于意识到自己在巴黎历来占有头等重要的地位（她并不知道这种地位只存在于相信有这么一回事的人们的头脑中，许多新人物，倘使他们在哪儿都没见到过她，倘使他们从没在哪场高雅聚庆的报告中看到过她的姓名，还会以为她其实没有什么了不起），只是在尽可能少、间隔时间尽可能长的访问中才打着哈欠到她说的、让她厌烦得要命的圣日耳曼区来露个脸儿。相反，她却会突发异想地同她认为有意思的这个或那个女伶共进午餐。她经常出入一些新建的社交中心，在那里，她比自己所以为的更加我行我素，她仍然认为容易厌倦是智力优势的表现，然而她是用某种粗暴的态度，使她的嗓音变得有些沙哑的粗暴来显示这种优势的，当我同她谈到布里肖的时候，她说："他让我整整厌烦了二十年。"而当德·康布尔梅夫人说"请重读叔本华关于音乐的论述"的时候，她态度粗暴地说："重读这话真算得上是金科玉律了！啊！不行，我们恰恰就是不该这么做。"从而提醒我们注意这句话。老阿尔邦笑了，他认出了盖尔芒特精神的表现形式之一。希尔贝特比较现代派，她保持不动声色。尽管她是斯万的女儿，却像母鸡孵出来的鸭子，比较超脱，她说："我觉得这还是有它动人之处。它具有一种令人可喜的敏感。”

我对德·盖尔芒特夫人说，我碰到过德·夏吕斯先生。她觉得他实际上变得更“衰退”了。社交界的人们在区分智力高低的时候，不仅对智力相差无几的不同人士做这种区分，对同一个人一生中的各个时期也区别对待。接着她补充说：“他生来活脱活现地像我婆婆，而现在更惊人地酷肖她了。”这种相像并没有什么异乎寻常之处。我们知道，有些女人几乎可以说是以最大的精确性将自己的形貌投射在另一个人的身上，唯一的谬误在于性别不同。这是一种不能被称作 felix culpa[1] 的阴错阳差，因为性别反过来又影响一个人的个性，男子身上被女性化了的东西便成了矫揉造作、敏感的矜持，等等。尽管脸上胡子拉碴，颊髯遮去了通红的面颊，那里总有一些能与母亲的外貌相叠合的线条。夏吕斯家的人难得有老而不衰的，而在他的衰老中，人们总能惊异地辨认出臃肿的脂肪和搽脸香粉下一位永远年轻的佳丽的残片。就在此时，莫雷尔走了进来。公爵夫人对他热络得令我有点张皇失措。“啊！我不介入家庭纠纷，”她说，“您不觉得家庭纠纷令人讨厌吗？”

因为，如果说在这二十年间的那几个阶段中，小集团群按新星的引力大小而解体改组，而且新星本身也必然地会远去，然后又重现，那么在人们的头脑里则进行了凝聚，然后是分裂，然后又是凝聚。如果德·盖尔芒特夫人对我而言曾是好几个人，那么，

---

[1] 拉丁语，意为幸运的差错。

对德·盖尔芒特夫人，或者对斯万夫人等而言，某人也可以是几个人合成的，他在德雷福斯案之前的某个阶段可以是一个红人，从发生德雷福斯案起则成了盲信者，或者傻瓜蛋，对他们而言，此案改变了人的价值并另行分派，而自此以后，派别还在分化改组。其中起到强有力的作用和添加它对纯然智力亲和的影响的则是已逝的时间，它使我们忘记了自己的反感、蔑视，甚至导致反感、蔑视的缘由。如果我们分析一下小德·康布尔梅夫人的优雅风姿，我们就会发现她是我们商行的买卖人絮比安的女儿，而使一个买卖人的女儿能引人注目的原因是她父亲为德·夏吕斯先生弄到一些人手。然而，所有这一切加在一起只产生了些许明明灭灭的效果，那些已经遥远的起因，不仅不为许多人所知，就连那些知道的人也已把它们遗忘了，他们更多地看到的是目前的光辉，而不是往日的耻辱，因为人们总是以目前的含义去理解某个姓氏的。这些沙龙的变化，其意义也便在于它们是已逝去年华的一个效果和记忆的一种奇观。

公爵夫人还在犹豫，她怕德·盖尔芒特先生当着她欣赏的巴尔蒂和米斯丹盖的面与她闹上一场，但她肯定有拉谢尔当她的朋友。晚辈后生们便因此断定她徒有虚名，她德·盖尔芒特公爵夫人大概是那种有点像河狸式的人物，从来就没有整个儿地属于上流社会过。确实也有两位贵妇与她争夺某些君主的青睐，她还得费一番力才能把他们请来吃饭。然而，一方面因为他们很少来，他们还认识一些毫无可取之处的人，另一方面出于盖尔芒特家族对老式社交礼仪的迷信（她既讨厌那些颇有教养的人，又坚持要良好的教育），公爵夫人让人写上：“陛下曾谕示德·盖尔芒特公爵夫人曾垂顾……”新阶层的人们对这类用语一无所知，于是更断定德·盖尔芒特夫人地位低下。在德·盖尔芒特夫人看来，同拉谢尔的这种亲密关系正可以说明，我们认为她斥责风雅是故作姿态、假话骗人，其实错怪了她，我们认为她拒绝去德·圣德费尔特夫人家的行为不是顾及才智，而是为了冒充高雅，其实又错怪了她，她觉得侯爵夫人愚蠢，只是因为侯爵夫人还没有达到目的便让人看出她在冒充高雅。然而同拉谢尔的这种亲密关系还能说明，公爵夫人本身实在是才智平庸的人，至迟暮之年，当她厌倦了社交生活的时候，由于对真正实在的才智一无所知和出于那种随心所欲的一点妄想，她不满足于已取得的，希望获得新的成就。这种随心所欲会使有些十分体面的妇人认为以实在令人头疼的方式结束夜晚“是多么地有趣”，她们闹恶作剧，半夜三更去叫醒某人，披着晚大衣到那个人床边待上一段时间，最后都找不出话说了，这才发现时间实在太晚了，才去睡觉。

还应该补充说一说的是，最近以来，朝秦暮楚的公爵夫人对希尔贝特的反感使她得以从接待拉谢尔中获得某种欢乐，而且使她得以发扬光大盖尔芒特家族的一条格言，那便是站在某些人一边（几乎是死心塌地地）帮助争吵的大有人在，人们不得不对德·夏吕斯先生采取的策略加强了“我用不着做”的独立性。如果你追随德·夏吕斯先生，他会使你同大家闹得不可开交。

至于拉谢尔，如果说她为了结交上德·盖尔芒特公爵夫人确实煞费苦心（德·盖尔芒特公爵夫人没能从伪装的矜持和刻意的冷淡下辨别出这番苦心，她的矜持和冷淡反激公爵夫人，使她高度评价女伶的不落俗套），那么，一般来说这大概也因为从某个时期起，上流社会人物对不肯回头的浪子的吸引力，同时还有那些过惯自由放纵生活的浪子对上流社会人物的吸引力，双重回流，与政治范畴中相互间的好奇心和打过仗的民族间缔结同盟的愿望是差不多的东西。然而，拉谢尔产生这种欲望恐怕还有其比较特殊的理由。过去，正是在德·盖尔芒特夫人家，正是这位德·盖尔芒特夫人使她当众蒙受奇耻大辱。拉谢尔并没有随着时间的流逝把这件事抛诸脑后，也没有原谅她，然而，公爵夫人因此而获得的在她心目中的威望永远都不会消失。我正想把希尔贝特的注意力从公爵夫人与拉谢尔的谈话上转移开去，她们的谈话被打断了，因为女主人在寻找拉谢尔，该由她朗诵了，她与公爵夫人分手后很快出现在台上。

然而，就在此时，在巴黎的另一头却完全是另一种景象。我已经说过，拉贝玛也邀请了一些人去喝茶，为她的儿子、媳妇庆贺。她的客人们却迟迟不来赴会。当她得知拉谢尔在德·盖尔芒特亲王夫人那里朗诵诗歌的时候（这使拉贝玛这位大演员十分恼火，对她说来拉谢尔仍是个无名小辈，大家让她在由她拉贝玛领衔主演的戏里露个脸儿，是因为圣卢给她买了登台演出的服饰，更使她恼怒的是，巴黎流传着一条新闻说，这次邀请虽说是以德·盖尔芒特亲王夫人的名义发出的，实际上在亲王府接待来客的却是拉谢尔），拉贝玛硬是给一些忠实可靠的朋友写了信，邀请他们务必光临共进茶点，因为她知道他们也是德·盖尔芒特亲王夫人的朋友，亲王夫人还是维尔迪兰夫人的时候他们就认识了。然而，时间过了，还是没有人到拉贝玛家。有人曾经问布洛克想不想去，他毫不隐讳地回答说："我不去，我更想去德·盖尔芒特亲王夫人那里。"唉！实际上，这正是大家所决定的。拉贝玛得了绝症，她因此不得不很少出入社交界，她已经知道自己的病情日渐恶化，但是为了满足她女儿奢侈生活的需要，她那既有病又懒惰的女婿无法给予满足的需要，她又登台演出了。她知道这样做会缩短自己的有生之日，但她给女儿女婿带回丰厚的酬金，她要让女儿高高兴兴，她讨厌她女婿，可又在拍他的马屁，因为她知道女儿十分爱他，她怕要是自己得罪了他，他会恶劣地让她再也见不着自己的女儿。拉贝玛的女儿暗中为给她丈夫治病的医生所爱，她自欺欺人地认为那一次次《淮德拉》的演出对母亲的生命并无大碍。她几乎可以说强逼着医生对她这么说，从医生给她的答复和她全然不顾的那些病历报告中，她也只记住了这一点。实际上，医生是说过他觉得演出对拉贝玛并没有很大的不妥。他这么说是因为他觉得这么做可以讨他心爱的少妇的欢心，也许还出于愚昧无知，因为，不管怎么样他也知道这是不治之症，当结果会缩短病人的受苦时间的事情对我们本人有利的时候，我们也便心甘情愿地听任它去缩短了，也许还愚蠢地以为这还使拉贝玛高兴，从而对她也有益，这种愚蠢的想法就在他从拉贝玛的孩子们那里得到一个包厢，并且为了看戏丢下他所有的病人的时候，他仿佛还觉得得到的证实是对的，他觉得她在舞台上生气勃勃与她在城市生活中的奄奄一息一样地异乎寻常。确实，我们的习惯使我们在很大程度上能够完成乍看上去是不可能做到的事情，甚至使我们的机体适应这种生活。谁曾看到过一位患有心脏病的马术大师表演各种绝技？真叫我们不敢相信他的心脏居然经受住了这绝技表演的一分钟。拉贝玛也是一位久经舞台生涯的老将了，她的身体器官已完全适应舞台要求，她能在卖力中偷巧，做到令观众看不出破绽，令人以为她身体很好，只是有些纯属神经性的和臆想的疼痛。在向希波吕托斯表白心迹的那场戏以后，拉贝玛徒自感到自己将熬过这令人恐惧的夜晚，她的戏迷们拼命为她鼓掌，宣称她空前地美丽。她在极度疼痛中回家，心里却很高兴，因为能给她女儿带回那些蓝色的钞票，出于老年人代代相传的顽皮童心，她惯于把钞票紧紧地塞在长筒袜里，然后得意扬扬地把它们抽出来，希望博得一笑，换来一个亲吻，不幸的是这些钱只够女婿女儿给他们的府邸增加一些新的装饰品，他们的府邸就在他们母亲所住公馆的隔壁，里面不断传出敲敲打打的声音，扰乱了著名悲剧坤伶何其需要的睡眠。他们按照时尚的变化和适应他们希望能接待的X或Y先生的需要改装他们的每个房间。而拉贝玛感到唯一能平息疼痛的睡意已逃之夭夭，她只好不睡，心中却不免蔑视那些加快她死亡的到来和使她剩下的最后这些日子变得十分难受的漂亮玩意儿。无疑，或多或少地正是由于这个原因她鄙视它们，这是对伤害我们，而我们却又无力阻止的东西合情合理的报复。然而，这还因为，她清楚地意识到了自己身上的才华，从年纪很轻的时候起她就知道所有这些时尚的抉择的微不足道，所以她本人始终忠于她素来尊重的传统，她是这个传统的化身，这个传统使她仍如三十前那样判断人事，例如，并不把拉谢尔看成今日事实上已名噪一时的坤伶，而仍是她当年所认识的小粉头。其实，拉贝玛并不比她女儿好，正是从她身上，通过遗传和出于十分自然的钦佩而变得更为有效的榜样的感染，她女儿摄取了她的自私、冷酷无情的嘲弄和自己意识不到的残忍。只是，拉贝玛把这一切传给她女儿后，她自己得到了解脱。况且，拉贝玛的女儿即使并不经常地有工人在家里敲敲打打，她照样会骚扰她的母亲，因为年轻人残酷、轻率的吸引力总使老人、病人感到体力不支，使他们为了跟上步伐而疲于奔命。他们每天都换上一批人来用午餐，而拉贝玛如果不露面，人家就会觉得她自私自利，扫她女儿的兴，人家指望靠这位著名的母亲在场勉为其难地吸引住某些新近建立的不肯轻易光顾的关系。他们还对这些关系“许下诺言”，举办一次有她参加的户外活动，表示庆礼。这位可怜的母亲本来为了对付盘踞在她膏肓间的死亡已忙得不可开交，现在还不得不一大早就起床，就出门去。更有甚者，由于当时，才艺出众、红得发紫的雷雅那在国外演出获得巨大成功，女婿觉得拉贝玛不该就此销声匿迹，他希望这个家也能捞上那么多荣誉，于是强迫拉贝玛轮回演出，拉贝玛不得不注射吗啡，这可能导致她因肾脏衰竭而死亡。同是这种风雅、社会声誉和生的诱惑，在节庆之日的德·盖尔芒特亲王夫人那里起了吸入泵的作用，以抽气机的强力，把拉贝玛家最忠实的常客全都吸到那里去了，而在拉贝玛家的情况则相反，也因此故，只剩下绝对的空白和死。有个年轻人，由于吃不准拉贝玛家的喜庆是不是也一样热闹，跑来了。当拉贝玛看到时间已过，知道大家已把她抛弃了的时候，她让人上点心，他们围着桌子坐下，然而那气氛却像是吃丧葬饭。有一年四旬斋第三个星期的星期四（狂欢日）夜晚，拉贝玛照片上的形象曾使我心猿意马，而现在的这张脸上能使我想起当年风韵的东西已荡然无存。就像老百姓说的，拉贝玛脸上已挂着死亡。这一回她看上去才真像雅典阿克罗波利斯的埃雷克泰永神庙中的大理石雕像了。她硬化的动脉快变成了化石，看上去像绕着面颊刻出的长长的绦带，没有生命的僵硬，那双神采全无的眼睛与那尪羸得可怕的面孔相比之下还算活着，闪烁着微弱的光像酣睡石块间的蛇。那位出于礼貌留下用茶的年轻人不断地看着钟点，心里牵挂着赶快去盖尔芒特府参加热热闹闹的欢庆活动。拉贝玛没说一句责备弃她而去的朋友们的话，那些朋友们还在天真地希望她不知道他们去了盖尔芒特府。她只是嗫嚅地说："让一个像拉谢尔这样的人在德·盖尔芒特亲王府举办庆祝会，只有在巴黎才碰得上这码事儿。"她默默地、庄严缓慢地吃着禁止她吃的糕点，活脱脱一副按丧葬规矩办事的样子。使"茶点"的气氛更加抑郁的是女婿大发雷霆，因为与他们伉俪如此熟稔的拉谢尔居然没有邀请他们。更使她伤心的是那位应邀而来的年轻人对他说，他与拉谢尔相当熟悉，如果他现在就到盖尔芒特府去的话，他也许还来得及让她邀请这对轻佻的夫妇。然而，拉贝玛的女儿太了解拉谢尔在母亲心中的地位是何等低微，请求从前的粉头赏脸邀请无疑是用绝望杀了她母亲。因而，她对那位年轻人和她丈夫说这是不可能的事。然而，在这次用茶点过程中，她脸上不时露出想去乐一乐的神色，耍小性儿，以示对剥夺他们这一乐趣的老不死的母亲的报复。老太太只装作没看到女儿噘起的嘴巴，不时对年轻人有气无力地说句客套话，这是唯一应邀而来的贵宾，然而，把什么都一股脑儿卷往盖尔芒特府，连我自己也被吸引到那儿去的那台抽气机力大无比，贵宾起身走了，留下淮德拉或女尸，人们已不怎么清楚她是这两个中的哪一个，留下她，还有她的女儿、女婿，去吃完这顿丧葬饭。

女演员刚刚扬起的嗓音打断了我们的谈话，她运用的手法挺巧妙，这种手法是把演员正在朗诵的诗假设为开口朗诵前就已存在的整体，我们听到的只是这个整体中的某个片段，好像艺术家正走在一条路上，有一段时间，她走到我们能听到她朗诵的地方。

要朗诵的那几首诗差不多全是大家所熟悉的，一宣布便把大家逗乐了。可是当大家看到女演员在开始前先用迷惘的目光四下搜寻，带着哀求的神情举起双手，呻吟般地吐出每个词的时候，每个人都为这种情感的卖弄感到不自在，甚至产生反感。谁也没料到诗歌朗诵竟能是这样的玩意儿，渐渐地大家习惯了，也就是说大家忘了最初的不舒服，品出了其中的韵味，心下比较着几种朗诵方法，最后对自己说：这样比较好，这里处理得差一些。然而，第一次，谁都不敢瞄旁人一眼，就像在一场普通诉讼中看到律师举起垂着宽大袍袖的手臂，朝前走去，用咄咄逼人的口气开始辩护时那样，因为，大家觉得这样朗诵挺怪，也许应该说是极妙，等待着心里有个肯定的看法。

然而，看到这个女人还没有发出一声，先自屈膝，展开双臂，仿佛摇晃着一个看不见的人，然后变成膝盖外翻，突然用哀怨的语调就为了读几句为人熟知的诗，听众无不愕然。人们我看你，你看我，不知是该哭还是该笑。有些缺乏教养的年轻人克制住没有放声大笑。各人向自己的邻座偷偷瞅上一眼，就像在高雅的宴席上，面前放着一件新餐具，螯虾叉、砂糖锉之类的，我们不知道它的用途和使用方法，于是望着一位较有权威的客人时采用的那种目光，盼着他先使用这种餐具，让大家有可能仿效。当有人引用一句我们不知道，却又要佯装知道的诗时，我们也这么做，好像在一道门前退后一步，把说出这句诗何人所作的乐趣，特别照顾般地让给一位文化修养较高的人。就这样，大家一边聆听着女演员的朗诵，一边低垂着脑瓜，用审视的目光瞄着，等待别人率先发出笑声或批评或哭泣或鼓掌。德·福什维尔夫人正巧从盖尔芒特那边回来，公爵夫人几乎是让人从那块领地上逐出来的，她带上一副专心致志的紧张样子，几乎让人不折不扣地感到不痛快，这或者是为了表示她是行家里手，不同于芸芸众生，或者是出于对不大精通文学之道、有可能对她谈谈其他事情的人的敌意，或许她正聚精会神，以便弄清楚自己是“喜欢”，还是不喜欢，或许是因为她既觉得这“挺有意思”，却又并不“喜欢”，至少不“喜欢”用这种方法朗诵某些诗。这种态度本来仿佛该由德·盖尔芒特亲王夫人来采取才是。可由于这是在她家里，而且她越是有钱就变得越小气，她打定主意只给拉谢尔五朵玫瑰花，所以她只捧场了事。她不时发出声声兴奋的叫喊，施加影响、刺激情绪。只是在此时，她恢复了维尔迪兰的面目，因为她看上去是为自己的乐趣听诗，那样子就像要人家为她一个人朗诵，不期然还有五百个人，她的朋友，他们是她允许来的，仿佛是让他们偷偷地来看她高兴。

与此同时，我发现女演员在朝我送秋波，我并没有因此感到丝毫自尊心上的满足，因为她又老又丑，况且那神情也带着一定的保留。在整个朗诵过程中，她让双眸闪烁着一种既克制又给人强烈感受的微笑，仿佛是她极欲从我这里得到某种允诺的诱饵。然而，有几位不大惯于听诗朗诵的老妇人在对她们身旁的人说："您看到了吗？"暗指女演员庄严、悲剧性的手势，她们不知道是该褒还是该贬。德·盖尔芒特公爵夫人感到这种微弱的浮动，诗刚朗诵到一半，便大喊一声做了成功的判决："妙哇！"她大概以为已经朗诵完了。此时，不止一位客人偏要以赞许的目光和颔首来为这一声断喝助威。也许，与其说是为了表示他们对朗诵者的理解，不如说是为了显示他们与公爵夫人的关系。诗念完以后，由于我们就在女演员的一边，我听到她谢过德·盖尔芒特夫人，旋即利用我就在公爵夫人身旁的机会，她朝我转过身来，和蔼可亲地向我问了个好。这时我才明白这是一位我应该认识的人，我才明白，与我把福古贝先生之子的热忱目光当成人家认错人的问候相反，女伶被我当成欲望的目光只是一种克制的怂恿，希望我认出她来，向她致敬。我含笑答礼。"我肯定他认不出我了。"朗诵者对公爵夫人说。“不，”我信心十足地说，“我完全认得出您来。”“那好，我是谁呢？”我对此决然一无所知，我的处境变得很微妙。幸亏，如果说这个女人在十分自信地朗诵拉封丹那些美妙绝伦的诗句时，心中出于善意、愚昧或者不安只是在想难以同我打招呼的话，即在她朗诵这些美好的诗句时，布洛克出于错误的责任感或一出风头的欲望，却在一心一意地做着准备，等到诗一念完，他便像被围困的人试图突围那样一跃而起，即便不是从邻座身上，也是从他们脚上踩过去，去祝贺朗诵者。他在我耳边说：“在这儿见到拉谢尔，真奇怪！”这个神奇的名字立即破除了使圣卢的情妇变成这个污浊不堪的陌生老婆子的魔法，即在人家告诉我她是谁的同时，我也完全认出她来了。布洛克对拉谢尔说：“朗诵得真好。”就这么简简单单一句话，说完，他就心满意足地走了，再一次费了那么大的劲，再一次弄出那么大的声音回到他的座位上去，而拉谢尔则还要等五分多钟朗诵第二首诗。当她把那首《两只鸽子》又朗诵完了的时候，德·莫里安瓦尔夫人走近德·圣卢夫人，她知道德·圣卢夫人文学造诣颇高，却有点忘了她还像她父亲那样才思敏锐，好挖苦人。她问德·圣卢夫人道：“这就是拉封丹的寓言诗，是吗？”她以为自己听出了这首诗是谁的，却又不能完全肯定，她对拉封丹的寓言诗知道得很少，再者，她认为那是些儿童读物，难登大雅之堂。善良的女人在想，女艺人之所以能获得这么大的成功，大概是因为她模仿了拉封丹寓言的风格吧。希尔贝特无意间又加深了她的这种看法，因为她不喜欢拉谢尔，她原想说像这样的朗诵法使寓言诗的味儿一点都没有了，她十分巧妙地表达出这种想法，用的正是她父亲的方式。使天真的人们吃不准究竟是什么意思：“四分之一是表演者自己的创造，四分之一是疯狂，四分之一毫无意义，剩下的四分之一才是拉封丹的”，这便使德·莫里安瓦尔夫人得以肯定刚才听到的不是拉封丹的《两只鸽子》，而是一篇改编处理过的东西，其中最多只有四分之一是拉封丹的，这种看法没有引起任何人的惊讶。因为听众也是异乎寻常地无知。

然而，布洛克的一位朋友来迟了，反而使布洛克能够得意扬扬地问他可曾听到过拉谢尔的朗诵，把她的朗诵不同凡响地描绘一番，他夸大其词，并在向别人叙述、揭示这现代主义的朗诵中突然获得他在听的时候一点都没有感受过的奇特的乐趣。接着，布洛克带着夸张的热情细声细气地祝贺拉谢尔，并给她介绍他的朋友，这位朋友声称，他对谁都还没有像对她这么赞扬过。至于拉谢尔，她现在已经认得了一些上流社会的贵妇人，并且不自觉地在模仿她们，她答道：“啊！您太过誉了！实在不敢当。”布洛克的朋友问起她对拉贝玛的看法。“可怜的女人，她好像不幸至极。她以前倒可谓不是没有才华，因为说穿了，那也不能是真正的才华，她尽爱些可怕的东西，不过，当然啰，她毕竟还起了点作用。她演得比别人都逼真，而且此人正直宽厚，她为别人破了产。而由于她很久以来已经赚不到一个铜子儿了，因为公众早就一点儿都不喜欢她演的东西了，所以……”她笑着补充说，“再者，我该对您说，当时我还太年轻，不可能有所体会，很自然，我的年龄使我不能完全理解她，直至最近一段时间。”“她以前不大善于朗诵诗吧？”布洛克的朋友为了吹捧拉谢尔，试探着说。拉谢尔答道：“啊！她从来就没有好好朗诵过一首诗，那是散文，莫名其妙的玩意儿，大杂烩，什么都有，就是没有诗。”

然而，我却发现逝去的时间并不一定带来艺术上的进步。就像十七世纪的一位作家，虽然他没有经历过法国大革命，不知道科学上的发明创造，没有遭遇世界大战，却可能比今天的某一位作家高明，法贡就可能是一位与布尔邦一样伟大的医生（这里天分之高抵消了学识的不足），同样，像大家所说的，拉贝玛就比拉谢尔高明一百倍，而时间在使她与埃尔斯蒂尔一起当上明星的同时，过高地评价了一个庸才和树立了一位天才。

圣卢的旧情妇诽谤拉贝玛，这并不值得大惊小怪。她年轻的时候就可能这么做过。即使当时她没有诽谤，现在她也会这么做的。一名最聪颖、最善良的社交界妇女当上了演员，在这种对她说来崭新的职业中施展天赋资质，一帆风顺地获得成功，时隔很久以后如果遇上她，我们会惊讶地听到她讲的不是她自己的语言，而是女伶们的语言，她们特有的恶毒攻击同行姐妹的语言，这便是她们有了“三十年舞台经历”后在人身上新增的东西。拉谢尔已有三十年舞台生涯了，她也不能与众不同。

“我们有什么说什么，这令人赞叹，”公爵夫人说，“它有线条，有特色，处理得很巧妙，从来还没有谁像这样朗诵诗歌的。”她担心希尔贝特进行攻讦。希尔贝特为了避免与她舅妈发生冲突，朝另一群人走去。德·盖尔芒特夫人虽已到了暮年，却感到自己在萌生新的好奇心。社交界已经没有什么东西可供她学的了。她在社交界占有第一把交椅的观念像蓝天比大地高一样清楚。她认为已经用不着巩固一个她认为是不可动摇的地位。相反，越是读书、上剧院，越使她希望延长这种阅读和看戏的时间。就像从前，在狭窄的小花园里，人们啜饮着橘汁，上流社会最精美的一切，在阵阵馥郁的晚风和花粉雾中，不拘形式地前来维持橘汁中上流社会的味道，现在另一种欲望在驱使她希图了解某些文学论战的原因，认识作者，见一见女演员，她疲惫的灵魂需要有新的养分。为了认识作者和演员，她接近某些妇女，过去，她甚至连与她们交换名片都不愿意，她们炫耀自己与某杂志主编的密切关系，以赢得公爵夫人的垂青。第一个得到邀请的女伶以为自己是唯一来到这个不同寻常之处的演员，第二位看到比她先来的那位也在那里，便感到这种地方并没有什么了不起。公爵夫人还以为自己的地位并没有什么变化，因为有时晚上她还接待几位君主。实际上，她是唯一血液里没掺杂其他成分的贵胄后裔，由于出身于盖尔芒特家族，当她不签署德·盖尔芒特公爵夫人的时候，她可以签署盖尔芒特·德·盖尔芒特，她甚至仿佛比她的妯娌们更为高贵，就像尼罗河里逃生的摩西，亡命埃及的基督，跑出圣殿禁锢的路易十七，这位纯之又纯的贵胄后裔，现在无疑在迁就曾造成德·维尔巴里西斯夫人的社会地位下落的那种遗传的对精神食粮的需要中，变成了又一个德·维尔巴里西斯夫人，爱面子的女人怕在她家遇上某个男人或女人，年轻人看到既成事实，却不了解在这之前发生的事情，他们以为她是出身较低微的盖尔芒特后裔，不是好年景的盖尔芒特，而是失势落魄的盖尔芒特。

可是，既然最优秀的作家到了老年，或写下太多的作品后往往会才气罄尽，那么，上流社会的妇女到一定时期不再那么才智横溢便完全是可以理解的了。在德·盖尔芒特公爵夫人冷酷无情的灵魂里斯万无法再找到年轻的德·洛姆亲王夫人的“融合”。暮年的德·盖尔芒特公爵夫人稍做一些努力便感到疲乏，她说尽了傻话。当然，她随时，在这次下午聚会的整个过程中就有好几次又变成我从前认识的那个女人，风趣地谈说社交界发生的事情。但是，除此以外，那种在美目顾盼下发表的远见卓识，那么多年以来一直使巴黎俊彦拜服在她智慧的权杖下的那种远见卓识，虽说有时还在闪闪发光，却可以说是徒有外表了。到该插话的时候，她还像从前那样，停上几秒钟，仿佛在斟酌，在创造，然而她随之说出口来的话却空洞无物。不过，有几个人注意到这一点了！方法上的连贯性使人们以为智慧继续存在，就像有时那些迷信糕点牌子的人，他们让同一厂家继续给他们送花色糕点，却并不注意糕点的质量已变得糟透了。在战时，德·盖尔芒特公爵夫人身上就已经出现了这种衰退的征兆。如果有人说了文化这个词，她便打断他的话，嫣然一笑燃起美目中的光焰，并且说：“文文文文化。”把朋友们逗笑了，他们以为于此又看到了盖尔芒特家族的风趣。确实，这也正是当年使贝戈特感到不胜喜欢的那种模式、那种语调、那种微笑，再说，它依然保持着它那种断句的方法、它的感叹词、它的省略号、它的修饰语，然而却毫无内容。不过，它使新来者感到惊讶，觉得自己是不是来得正巧，碰上她这一天滑稽，并且“身心健康”，有时，他们会说：“她真是愚昧！”

其实，公爵夫人总设法把她的堕落集中在一个方向上，不让它影响到自己家族中给予她贵族荣誉的那些人。如果，在剧场里她为了起到艺术保护人的作用而邀请一位部长或画家，而这位部长或画家天真地问她，她的小姑或丈夫是不是在这个大厅里，行事小心的公爵夫人会端起大胆傲慢的架子咄咄逼人地回答他说：“我对此一无所知，一旦我出了家门，就再也不知道家里在干些什么了。对所有的政治家、艺术家来说，我是个寡妇。”这样，她便使过分热心的新贵免得去碰德·马桑特夫人和德·巴赞的钉子，也避免了为自己招惹斥责。

“见到您我说不出有多高兴。老天爷，上次我是在什么时候见到您来着？……”“在德·阿格里让特夫人家做客的时候，我在那里常见到您。”“当然，我以前经常上她那儿去，我可怜的孩子，那时巴赞是多么地爱她。大家在他这位情人家里见到我的时候最多，因为他曾吩咐我说：‘别忘了去看看她。’说实在的，我还觉得这样做有些不妥，他每去吃过一次饭就让我去进行这种‘感谢赏饭的礼节性访问’。不过没多久，我对此也习以为常了，而最讨厌的是在他断绝了那些交往后我却不得不把某些关系仍然保留下来，这使我老想起维克多·雨果的那句诗：

你带走幸福却给我留下烦恼。

大卫

《雷加米埃夫人》

“就像在同一首诗里所说的那样，我还是面带笑容走了进去，可这确确实实是不公正的，他本来也应该给我留下对他的情妇们见异思迁的权利，因为，把他那一个个不想要的人累积起来，我最后再也没有哪个下午归自己所有了。其实，我觉得那段时期与现时相比之下还是愉快的。老天爷，我还愿意他再来欺骗我，这只能使我感到得意，因为这使我变年轻了。不过我更喜欢他从前的方式。怎么不！他已经很久很久没有欺骗我了，他再也不记得施展骗术的方式！啊，可我们在一起还是不错的，我们讲讲话，甚至我们还挺相爱的呢。”公爵夫人怕我没听懂，可能会以为他们已完全分手，就像提到某个已病入膏肓的人那样对我说：“可他说话还挺清楚，今天早上，我给他念了一小时书。”她又加了一句说：“我去告诉他您在这儿，他会希望见见您的。”说着，她走到公爵身旁，公爵坐在一张长沙发上，正同一位贵妇人谈话。我赞叹他几乎还是老样子；还是那么威严，那么有风度，只是头发更白了一些，然而，看到他妻子走来想同他说话，他显出怒气冲冲的神态，使她只好抽身退下。“他正忙着呢，我不知道他在干什么，您待会儿瞅着办吧。”德·盖尔芒特夫人对我说，她以为最好还是让我自己设法解决问题了。布洛克来到我们面前，代他那位美国女人打听那边那位年轻的公爵夫人是谁。我回答他说那是布雷奥代先生的侄女，布洛克对这个姓氏的情况一无所知，他请求对此再做些说明。“啊！布雷奥代吗？”德·盖尔芒特夫人对我嚷嚷说，“这您该记得的呀，这个姓氏那么古老，那么久远！而且，他是个赶时髦的人。他们住在我婆婆家附近。布洛克先生，您不会对此感兴趣的。可这小家伙却感到这挺有趣儿的。”德·盖尔芒特夫人指着我补充说：“这些事情是他和我在从前同一时期一起了解到的。”她千方百计地借这些话语向我说明，似水年华已流逝很多很多了。德·盖尔芒特夫人的友情、观点发生了那么多次的更新，以至于当她追溯以往的时候，把她的风度翩翩的巴巴尔当成一个赶时髦的人了。另一方面，他不只是在时间的长河中后退了，而且，这是我初涉社交界时不了解的事儿，他还是我当时认定的巴黎最重要的名士之一。这位名士将永远地与他的社交史拴在一起，就像柯尔柏离不开路易十四朝的历史一样，他也有他外省的印记，他是老公爵夫人在乡下的邻居，德·洛姆亲王夫人就像那样与他结下了友谊。这位被追魂夺魄的布雷奥代被搁置在由他标定的那么遥远的年代（这便证明此后的他已完全为公爵夫人所遗忘）和盖尔芒特附近了。然而，第一个夜晚，在喜歌剧院，我绝想不到这位被我视若幽居海上洞府的海神竟是联系我和公爵夫人的纽带，因为她想起了我认得他，所以我也就成了她的朋友，虽说我并非出身于她那个阶层，与她出入同一社交界的时间却比在场许多人早得多。她记起来了，但却颇多缺憾，甚至已忘掉了某些在我看来属于相当要紧的细节。她忘了，那时，我只是贡布雷的一个小有产者，我不到盖尔芒特去，就在她现身喜歌剧院的翌年，她去望贝斯比埃小姐的婚礼弥撒的时候，她还不顾圣卢一次次的请求，不愿邀我。这件事我觉得对我说来十分重要，因为恰恰就在那段时期，我把德·盖尔芒特公爵夫人的生活看成是我实难进入的天堂。然而对她而言，那无非就是她日常过惯的平淡乏味的生活，而且，既然从某个时期开始我经常上她家用晚餐，况且，在此之前我就已经是她姑母和外甥的朋友，她也便有理由再也说不清楚我们的亲近究竟始于何年何月了，而且她对自己由于把这一交情开始的时间往前移了几年而铸下的重大年代错误感到莫名其妙。因为它使我认识了那位不可认识的盖尔芒特姓氏的德·盖尔芒特夫人，使我得以借这金光闪闪的字母拼成的姓氏受到圣日耳曼区的接纳。而这一切仅仅是因为我到一位夫人家去用了晚餐，一位对我来说早已与别的夫人没什么两样的夫人，她有时邀请我，不是请我深入涅瑞伊得斯们[1]的海底王国，而是到她表姊妹的正厅包厢里去观看夜场戏文。“您要是想知道布雷奥代的详细情况，这其实并没有多大的必要，”她对布洛克补充说，“您可以问问这孩子（他倒是一百倍地更值得您了解的）：他俩到我家吃饭总不下五十来次了。您不就是在我家认识他的吗？不管怎么说，您是在我家认识斯万的呀。”我感到奇怪的是她居然会以为我有可能在别的地方认识布雷奥代先生，而不是在她家里，所以也便在认识她之前就已经进了她那个社交圈，我同样还感到奇怪的是她竟认为我是在她家认识斯万的。希尔贝特在说到布雷奥代时吹牛说：“他是乡下的一位老邻居，我挺愿意同他谈谈当松维尔。”而从前，在当松维尔，他却并不与她们常来常往，她的牛皮可谓大矣，照她这样，我竟可以说，斯万“是乡里乡亲，他晚上常常来看我们”。实际上，斯万令我回想起来的事情与盖尔芒特家族风马

[1] 希腊神话中的海仙女。

牛不相及。“这我可同您说不清楚了。他是个一讲到殿下便一倾为快的人。他能讲一大堆相当有趣的故事，是关于盖尔芒特家族的人们，关于我婆婆，关于去德·帕尔马公主身边以前的德·法朗邦夫人的故事，可今天谁还知道德·法朗邦夫人是何许人也？可这孩子，那些事儿他全知道，是的，那些事儿全都一了百了了，连那些人的姓名都已不再存在，而那些人也既不值得留芳，又不值得遗臭。”我还发现，尽管有像社交界这么一种事物，尽管在社交界里各种社会关系确确实实达到了最高度的集中，一切在那里交流交际，由于那里还保留着一些外省的风气，或至少时间造成了这些东西，它们改换了名称，对外形发生变化后才到来的人已变得不可理解。“那是一位善良的夫人，她说过一些闻所未闻的蠢话。”公爵夫人接着又说。由于她对作为时间效应的不理解所含的那种诗意漠然没有感觉，什么事情到她那里便都只剩下了那滑稽的因素，梅拉克型的文学、盖尔芒特家族的精神能够吸收的成分。“有一段时期，她不时吞服糖锭上了瘾，那时，这种糖锭是用来止咳的，它叫谢罗代尔片。”说着，她自己也因为用了一个这么专门的名词笑了，这个曾是妇孺皆知的名词，今天对听她讲述的这些人是如此陌生：“我婆婆对她说：‘德·法朗邦夫人，您这么时不时吃谢罗代尔片会闹肚子的。’德·法朗邦夫人回答说：‘公爵夫人，这个药是进到气管里去的，它怎么会吃坏肚子呢？’”接着是她说的：“公爵夫人有一头很漂亮的奶牛，漂亮得老被人当成种公马。”德·盖尔芒特夫人真愿意继续讲讲德·法朗邦夫人的故事，这种故事我们知道的有好几百个，可是，我们清楚地感觉到，在布洛克一穷二白的记忆中，这个姓氏唤不起有血有肉的东西，而对我们，只要一提到德·法朗邦夫人，德·布雷奥代先生，德·阿格里让特亲王，这种形象便会油然而生，而正因为这个原因，这个姓氏也许还会在他心中激起某种幻觉，我知道被夸大了的，但我觉得是可以理解的幻觉，这并非因为我本人也有过这种感受，我们自己的舛误，我们自己闹的笑话，即使是在我们已清楚地意识到了以后，仍很少会导致我们对别人的差错和笑料宽宏大量的后果。

属于那个遥远年代的现实，再说也是毫无意义的现实已丢失殆尽，以至于当有人在离我不远的地方问起，希尔贝特在当松维尔的那块地产是不是她父亲德·福什维尔先生传给她的时候，有人回答说："不是！那是她婆家给的。这一切全都是盖尔芒特家那边的事。当松维尔就在盖尔芒特附近。它原来归德·马桑特夫人——德·圣卢侯爵的母亲所有。只是它久已被抵押出去，所以它是赠予未婚新郎的财产，由德·福什维尔小姐把它赎了回来。"又有一次，为了向某人说明那个时代的才子是怎么一回事，我向他提起斯万，他却对我说："噢！对了，德·盖尔芒特公爵夫人对我说起过几句关于他的话，他是您在公爵夫人家里认识的一位老先生，是不是？"

往事在公爵夫人头脑里产生了偌大的变化（或者存在于我心里的那些界限在她头脑里始终是那么似有若无，我所认为的大事她却置若罔闻），竟然会使她以为我在她家里认识斯万，在别的地方认识德·布雷奥代先生，如此这般给我炮制出一个被她甚至推延到过于久远的年代的社交界人士的过去。因为，我刚才获得的那个关于似水年华的概念，公爵夫人同样也是有的。甚至由于某种与我曾有过的把这段时间看得较短的概念相悖的幻觉，她把它看得太长，把它上溯到很久很久以前，尤其是对那条分隔两个不同时期的无穷尽的界限毫不在乎，须知前一时期她对我来说只知其名不识其人，继而又成了我所爱的对象，后一时期她对我来说无非是社交界一名普通女子。而我也就是在这后一时期才上她家去的，她对我来说已是另一个人了。然而，这些差异却从她自己的眼皮底下溜掉，由于她不知道自己已是另一个人，改换了门庭，不像我那样强烈地感到她这个人出现过间断，我到她家去的时间就这样被提前了两年，她居然没有感到奇怪。

我对她说："这使我想起第一次到德·盖尔芒特亲王夫人家去那晚的情景，那天，我以为自己没有接到邀请，他们会把我赶出大门。您那天穿着一条大红连衣裙和一双红鞋。"德·盖尔芒特公爵夫人说："老天爷，这都是哪个朝代的事儿了！"就这样，她给我加强了似水年华的印象。她神色忧郁地凝望远方，然而却特别强调了她那条红色的连衣裙。我请求她给我说一说那条裙子的式样，这也正是她津津乐道的。"现在根本就没人再穿这种衣服了。这是那个时代的人穿的连衣裙。"我对她说："难道它不漂亮吗？"她总怕说漏了嘴，怕说出贬低自己的话来，使对她不利的方面占了优势。"不是的，我可觉得它挺漂亮。现在不穿是因为这种式样已不再流行。可它会被重新穿起来的，任何式样都有重新流行的时候，连衣裙、音乐、绘画全都如此。"她斩钉截铁地补充说，因为她认为这条哲理有其独到之处。然而，衰老的悲哀又使她露出倦容，她微微一笑试图加以掩饰："您能够肯定我穿的是红皮鞋吗？我以为仿佛是一双金色的皮鞋。"我肯定地说这一切犹历历在目，并没提起使我能如此肯定的情和景。"您真好，您还记得这些。"她脉脉含情地对我说。女人把记得她们姣美的人当作好人，犹如艺术家把欣赏他们作品的人引为知己一样。况且，对一位像公爵夫人那么有头脑的女人，过去了的事情再遥远，还是有可能没有被忘却的。为了答谢我记得她的连衣裙和鞋子，她对我说："您记不记得我和巴赞送您回家的事儿吗？午夜后有一位姑娘要去看您。巴赞想到竟有人在这种时刻拜访您，打心眼儿里笑了。"确实，那晚，德·盖尔芒特亲王夫人的晚会之后，阿尔贝蒂娜来看过我，我和公爵夫人记得一样清楚。现在即使德·盖尔芒特公爵夫人知道了那位使我因此而没能进他们家去的姑娘就是阿尔贝蒂娜，那么这个阿尔贝蒂娜对她和对我一样都已是无关痛痒的了。这是因为那些可怜的亡人从我们心中消失之后，有很长一段时间，他们的尘埃随遇而安，继续用作掺杂成分，掺和在往日的情景中。有时，在提到一个房间、一条花径或大道的时候，尽管我们已不再爱他们，由于他们于某个时刻曾经在那个地方，为了充实那个曾为他们所占有的地方，我们不得不暗暗提到他们，即便并不悼念他们，甚至提都不提他们的名字，也不让人家加以考证（德·盖尔芒特公爵夫人就不去考证那晚要来的姑娘是哪一位，她一直不知道她是谁，并且也只是由于时间和情况的奇特才提到她）。这便是遗留痕迹之最后的和令人不敢想象的形式。

如果说公爵夫人给拉谢尔下的评语其本身并不高明，它们却引起了我的兴趣。因为它们在刻度盘上也标着一个新的时刻，同拉谢尔一样，公爵夫人也没有完全忘记拉谢尔在她家度过的第一个晚会，而且，这段回忆丝毫也没有经受变动。她对我说：“我告诉您，正因为是我把她给挖掘出来，赏识她，为她捧场吹嘘，迫使一个没人了解她、没人瞧得起她的时代接受她，我才更愿意看她的演出和听大家对她的喝彩声。是的，孩子，您会为此感到惊讶，可她第一次公开演出确实是在我家里呀！是的，就在所有像我这位新嫂子那样的人，”她嘲弄地指着对她奥丽阿娜来说依然是维尔迪兰夫人的德·盖尔芒特亲王夫人说，“就在所有像她那样自诩为先锋派的人不屑一听她的朗诵、任凭她饿死街头的时候，我觉得她值得关注，我让人给她个演出机会，让她来我家，当着我们的面做为上流社会尽可能做到的一切表演，说句不该说的自负话，是我大力推荐了她，因为说到底天才不需要他人的帮助。当然，她也不需要我的帮助。”我匆匆做了个表示不同意的手势，我发现，德·盖尔芒特夫人正一心一意等待着接受与她相悖的观点：“不是吗？您认为一个天才还要三个帮？说实话您也许在理。真怪，您说的正是以前仲马跟我说的话。真要这样，那我就太得意了，当然不是在天才方面，而是在这样的一位艺术家的成名道路上，我还算起到了一点作用，哪怕是一丁点儿。”德·盖尔芒特夫人情愿放弃她那天才能自个儿脱颖而出，像脓包自个儿会戳破的高见，因为后面的说法更令她喜欢，但是还因为一段时期以来，她接待新来的人们，感到疲倦，她询问别人，听取他们的意见以形成她自己的观点，她变得虚怀若谷。“用不着我对您说，”她继续道，“这个被称作上流社会的聪明的公众对什么都一窍不通。他们拒不承认，他们嘻嘻哈哈。我白费口舌对他们说：‘这挺怪，挺有意思，从来还没有谁做出过这样的东西。’他们不相信我，好像从来都没谁相信过我什么似的。这就像她当时表演的内容，那是梅特林克的作品，现在他的作品蜚声文坛，但在那个时代谁都不买他的账，而我却觉得它们美不胜收。有时候我想到这些事甚至会感到诧异，一个像我这样的农家妇女，只受过外省姑娘受的教育，居然一眼就看上了这种东西。自然，我说不出个所以然来，但我喜欢它们，那使我感动。喏，巴赞，他绝不是个容易动情的人，他就曾经因为那些东西对我产生的影响而感到震动。他对我说过：‘我希望您别再听那些荒诞不经的玩意儿了，那东西使您不正常。’他说的是真话，因为，人们把我看成是个冷若冰霜的女人，实际上，我却极易冲动。”

这时发生了一件出人意料的事情。一名跟班跑来对拉谢尔说，拉贝玛的女儿和女婿要求同她谈谈。我们已经知道拉贝玛的女儿抵制了她丈夫想求人找拉谢尔邀请他们一次的欲望。可是，当那位应邀而来的年轻人走后，留在母亲身边的小夫妻俩那个烦恼劲儿越来越大，想到别人正在玩乐的念头折磨着他们，且简而言之，就在拉贝玛吐了几口血回房去之后，他们抓住时机急急穿上最华丽的服装，让人叫了辆车，未得到邀请就跑到德·盖尔芒特亲王府来了。拉谢尔大略料到是怎么一回事，暗地里感到得意。她用盛气凌人的口气对跟班说她正忙着呢，不能分身，让他们留个条儿，说明自己这不寻常的行动目的何在。跟班拿着张名片回来，拉贝玛的女儿在名片上草草写道，她和她丈夫抵御不住想聆听拉谢尔朗诵的愿望，请她放他们进来。拉谢尔露出了微笑，笑他们笨拙的借口和她自己的胜利。她让人去回答说，她很不安，她已经朗诵完毕。小夫妇俩在前厅伫候的时间已拖得够长了，跟班们开始对这两位吃了闭门羹的央求者公然加以嘲弄。当众受辱的羞愧感，拉谢尔在她母亲面前只是无名小辈的记忆促使拉贝玛的女儿下决心把一个本来只是受乐一乐的需要所驱使而贸然采取的行动进行到底。她让人去请求拉谢尔，即使聆听不到她的朗诵，就算请她帮个忙吧，允许自己握一握她的手。拉谢尔正在同一位意大利亲王谈话，这位亲王据说被她的万贯家财吸引住了，上流社会的某些关系对这份家产的来历总有些遮遮掩掩。她权衡了形势的逆转，现在正是这逆转的形势使盛名显赫的拉贝玛的儿女拜倒在她的脚下。她轻松愉快地向大家陈述了这个变故，然后让人去叫那小夫妇俩进来，小夫妇俩求之不得，一蹴之间他们便摧垮了拉贝玛的社会地位，就像他们已经毁了她的健康那样。拉谢尔理解他们，而她那副屈尊俯就的友好态度将为她带来比她拒不接见更好的名声，人们会更加觉得她善良，更加觉得小夫妇俩卑微。所以她张开双臂热情地接待他们，摆出名望显赫而又能平易近人的保护人的姿态：“可我深信不疑，这是件乐事。亲王夫人一定会很高兴的。”在这个剧场里，大家认为邀不邀请什么人是由她决定的，拉谢尔不知道人家怎么认为，她也许怕拒不让拉贝玛的孩子们进来会引起人们的怀疑，倒不是怀疑她的心地善良，善不善良对他们是一码事，而是怀疑她的影响力。德·盖尔芒特公爵夫人本能地走开了，因为，一个人随着他越来越暴露出对上流社会的追逐，他在公爵夫人心目中的地位也便越来越下降。此时此刻在她心中只剩下她对拉谢尔的善良的尊敬，而如果有谁前来给她介绍拉贝玛的孩子，她会扭身不理睬他们。此时的拉谢尔却已经在动脑筋组织妙语佳句，明天，在后台，她要用这话镇一镇拉贝玛："我心里难受和不安，让您女儿在前厅等候接见。我要是早弄懂她的来意就好了！她一沓沓给我送名片。"能像这样给拉贝玛一次打击，她得意极了。可如果她知道这一击会要了拉贝玛的命，也许她会做些让步。人们喜欢害人但也不可置受害者于死地，免得使自己反而陷入错误的泥淖。其实，错又在哪儿呢？几天后，她会笑着说："这确是有些过分了，我原是想对她的儿女好一些，比她从前一贯对我的态度好一些，就差那么一点儿别人便会责备是我杀害了她。我请公爵夫人为我做证。"演员们的卑劣情感和舞台生涯的矫揉造作似乎全都传到了他们儿女的身上，顽强地进行的工作都不能像对他们的母亲那样给他们造成偏移；著名悲剧坤伶们往往丧生于周围勾结一气的家庭阴谋，成为萧墙之祸的牺牲品，就像在她们参演的戏剧中经历过那么多次的结局那样。

其实，公爵夫人的生活仍不失为十分不幸，其中有一条理由，而这条理由的后果是，它从另一方面同时也在降低德·盖尔芒特公爵经常出入的那个社交圈的等级。早已过了耄耋之年而太平下来的德·盖尔芒特先生，尽管身子骨还健壮，已不再欺骗德·盖尔芒特夫人，却钟情于德·福什维尔夫人，这层关系是怎么开的头，谁也不知道。[1] 然而这种关系的发展却使老头儿在这最后一次恋情中模仿他前几次爱恋的方式，把他的情妇软禁起来，竟至，如果说我对阿尔贝蒂娜的爱曾带着巨大的变异重复了斯万对奥黛特的爱的话，那么，德·盖尔芒特先生的恋情则令人联想到我对阿尔贝蒂娜的恋情。她得同他一起用午餐、用晚餐，他老待在她家。她以此而在朋友们面前自炫，没有她，他们永远也休想与德·盖尔芒特公爵来往，他们上这里来就是盼着结识公爵，这有点像人们到一个轻佻女人家去，就是为了认识她的情人——某位君王那样。当然，德·福什维尔夫人早就是上流社会妇女了。然而，迟暮之年又得到一位如此不可一世的老情人，在她家毕竟算得上一位要人的供养后，她自贬自弃，一心只追求能讨他喜欢的晨衣，给他弄他爱吃的菜肴，奉承他的朋友们，说她对公爵提到过他们，就像她对我外叔祖父说她向大公提到过他，大公给他送来了卷烟。一句话，她不顾自己在上流社会已获得的地位，希望借助新境遇的力量，恢复我童年时代看到过的穿粉红裙子的女人的面貌。当然我外叔祖父阿道夫多年前就已作古。但是，在我们

[1] 从德·福什维尔夫人现时的年龄来考虑，这种关系仿佛是异乎寻常的。然而，也许她从年纪很轻的时候就开始了交际花生活。再说，有的女人每隔十年换一副新面貌出现，拥有新的恋情，别人有时还以为她早已人老珠黄，她却令一位因为她而被丈夫抛弃的少妇感到望尘莫及。—— 作者注

周围，新人取代故人能阻止我们重新开始同样的生活吗？这种新境遇，她之所以能够忍受，恐怕是出于贪婪，还因为当她还有一个女儿待字闺中的时候，她曾深受上流社会的欢迎，一旦希尔贝特嫁给了圣卢，人们便把她给冷落了，她感到，愿为她赴汤蹈火的德·盖尔芒特公爵也许能给她吸引来一批公爵夫人，她们会乐于作弄作弄她们的朋友奥丽阿娜。最后或许还出于对德·盖尔芒特公爵夫人的不满，赌气要与之比个高低，女性情敌的感觉使她因为占了上风而高兴。[1] 圣卢至死不渝，带着妻子上她家去。他俩不同时都是德·盖尔芒特先生和奥黛特的继承人吗？况且，希尔贝特还是公爵的主要继承人。其实，连与之有过疙瘩的侄辈古弗瓦西埃们、德·马桑特夫人、德·特拉尼亚公主也都抱着继承遗产的希望上那儿去，也不顾这样做可能给德·盖尔芒特夫人带来痛苦，使奥黛特出于蔑视而说他们的坏话。

老德·盖尔芒特公爵不再出门，因为他白天黑夜都同她厮守在一起。然而，今天，为了看看拉谢尔，他来了一会儿，虽说他讨厌遇上他妻子。我没有见到他，要不是别人明确地把他指给我看，我恐怕都认不出他来了。他形如枯槁，只剩一把老骨头，甚

[1] 与德·福什维尔夫人的这种关系虽说无非是他以往各次关系的翻版，却使德·盖尔芒特公爵最近第二次失去荣升赛马俱乐部主席的机会和美术学院自由院士的席位，就像德·夏吕斯先生，他与絮比安在生活上公开结合使他错过了出任联合会和老巴黎之友协会主席的机会，喜好不同的哥俩就这样因为同样的怠惰，同样的缺乏意志力，最终失去人望。这种缺乏意志力在其祖法兰西学士院院士德·盖尔芒特公爵身上也显而易见，但讨人喜欢，而在两个孙儿身上却使一种合情合理的喜好和另一种被视作不合情理的喜好成了把他们撇出社交界的理由。——作者注

至比枯骨还枯，这浪漫美好的事，竟似屹立在暴风雨中的一堵峭壁悬崖。他那张石崖般风化破碎的脸经受着从四面八方向它扑来的痛苦、忍受痛苦的愤怒和死神前哨浪涛的拍打，却依然保存着我素来欣赏的风格和棱角，它遭受侵蚀；像古代的雕塑头像破损不堪，但有它装饰我们的工作室那就太幸福了。它仿佛只属于一个比过去还古老的时代，这不仅是因为它的表现方式显得生硬和十分疲劳，不如从前引人注目，而且由于疾病，一种不自觉的、无意识的表情，向死亡搏击、抗争、艰于生存的表情取代了往日细腻、活泼的神采。完全失去弹性的血管使从前容光焕发的脸庞变得棱角分明地冷峻。公爵还没有觉察到，他暴露在外的颈背、面颊、额头的样子，在惨烈的狂风中摇摇欲坠的生命仿佛不得不下死劲拼命抓住每分每秒，已经不再浓密漂亮的头发落下几绺卷曲的银丝，用它们白色的末梢打着他脸部销蚀的骨突。而且，我发现，就像那唯有风暴欲来、一切都将沉没时才反射在迄至此时一直是另一种颜色的岩石上的奇特和无与伦比的光泽那样，呆板、憔悴的脸颊上的铅灰色，如白沫般卷起的发绺的灰白色，残存在混浊不清的眼睛里的微弱光芒，这些色泽不是不现实，相反却是太现实了，只是它们离奇古怪，是取自人生晚途的调色板和死亡临界的回光的色泽，无法模拟地带着一片片具有预言性的可怕的黑色。

公爵只待了一会儿，但已足以使我明白，一心与比较年轻的求爱者们周旋的奥黛特并不把他放在眼里。然而，奇怪的是，过去当他摆出戏文中国王的架子时，那模样儿几乎滑稽可笑，而现在他真的变得十分威严，有点像他的兄弟，迟暮之年在使他摆脱开种种俗务的同时也使他们变得相像了。并且，过去，尽管是以另一种方式，像他兄弟一样目无下尘的他，现在也一样变得几乎是低声下气，尽管还是以另一种方式。由于他没有遭受到像他兄弟那样的失势，他只好像一个健忘的病人那样礼多不怪地向他以往厌恶的人们躬身致敬。但他已衰老透了，当他想走出房门下楼梯出去的时候，这种人类最可悲状的衰老，把人们像希腊悲剧中的国王那样从他们的顶峰抛将下去的衰老迫使他在这条耶稣受难路上，像遭到危险威胁的残废人的生活那样在艰难的命途上停下，拭擦汗涔涔的前额探索着，用目光搜寻着脚下时隐时现的踏步，这时，由于步履恍惚、目光迷糊，他真需要有个支撑，这种需要使他不自觉地、怯生生地露出柔意恳求旁人扶他一把的神色，衰老使他变得更有求于人，哀怜多于威严。

德·盖尔芒特公爵少不了奥黛特，他在她家里时总坐在同一把软靠椅上，衰老和痛风使他起身艰难。公爵听凭她接待朋友，朋友们很高兴能够被介绍给公爵，请他讲话，听他讲从前的社交界，讲德·维尔巴里西斯侯爵夫人，讲德·夏特勒罗公爵。

就这样，在圣日耳曼区，德·盖尔芒特公爵和公爵夫人，以及德·夏吕斯男爵貌似攻不破的地位早已失去了它们的不可侵犯性，就像在这个世界上，由于我们没有想到的某种内涵原因的作用万物都在变化一样，这种内涵原因在德·夏吕斯先生身上是使他甘受维尔迪兰家驱使的对夏利的爱情，继而是衰弱；在德·盖尔芒特夫人身上是她对新鲜事物和艺术的偏好；在德·盖尔芒特先生身上是一次排他的恋情，像他在这一辈子中已经经历过的那几次一样，只是由于年龄的劣势他变得更加专横，公爵夫人风格严谨的沙龙对他的风流韵事已不再讳言，也不再进行社交上的赎救，公爵已不大在那里露面，那个沙龙的活动也已不多。这个世界上的事物便是如此改头换面。权势的中心、产业的记载册以及社会地位的宪章，所有仿佛已成定论的东西也都在如此不间断地更动，只有用过来人的目光才能静观这在他以为最不可能的地方发生的最为彻底的变化。

有时，面对着斯万收集起来的那些古画，在用这位如此“王政复辟式”的公爵和那位这般“第二帝国味”的交际花的肖像，把这一景观陈旧过时的特点表现得淋漓尽致的以“收藏家”的方式布置安排的古画下，玫瑰夫人穿着公爵喜爱的晨衣叽里呱啦打断他的讲话，他会倏然顿住，用恶狠狠的目光盯住她。也许，他发现她与公爵夫人一样，有时也会放一通厥词。或者，老年人的幻觉使他误以为这是德·盖尔芒特夫人一句不合时宜的俏皮话打断了他，以为自己是在盖尔芒特公爵府，就像那些用链子锁住的猛兽，一时间想象自己还自由自在地生活在非洲沙漠。并且还突然昂起脑袋，从一双又小又圆的昏黄的眼里射出那种猛兽眼里的精光，他用这种目光盯着她，有时在德·盖尔芒特夫人那里，当公爵夫人话说多了的时候，我就看到过这种使我不寒而栗的目光。就这样，公爵凝视片刻放肆的玫瑰夫人。然而这一位也不甘示弱，目光与他对峙着。过了对旁观者来说仿佛已有很久的一会儿，被驯服的老狮子记起了自己不是在公爵府邸，不是自由自在地在那个大门口平台铺有擦鞋垫的撒哈拉大沙漠，而是在德·福什维尔夫人家，在植物园的樊笼里。他缩起脑袋，那一头垂落的鬣毛还很浓密，但很难看出它们是金色还是银色，然后继续他的叙述。他似乎没有听懂德·福什维尔夫人想说什么，况且她的话也没有多大的意思。他允许她请几位朋友与他共进晚餐，但出于从过去几次爱情留下的某种怪癖，他要求那些客人早早告辞回家，好让他最后一个向奥黛特作别。奥黛特并不因这种怪癖感到惊讶。她早就习以为常，斯万也是这么做的，然而这种怪癖却触动了我的心弦，它使我想起了与阿尔贝蒂娜在一起的日子。公爵一走，她便又和另一些人聚在一起，这就不消说的了。可公爵没有料到，或者宁肯做出对此毫无察觉的样子，老人们视力减退，耳朵也失聪了，洞察力越来越差，疲劳就会使他们丧失警惕。朱庇特上了年纪都不可避免地会变成莫里哀笔下的人物，甚至不是作为阿尔克墨涅的奥林匹斯山的情人，而是滑稽可笑的谢龙特。况且奥黛特欺骗德·盖尔芒特先生，她也照料他，既不妩媚，也不高贵。她扮演什么角色都不过尔尔。倒不是因为生活难得分派给她美好的角色，而是因为她不会演。

实际上，每次当我想见见她的时候，结果总是见不到她，因为德·盖尔芒特先生竭力把养生之道必须做到的和他出于嫉妒产生的苛求混为一谈，只让她参加白天举行的欢庆聚会，而且还不得是舞会。她曾向我承认这种不得不为之的遁世匿迹，之所以这么坦率，理由不一而足。最主要的是她把我看成著名作家，尽管我只写了几篇文章，发表了一些论著。她甚至还由此回忆起当初我为了一睹她的芳姿而到槐树路去等候她路过、后来又登门求见的往事，天真地说道：“啊！我要是早料到这人有朝一日将成为大作家该多好！”由于她听说作家喜欢找女人收集素材，喜欢听她们讲述恋爱故事，为了引起我的兴趣，她现在和我在一起的时候重又变成了普通的交际花。她对我讲述着：“喏，有一次，有个男人迷上了我，我也疯狂地爱着他。我们过着妙不可言的生活。他要到美洲去做一次旅行，我得跟着一块儿去。动身的前一天，我觉得一场不可能永远保持这么炽烈的爱最好也不要任它减温。我们一起度过最后的夜晚，他还确信我会跟他走。那是个销魂的夜晚，我在他身边得到无限的欢乐，也因为感到我不会再见到他了而绝望。那天早上，我还去把我的票给一位不认识的旅客。他希望至少也应是从我手里把这张票买下来。我回答他说：‘不，您把票拿去就是帮了我一个大忙，我不想要票钱。’”接着是另一个故事：“有一天，我在香榭丽舍，德·布雷奥代先生愣愣地盯着我看，在这以前我只见到过他一次。我站住，责问他怎么敢这样瞅我。他回答我说：‘我瞅您，因为您戴了顶可笑的帽子。’他说的是老实话。那是顶有蝴蝶花的小帽子，那个年代流行的式样难看得要死。可我还是勃然大怒，我对他说：‘我不许您像这样跟我说话。’天下起雨来了。我对他说：‘我绝不原谅您，除非您有车。’‘嗳，我正好有辆车呢，我送您回府上吧！’‘不，您的车我要了，您我可不要。’我上了车，他就在雨中行走。可是晚上他到我家里来了。我们有过两年疯狂的爱情生活。您哪天上我那儿去喝茶，我给您讲讲我认识德·福什维尔先生的经过，”她神色抑郁地说，“我这一辈子过着幽居隐修的生活，因为我深爱的那些男人全都对我疑虑重重。我这不是说德·福什维尔先生，这个人说穿了挺平庸，我真正心爱的从来就只能是些饱学之士。可您知道，斯万先生就同这位可怜的公爵一样多疑多忌。为了这一位，我把什么都丢开了，因为我知道他在自己家里不幸福。我也这样为斯万先生做了，那是因为我对他一片痴情，我觉得，为一个爱我们的人，为了使他高兴，或者仅仅是为了免除他的忧虑，我们完全可以牺牲跳舞、社交界和其他的一切。可怜的夏尔，他那么聪明，那么迷人，正是我喜爱的那类人。”这也许是真的。曾经有过一段时期斯万挺讨她的喜欢，然而恰恰也是在这段时期，她却不是斯万喜欢的那种类型的女人。说实在的，即使在后来她也一直不是“他的类型”。但在那时，他却曾那么深沉、那么痛苦地爱过她。这种矛盾后来使他感到惊讶。其实，这不应当成为一种矛盾，如果我们意识到在男子的生活中，“不是他们的类型”的那种女人给他造成的痛苦所占的比重是何等地大。这是由好些缘由造成的。首先，因为她们不属于“你的类型”，你先是听任人爱而自己并不爱，从而你也听任人家按你的生活方式养成某种习惯，这在一个属于“我们的类型”的女人身上是不会发生的，后面这种女人感到自己为人所欲得时，让人去求去争，只应允寥寥几次的约会，她不会在我们的生活、我们的每时每刻中安营扎寨，到后来，如果产生了爱情，而她却因为一次不和、一次旅行而杳无音讯，她会给我们留下无限的思念，她扯断的联系不是一种，而是千种。其次，那种习惯是感情上的，因为在它的基础部分并没有强烈的肉体欲求，而倘若产生了爱情，则大脑的工作要多得多，因为它是一种传奇而不是一种需要。我们并不警惕不属于“我们的类型”的女人，我们随她们去爱着我们，但如果后来我们爱上了她们，我们会比别人多一百倍地去爱她们，即使在她们身上得不到欲望满足后的称心如意。基于这些和其他种种理由，与不是“我们的类型”的女人在一起的时候我们会感到十分抑郁，这种情况并不起因于命运的那番嘲弄，即以我们最不情愿的方式给予我们的幸福以客观的实在性。一个属于“我们的类型”的女人很少带有危险性，由于她不想要我们，一旦使我们满意，旋即离我们而去，并不在我们的生活中伫留。爱情中危险的和繁衍痛苦的不是女人本身，而是她每日不断的到场，她每时每刻都要表现出来的好奇。她不是女人，她是习惯。

我不该怯懦地说她为人厚道，品格高尚，其实我十分清楚这是假话，知道在她的直率中夹带着谎言。随着她给我讲述一桩桩的艳史奇遇，我惴惴不安地想象着斯万不知道的这一切，这些事会使他痛苦到什么程度，因为他把自己的喜怒哀乐全都系在这个女人身上了，还因为他仅仅只是依据她看一个讨她喜欢的陌生男人或女人的目光便断定可以对她放心。其实，她这样做无非是为了向我提供她以为的小说题材。她弄错了，倒不是因为她没有为我的想象随时提供大量的储备源，而是因为她不是以一种不自觉得多的方式，通过来自我本身的行为，不为她所知地从中引出她的生活法则的行为，来为我提供素材的。

德·盖尔芒特先生把他的雷霆之火统统保留下来，用来对付公爵夫人，德·福什维尔夫人也不错过时机，把德·盖尔芒特先生愤怒的矛头引到公爵夫人的随意来往上去。所以，公爵夫人挺背时。有一次，我同德·夏吕斯先生谈到过这种看法。其实，德·夏吕斯先生断言说，开始的时候错并不在他兄弟方面，公爵夫人纯洁无瑕的说法实际上是由巧妙掩盖起来的无数次风流韵事拼凑成的。我从来没听到过这样的说法。对于差不多是所有的人来说，德·盖尔芒特夫人完全是另外一种女人，她在大家心目中是无可指摘的。在这两种看法中，我无法确定哪一种更切合实际，切合那种往往为四分之三的人所不了解的实际。我清清楚楚地记得，在贡布雷教堂中殿；德·盖尔芒特公爵夫人某种左右顾盼的蓝色的目光，可是这并不能说明这两种看法中有哪一种是错的，两种看法全都能给它以不同的和说得过去的含义。幼稚的我还曾一度想入非非，以为那是向我投来的爱的目光。从那以后我懂了，一位郡主就像教堂的彩画玻璃，看她臣仆时用的目光只能是宽厚仁慈的。那么，是否就该认为我的前一种看法是对的呢？是不是就该认为，后来，如果说公爵夫人从来不同我谈论爱情问题，那是因为她怕影响自己的名声，因为我不只是她在贡布雷的圣希勒里邂逅的陌生孩子，更是她姨妈和外甥的朋友呢？

公爵夫人可能一度感到高兴，因为自己的往昔有我参与而变得更加坚实可靠。然而当我向她提出几个关系到德·布雷奥代先生的土财主味的问题时，她又捡起她社交妇女的观点，即傲视世俗的观点，那时候，我还不大能把德·布雷奥代先生与德·萨冈先生或德·盖尔芒特先生区别开来。公爵夫人一边和我讲话，一边陪我参观府邸。我们在几间较小的客厅里见到三五成群的知己密友，他们宁肯离群独处，听听音乐。在一间拿破仑时代式样的小客厅里，一张长沙发上坐着几位难得见到的穿黑礼服的来宾，成直线还摆着一张长椅，椅子内曲像只摇篮，上面躺着一位少妇，长椅旁一面活动穿衣镜，由密涅瓦托着。这位少妇连公爵夫人进去都没能让她改变一下慵懒的身姿，她那拿破仑时代式样的珠光缎长裙鲜艳至极，使一品红吊钟海棠都黯然失色，服色的鲜艳与身姿的慵懒恰成对照。珠光缎上一些徽号和花纹的痕迹印得深深的，它们压在衣服上的时间似乎已有很久。她朝公爵夫人略微点了点那棕发环绕的娟秀的头，算是打了招呼。她为了能更加聚精会神地听音乐，尽管是在大白天，却让人拉上落地窗帘，人们只好点起三脚架上的油灯，免得走路扭伤了脚，油灯散发出微弱的红光。德·盖尔芒特公爵夫人回答我的询问说她是德·圣德费尔特夫人。于是我又想知道她与我认识的老德·圣德费尔特夫人是什么关系。德·盖尔芒特夫人说少妇是老夫人的侄孙的妻子，她想到这位侄孙媳出身于拉罗什富科家显得心里不痛快，但她否认自己认识圣德费尔特一家。我提到她这位德·洛姆亲王夫人与斯万重逢那晚的情况（说实在的，我也只是道听途说来的）。德·盖尔芒特夫人肯定她绝对没有参加那次晚会，公爵夫人历来爱撒点谎，现在更变本加厉。对她来说，德·圣德费尔特夫人是她希望否认的一个沙龙，况且随着时光的流逝这个沙龙的地位下降颇多。我并不坚持。“不，您可能已经在我家见到过他了，因为他有才气，他是您说的那个女人的丈夫，我跟他并没有联系。”“可她并没有丈夫呀。”“您之所以这么想，是因为他们分居了，不过他比她可爱多了。”我终于弄清楚了有个身材魁梧、极其高大、极其强壮、满头白发的老人，一个我到处都见到，却一直不知道他姓甚名谁的老人，他就是德·圣德费尔特夫人的丈夫。他去年已经作古。至于这位侄孙媳，我不知道她是否由于有胃病、神经系统疾病、静脉炎，不久将要生产、最近刚坐的褥还是流了产的原因，使她躺着听音乐，见谁都不挪动一下娇躯。最有可能的是，她为自己这一身漂亮的红色绸缎感到骄傲，希望在长椅上造成雷加米埃[1]式的效果。她并没意识到，她给了我重新评说圣德费尔特这个姓氏的开端，经过了如此长远的间隔，她标志出时间的距离和连续性。在她轻轻摇动的这只吊篮里的是时间，里面绽放着圣德费尔特这个姓氏和以红色吊钟海棠体现的拿破仑时代的风格。德·盖尔芒特夫人声称她对这种拿破仑时代的风格素来感到腻味。也就是说，她现在仍然嫌恶它，这倒是真的，因为，或迟或早，她总在赶时髦。在谈到大卫[2]的时候，她知道得不多，问题没有复杂化，她还很年轻的时候曾认为安格尔先生[3]是搞公式化创作中最令人讨厌的，接着他一下子又成为最有情趣的新艺术大师了，直

[1] 又译作勒甘美夫人，传有她的肖像，由法兰哥斯·车拿所作。她是斯达尔夫人和夏多布里昂的好友，于王政复辟时期主持过这一著名沙龙。

[2] 大卫（1748—1825）：法国画家，新古典主义画派的主要代表，曾获罗马奖。从1785年至去世主持法国画坛，作品有《马拉之死》和大量肖像画等。

[3] 安格尔（1780—1867）：法国画家，大卫的学生，新古典主义画派最后的代表人物。作有不少肖像画。

到使她憎恶起德拉克洛瓦[1]来。从崇拜到斥责，中间经过哪些阶段并不重要，既然这里有艺术评论家在上层妇女们的谈话前十年就已反映出来的审美兴味的细微区别。批评过第一帝国时代的风格后，她表示抱歉，对我讲像圣德费尔特家族那样微不足道的人物和像布雷奥代的乡土气那样无聊的玩意，她也远没想到我为什么对此感兴趣，就像德·圣德费尔特–拉罗什富科夫人想使她的胃舒服些或想追求安格尔效果的时候，远没臆测到她的姓氏，她夫家的姓氏，不是她娘家那个更有名望的姓氏使我心醉神迷，而且在这充满象征的房间里，我把她的职司看作抚慰时光。

“可我怎么能对您说这种蠢话呢？这怎么可能引起您的兴趣呢？”公爵夫人嚷嚷道。她压低嗓门说出这句话，谁也不可能听清她说些什么。然而，有个年轻人（他后来因为他的姓氏引起了我的兴趣，一个我以往比对圣德费尔特还要熟悉的姓氏）怒容满面地站起身来，走到远一些的地方去，以便能集中注意力听音乐。因为此时正在演奏《致克鲁采奏鸣曲》[2]，只是他搞错了节目，以为那是拉威尔[3]的作品，听人说美得像巴勒斯特里纳[4]的东西，但却十分难懂。在改变位置的紧急行动中，由于光线太暗，他撞在一张橱式写字台上，这自然又引得许多人转过脸来，这个如此简单

[1] 德拉克洛瓦（1798—1863）：法国画家，浪漫主义画派领袖，以善于运用色彩著称。

[2] 这首奏鸣曲是贝多芬写给法国小提琴演奏家和作曲家克鲁采（1766—1831）的。

[3] 拉威尔（1875—1937）：法国作曲家。

[4] 巴勒斯特里纳（1525—1594）：意大利作曲家，复调音乐大师之一。

的回眸动作稍稍中断了对他们说来是“虔诚恭谨地”聆听《致克鲁采奏鸣曲》的折磨。而我和德·盖尔芒特夫人则是这场小动乱的罪魁，我们急忙改换门庭。“是的，这些无赖怎么可能引起您这样的贤士的兴趣呢？就像刚才，我看到您与希尔贝特·德·圣卢交谈。这与您的身份不相称。对我来说那女人就是个无耻之徒，连女人都不是，在这个世界上我再没见到过比她更虚情假意，更俗不可耐的了（因为即使在她捍卫理智的时候，公爵夫人也都掺杂着贵族的偏见）。况且，您该不该到这里这样的家庭里来呢？今天我还能理解，因为有拉谢尔的朗诵，您可能对这个感兴趣。可是她朗诵得再好也不能朗诵给这群人听。我将单独请您来和她共进午餐。让您看清她是怎样一个人。她可胜过这里所有的人一百倍。午餐过后，她将给您朗诵魏尔伦的诗作，然后您告诉我您对她的看法。[1] 可在这里，这样的大场面里……不，您到这种地方来叫我心里不好受。除非您带有研究的目的……”她露出怀疑的神色猜测说。她不敢做过多的冒险，因为她并不很确切地知道自己暗示的这种不大可能的行动有些什么样的内涵。

“您不认为，”我对公爵夫人说，“德·圣卢夫人像刚才那样听她丈夫的旧情人表演心里不好受吗？”我看到德·盖尔芒特夫

[1] 她特别向我吹嘘了一番午餐后的活动，每天都有某某和某某参加。因为，最终她也形成了从前被她嗤之以鼻的“沙龙”妇女们的观念（尽管她今天否认这一点），认为巨大的优势、胜者的标志便是“所有的男子”全都在她们家，我如果告诉她说某一位“沙龙”贵妇在世的时候没说德·霍朗德夫人一句好话，公爵夫人会对我的天真无知哈哈大笑说：“那当然，所有的男人全都到那一位家里去了，她竭力设法要把他们吸引过来呢。”——作者注

人脸上泛起一抹红色，它借助推理联结起她刚才听到的话和一些不那么令人愉快的想法。还有些没有表达出来的推理，是的，可也并不是所有我们说出来的疑难问题都能得到口头或文字上的答复的。只有笨伯才一连十来次劳而无功地请求给予他们不该写的、不合时宜的信一个答复。因为对诸如此类的信函从来就只能用行动回答，你认为没有准时给你回信的女士在碰到你的时候，她不是直呼你的名字，而是称你先生。我影射圣卢和拉谢尔的暧昧关系的问题还没严重到这个程度，它只能使德·盖尔芒特夫人感到刹那间的不快，提醒她我曾经是罗贝的朋友，在公爵夫人家的晚会给拉谢尔带来失望一事上，我也许还算得上是他的密友。然而公爵夫人没有继续往下想，脸上那一抹乌云消散了，她回答我关于圣卢夫人的问题说："我告诉您，我认为，正是由于希尔贝特从来没爱过她丈夫，所以她对此并不在乎。这一劣迹不值得大惊小怪。她爱地位，想要那个姓氏，愿意当我的外甥媳妇，脱离她的泥淖，此后，她也没有别的办法，只好回到她来的地方去了。我跟您说，就为了可怜的罗贝，这事儿曾使我挺不好受，因为他白白地为此丢了远大前程，对此，对许多事他看得很清楚。我不该说这事，因为她不管怎样毕竟是我外甥媳妇，我也没有确凿证据，能证明她欺骗了他，可不愉快的事情确有一大堆。我跟您说，一点不假，我知道这件事，罗贝曾想找梅塞格利丝的一名军官决斗。罗贝正是为了这一切才应征入伍的，战争对他说来就像是摆脱家庭痛苦的手段。您如果想了解我的看法，那就是他不是被杀的，他是自己去找死的。她一点也没露出伤心的样子，甚至，使我惊讶的是她那罕见的厚颜无耻，她装出满不在乎的模样，真叫我难受，因为我很爱可怜的罗贝。您因此也许会感到惊奇，因为大家不了解我，可我有时确实还想到他，我谁都没忘记。他从来就什么都不告诉我，可他心里知道我全都料到了。可不是，她哪怕还稍微有一点儿爱她男人的心，能这么若无其事地同他疯狂地爱过那么多年的女人待在同一个沙龙里吗？何止多年，竟可以说是至死不渝，因为我敢肯定他一直没有中止过他的爱，即使在战火中。她该扑上去扼住她的脖子才是！”公爵夫人嚷嚷道，她忘了正是自己让人家请来了拉谢尔，给了她认为如果希尔贝特曾经爱过罗贝的话，不可避免地就会出现的场面以可能性，她的行为正可能是残酷的。“不，”她下结论说，“您瞧见了，这是头猪！”这种话居然出自德·盖尔芒特夫人之口是因为她已经从与人为善的盖尔芒特家族这个阶层滑落到女伶社会，还因为她把这看作她认为还充满生命力的十八世纪的风度，最后还因为她自以为可以为所欲为。不过这句话是在她对希尔贝特的憎恨驱使下说出来的，出于鞭笞她的需要，打不到她本人，打在她的模拟像上。同时，公爵夫人还想借此解释她在社交界、在家族中对希尔贝特，或不如说反对希尔贝特的行为，甚至她对利益和对罗贝继承的态度。

然而，犹如我们所做的判断有时会因为不了解和不可能料及而得到表面上的证明，希尔贝特，她无疑有些像她的母亲（当我请求她帮我介绍几位小姑娘的时候，我不知不觉中所指望的正是这种品性上的随和），经过一番思考，大概是为了不致让肥水流出家门，为我所做的请求找到比我能设想到的都要大胆的解决办法，她对我说："如果您允许的话，我去把我女儿给您找来，把她介绍给您。她就在那儿，正和小莫特马尔和一些没什么意思的小家伙聊天。我敢肯定她会成为您的可爱的朋友。"我问她，罗贝对自己有了女儿是不是高兴。"啊！他可为这个女儿感到得意呢。不过当然，"希尔贝特天真地说，"我还是认为，要按他的心思，他更愿有个男孩。"这位姑娘，她的门第和财产使她母亲能够指望她嫁给一位王太子，为斯万夫妇双方的家族光宗耀祖，可她后来却选择了一位默默无闻的文人做她的夫君，因为她丝毫没有好出风头之心，从而使她出身的这个家族降落到更低的地位上，这时再想让一代代的新人相信这对默默无闻的夫妇俩的父母曾地位显赫就更难于上青天了。斯万和奥黛特·德·克雷西的姓哪怕奇迹般地复苏也只能使人家告诉你说你弄错了，说他们作为家族并没有什么超凡出众之处。

在圣卢夫人朝另一间客厅走去的时候，她那些话使我感到的惊讶和欢乐很快便为那似水年华的观念所取代，就连尚未见过面的德·圣卢小姐都在以她的方式给予我这个观念。况且，她不也像大多数人那样，仿佛是森林中交叉路口的"星星"？好几条道路会合到这些交叉路口，就像对我们的生活而言的某些差别迥然的交点。通过德·圣卢小姐并以她为中心向四周辐射的道路对我来说为数甚多。而通向她的首先便是那两个庞大的"那边"，我曾做过多少次漫步、多少个梦的"那边"——经由她父亲罗贝·德·圣卢所在的盖尔芒特家族那边和经由她母亲希尔贝特所在的梅塞格利丝那边，即在"斯万家那边"。一条道路经过少女的母亲和香榭丽舍大街，引导我直至斯万，直至我在贡布雷度过的那一个个夜晚，直至梅塞格利丝那边；另一条路经过她的父亲通往我在巴尔贝克度过的下午，在那里，在我一再见到他的阳光灿烂的海边。在这两条通衢大道之间已建起横向叉路。例如那个巴尔贝克，我在那里结识了圣卢，它之所以真实有很大一部分原因是斯万对我讲到了教堂，尤其是那座波斯教堂，才使我那么想上那儿去，而另一方面，通过德·盖尔芒特公爵夫人的外甥罗贝·德·圣卢，我又在贡布雷与盖尔芒特家族那边相逢。然而，德·圣卢小姐还通向我人生道路上的许多交点，通向我在外叔祖父家见到过的她的外祖母，那位穿粉红裙子的女人。这里是一条新的横向叉道，因为，这位外叔祖父的贴身男仆，那天把我引进去，后来又通过照片的赠予使我得以确认穿粉红裙子的女人是谁的那个男仆正是这位年轻人的父亲，不仅德·夏吕斯先生喜欢这个年轻人，连德·圣卢小姐的父亲也喜欢过这个年轻人，就为了这个年轻人他曾使自己的母亲很不幸。而且不正是德·圣卢小姐的外祖父斯万，像希尔贝特第一个对我谈到阿尔贝蒂娜那样，第一个对我提到凡德伊的音乐的吗？而正是在对阿尔贝蒂娜谈到凡德伊的音乐时我发现她们是老朋友，并且从此与她开始那把她引向死亡和给我万般痛苦的生活。再者，还是德·圣卢小姐的父亲动身去寻找阿尔贝蒂娜，竭力要让她回来。甚至我全部的社交生活，不管在巴黎，在斯万家的沙龙还是在盖尔芒特家的沙龙里，或者反之在维尔迪兰家也都如此，把贡布雷和香榭丽舍连接在拉斯普利埃华丽的露天座两侧，连成一条线。况且，我们认识的人们，在谈到他们与我们的友谊的时候，谁又不是在强迫我们，接二连三地把我们放在生活道路中那些迥然不同的位置上呢？我所描绘的圣卢的某种生活将在各种各样的背景里展开，影响到我全部的生活，甚至在这生活中与他完全无关的那几部分，如我的外祖母，如阿尔贝蒂娜。再说，维尔迪兰夫妇不管有多么地背道而驰，他们总因奥黛特的过去与奥黛特相连，总通过夏利与罗贝·德·圣卢相连；而在他们家，凡德伊的音乐什么样的作用没有起到过！最后，斯万曾爱过勒格朗丹的妹妹，勒格朗丹认识德·夏吕斯先生，小德·康布尔梅则娶了由他监护的姑娘。当然，凡事如果只涉及我们的感情，那么，诗人说被生活粉碎的“神秘的线”便不无道理。然而更为真实的是生活在人与人之间、事件与事件之间不断地用这种线进行编织，穿梭交叉，重重叠叠，把它编得越来越厚，致使在我们过去的任何一个交点与其他交点之间形成了一张密密麻麻的回忆网，只需要我们做出联络上的选择。

如果我努力去做的不是无意识地使用，而是回忆这网状结构的本来面目，那么，我们可以说眼下能为我们所用的那些事物中没有一件不曾是充满活力的东西，并且为我们富有个性地存在着，继而又应我们之需求变成简单的智力素材。把我介绍给德·圣卢小姐一事将在维尔迪兰夫人家中进行；我又想到与阿尔贝蒂娜一起做的那一次次旅行，心里美滋滋的，我将请求德·圣卢小姐当那个阿尔贝蒂娜的替身。我这样想着，在驰往多维尔的小有轨电车里，去维尔迪兰夫人家的路上，正是这位维尔迪兰夫人，在我对阿尔贝蒂娜萌生爱情之前就已曾联结继而打破德·圣卢小姐的外祖父和外祖母的爱情。在我们周围挂着曾把我介绍给阿尔贝蒂娜的那位埃尔斯蒂尔的绘画作品。为了使我所有的往事变得更加融会贯通，维尔迪兰夫人像希尔贝特一样嫁给了盖尔芒特家的后裔。

不把我们生活道路上那些差距极大的景地连成一气，我们是不可能叙述自己与一个甚至都不甚了解的人之间的关系的。因此，每个个人——而我也是这些个人之一——均以他们不仅在自己周围，而且在他人周围完成的回旋，尤其是他们对我而言先后占有的方位确定时值。而自刚才在这场欢庆活动中我又抓住时间以来，这个时间一方面使我想到在一部准备用来叙述一个人的生活的作品中，与通常使用的平面上的心理分析相反，应当充分使用某种空间中的心理分析，另一方面，它还根据所有那些不同的平面安排我的生活。只要我继续在书房里独自冥想，这些不同的平面无疑为我的记忆施行的那一次次起死回生增添新的美色，因为记忆在把过去不加变动地，像当初它尚且在进行的时候那样把它引入现在的时候，它所抹掉的恰恰正是那个时间的巨大维数，就是生命据此得以发展的巨大维数。

我看到希尔贝特朝前走来。我惊讶地发现她身边有一位妙龄少女，因为，我仿佛觉得圣卢的婚姻就是昨天的事情，当年盘踞在我心头的思绪今天早晨依然在我心头没有什么变化，姑娘高挑的身材标出了这段我一直视而不见的间隔。无色无臭、不可攫住的时间，可以说是为了使我能够看到它、触摸到它，物质化在她的身上，把她塑造成美的杰作，与此同时在我身上，唉！却只是完成它的例行公事。此时，德·圣卢小姐已来到我的面前。她两眼深凹、熠熠有神，那娇秀的鼻梁呈鹰钩状微微隆起，这只鼻子，虽说一点也不像斯万的鼻子，却很像圣卢。[1]这位盖尔芒特的灵魂已然泯灭，可他那颗长有一双飞禽般炯炯眸子的秀美头颅却降落在德·圣卢小姐的肩上，致使曾认识她父亲的人们浮想联翩。我觉得她很美，因为她还充满希望、来日方长、喜气洋洋，由我失去的那些年头造就的她仿佛就是我的青春。

最后，这种时间的观念对我来说还有一种重要的价值，它是一根刺棒，它告诉我，如果我想达到在我的生命历程中，有时，在短促的瞬间，在盖尔芒特家那边，在我和德·维尔巴里西斯夫人坐车出去散步的时候产生过的、使我认为这日子还值得一过的感受的话，那么现在该是开始的时候了。现在我觉得这种生活值得一过，因为我觉得有可能阐明它，阐明这种我们在黑暗中看到的、不断遭到歪曲的生活，还它真实的本来面目，总之，实现在一部作品中！我想，但愿能写出这样一部作品的人能得到幸福，他要做的工作是多么艰巨啊！这里且略示一斑，他必须做到使他的作品能与最高雅、最不同的艺术相媲美，况且，这位作家

---

[1] 我很惊讶，她那似是仿照她母亲和她外祖母的样子制作的鼻子恰好终止在她鼻下那条完全水平的线上，尽管略见大，却十分精巧。一个如此独特的特征足以让人把一尊雕像从一千尊中辨认出来，只要认准了这个特征。我赞叹大自然这位独具匠心的雕塑大师像给母亲、外祖母做过的那样，不失时机地又给这外孙女刻下这强劲有力的决定性的一刀。——作者注

还将使每个特点都显现出它各个相反的方面，以说明他的兼容并蓄，他必须条分缕析地酝酿他的作品，无休止地反复集结力量，仿佛展开一场攻坚战，像忍受疲劳那样忍受之，接受戒律那样接受之，建造教堂那样建造之，遵守规章那样遵守之，克服障碍那样克服之，赢取友情那样赢取之，喂养幼儿那样给予充分的营养，创造一个世界那样创造它，绝不把那些可能只有在别的世界里才能找到解释的奥秘，我们预感在生活中、艺术中最能令人感动的奥秘放在一边。而在这些鸿篇巨制里，有些部分还只来得及拟出提纲，因为由于建筑师计划之宏大也许永远都不可能完工，有多少大教堂仍处于未完成状态啊！我们给这部作品以养料，加强它的薄弱部分，保护它，然而接下去的却应是它自己成长，它指定我们的坟墓，保护它免遭物议，有时也使它免被后人遗忘。不过回过头来说我自己，我对自己的作品实不敢抱任何奢望，要说考虑到将阅读我这部作品的人们、我的读者那更是言过其实。因为，我觉得，他们不是我的读者，而是他们自己的读者，我的书无非是像那种放大镜一类的东西，贡布雷的眼镜商递给顾客的那种玻璃镜片；因为有了我的书，我才能为读者提供阅读自我的方法。所以，我不要求他们给我赞誉或对我诋毁，只请他们告诉我事情是不是就是这样的，他们在自己身上所读到的是不是就是我写下的那些话（再说，在这一方面可能出现的分歧也并不一定纯然是由我的差错而引起的，有时还可能是由于读者的眼睛还不适应于用我的书观察自我）。为了更有效、更具体地想象我将投身其中的工作，我每时每刻不断地变换比较的角度，我想，我在我那张白木大方桌边工作，弗朗索瓦丝在我身旁望着我，她就像那些默默无语的生活在我们周围的不卑不亢的人，一定程度地直觉到我们的使命（我把阿尔贝蒂娜忘记得差不多了，以至于我会原谅弗朗索瓦丝可能做出的反对她的事情），我在她身边工作，几乎也像她那样地工作（至少像她过去那样，因为她现在已经老得什么也看不清楚了）；因为，在这里贴上一页增补，我将粗粗地勾出我这部书的概貌，我不敢狂妄地说它像一座教堂，只求它像一条连衣长裙。当我手头没有我所有的那些被弗朗索瓦丝称作烂纸片儿的东西，当我缺少的正是我需要的东西时，弗朗索瓦丝能理解我的冲动，她总是说，如果没有她需要的那号纱线和扣子，她是缝不成衣服的。还因为她按我的生活起居，她对文学工作已经形成了一种本能的理解，比许多聪明人还正确的理解，更不用说那些笨人了。例如当初我给《费加罗报》写我那篇文章时，老膳食总管真心实意地同情作家们说："这种事情真是难上加难。"他们总有点儿夸大一项自己并不进行，甚至连想都没想到的工作的艰难之处，表示诸如此类的怜悯，甚至夸大一种人家并没有的习惯，就像有的人对你说："像这样打喷嚏会把您累成什么样儿了。"此时的弗朗索瓦丝却完全相反，她揣度着我的幸福感并且尊重我的工作。只是，她对我把自己的文章给布洛克讲述一遍时发脾气，怕他赶到我前面去了，说："您对这些人总少个防人之心，他们全都是抄袭大师。"而布洛克呢，每当我给他大致叙述一篇他觉得不错的文字后，他确实也在给自己留着后路，他对我说："嘿！挺怪的，我也写了一篇差不多的东西，我以后也得给您念一念。"（后来他还是没有能念给我听，但那天晚上他却就去写这篇大作了。）

由于我那些被弗朗索瓦丝称作烂纸片儿的稿笺是一张张贴起来的，它们不是这里被撕了就是那里破了。即使需要，弗朗索瓦丝也无法帮我修补，这不像她给自己的连衣裙磨损的地方加补丁，也不是厨房窗户，哪块玻璃碎了，在玻璃匠（好比我是印刷者）到来之前，她可以在破碎的地方糊上张报纸的，她帮得了我的忙吗？[1]

况且，由于个性（人类的或不是人类的）在一部作品里是用大量的印象塑造起来的，它们取自许多少女、许多教堂、许多奏鸣曲，用于构成一位少女、一座教堂、一首奏鸣曲，我写这本书的时候，是不是能像弗朗索瓦丝做的那盘得到德·诺布瓦先生高度评价的胡萝卜焖牛肉那样，加上那么多精选的肉块就可以使肉冻内容丰富了呢？我终将实现当初在盖尔芒特家那边散步时认为不可能实现的夙愿了，当初认为不可能就像认为我绝不可能习惯于没有吻过母亲就上床睡觉那样，或者后来认为我不可能习惯阿尔贝蒂娜喜欢女人的想法那样，那种想法最后竟使我生活在对她的存在视而不见之中。因为我们最大的恐惧和我们最大的希望一样，再大也不会超出我们的力量，我们最后总能战胜恐惧和实现希望。

---

[1] 弗朗索瓦丝会指着我那像长了虫子的木头般遭到损蚀的本本说：“这全叫虫蛀了，瞧，真糟糕，这一页都成花边了。”她像个裁缝似的打量着这页纸：“我怕没法子让它还原呢，这可以丢了。真遗憾，那也许是您最美好的见解。就像贡布雷那边的人说的，最精明的皮货商也没蛀虫内行。它们总钻在最好的料子里。”——作者注

是的，我刚刚形成的这个关于时间的观念告诉我说该是着手撰写这部作品的时候了。应该赶紧动手。然而现在才动手还来得及吗？还有，我有力量胜任吗？这正证明了刚才，我走进客厅，那一张张沟壑纵横的面孔给予我年华如逝水的概念的时候，我心里感到惶恐不安是有道理的。心灵有它自己的景物，然而让它静观这些景物的时间却有一定限度。我以前的日子过得像一名画师，他顺着一条突出在湖面上的道路往上行走，陡壁悬崖和树木组成屏障遮住了他的视线。他先从一道缺口瞥见了湖水，接着湖泊整个儿地呈现在他眼前，他举起画笔。可此时夜色已经降临，他再也画不成了，而且白天也不会回来。首先，既然什么都还没有开始，我便可能焦躁不安，虽说我相信自己年岁还不算大，还有几年好活，我最后的时刻毕竟也有可能就在眼前。实际上，看问题得从我拥有一具肉体出发，也就是说我始终不断地受到双重危险的威胁，外部的和内部的。而且我这么说还只是出于言语表达的方便。因为，内部的危险，例如脑溢血，同时又是外部的危险，因为那是肉体的危险。而拥有一具肉体对精神、对能思维的人类生命是巨大的威胁，我们无疑应当尽量地不要把能思维的人类生命说成是物质的动物生命的神奇改善，还不如说它是精神生活构成中的一种不完善，而且还是像珊瑚骨形成的原生动物的共同生存那样，像鲸的身体等那样的退化的不完善。肉体把精神禁锢在一座要塞里，要塞很快便被团团包围，水泄不通，最后精神只好缴械投降。

然而，我姑且如此区别威胁精神的两类不同危险，就从外部的危险说起，我记得，在我这一生中已有很多次遇上这样的情况，当时我处于精神亢奋之中，某种境遇使我暂时停止一切肉体活动。例如，当我带着醉意坐车离开里夫贝尔餐厅，前往附近的某个娱乐场，此时，我十分清楚地感到心中有我的思维的现时对象，并且知道它只是由一次偶然引起的，知道这个对象非但还没有进入我心中，而且还会同我的肉体一起化为乌有。我当时对此并不很在意。我的喜悦使我处事马虎、无忧无虑。就算这种喜悦顷刻间便告结束、烟消云散，我也满不在乎。现在却已经不一样了。这是因为我所感受到的幸福并不来自把我们与往昔隔开的纯粹主观的神经紧张状态，而是相反，来自我精神的舒展，就在这种舒展上，往昔重新成形，化为现实，并且给予我（只可惜是短暂地！）一个永恒的价值。我真愿把我永恒的价值遗赠那些有可能用我的财宝富足起来的人。当然，我在书房里所感到和力求加以保护的情感仍然是愉悦，但已不是个人主义的愉悦，或者至少这种个人主义可为他人所用（因为，自然三界中所有能结出累累硕果的利他主义均按某种个人主义的模式发展。人类的不是个人主义的利他主义结不出果实，这便是作家的利他主义，使他放下创作去接待一位不幸的朋友，接受一项公职，写几篇宣传文章）。我已经再也没有从里夫贝尔回来时感到的那种不在乎了，我感到自己由于身怀着这部巨著而变得崇高（仿佛这是件易碎的珍贵物品，别人把它托付给了我，我真希望能完好无损地把它交到收件人手中，而不是留在我这里）。现在，由于感觉到自己是一部作品的负责者，可能导致死亡的意外事故对我来说变得更加可怕，甚至荒谬（只要我觉得这部作品是必要的和能够经久不衰的），它与我的愿望相矛盾，带着我思维的冲动，它的可能性却并不因为我不愿意而小一些，因为事故产生于物质原因，完全可能发生在它们一无所知地加以摧毁的差异甚大的使它们变得可憎的时候。我很清楚，我的大脑是蕴含丰富的矿床，那里有大面积品种繁多的珍贵矿脉。然而，我还来得及把它们开发出来吗？我是唯一能够开发这些矿藏的人。理由有二：随着我的死亡，不仅能够开采这些矿藏的唯一的工人不复存在，连那矿脉本身也将不复存在。而待一会儿，在回家的路上，只要我乘坐的汽车碰撞上另外一辆便足以导致我肉体的摧毁，而我的精神，自生命从肉体退出后，会被迫永远地放弃那些新的想法，那些它此时此刻由于来不及把它们比较保险地放进一部著作而惴惴不安地用它战栗的，虽能起保护作用却又是十分脆弱的精髓紧紧包裹着的新思想。这种建立在推理基础上的对危险的恐惧感在我心中产生，然而出于奇怪的巧合，就在前不久，我还曾对死亡的概念变得满不在乎。对于我不再是我的恐惧，以前也曾使我厌恶，厌恶我每次感受到的新的爱情（我对希尔贝特的爱，对阿尔贝蒂娜的爱），因为想到爱她们的人有朝一日将不复存在我就受不了，这将好似一种死亡。然而，这种恐惧感随着它自身不断地更新，自然而然地变成了自信的平静。

甚至连脑部的偶发症状都可以不要。我通过大脑里出现的一个空白和对一些事物的遗忘感到了它的症候，我已经只能借助于偶然记起那些事物了，就像在整理东西的时候会找到一件已被忘记的，甚至要找而没有找到的东西，那些症候使我变得像一个爱攒钱的人，他那破裂的银箱渐渐地让财富全流失了。曾有一时存在过一个为那些财富的流失怨天尤人的我，但我很快便感到，随着记忆的衰退这个我也被带走了。

如果说在那段时间里，死亡的念头如人们所感到的那样使我的爱情黯然失色，那么，已有很久以来，对爱情的缅怀却又帮助我克服对死亡的惧怕。因为我懂了死亡不是什么新奇的东西，恰恰相反，从我童年以来我已经死过好几回了。以最近这段时期来说，我不是曾把阿尔贝蒂娜看得比自己的生命更重要吗？那时，我能想象自己在失去了对她的爱情后还苟且偷生吗？可我不再爱她了，我不再是那个爱她的人了，我变成了另一个不爱她的人，变成了另一个人后我中止了对她的爱。而且我也没有因为自己变成了这另一个人而感到痛苦，没有因为不再爱阿尔贝蒂娜而痛苦。当然，有朝一日我不再有自己这副皮囊，这无论如何也不是一件比从前有一天我不再爱阿尔贝蒂娜更痛苦的事情。可是现在，不再爱她对我已是那样地无关痛痒！那一次又一次本该摧毁我的死亡曾使那个我感到如此地惧怕，然而一旦死亡完成，当那个惧怕它们的我不再在感觉到它们的那个地方。它们又是那么地无足轻重，那么地柔和，一段时间以来，它们已使我觉悟到害怕死亡会是多么地不明智。然而，不久前刚变得对死亡满不在乎的我现在又开始惧怕起它来了，是的，是以另一种方式，不是为了我，而是为了我的著作，在那么多危险威胁之下的这条命对于它的诞生至少在一段时期内是不可或缺的。维克多 · 雨果说：

青草应该生长，孩子们必须死去。

我就说过严酷的艺术法则是生灵死亡，我们自己也在吃尽千辛万苦中死去，以便让青草生长，茂密的青草般的多产作品不是产生于遗忘，而是产生于永恒的生命，一代又一代的人们踏着青草，毫不顾忌长眠于青草下的人们，欢快地前来享用他们的“草地上的午餐”。

我说了来自外部的危险。来自内部的危险也一样。如果我对来自外界的意外防护得好好的，谁又能料到我是不是会因为一次突然出现在我内部的意外，因为某种内部的灾祸，在为撰写这部作品所需的好几个月过去之前使我不得不放弃利用这个恩惠呢？

过一会儿，当我经过香榭丽舍大街，走在回家的路上，谁又能对我保证说我不会遭受有一天下午落到我外祖母头上的那种灾难呢？那天下午，也是在香榭丽舍大街，她带我出来散步，没想到那竟是她最后的一次散步，在这种一无所知中，我们的一无所知中，时针指到了她不知道的这个点上，当即，脱钩的发条就敲响了丧钟。也许当第一记钟声已在酝酿之中的时候，对于这记钟声敲响前那一分钟已快走完的恐惧，也许对将在我大脑里启动的这一击的恐惧（这种恐惧就是对即将发生之事模模糊糊的感知），就像动脉血管抵御不住处于不稳定状态的意识中的大脑的一种反应，有些受伤者，尽管医生和生存的欲望都在竭力欺瞒他们，仍然有可能清醒地意识到死亡的降临，接受死亡，说：“我要死了，我已经做好了准备。”并且写下给他们的妻子的诀别。

而这确实也是件怪事儿，它以一种我绝对想不到的形式，发生在我开始撰写我这部著作之前。有一天晚上我出门去，人们觉得我脸色比从前还好，因为看到我居然还完美地保留着我那一头黑发而感到惊讶。然而在下楼时，我有三次差点儿摔倒在地。那次出门总共不过两小时，可当我回来的时候，我感到自己不再有记忆、思维、力量，已失去任何存在。人们就算来看我，奉我为王或者抓住我，逮捕我，我都会一声不吭地听之任之，眼睛也不睁开，就像坐船横渡里海，晕船晕得昏天黑地的人，你就是对他们说要把他们抛进大海，他们也不会稍稍表示一下反抗。严格地说我并没有病，可我觉得自己什么事都干不成了，就像有些老年人会碰上的，前一天动作还挺灵活，自从大腿骨折或拉了次肚子后还能在床上过一段时期，可是这段时期或长或短已经只能是从此势如破竹的死亡的准备阶段了。以前，我曾去参加那种被称作野蛮人宴会的城里的午餐，在这些宴会上男子们穿一身白，女士们则半裸着身子，戴着羽饰，对他们而言种种价值全都被推翻了，如果有人答应而没来吃饭，或者直至上烤肉的时候才姗姗来到，那他就像是犯了科作了案。罪孽比大家吃饭时轻声谈到的例如新近作古者的伤风败俗之举还严重。唯一可以不来的理由是死亡或沉疴不起，但要及时通知说人已奄奄一息，以便邀请第十四位来宾，这个我还在我身上保留着他的重重顾忌，但已失去了他的记忆。相反，另一个我，那个构思了他的作品的我却在回忆着。我曾接到德·莫莱夫人的一份邀请并得知萨士拉夫人的儿子死了。我决定从这段时间中抽出一个小时向德·莫莱夫人表示歉意和向萨士拉夫人表示慰唁。过了这段时间我会再也说不出一句话，舌头僵硬得像我临终时的老外婆，牛奶都吞不下去。可是才过了片刻，我便忘了我自己该做什么。忘得好，因为我著作的记忆正警戒着，它将利用转归于我的残存时间奠定我刚着手的基础。不幸的是，我刚拿起稿本准备写作的时候，德·莫莱夫人的请柬掉出来，落在我面前。当即，那个健忘的，然而对这一个具有压倒优势的我，像参加城里午餐的所有那些谨小慎微的野蛮人都会做的那样，推开稿本，给德·莫莱夫人写信（再者，如果德·莫莱夫人得知我把答复她的邀请看得重于我创造者的工作，她还会十分器重我的）。我复函中有一个词使我蓦然记起萨士拉夫人失去了她的儿子，我给她也写了封信，就这样，为了显得礼貌周全和顾情重义这种矫作的义务而牺牲了现实的职责之后，我精疲力竭地倒下了，我合上双眼，只好浑浑噩噩地再过他一个星期。如果说我的这种劳而无功的义务——我准备为此牺牲真正职责的那些义务才几分钟就统统从我的脑海里冒将出来的话，我有所建树的想法却一刻也没离开过我的心头。我不知道那会不会成为一座教堂，让信徒们能在教堂里渐渐地学习真谛和发现和谐、大全景，或者那会是永远不可能进出的地方，像建造在海岛顶巅的德鲁伊教[1]祭司的纪念碑。然而我已决定为此奉献出那些仿佛在依依不舍地离我而去的力量，依依不舍仿佛就为了让我有时间在修完周围的通道后关上“墓门”。不用多久我就能拿出几幅草图来了。这些草图谁

[1] 古代凯尔特人的宗教团体。

看了都莫名其妙。即便是那些对我的真理感知、对我希望过后能镌刻在神庙里的真理感知抱有好感的人都看不懂，他们祝贺我用“显微镜”发现了那些真理，其实恰恰相反，我用了一台天文望远镜才隐隐瞥见一些实在很小的东西，之所以小是因为它们距此遥远，它们每一个都是一个世界。就是在我求索伟大法则的地方人们称我是细枝末叶的搜集者。况且，我做这种事情何苦来着？我有这份才干，年轻的时候，贝戈特就曾觉得我那几篇中学生的作文“无懈可击”。可我没有好好干，而是生活在懒散之中，沉溺在寻欢作乐里，在疾病、治疗和怪癖间熬日子，到死之将至才着手我的工作，对自己的职业还一点都不会干。我感到自己已经无力应付我对那些人的义务，也没有精力恪尽对我的思想和我的作品应尽的职责。更没有精力既照顾到这个又不放过那个了。对前面的那种义务而言，忘了该写的信云云，稍微简省了我的事务。可是，联想在过了一个月后的今天倏然间唤起了我内疚的记忆，我因自己的无能感到心情沉重。我惊讶的是自己对此居然还能像若无其事似的，然而，正是从我在下楼的时候觉得自己的两条腿直打战的那天起，我变得对什么都能泰然处之了，我一心想要休息，等待着总将到来的安息。那不是因为我把我以为人们对我的作品应有的赞誉推迟到我身后，不是因为我对大家推举当代精英无动于衷。在我死后出现的杰出人物可以认为我对他们想要得到的东西并不考虑得多一些。倘使说我想到了自己的著作，却把该答复的信函忘得一干二净的话，这已不再是像我懒懒散散的时期，继而在我工作时期，直到我不得不抓着扶手下楼的那天那样，由于我把这两件事情一件看得很重要，另一件看得无所谓的缘故了。我的记忆力和挂虑是按我的著作的需要组织的，或许是因为，就在我当即忘掉收到的那些信件的同时，我的著作的念头都一直在我的脑子里，始终是那个念头没变，正转化成永恒。可是这个念头也开始令我讨厌了。对我来说它就像个不孝之子，即在濒临死亡的母亲拔去针头和按上吸杯之间的空隙中还得不辞辛劳地照料他。也许她仍然爱着这个儿子，但她已经只会通过尽使她疲惫不堪的照料他的职责来爱他了。在我身上，作家的精力已难以满足作品自私的苛求。自我下楼的那天以来，世上已经没有哪种东西、哪种幸福，不管是来自朋友的情谊，还是由于著作的进展或荣誉的希望，在照到我身上的时候不像个苍白至极的大太阳了，它已经没有力量使我感到温暖，让我生存和给予我些微欲望。然而，不管它多么苍白，对于我这双情愿合上的眼睛它还是太亮了，于是我把脸转向墙壁。当一位夫人给我写信道："我感到十分奇怪，居然没有收到您的回信。"我只是感到自己的嘴唇牵动了一下便以为大概是我下垂的嘴角露出了一丝笑意。然而这却使我记起了她的来信，于是我便给她写回信。为了别让人家有可能认为我这个人薄情，我要尽力做到使自己目前显出的情意能同别人曾向我表示的盛情旗鼓相当。给我奄奄一息的生命强加上超乎常人忍受力的困顿使我不堪重负。在一次次地裁减我的社会义务中，记忆的丧失助了我一臂之力，我的著作取代了这些义务。

这种死亡的概念像爱情之所为。最终地在我心中安顿下来，这并非因为我喜爱死亡，而是因为我憎恶它。然而，无疑是由于我们不时地像想到一个我们还没有爱上的女人那样想到它，致使眼下，它的概念紧紧地附着在我大脑的最深处，那么完全地附着在上面，以至于任何事情不首先穿透死亡的概念便不可能得到我的关注，哪怕我什么都不管，处于彻底的休息之中，死亡的概念仍然像自我的概念那样一刻不停地陪伴着我。我并不认为，我变得半死不活的那一天应该发生能说明它的性质的意外事故，例如不可能下楼梯了，一个姓名记不起来了，站不起来了，等等，这些变成不可能的事情通过甚至是无意识的推理而引起死亡概念，即我已经是个快死的人了，倒不如说那是一起降临的，那面心灵的宝鉴不可避免地反映出一个新的现实。然而我不明白，人们怎么无声无息地便从我这样的病痛进而成为完全的死亡。但是此时我想到其他人，我们也并不觉得介于他们的疾病和死亡之间的中断有什么异乎寻常的。我甚至认为，只是由于我从内部观察到这些病痛（而且被希望所蒙蔽），所以我觉得有些不适孤立起来看并不是致命的，虽说我相信自己快死了，就像那些对自己的死期已然降临深信不疑的人那样，我们也很容易便相信，如果说有些词说不出来了，那与疾病的发作，与失语症等毫不相干，而是由于舌头累了，或者处于类似引起口吃的那种神经紧张状态，或者是拉肚子后的精力衰竭造成的。

自我是我要写的另一样东西，其内容更丰富，而且是对不止一人而言的自我。写来话长。白天我最多也只能做到尽量睡个觉。我要干活那也是在晚上。而我需要许许多多个晚上，也许成百，也许上千。我将生活在提心吊胆之中，早晨，当我搁笔中断我的叙述时，我不知道我命运的主宰，比谢里阿苏丹更严酷的主宰是否乐意延缓我的死亡判决，允许我在下一个夜晚继续写下去。这倒不是因为我希图写出《一千零一夜》那样的书，或者写出也是用夜晚写成的圣西门的《回忆录》，或者我在童年时代喜爱的那种书，像那几次爱情一样使我迷恋得神魂颠倒的那种书，虽说我不能没有反感地想象它将是一部与它们都不同的作品。然而，犹如埃尔斯蒂尔·夏尔丹所说，只有抛开我们所爱的东西，才能把它重新做出来。[1] 这也许将是一部与《一千零一夜》一样长的书，但内容全然不同。当我们爱一部书爱得手不释卷时，我们无疑会希望写出些完全一样的东西来，然而我们必须牺牲当前的这种爱，不考虑我们的兴味所在，而去揣摩用不着我们的偏好并禁止我们考虑这些偏好的某个真实。我们只有遵循这个真实，才有机会遭遇被我们所抛开的东西，在忘掉它们的同时写下另一时代的《阿拉伯故事》或圣西门的《回忆录》。只是，我还来得及吗？会不会太迟了？

我不仅想到了“还来得及吗？”，还想到了“我还行不行？”。疾病像一位严厉的神师，使社交界的我死去的同时给我帮了个忙（因为“要是麦种被播下后没有死去，那它将只是一个，如果死了，它将结出累累硕果”），也许，继懒散帮助我免得流于肤浅之

[1] 像我的肉身一样，我的著作最终有一天会死去。然而，对待死亡唯有逆来顺受。我们愿意接受这样的想法，我们自己十年后与世长辞，我们的作品百年后寿终正寝。万寿无疆对人和对作品都是不可能的。——作者注

后，疾病将防止我堕入懒散，疾病耗尽了我的精力，而且如我长久以来，尤其是从我不再爱阿尔贝蒂娜以来所发现的那样，它耗尽了我记忆的力量。而借助继而需要深化、阐明、转换成才智的相当物的印象记忆进行的再创造，不正是我刚才在书房里构思的艺术作品的创作条件之一，甚至竟是它的基本要素吗？啊！我要是还拥有刚才看到《弃儿弗朗沙》时所想到的那晚那么充沛的精力该有多好啊！正是从我母亲放弃那一吻的那晚开始，随着我外祖母缓缓地死去，我的意志和健康走上了下坡路。要我等到第二天才能把我的唇吻贴在母亲脸上我受不了，一切便于此时明朗化，我下决心，起床，穿着睡衣跑去伫立在月光下的窗前，直至听到斯万先生动身离去。我父母亲送他出来，我听到花园大门打开，响铃，又关上的声音。

此时，我突然想到自己是不是还有精力完成这部作品，这次下午聚会——如同过去在贡布雷曾对我产生过影响的某些日子——就在今天，同时赋予我作品的构思和完成不了作品的忧虑的这次下午聚会肯定将在这部作品中首先标出我当初在贡布雷教堂里有所预感的形式，通常不为我们所见的时间的形式。

当然，我们的感官还有很多别的谬误，这些谬误扭曲了这个世界呈现在我们面前的真实面貌，我们已经看到，在这篇叙述文字中有不少片段为我证实了这一点。然而，必要的时候，在我尽量做到比较确切的描摹中，我还可以不改变声音的位置，克制自己，不把它们与它们的起因分开，与这个起因相比，智力是事后确定这些声音的位置的，虽然说让我们在房间里听淅淅沥沥的雨声和让它在院子里滂沱，药茶的沸腾，总之不会像画家们经常做的事更令人困惑不解（画家们在离我们很近或很远的地方作画，按照透视法则、颜色强度和目光的第一错觉使物体显现的情况，绘出继而被推理做了有时是极大的距离移动的一张风帆或一道山峰）。我还能像人们所做的那样，尽管谬误会更加严重，继续在一位过路女人的面容上勾画线条，只是在该画鼻子、脸颊和下巴的地方应当留着空白，好让我们欲望的反映在这片空白上一显身手。即使我没有时间为同一张脸准备一百个适合它戴的面具（做这件重要得多的事情），哪怕只是依据这双看到这张脸的眼睛，依据它们看到这副面容时的感觉，以及，对这双眼睛而言，哪怕只是依据三十年间掩盖着年龄变化的或希望，或恐惧，或相反的爱情和习惯来做这一百个面具；甚至（这是我和阿尔贝蒂娜的关系便足以为我说明了的，没有它则一切都是假的和骗人的），即使我不着手进行，不是从我们的外表而是从我们的内心，从某些人的一举一动便能掀起置我们于死地的轩然大波的地方去描绘她们，并且也不去根据我们不同的感觉压力，或者当普普通通的一丝险情扰乱了我们平静的信念，把一个在宁静中是那么微不足道的东西数倍数倍地扩大的时候改变精神天国的光线；如果说在描摹一个需要完全重绘的世界中我不可能道尽这些和其他许多变化的话（其必要性，倘使我们想要描绘现实的话，在这篇叙述文字里说得算是够清楚了），那么，至少我不会错过描写人，不是写他的个子高矮，而是写他的年岁长短，描写他在移动位置时不得不随身拖曳着的年岁，它仿佛是越来越沉重的担子，最终将把他压垮。

况且，我们在时间中占有一个不断扩大的位置，这是大家普遍感觉到的，这种普遍性也只能使我庆幸不已，因为这是每个人都怀疑的真实，也正是我将努力阐明的真实。大家不仅都感觉到我们在时间中占有一个位置，而且，这个位置，连头脑最简单的人也能大概测出它的大小，就像人能测出我们在空间中占有的位置大小一样；缺乏特别的洞察力的人在看到两个他们素不相识的人的时候，即使这两个人都长着黑胡子或胡子剃得光光的，他们也能说出这个二十岁，那个四十岁。人们在估计年龄大小的时候也许会常常搞错，可是，既然我们认为能够估计，则说明我们已经把年龄视作某种能够测定的东西了。多二十年时间确确实实地被加到第二个留黑胡子的人身上。

如果说这就是那个突然烟消云散的时间的概念，那么，没有从我们身上剥离的年华，我现在想使它突出到这种程度的年华，它就是此时此刻在德·盖尔芒特亲王府里响起的我父母送斯万先生出去的脚步声，宣布斯万先生终于走了、妈妈很快就能上楼来了的小铃铛尖厉、清脆、叮叮咚咚连绵不绝的金铁声，这些声音依然萦绕在我耳畔，它们虽然在过去那么遥远的位置上，我却听到了它们。所有那些事件，它们的位置肯定全都在我当初听到那些声音的那一刻和今天盖尔芒特府的下午聚会之间，想到那一桩桩一件件，我惊恐不安地发现正是这只铃铛依然在我心中叮咚作响，由于我已记不清楚它是怎么消失的，致使我丝毫改变不了那尖厉的铃声，为了重现这铃声，为了清楚地倾听这铃声，我还得尽量不把我周围面具们的交谈声听进去。为了尽量把这铃声听清楚，我不得不深入反省。真的就是那串叮咚声在那里绵绵不绝，还有在它与现时之间无定限地展开的全部往昔——我不知道自己驮着这个往昔。当那只铃儿发出叮咚响声的时候，我已经存在，而自那以来，为了能永远听到这铃声便不许有中断的时候，而我没有一刻停止过生存、思维和自我意识，既然这过去的一刻依然连接在我身上，既然只要我较深入地自我反省，我就仍能一直返回到它。而那是因为它们就像这样蕴含着过去的时刻，人的肉体能给爱它们的人带来那么多的痛苦，因为它们蕴含着那么多已为他们而抹去的欢乐和欲念的回忆，然而对于按时间的次序注视和延续渴望得到的心爱肉体的人，它们又是那么残酷，他渴望得直至企盼它的毁灭。因为一旦死去，时间也便退出这具肉体，而对已经作古的她的回忆，那么淡漠，那么黯然无光的回忆也消失了，并将很快变成对它们仍在折磨的他的回忆，然而在他身上，当对一具有生命的肉体的欲念不再供养它们的时候，它们也将以扑灭告终。

当我意识到有整整这么长一段时间已经被我没有间歇地活过来了，想过来了，分泌出来了，这便是我的生活，这便是我自己，不仅如此，而且还意识到我每时每刻都得保持它与我相连，让它支撑着我，而我刚栖息在它令人头晕目眩的顶巅，不搬动它我自己就无法移动一下，想到此我感到困乏和恐惧。贡布雷花园的铃声，那么遥远然而又在我的心里，我谛听这铃声的日子在我并不知晓为我所有的那个广阔领地里是一个基准点。看到在我脚下，其实就在我身上有那么多年年岁岁，我感到天旋地转，好像我是在成千上万米的高空中。

坐在椅子上的德·盖尔芒特公爵，我望着他，钦羡过他，尽管他的年龄比我大那么多，却并不见他老多少，我刚弄明白这是什么原因了。一旦他站起身来，想要站住的时候，他便颤颤巍巍，两腿直打哆嗦，像那些老迈年高的大主教的腿脚，年轻力壮的修道院修士向他们大献殷勤时，在他们身上只有那个金属十字架仍是牢固的。当他要往前走，走在八十四岁崎岖难行的峰巅上，他非颤抖得像一片树叶不可，就像踩着不断增高的活高跷，有时高过钟楼，最终使他们的步履艰难而多险，并且一下子从那么高摔落下来。[1] 我想我脚下的高跷恐怕也已经有那么高了，我似乎觉得自己已经没有力气把拉得那么远的过去继续久久地联结在自己身上。如果这份力气还让我有足够多的时间完成我的作品，那么，至少我误不了在作品中首先要描绘那些人（哪怕把他们写得像怪物），写出他们占有那么巨大的地盘，相比之下在空间中为他们保留的位置是那么狭隘，相反，在这个地盘上他们却占有一个无限度延续的位置，因为他们像潜入似水年华的巨人，同时触及间隔甚远的几个时代，而在时代与时代之间被安置上了那么多的日子——那就是在时间之中。

[1] 是不是就因为这些上了一定年纪的人踩在那么高的高跷上，才使他们的脸在一无所知者的眼里与一个年轻人的脸截然不可能相混淆，而且这张脸只有穿透云遮雾障般的严肃才能显露出来呢？——作者注

图书在版编目（CIP）数据

追忆似水年华.第七卷，重现的时光／（法）马塞尔·普鲁斯特著；徐和瑾，周国强译. —南京：译林出版社，2022.9（2026.2重印）
ISBN 978-7-5447-9088-8

Ⅰ.①追… Ⅱ.①马… ②徐… ③周… Ⅲ.①长篇小说－法国－现代 Ⅳ.①I565.45

中国版本图书馆 CIP 数据核字（2022）第 038114 号

追忆似水年华（第七卷）重现的时光 ［法国］马塞尔·普鲁斯特／著
徐和瑾 周国强／译

责任编辑 唐洋洋 鲍迎迎
装帧设计 山川制本workshop
插图绘制 Moeder Lin
校 对 蒋 燕
责任印制 董 虎

原文出版 Gallimard, 1984
出版发行 译林出版社
地 址 南京市湖南路 1 号 A 楼
邮 箱 yilin@yilin.com
网 址 www.yilin.com
市场热线 025-86633278
排 版 南京展望文化发展有限公司
印 刷 南京爱德印刷有限公司
开 本 880毫米 ×1240毫米 1/32
印 张 121.875（全七卷）
插 页 10
版 次 2022 年 9 月第 1 版
印 次 2026 年 2 月第 5 次印刷
书 号 ISBN 978-7-5447-9088-8
定 价 780.00 元（全七卷）

9 787544 790888 >
凤凰出版传媒网：www.ppm.cn
ISBN 978-7-5447-9088-8
定价：780.00 元